Marco Lalli

Der Herr
der Bücher

Roman

sociotrend Pocket

sociotrend GmbH,
Am Paradeplatz 17, 69126 Heidelberg

Umschlaggestaltung: Lars Maier

www.lalli.de

Personen und Handlung dieses Romans sind frei erfunden. Sollten Parallelen zu real existierenden Menschen und Ereignissen bestehen, so sind diese zufällig und vom Autor nicht beabsichtigt. Wer sich in diesem Buch wiederzuerkennen glaubt, sollte in sich gehen und aufhören, sich selbst zu bezichtigen. Ich habe eine Groteske geschrieben und hoffe nicht, dass die wirkliche Welt es damit aufnehmen kann. Und wenn doch, so möchte ich nichts davon wissen.

Diesen Text habe ich ohne Zuhilfenahme generativer künstlicher Intelligenz geschrieben.

Inhalt

Prolog

Was Joachim Grothe in diesen Zehntelsekunden seines Sterbens wie im Zeitraffer sieht, ist kein Traum. Es ist die Halluzination eines wirklichen Lebens. Er fühlt und schmeckt, er riecht und hört und sieht. Er raucht wieder, was er seit Jahren nicht mehr getan hat. Der Geruch, der ihn an seine allerersten Zigaretten erinnert. Der Geschmack in seinem Mund, eine feste und würzige Substanz, die sich pelzig anfühlt, aber so unverwechselbar ist wie die Trüffel, die er so liebt.

Er sitzt an seinem Schreibtisch. In der Hand die FAZ vom selben Tag. Er liest einen Artikel, in dem er selbst vorkommt. Von einem *Staragenten* ist die Rede. Und dieser Staragent ist er selbst. Joachim Grothe hat es geschafft. Er ist Staragent geworden, der beste Literaturagent Deutschlands.

Er erlebt ein Déjà-vu, ganz so, als wiederhole sich etwas immer wieder. Was sich wiederholt, wüsste er nicht zu sagen. Die Wirklichkeit erscheint ihm zerbrechlich, durchsichtig, und darunter schimmert etwas durch, das ihr selbst gleicht – wie ein Spiegelbild – und doch auf eine beunruhigende Weise fremd ist.

Kapitel eins

Joachim Grothe ließ die Zeitung sinken und versuchte, sich an das Gesicht zu erinnern. Aber er sah nur eine unförmige Brille vor sich, ein schwarzes Plastikgestell, hinter dem riesige Augen blinzelten, die Haarsträhnen, die darüber fielen, braunblond, dick und fettig oder einfach nur falsch. Eine Perücke? Und darüber diese lächerliche rote Kappe, ein Fez, etwas Orientalisches jedenfalls. Wie hatte er nur einen Moment lang glauben können, dass dieser Mann einen ernsthaften Rat wollte? Warum hatte er diese idiotische Verkleidung nicht mit einem Blick durchschaut?

Doch der vermeintliche Türke hatte ihn überrumpelt, stand plötzlich an seinem Tisch in der hermetisch abgeschotteten Halle LitAg und wedelte mit einem dicken Manuskript herum. Ein Manuskript, man stelle sich das vor! Genauso gut hätte er eine entsicherte Handgranate in der Hand halten oder einen Kranz Dynamitstangen um den Bauch tragen können. Wie hätte dieses Werk heißen sollen? *Feuchte Wanderungen* oder so. Blödsinn! Er hätte sofort den Sicherheitsdienst rufen sollen, aber er war so nett gewesen, sich zwei Minuten mit dem Mann zu unterhalten, hatte seine dummen Fragen so gewissenhaft beantwortet, als wäre er einer seiner Klienten.

Er warf die Zeitung auf den Schreibtisch und zündete sich eine Zigarette an. Dieser verdammte kleine Intrigant! „Herr Grothe, Herr Grothe, was halten Sie von der Idee, über die Wanderung eines Türken nach Deutschland zu schreiben", ahmte er Kolpings Stimme nach, „eines Türken mit einem Reizdarm, der über die öffentlichen Bedürfnisanstalten auf seinem Weg zum Wohlstand philosophiert". Seine Fistelstimme hatte er nicht erkannt. Kurz spielte er mit dem Gedanken, zum Telefon zu greifen und ihm die Meinung zu sagen.

„Chef, haben Sie mich gerufen?" Die neue Praktikantin stand kaugummikauend in der Tür. Ihr Blick fiel wie zufällig auf das Feuilleton der FAZ, das sich auf wundersame Weise wieder zu voller Größe auf seinem Schreibtisch entfaltet zu haben schien. Hatte er es nicht zerknüllt?

Er wedelte mit der Hand, um sie loszuwerden. „Bringen Sie mir einen Kaffee!"

„Jawohl, Chef."

Dieser Quälgeist. Chef hier, Chef da. Sie tat so beflissen, als interessiere sie sich wirklich für ihren Job. Normalerweise saßen seine Praktikantinnen nur ihre Zeit ab und ließen ihn in Ruhe. Wenn es nach ihm ginge, sollten sie nur die Post zu erledigen. Mehr gab es sowieso nicht zu tun. Nur gut, dass sie in sechs Monaten der nächsten Platz machte. Außerdem war sie erst eine Woche da. Ihr Eifer würde sich schnell legen.

Er nahm die Zeitung in die Hand. *Ich treffe „Staragent" Grothe in der Halle LitAg... Staragent, immerhin. ...und stelle ihm meine Romanidee als eine Mischung aus Kerkeling und Roche vor. Das wäre eine typische Mitu-Geschichte, wendet er ein. Mitu? frage ich. Ja, me too, also ich auch. Aha! MeToo-Geschichten haben immer ein begrenztes Potenzial. Tatsächlich, und was würden Sie mir stattdessen empfehlen? Einen Vampirroman. Vampire? Ja. Und die gibt es noch nicht? Doch, aber die Leute kriegen nicht genug davon. Für Türken dagegen interessiert sich keine Sau.*

Er schauderte. Er hatte sich zum Gespött Deutschlands gemacht, Kolping, diese halbe Portion, hatte ihn dazu gemacht. Vampirroman. Dumme ausländerfeindliche Auslassungen. Wie viele Türken gab es in Deutschland? Verdammt! Er strich die Zeitung glatt. Staragent. Hm, immerhin.

Evelyn brachte den Kaffee. „Machen Sie sich nichts draus, Chef."

Der Kaffee war schwarz und stark. Genau wie er ihn mochte. „Danke", murmelte er. Er sah auf. Evelyn war jung, Anfang zwanzig, wenn er sich recht erinnerte. Er hatte die erstbeste Bewerberin zum Vorstellungsgespräch eingeladen und sie gleich eingestellt, mehr aus Gleichgültigkeit als aus Begeisterung, eine war so gut wie die andere, aber ihre ruhige Art hatte ihm gefallen. Sie war eine besonnene junge Frau, eine, die wenig redete und erst nach reiflicher Überlegung sprach. Dass sie nicht hässlich war, empfand er nicht als Nachteil, obwohl er es sich schon vor Jahren abgewöhnt hatte, seine Praktikantinnen zu verführen.

Sie strich sich das halblange braune Haar aus der Stirn, eine Bewegung, die von einem kurzen, heftigen Pusten nach oben ersetzt wurde, hatte sie die Hände gerade nicht frei, und zu ihr zu gehören schien wie ihre Angewohnheit, mit dem Zeigefinger kleine Locken in ihr glattes Haar zu drehen. Sein Blick blieb an ihrem großzügigen Ausschnitt hängen, der zu einem ärmellosen Top gehörte. Eine Weile starrte er darauf, mehr irritiert als fasziniert. Was war das für ein Aufzug? Es war Mitte Oktober und draußen goss es in Strömen. Wie lief sie im Hochsommer herum? Nackt?

Obwohl die Kopfschmerzen nachgelassen hatten, spürte er einen unangenehmen Druck, der direkt hinter den Augen begann und sich bis in die hintersten Verästelungen des Gehirns ausbreitete. Er hatte am Morgen vor dem Duschen zwei Aspirin genommen. Ihre Wirkung ließ nach, oder sie wirkten nicht mehr so zuverlässig, wie sie es über die Jahre getan hatten. Er dachte an den Vorabend zurück, an das unvermeidliche Besäufnis, an die unzähligen Zigaretten, die er geraucht hatte, und ihm wurde übel. Er schluckte ein paar Mal. Sein Mund war trocken.

Er hatte sich in seinem Stuhl zurückgelehnt und die Augen geschlossen. Als er sie wieder öffnete, stand Evelyn immer noch vor ihm. Vielleicht war er eingeschlafen, vielleicht waren nur wenige Sekunden vergangen. Grothe wusste es nicht. Er hob die Augenbrauen: „War noch was?"

„Soll ich Ihnen die Post bringen?" fragte sie freundlich.

„War die Post denn schon da?"

„In den letzten Tagen hat sich so einiges angesammelt."

Allein der Gedanke an die Postberge, die sich in seiner Abwesenheit aufgetürmt haben mochten, ließ ihn schaudern. Wenn es nach ihm gegangen wäre, hätte man die normale Briefpost abschaffen können. Schlimm genug, dass alle paar Minuten die Fanfare seines E-Mail-Programms ertönte, triumphierend und unerbittlich. Aber Mails konnte man mit einem Tastendruck löschen, Anhänge gar nicht erst öffnen. Und einer Datei sah man nicht an, ob sie eine Zeile oder tausend Seiten enthielt. Anders die Post: Prall gefüllte braune Umschläge, gefütterte oder wattierte Versandtaschen, zigfach mit Klebeband umwickelte Päckchen und Pakete, die allesamt gebundene, hektographierte, geheftete Machwerke enthielten. Ekelhaft.

Zum ersten Mal überlegte er, ob er auf der Webseite der Agentur darauf hinweisen sollte, dass nur digitale Manuskripteinreichungen berücksichtigt würden. Er sollte sich eine Notiz machen.

„Später, später. Machen Sie schon mal alles auf. Sortieren Sie vor", er winkte sie wieder hinaus, „Sie wissen schon..."

Er seufzte und sah sich um. Er hatte keine Lust zu arbeiten. Es gab nichts Sinnvolles zu tun, sah man vom Lesen ab, denn lesen konnte er immer.

Sein Büro war klein, Altbau, dunkel, die Tapete an den Wänden verblichen. Das Fenster ein graues Loch. Er ging zu den beiden kleinen Sesseln, die in der Ecke standen. Vor einer Ewigkeit hatte er sie mit grünem Leder beziehen lassen. Die Farbe war verblasst und hatte sich dem Braun der abgenutzten Holzlehnen angeglichen. Vereinzelte Kratzer und kleine Löcher zeugten vom Zerstörungswerk seiner Katze. Aber die gab es schon lange nicht mehr.

Über der Sitzecke hingen Bilderrahmen, eine kleine Sammlung von Devotionalien. Wäre er im Musikgeschäft gewesen, hätte er die Wände mit Gold- und Platinplatten gepflastert. So waren es Zeitungsartikel, die unter Glas vergilbten, Fotos aus besseren Zeiten, eine Preisverleihung, eine überschwängliche Rezension in der FAZ oder der NZZ, einer seiner Autoren, der bedeutungsschwanger in die Kamera blickte.

Es war nicht viel, was er aufgehoben hatte, und er stand nicht oft davor. Mit der Zeit hatte sich beim Betrachten ein Gefühl der Traurigkeit eingestellt. Vieles lag Jahre zurück, Jahrzehnte. Es waren längst vergangene Erfolge aus längst vergangenen Zeiten. Mehr als einmal hatte er beschlossen, alles wegzuwerfen, aber er hatte es nicht übers Herz gebracht.

Die Glosse in der Zeitung ging ihm durch den Kopf. Man machte sich über ihn lustig. Und Kolping war nur einer unter vielen. Seine beste Zeit war vorbei. Man hatte ihn zum Abschuss freigegeben. Einer nach dem anderen würde über ihn herfallen. Ihm war nicht entgangen, dass „Staragent" in Anführungszeichen stand.

Plötzlich überkam ihn das unbändige Verlangen zu duschen, und er bedauerte, dass er sich kein richtiges Bad in sein Büro hatte einbauen zu lassen. Er dachte an einen seiner größten Erfolge, das schmale Bändchen, das von 17 Agenturen und 33 Verlagen abgelehnt worden war, und sich bis heute 850.000 Mal verkauft hatte: *Frauen sind anders, Männer auch* oder so ähnlich. Den dämlichen Titel konnte er sich nicht merken. Allein mit diesem Buch hatte er einen sechsstelligen Betrag verdient, die Film- und Übersetzungsrechte nicht mitgerechnet. Er hatte sich die Wohnung auf Sylt gekauft, aber eine Dusche hier in Berlin wäre auch noch drin gewesen.

Erinnerungen an bessere Zeiten. Heute reichten seine Einkünfte nur noch für ein bescheidenes Leben. Wann war ihm der letzte große Coup gelungen? Wenn es so weiterging, musste er seine geliebte Wohnung auf Sylt verkaufen und sein Dasein ausschließlich im grauen Berlin fristen.

Der Umzug von Frankfurt nach Berlin war ihm schwergefallen. Doch Berlin war zum Nabel der literarischen Welt geworden. Kaum ein Verlag, der nicht eine Dependance in der Hauptstadt eröffnete oder gleich ganz umzog. Und die Autoren, vielversprechende, junge Talente an jeder Ecke. Überall Lesungen, literarische Zirkel, die unvermeidlichen Poetry Slams und die Blogger, die es sich nicht nehmen ließen, jeden Furz zu kommentieren. Eine ernstzunehmende Agentur müsse in Berlin vertreten sein, war er sich mit seinem Kompagnon einig. Und der war fast zwanzig Jahre jünger als er, hatte eine Frau und drei schulpflichtige Kinder. So war schnell klar, wer von ihnen beiden an die Front musste.

Und Frankfurt war längst nicht mehr das, was es einmal gewesen war. Seit der Wirtschaftskrise ging es mit den Banken bergab. Geld um seiner selbst willen war anrüchig geworden. Reichtum stank, und Berlin, das arme Berlin, die ärmste Großstadt Deutschlands, war obenauf. Es war nur eine Frage der Zeit, bis auch die Buchmesse nach Berlin umzog. Doch bis dahin mochten noch ein paar Jahre ins Land gehen, und so war er heute Morgen mit der ersten Lufthansa-Maschine zurückgeflogen. Mit dröhnendem Schädel und zerknittertem Anzug.

Grothe ging ins Badezimmer, das eher eine Toilette war, und schloss sich ein. Er drehte das kalte Wasser auf und beobachtete, wie der Wasserstrahl aus dem Hahn spritzte und das Waschbecken füllte. Zuerst wusch er sich gründlich die Hände mit Seife. Er konnte gelbe Finger nicht ausstehen und noch weniger den durchdringenden Teergeruch, den sein exzessiver Zigarettenkonsum mit sich brachte. Dann beugte er sich vor, hielt die Hände ins Wasser und benetzte sein Gesicht. Das wiederholte er so lange, bis sich seine Wangen kühl anfühlten. Schließlich drehte er das Wasser ab und trocknete Gesicht und Hände mit dem leicht verschmutzten Handtuch, das neben dem Spiegel hing.

Jetzt fühlte er sich besser. Zufrieden betrachtete er sein Spiegelbild. Staragent, dachte er, das war ja mal was. Er sah immer noch gut aus, fand er, trotz seines Alters. Volles schwarzes, an den Schläfen leicht ergrautes Haar. Der Schatten eines kräftigen Bartes unter der dezenten Sonnenbräune. Er trieb regelmäßig Sport, und die paar Kilos, die er zu viel auf den Rippen hatte, sah man ihm im bekleideten Zustand nicht an. Ein Mann in den besten Jahren, wie es so schön hieß, und dass er bald sechzig würde, beunruhigte ihn nur manchmal, wenn er nachts wach lag.

Der Schnauzbart! Plötzlich wurde ihm klar, warum er Kolping nicht erkannt hatte. Er hatte einen angeklebten Schnauzbart getragen.

Als Grothe vom Bad zurückkam, ging er auf Zehenspitzen zur offenen Zwischentür und lauschte. Evelyn schien beschäftigt. Er hörte Papier rascheln. Dazu schien sie zu singen, so leise, dass er den Text nicht verstand, nicht einmal die Melodie erkannte. Sie war gut gelaunt, und Grothe fragte sich, was der Grund dafür sein mochte.

Einerlei, dachte er. Es war kein guter Tag, und es würde auch keiner mehr werden. Er ging zu seinem Schreibtisch zurück und ließ sich in seinen teuren, mit blauem Leder bezogenen Drehstuhl fallen. Unschlüssig, was er zuerst tun sollte, tastete er nach der grünen Marlboro-Schachtel. Im Sommer rauchte er gerne Mentholzigaretten, jetzt wurde es Zeit, auf die goldenen Lights umzusteigen. Er zündete sich eine an. Ein Blick in den Aschenbecher verriet ihm, dass es die fünfte war. Wie lange war er schon im Büro? Eine Stunde?

Zeit für eine Bilanz. Was hatte die Buchmesse gebracht? Sein Pilotenkoffer stand noch ungeöffnet in der Ecke, ein Ungetüm aus Aluminium, das jeden Millimeter der von den Fluggesellschaften vorgegebenen Höchstmaße für Bordgepäck ausreizte und unendlich schwer war, weit mehr wog als die kümmerlichen acht Kilogramm, die ihm die Fluggesellschaft zugestand. Aber zum Glück hatte er Rollen, und wenn er ihn mit Schwung hinauf in den Stauraum der Kabine über seinem Kopf hob, versuchte er, entspannt auszusehen.

Papier wog schwer. Bücher wogen schwer. Und seinen Koffer hatte er zusätzlich mit Verträgen, Broschüren, mit Gesprächsprotokollen und Notizen vollgestopft, als gäbe es kein digitales Zeitalter, als wäre die Zeit vor 20 Jahren stehen geblieben.

Die Hektik der letzten Tage, die Termine, die sich jagten, als sei er ein Spitzendiplomat auf einem Krisengipfel, die Essen, Stehempfänge, Umtrünke, die Partys und Podiumsdiskussionen, all das konnte nicht darüber hinwegtäuschen, dass sich nichts Wesentliches ereignet hatte. Man kreiste um sich selbst und um die anderen, um die man jedes Jahr kreiste. Es war ein Karussell, das in Bewegung bleiben musste, das man immer wieder anstieß, um seine Passagiere zum Jauchzen zu bringen. Zum Jauchzen oder zum Schreien, zu etwas, was man mit Begeisterung verwechseln konnte. Business as usual, wie sein Freund Peter Leonhard zu sagen pflegte, wenn er *tote Hose* meinte.

Der Donnerstag war eine Enttäuschung gewesen. Sie hatten im Kreis gestanden, die Champagnergläser in der Hand. Dreizehn Uhr, der magische Moment. Sie hatten gefachsimpelt, spekuliert, gewettet, wer es denn würde. Namen machten die Runde, wurden vielstimmig aufgenommen und verstärkt oder verloren sich im Gemurmel, verhallten, um bald von einem neuen Namen übertönt zu werden. Testballone. Jeder ließ einen steigen, der eine, um sich Hoffnungen zu machen, der andere, um sich vor falschen Hoffnungen zu bewahren.

Auch er hatte einen Namen in den Kreis der Raubtiere geworfen. Ein schönes Stück Fleisch, gut abgehangen, aber vielversprechend. Kein Geheimtipp. Ein Name, der seit Jahren gehandelt wurde, dem stets die besten Chancen eingeräumt wurden. Aber was hieß das schon? Im Gegenteil, die Favoriten schienen jedes Mal auf der Strecke zu bleiben, und statt ihrer triumphierten die Nobodys.

Walter Unger. Das war sein bestes Pferd im Stall. Nicht ertragreich, aber renommiert. Wenn einer für die deutsche Gegenwartsliteratur stand, dann er. Ein Titan, ein Fels in der Brandung der Moden und Strömungen. Von allen hoch geachtet und unangefochten. Er hatte ihn seit Jahrzehnten unter Vertrag, hatte ihn seinerzeit von Lippmeier in der Schweiz losgeeist. Sollte jemals wieder ein Deutscher den Literaturnobelpreis bekommen, dann Unger, da waren sich alle einig. Aber das konnte dauern. Das Fiasko des Jahres 2019 lag einige Jahre zurück. Gott allein wusste, wann sich die

Akademie wieder auf die deutsche Sprache zurückbesänne. Grothe betete jeden Abend, dass Unger dann noch lebte.

Denn Walter Unger hatte die Achtzig überschritten, und, so vital er auch aussah, die Jahre waren nicht spurlos an ihm vorübergegangen. An diesem Donnerstag im Oktober lebte er noch, und Grothe hoffte, hoffte wie jemand, der am Samstagabend auf die Ziehung der Lottozahlen wartet, wohl wissend, wie wenig wahrscheinlich der Hauptgewinn ist.

Die Begeisterung für Unger hielt sich bei den anderen Anwesenden in Grenzen. Es war nicht üblich, die literarische Eignung eines Kandidaten in Frage zu stellen, und bei Unger hätte es ohnehin niemand gewagt. Stattdessen erging man sich in Betrachtungen zur literaturpolitischen Weltlage, erörterte Fragen des Proporzes der Sprachen, der Länder und Kontinente. Manch einer streute Informationen über die vermeintlichen Vorlieben des einen oder anderen Akademiemitglieds ein. Aber im Grunde waren sich alle einig, dass Amerika an der Reihe sei, vielleicht auch Australien oder Neuseeland. Nur Kolping lächelte vor sich hin, ohne ein Wort zu sagen.

Peter Leonhard, der neben Grothe stand, stieß ihm aufmunternd in die Seite. Als Chef der Taschenbuchreihe des Fischer-Verlages, in der alle neueren Werke Ungers erschienen waren, profitierte auch er von einem Sieg Ungers.

Grothe hatte mit ihm so manches gute Geschäft an Land gezogen. Leonhard war klein und stämmig. Das blonde Bürstenhaar ließ ihn strenger aussehen, als er war, und stand im lebhaften Widerspruch zu dem Lächeln, das ihm ins Gesicht gebrannt schien. Dass er nervös war, verrieten seine Füße, die nicht stillstehen wollten. Er trippelte hin und her, nach rechts und links und schien die Luftblasen in seinem Sektglas zu zählen, die unaufhörlich nach oben perlten.

Als die Meldung im Hessischen Rundfunk verlesen wurde, es war die Top-Meldung in den 13-Uhr-Nachrichten, wurde es still. Selbst die Kollegen von Suhrkamp brauchten fast zwei Minuten, um zu begreifen, dass diese französische Autorin bei ihnen unter Vertrag stand. Ein Name, den kaum jemand kannte, geschweige denn auf der Liste hatte. Schnell verwandelte sich die Ratlosigkeit in Genugtuung. Qualität setze sich eben durch. Es lohne sich, Autoren abseits des Mainstreams zu veröffentlichen, jungen Talenten eine Chance zu geben. Die übliche Leier. Doch die Französin war weder jung noch unbekannt und hatte bereits zahlreiche bedeutende Preise gewonnen, wie Kolping mühelos referierte, als hätte er die Biografien aller Kandidaten der Longlist oder zumindest der Shortlist im Kopf.

Die Verleihung war ein weiterer Schlag gegen den etablierten Literaturbetrieb, den Kommerz vielmehr. Der Nobelpreis blieb die Domäne einer Literatur, die sich nicht um Auflagen scherte. Es schien nicht einmal wichtig zu sein, ob die Preisträger zuvor in nennenswertem Umfang gelesen worden waren.

Doch der Preis änderte alles. Was bis dahin in den Regalen verstaubt war, erlebte nun eine Neuauflage nach der anderen. Und sollte der Name des Preisträgers den Menschen draußen im Land gleich wieder entfallen sein, so erinnerten sie die unvermeidlichen Banderolen, die eilig um die Bücher gebunden wurden: „Nobelpreis für Literatur 20..".

Ja, das war eine schöne Sache. Ein risikoloses, todsicheres Geschäft. Wenn man Glück hatte.

Grothe hatte kein Glück gehabt, doch seine Stunde käme, davon war er überzeugt. Unger stand seit Jahren auf der Shortlist. Das war die Voraussetzung, um den Preis zu bekommen. Nächstes Jahr konnte es so weit sein oder übernächstes oder das Jahr darauf. Unger musste nur lange genug leben, denn der Nobelpreis wurde nur an lebende Autoren verliehen. Und warum sollte er nicht durchhalten, wenn selbst der kettenrauchende Grass steinalt geworden war und seinen Preis 15 lange Jahre in den Händen gehalten hatte?

Es würde helfen, wenn Ungers neuer Roman erschiene. Der hatte seit einigen Jahren einen festen Platz im Herbstprogramm des Fischer-Verlags, musste aber immer wieder auf das nächste Jahr verschoben werden. Wie lange schrieb Unger an *Eine deutsche Familie*? Fünf Jahre, zehn? Grothe hatte Unger lange nicht gesehen, und er nahm sich vor, ihn bald in Heidelberg zu besuchen. Das Buch würde ein Bestseller werden, das war so gut wie sicher, Unger musste es nur noch zu Ende schreiben. Und es fehlten nicht mehr als ein, zwei Kapitel, ein paar Seiten, wie er ihm beim letzten Telefonat versichert hatte.

Grothe sah auf die Uhr. Nicht einmal zwölf. Seinen Alukoffer hatte er noch nicht geöffnet. Nach Arbeit war ihm heute nicht zumute. Aber er war zum Essen verabredet. Sein Blick wanderte zum Fenster. Es hatte aufgehört zu regnen. Die Sonne lugte zwischen dicken Wolken hervor und warf einen Strahl gleißenden Lichts auf das Luftbrückendenkmal.

„Ich bin dann mal weg", Grothe hatte den hellbraunen Trenchcoat vom Haken genommen, der ihm nach Meinung mancher Frauen so gut stand, ihm angeblich einen Ausdruck von Würde und sportlicher Souveränität verlieh, auch wenn er mit den Jahren etwas abgetragen wirkte, an manchen Stellen blasser schien. Er sah sich um. Er wollte etwas mitnehmen und hätte es beinahe vergessen.

Jetzt musste er seinen Pilotenkoffer doch öffnen. Nach kurzem Suchen fand er das in blaues Kunstleder gebundene Exemplar von *Exit Bitch*, das Werk einer jungen amerikanischen Autorin, das in den USA hoch gelobt wurde und sich ordentlich verkaufte. Er hatte eine Option darauf erworben, auf der Buchmesse und nach einem kurzen Gespräch mit der Agentin der Autorin. Spontan, was er sonst nie tat. Aber er hatte sich von der Begeisterung seiner Gesprächspartnerin anstecken lassen, einer Frau um die 40, die so tat, als rissen ihr alle europäischen Verlage das Buch aus den Händen. Sie hatte ihm die Pistole auf die Brust gesetzt. „One in a lifetime opportunity", wie sie sich ausdrückte, „take or leave it."

Nur eine Option, diese allerdings zu einem abenteuerlichen Preis. Seine letzten Reserven waren dafür draufgegangen. Aber das würde sich auszahlen, davon war er überzeugt. Ingrid Lortzing, die Cheflektorin von Suhrkamp hatte sich interessiert gezeigt.

„Alles klar, Chef, ich halte die Stellung."

Grothe runzelte die Stirn. Hatte er etwas zu ihr gesagt? Evelyn saß in einer Art Vorzimmer, einem breiten Flur, an dessen Ende ein altertümlicher Fotokopierer stand, der seit Jahren defekt war. Er war so schwer, dass Grothe ihn von einer Spezialfirma hätte entsorgen lassen müssen.

Evelyn hatte mehrere Stapel Manuskripte vor sich aufgetürmt. Einige gebundene Exemplare lagen aufgeschlagen auf ihrem Schreibtisch. In der Hand hielt sie lose Blätter, in denen sie las. Mit einem Finger drehte sie gedankenverloren im Haar. „Chef, das müssen Sie sich ansehen."

„Nicht jetzt, Evelyn." Sie schien ihre Sache ernst zu nehmen. Wer konnte es ihr verdenken? Sicherlich wähnte sie sich kurz vor einer bahnbrechenden literarischen Entdeckung. Als bräuchte sie nur die Hand auszustrecken, um das Werk eines hochbegabten Nachwuchsautors herauszufischen oder den Jahrhundertroman eines verkannten Genies. Sie war jung, sie war ehrgeizig, das Einzige, was sie hatte, waren ihre Illusionen. Welchen Berufswunsch hatte sie in ihrer Bewerbung angegeben? *Buchhändlerin!* Genauso gut hätte sie Hufschmied oder Heizer auf einer Dampflok schreiben können.

Grothe stieg die steilen Stufen hinunter. Das Treppenhaus war eng, und wenn ihm jemand entgegenkam, musste er sich mit einem schiefen Lächeln vorbeidrücken. Den Aufzug nahm er ungern. Einmal war er stecken geblieben und erst nach drei Stunden vom Notdienst befreit worden. Allein der Anblick der verschrammten Metalltür ließ ihn schaudern. Sein Büro lag im vierten Stock.

Das Haus stand in der Dudenstraße, an der Fassade des Hauses prangte in verwitterten Lettern die passende Inschrift: *Verband des deutschen Buchdrucks*. Der Putz war rötlich, dunkelbraun, der der anderen Häuser ringsum mausgrau. Die Architektur des ehemaligen Flughafens Tempelhof war erdrückend. Riesige Gebäudekomplexe, die Plätze säumten und Straßen überspannten. Die Nationalsozialisten hatten hier ein Tor zur Stadt nach ihrem Geschmack geschaffen.

Dabei war Tempelhof ein aufstrebender Bezirk. Nicht so hip wie Kreuzberg im Norden und nicht so proletarisch wie Neukölln im Osten. Neben vielen öffentlichen Einrichtungen hatten sich Agenturen, Start-ups und Szenekneipen angesiedelt. Zudem lag es verkehrsgünstig und die Mieten waren erschwinglich.

Grothe besaß kein Auto. Manchmal fuhr er mit dem Fahrrad ins Büro, aber meistens nahm er die U-Bahn. Die hielt direkt vor der Tür.

Heute war er früh dran. Er beschloss, zu Fuß nach Kreuzberg zu gehen. Die Bewegung täte ihm gut, und es versprach, ein schöner Herbsttag zu werden. Die Sonne hatte sich mehr und mehr Raum verschafft, und die Brise, die über das alte Flugfeld strich, war mild, roch nach feuchtem Gras und den ersten welken Blättern.

Nach einem kurzen Fußmarsch bog er vom Mehringdamm in die stets geschäftige Bergmannstraße ein. Es war noch zu früh, und so ging er weiter bis zur Markthalle. Dort trank er im Stehen einen Kaffee und rauchte eine Zigarette.

Wenn er etwas mit dem Süden verband, dann waren es die Markthallen. Die Fischstände. Doch seit ihrer Renovierung vor mehr als 20 Jahren hatte die Marheineke-Markthalle viel von ihrem Charme verloren. Am meisten vermisste er den alten Naseband mit seinem Stand. Hier hatte er bei seinen Berlinbesuchen gerne Halt gemacht.

Auf dem Weg zurück zum Treffpunkt stolperte er. Fast wäre er hingefallen. Er blieb stehen, um die Ursache zu finden, eine Bordsteinkante, die er übersehen hatte, ein aufgewölbtes Pflaster, eine Wurzel, die sich ihren Weg nach oben gebahnt hatte. Vielleicht war er angerempelt worden. Er zog seinen Mantel enger und ging langsamer. Rechts und links drängten sich die Menschen an ihm vorbei, auf der Straße schlängelten sich die Radfahrer zwischen den Autos hindurch. Er fühlte sich unsicher auf den Beinen, meinte einen leichten Schwindel zu spüren. Der Alkohol von gestern, dachte er, die Zigaretten, die er pausenlos rauchte.

Ein Problem mit dem Kreislauf. Er nahm sich vor, gelegentlich seinen Hausarzt aufzusuchen. Er musste sich durchchecken lassen. Aber er wusste, was sein ehemaliger Klassenkamerad ihm sagen würde: weniger Alkohol und Zigaretten, was sonst.

Er hätte fallen können, wurde ihm bewusst, sich ernsthaft verletzen. Ältere Menschen stürzten und verletzten sich schwer. Viele erholten sich nicht mehr davon. Er fühlte sich nicht alt, aber sein Körper war nicht mehr der eines jungen Mannes. Ein Arm, ein Schlüsselbein, die Schulter, selbst ein Handgelenk hätte ihn monatelang außer Gefecht gesetzt. Ein Gedanke, der ihn verunsicherte und seine Existenzängste schürte.

Kapitel zwei

Sie hatten sich in einem unauffälligen thailändischen Restaurant verabredet. Die Gefahr, auf ein bekanntes Gesicht zu treffen, war gering. Nicht, dass sie etwas zu verbergen gehabt hätten. Es war eher eine Gewohnheit: Je weniger öffentlich ein solches Treffen war, desto besser.

Er dachte an Ingrid Lortzing, die Cheflektorin von Suhrkamp, die er gleich träfe. Eine sympathische Frau mit einem untrüglichen Instinkt für das geschriebene Wort. Was ihr nicht gefiel, hatte im ganzen Verlag keine Chance. Das hatte er mehr als einmal leidvoll erfahren müssen. Aber wenn sie sich für einen Text begeisterte, dann stand sie dazu, ohne Wenn und Aber, mochten die Verkaufszahlen ihre Chefs in den Wahnsinn treiben. Alte Schule eben. Eine aussterbende Spezies.

Sie kam zehn Minuten zu spät, doch das störte Grothe nicht. Mit sich selbst beschäftigt, hatte er sich draußen an einen der wenigen Tische gesetzt, die durch ein Vordach geschützt waren, und Weißwein bestellt, was in diesem Lokal nicht üblich war, ihn aber ebenso wenig störte. Er stand auf, um sie auf die Wangen zu küssen. Sie roch gut. Sie hatte schon immer gut gerochen.

Ingrid Lortzing war in seinem Alter. Sie kannten sich seit einer Ewigkeit, zwanzig Jahre waren es bestimmt. Sie hatten eine kurze Affäre gehabt – ganz am Anfang, als sie sich kennen lernten –, die aber schnell wieder eingeschlafen war. An dieses kurze Intermezzo hatte Grothe lange nicht mehr gedacht. Dabei war die Galerie seiner Verflossenen nicht so umfangreich, dass er den Überblick verloren hätte. Er wunderte sich, dass es ihm ausgerechnet heute wieder einfiel. Es war nicht so, dass er etwas Unangenehmes damit verband. Es war guter, bodenständiger Sex gewesen, normaler Sex, Sex ohne besondere Höhen und Tiefen, Sex, der zufrieden gemacht hatte, wie ein anständiges Essen, das man am nächsten Tag wieder vergessen hatte. Er bedauerte, dass ihre Beziehung im Laufe der Jahre immer distanzierter geworden war.

Unwahrscheinlich, dass sie Ähnliches dachte. Sie wirkte in Eile, hatte sich vermutlich wirklich beeilt, und bei aller Freundlichkeit war sie förmlich, fast geschäftsmäßig. Sie bestellte einen Tee und behielt ihren Mantel an. Seinen Vorschlag, hineinzugehen, tat sie mit einer Handbewegung ab.

„Gut siehst du aus! Wie lange haben wir uns nicht gesehen?"

Sie ließ die Plastikkarte mit dem Menü, auf die sie aus kurzer Distanz geschaut hatte, sinken und verzog die Mundwinkel.

„Habe ich etwas Falsches gesagt?"

„Bei dir weiß ich nie, was du ernst meinst und was nicht."

„Nein, ehrlich! Ich freue mich, dich zu sehen. Wir sollten uns öfter treffen, meinst du nicht?"

Sie antwortete nicht und studierte die Karte. Dann blickte sie auf und sagte unvermittelt: „Ich höre bald auf."

„Womit?"

„Ach, tu doch nicht so!" Sie warf die Speisekarte auf den Tisch. „Ich bin alt. Du bist alt..."

„Ich verstehe, du hast den Blues."

„Nein, Jo. Ich meine es ernst." Ihr Tee wurde gebracht, und sie rückte die Tasse auf dem Tisch zurecht, hob den Deckel von der kleinen Kanne, um zu sehen, ob der Tee genug gezogen hatte. Sie seufzte. „Ich kann einfach nicht mehr."

„Du bist die beste Lektorin, die ich kenne."

„Gib dir keine Mühe." Sie schüttelte den Kopf. „Ich weiß deine Anteilnahme zu schätzen, aber ich brauche keine aufmunternden Worte."

„Was ist denn passiert?" Grothe, der befürchtete, sie könnte den Zweck ihres Treffens aus den Augen verlieren, zwang sich zu dieser Frage. Er sollte jetzt auf sie eingehen.

„Nichts ist passiert. Und das ist das Merkwürdige. Nichts Besonderes jedenfalls. Nichts anderes als jedes Jahr." Sie legte ihre Hand auf seinen Arm. „Das Herbstprogramm, die Vertreterkonferenzen..."

„Der große Auftritt der Frau Lortzing..."

„Ja", sie lachte angestrengt, „der große Auftritt." Sie zog die Hand zurück und schenkte sich Tee ein. „Diese ganzen Bücher... Diese geheuchelte Begeisterung..." Bevor er etwas einwenden konnte, fuhr sie fort. „Ja, ich weiß, ich kann das gut. Aber du warst nicht dabei. Es war die Hölle, und ich glaube, jeder einzelne dieser abgebrühten Typen wusste, was in mir vorging."

„Nein, sie haben Respekt. Sie verehren dich!"

„Nein, Jo. Sie haben Angst. Und sie suchen einen Schuldigen dafür, dass das Programm nicht mehr läuft. Und der Schuldige bin ich."

„Übertreibst du nicht?"

„Nur ein bisschen." Sie nahm etwas Tee und trank ihn in kleinen Schlucken, während sie die Straße hinunter und den Passanten hinterherzuschauen schien. „Die jungen Leute lesen nicht mehr. Und da sage ich dir nichts Neues. Hardcover laufen immer schlechter. Weißt du, was der neue Harakami kostet? 38 Euro!" Sie schüttelte den Kopf. „Wer gibt so viel Geld für ein Buch aus? Und dann die E-Books..." Wieder schüttelte sie den Kopf. „Was ist in fünf Jahren, in zehn?"

„Es wird weniger gelesen, aber mehr geschrieben. So viel wie noch nie." Grothe dachte an die Manuskripte, die sich in seinem Büro stapelten. Jedes Jahr wurden es mehr. Das Schreiben war zu einer Art Volkssport geworden. So wie man seinen Körper im Fitnessstudio oder auf der Laufbahn stählte, wollte man auch seine Kreativität entfalten. Was lag da näher, als zu nähen, zu töpfern, zu fotografieren, zu malen? Und zu schreiben. Schreiben konnte schließlich jeder und tat es auch. Wer keinen Verleger fand, dem blieb das Internet. So bedrohlich Grothe diese Entwicklung für sich und die etablierte Branche empfand, zeigte sie doch, dass das Interesse an Literatur ungebrochen war.

„Wir brauchen keine neuen Autoren, Jo, wir brauchen Leser, das weißt du so gut wie ich. Leute, die diesen ganzen Mist lesen – oder wenigstens kaufen. Die sich ein schönes Buch ins Regal stellen, um ihre Bildung zu demonstrieren, ihren Feinsinn, ihre kulturellen Ambitionen, was weiß ich."

„Das ist der Fortschritt, Ingrid, und dem müssen wir uns stellen." Grothe hasste solche Sätze.

„Ich weiß nicht, ob du dich dem stellen musst. Ich muss es jedenfalls nicht."

Die Bedienung kam. Grothe bestellte ein Thai-Curry mit Huhn, Lortzing einen Papayasalat, extra scharf, wie sie betonte, was die Bedienung zu erstaunen schien. Nicht ihn, der ihre Vorliebe für südostasiatisches Essen kannte. Er tastete nach seiner altmodischen Tasche mit dem Manuskript, die unter dem Tisch lag. Sie war noch da.

„Ein Jahr, vielleicht zwei", Ingrid Lortzing hatte die Augen halb geschlossen, als schaue sie in diese nahe Zukunft oder in sich hinein. Sie gab sich einen Ruck und sah ihn an: „Und du? Wie lange willst du noch weitermachen?"

Sein Lachen klang echt. „Solange ich lesen kann. Und wenn ich eines Tages blind sein sollte, lasse ich mir vorlesen. Von einer Praktikantin mit einer Mondscheinstimme", er dachte kurz an Evelyn. „Und irgendwann, wenn ich in meinem Schaukelstuhl sitze, halb eingeschlafen, höre ich diese Sätze. Erst einen, aber das kann Zufall sein, dann noch einen, und ich schrecke auf, konzentriere mich, aber sie reißen nicht ab. Einer reiht sich an den anderen, weiter und weiter ohne Ende. Und ich weiß, ich habe ihn gefunden."

„Das weiße Einhorn."

„Ja, das weiße Einhorn, der große Jahrhundertroman, ach was, der beste Roman aller Zeiten!"

„Das ist dein Traum vom Alter?" Sie warf ihm einen seltsamen Blick zu. „Tief in deinem Herzen bist du doch ein Romantiker. Aber das liebe ich an dir."

„Die Wirklichkeit ist viel profaner", er klopfte eine Zigarette aus der Schachtel und zündete sie an. „Im Gegensatz zu dir zahlt mir niemand eine Rente. Und was ich tue, ist alles, was ich kann. Wenn ich gut im Töten wäre, wäre ich Auftragskiller geworden. Aber ich kann nur lesen, das ist alles. Außerdem würde mich das Nichtstun zu Tode langweilen."

„Ja", sagte sie nachdenklich, „da ist was dran. Aber lesen könntest du trotzdem. Du könntest richtig gute Bücher lesen, statt dieser unsäglichen Manuskripte."

„Richtig gute Bücher, die ein anderer entdeckt hat? Nein, ich glaube, das würde ich nicht ertragen."

„Und was ist mit Schreiben?"

„Schreiben?"

„Ist das so abwegig? Ich denke selbst darüber nach. Wenn ich Zeit gehabt hätte, hätte ich es schon längst versucht."

„Dann stimmt es also, dass jeder Lektor ein verhinderter Schriftsteller ist."

„Ich glaube, es heißt Kritiker, nicht Lektor. Es gibt unzählige Lektoren, die selbst geschrieben haben. Italo Calvino, zum Beispiel..."

Bevor sie fortfahren konnte, und bei ihrer Sachkenntnis wäre diese Reihe lang geworden, warf er ein: „Wenn du einen guten Agenten brauchst..."

„Einen Verlag hätte ich ja schon."

„Klar, die angehende Suhrkamp-Autorin! Aber kannst du auch so knallhart verhandeln wie ich?"

Grothe war stolz darauf, aus jeder Veröffentlichung das Menschenmögliche herauszuholen. Er handelte die größten Vorschüsse aus, die höchsten Margen, die kürzesten Laufzeiten, die besten Konditionen. Auch bei Lortzing und dem Suhrkamp-Verlag machte er keine Ausnahme.

Sie nickte: „Mal sehen."

Grothe fand, dass dem Small Talk genüge getan war. Und doch ging es mit dem üblichen Klatsch und Tratsch weiter, Lortzing erzählte die eine oder andere Anekdote von der Buchmesse, bevor sie beim Kaffee, der für Grothes Geschmack zu dünn war, wieder ernster wurde.

„Jo, ich wollte dich aus einem bestimmten Grund treffen."

„Ja, ich weiß, und ich habe das Manuskript dabei." Er nahm die Tasche auf den Schoß und öffnete sie.

Sie schien überrascht. „Was zum..."

Grothe zog das blaue Bändchen heraus. Dafür, dass er so viel Geld bezahlt hatte, war es sehr dünn, ging es ihm unwillkürlich durch den Kopf. Doch das besagte natürlich nichts. Er schob es über den Tisch.

Sie öffnete ihre Vuitton-Tasche und nestelte eine schmale Lesebrille heraus. Als sie sie aufsetzte, schien ihre Hand leicht zu zittern. Sie blickte lange auf die erste Seite und fächerte dann die restlichen mit dem Daumen auf.

„Was soll das?" Sie nahm die Brille ab und sah ihn an. Ingrid Lortzing hatte immer dem Bild der spröden Bibliothekarin entsprochen, aber was vor Jahren noch aufgesetzt gewirkt hatte, passte mit der Zeit immer besser zu ihr.

„Das Manuskript, über das wir gesprochen haben. Erinnerst du dich nicht?" fragte Grothe behutsam. Er war verwirrt. Das war der Grund für ihre Verabredung gewesen, und am Telefon schien sie von seinem Buchprojekt angetan gewesen zu sein. Im Geiste verringerte er den Vorschuss, den er ins Auge gefasst hatte.

„Du willst mir diesen ... Dreck verkaufen?"

Es war nicht ihre Art, ausfallend oder gar vulgär zu werden, und Grothe suchte nach Worten: „Es ist gut, Ingrid, und es läuft fantastisch. Ihre Sprache ist unverbraucht, ohne anspruchslos zu sein, trotz des Titels. Den können wir natürlich..."

„Jo, es geht um Leben und Tod und nicht um ein belangloses Büchlein mehr oder weniger. Ich dachte, du hättest mich verstanden." Sie lehnte sich zurück, verschränkte die Arme, und Grothe fürchtete, sie würde gleich aufstehen und gehen. Aber sie schien sich zu besinnen.

„Ich höre auf, Jo. Für immer, verstehst du?" Bevor er etwas erwidern konnte, fuhr sie eindringlich fort. „Aber ich werde nicht einfach so abtreten. Ich brauche einen Schlusspunkt, einen Höhepunkt. Etwas Großes."

„Aber das ist doch...", begann er.

„Unsinn, das ist Dreck. Dreck, von dem in ein oder zwei Jahren niemand mehr spricht."

Grothe stutzte. Die Wendung, die das Gespräch genommen hatte, kam unerwartet.

„Ich brauche einen literarischen Höhepunkt, eine Art Vermächtnis, verstehst du? Etwas, wofür ich für alle Zeiten stehe. Und da kommst du ins Spiel..."

Er dachte nach. Angestrengt. Worauf wollte sie hinaus? „Abgesehen von diesem ... Dreck", er räusperte sich, „habe ich den einen oder anderen vielversprechenden Autor unter Vertrag. Ich denke da zum Beispiel an..."

„Jo!" Sie unterbrach ihn. „Hast du mir zugehört?"

„Natürlich habe ich..."

„Ich sagte, etwas Großes! Es muss jemand wirklich Bedeutendes sein, jemand, bei dem ein Raunen durch den Blätterwald geht, wie man so schön sagt, etwas, an dem niemand vorbeikommt, niemand in unserer Branche und auch kein Feuilleton."

Grothe war ratlos: „Ich habe nicht die geringste Ahnung, was du meinst."

„Walter Unger."

„Unger?" Daran hatte er keinen Augenblick gedacht, zu abwegig war diese Idee.

„Ich will sein neues Buch, sein letztes Buch vielleicht. Ich will *Eine deutsche Familie*."

„Soll das ein Scherz sein?" Ja, das war ein Scherz. Sie hatte einen seltsamen Humor.

„Nein, Jo, ich meine es ernst." Wieder griff sie nach seinem Arm. „Ich will sein nächstes Buch, ich will es unbedingt, verstehst du? Erst dann kann ich in Frieden abtreten." Jetzt sah sie ihn eindringlich an. „Weißt du, wie lange ich schon dabei bin? Zweiunddreißig Jahre! Mehr als ein halbes Leben ist es her, dass ich als Volontärin angefangen habe. Das ist mein Abschiedsgeschenk. Und ich habe ein Recht darauf. Es steht mir zu." Die letzten Worte kamen so bestimmt, als könne es keinen Zweifel geben.

Grothe entzog sich ihr und rückte ein wenig ab. Eine Weile sah er sie an, versuchte die Entschlossenheit in ihren Zügen abzuschätzen. Sie war angespannt, aber ruhig. Sie verlangte etwas Unmögliches, schien aber überzeugt zu sein, dass sie es bekäme.

„Das ist unmöglich", begann er. „Unger ist bei Fischer, seit ewigen Zeiten bei Fischer. Und Unger ist loyal, er wird niemals wechseln, weder für Geld noch für gute Worte."

„Du kannst ihn überzeugen..."

„Es gibt einen Vertrag. *Eine deutsche Familie* ist längst verkauft."

„Dann ändere den Titel: *Eine Familie in Deutschland*, was weiß ich. Wer ist hier der Staragent?"

Sie hatte also auch die FAZ gelesen. Sein Herz schien ein paar Schläge auszusetzen. Grothe atmete tief ein. Er wollte so ruhig wie möglich bleiben. „Ingrid, ich würde dir gern helfen, schon um der alten Zeiten willen. Abgesehen davon haben wir uns immer gut verstanden. Aber du verlangst Unmögliches. Selbst, wenn ich wollte..."

„Wir zahlen eine Million. Vorschuss. Sofort."

„Mein Gott, Ingrid, das bekommt ihr nie wieder rein!"

„Lass das unsere Sorge sein." Sie winkte der Bedienung. „Ich lade dich ein."

Sein Anteil an der Million wäre fünfzehn Prozent, also 150.000 Euro, leicht auszurechnen. Selbst wenn das Buch dann nichts mehr abwarf, war das eine gewaltige Summe. Und es blieben die Übersetzungsrechte, Film, Fernsehen… Mit einem Schlag wäre er seine finanziellen Sorgen los. Und er wäre wieder obenauf, hätte alle Kleingeister, die an seinem Stuhl sägen, in die Schranken verwiesen.

„Denk darüber nach, Jo. Es ist ein gutes Angebot, ein einmaliges. Aber lass dir nicht zu viel Zeit." Sie machte Anstalten aufzustehen, setzte sich dann aber wieder hin. „Eine Sache noch. Geld ist wichtig, aber Geld ist nicht alles, das weiß ich. Es gibt Dinge, die man für Geld nicht kaufen kann, und Unger gehört vielleicht dazu." Sie schürzte die Lippen und fragte wie beiläufig: „Kennst du einen gewissen Sven Svenson?"

Grothe zuckte zusammen. Diesen Namen aus ihrem Mund zu hören überraschte ihn mehr, als es der Name Walter Unger zuvor getan hatte. Er tat, als dächte er nach. „Einer meiner Autoren, wenn ich mich nicht irre. Ein unbekannter, aber durchaus talentierter…"

„Ja, talentiert." Sie rümpfte unmerklich die Nase. „Wenn wir Unger kriegen, nehmen wir auch Svenson. Im Doppelpack, sozusagen. Wir verlegen alles, was Svenson bisher geschrieben hat, und alles, was er je schreiben wird. Bis ans Ende seiner Tage. Wie klingt das?"

Es fiel ihm schwer, gleichgültig zu klingen. „Ich muss darüber nachdenken."

„Ja, tu das." Sie beugte sich zu ihm hinunter und deutete ein Küsschen an. „Ich muss jetzt los. Ciao." Als er aufblickte, war sie verschwunden.

Lange saß er da und starrte auf das Pflaster, auf die Reste der Kaugummis, die wie kleine weiße Kreise darin eingebrannt schienen, auf die Zigarettenstummel, die im Eingangsbereich des Lokals verstreut lagen, dort, wo die Raucher auf eine schnelle Zigarette ins Freie traten. Als die Kellnerin fragte, ob er noch etwas wünsche, antwortete er nicht.

Das amerikanische Manuskript hatte er nicht verkauft, dafür aber ein unglaubliches Angebot erhalten, ein Angebot, das er nicht annehmen konnte.

Kapitel drei

Er fuhr mit der U-Bahn zurück. Fast hätte er vergessen auszusteigen. Im letzten Moment schlüpfte er durch die sich schließende Tür. Zum Büro hinauf nahm er den Fahrstuhl. Sollte er stecken bleiben, würde er sich auf den Boden setzen und schlafen.

Doch er kam oben an. Alles schien unverändert. Evelyn studierte die kaum kleiner gewordenen Manuskriptberge, und die Kanne mit dem Kaffee stand auf der Warmhalteplatte. Er nahm sich eine Tasse und ließ sich in seinen Schreibtischstuhl fallen. Und dann bemerkte er doch einen Unterschied. Vor ihm auf dem Schreibtisch lag sauber ausgerichtet ein Stapel Papier. Zwanzig oder dreißig Blatt, mehr nicht, eng bedruckt und ohne nennenswerten Rand. Genau das, was er nicht leiden konnte. Er seufzte und las den Titel: *Die Gegenwart ist ein unmöglicher Ort*. Er seufzte ein weiteres Mal.

Seine Niedergeschlagenheit schlug um. „Was soll das?" brüllte er.

Einen Augenblick später stand Evelyn in der Tür. „Ein Manuskript, Chef."

„Das sehe ich, Evelyn, das sehe ich." Er trank einen Schluck Kaffee, um sich zu beruhigen. „Okay, das ist ein Manuskript." Er nahm die Blätter in die Hand und wedelte damit herum, während er mit der anderen die Tasse hielt und sich einen weiteren Schluck einflößte. „Und, was soll ich damit? Sollten nicht Sie diesen Mist lesen?"

„Das habe ich, Chef. Das habe ich wirklich. Sogar zweimal. Und ich finde, Sie sollten das auch tun."

„Sie finden, ich sollte. Soso." Er warf die Blätter auf den Tisch zurück. „Wenn Sie das finden..."

„Danke, Chef." Höflich war sie jedenfalls.

Er ließ seinen Stuhl ein Stück zur Seite gleiten und legte die Hand auf die Maus seines Tischrechners. Zum Desktop-PC gehörte eine teure Tastatur mit mechanischem Anschlag. Er mochte diese altmodischen Dinger, mit denen man schnell und präzise schreiben konnte. Früher hatte er eine Olivetti besessen, jetzt gab es nur noch Cherry-Tastaturen. Der Bildschirm leuchtete auf. Schnell wählte er sich in seinen iTunes-Account ein. Wollen wir mal sehen, wie sich dieser Svenson so verkauft, dachte er grimmig. Wäre doch gelacht, wenn er auf Suhrkamp angewiesen wäre.

Dass Grothe unter dem Pseudonym Sven Svensson Bücher schrieb und veröffentlichte, war ein gut gehütetes Geheimnis. Wie hatte Ingrid Lortzing davon erfahren? Vor Jahren hatte er seine Texte dem einen oder anderen Verlag angeboten, ohne je den wahren Verfasser zu nennen. Aber vielleicht hatte jemand die richtigen Schlüsse gezogen. Der Name Sven Svenson hatte ihm gefallen, obwohl oder weil er wie ein typisches Pseudonym klang. Sven bedeutete *junger Krieger*, der junge Krieger, der Sohn eines einst ebenso jungen Kriegers. Seine Suche nach einem Verlag war erfolglos geblieben, und so hatte er beschlossen, seine Bücher selbst herauszugeben.

Von Sven Svenson gab es vier eBooks. Drei davon kosteten 49 Cent, eines war teurer: 3,49 Euro. Die billigen Bücher waren dünn, das teure dagegen ein richtiger Roman, der erste Roman des Sven Svenson. Die Statistik wies insgesamt fünf Verkäufe für den letzten Monat aus. Reinerlös 2 Euro und 73 Cent. Auf der Kindle-Plattform sah es nicht besser aus.

Nicht, dass ihn das Ergebnis sonderlich überrascht hätte, er überprüfte regelmäßig seine Verkaufszahlen, aber jedes Mal hoffte er auf ein Wunder. Er stellte sich vor, wie die Balken in die Hunderte oder gar Tausende emporschnellten und die Bücher zu Bestsellern machten. Das war doch heutzutage jederzeit möglich, oder etwa nicht? Ein einziger flapsiger TikTok-Kommentar genügte, um einen Autor in den Olymp zu katapultieren.

Doch Sven Svenson blieb an diesem Tag so unbedeutend wie am Tag zuvor. Erstaunlich, dass Ingrid Lortzing den Namen kannte. Erstaunlich und beunruhigend zugleich. Sie musste sich gut vorbereitet haben.

Geistesabwesend griff er nach den Blättern auf seinem Tisch und begann zu lesen: „Die letzte Sekunde vor dem Tod soll die längste sein, länger als alle vorhergehenden, länger als die Augenblicke größten Glücks und auch länger als jene tiefsten Schmerzes, unendlich lang.“

Grothe las Seite um Seite. Irgendwann tastete er nach seinen Zigaretten. Er tastete nach seinen Zigaretten, wie jemand, der sich übers Haar streicht oder hinter dem Ohr kratzt. Abwesend. Eine Geste, die so sehr zu ihm gehörte, dass sie keines Gedankens bedurfte oder eines Entschlusses. Er hatte versucht, mit dem Rauchen aufzuhören, und diese Hand, die ins Leere griff, das Erschrecken darüber, dass etwas *nicht* da war, hatte ihm mehr zu schaffen gemacht, als das fehlende Nikotin in seinem Blut.

Der Text hatte ihn aufgewühlt. Nicht, weil er ihn gut fand. Gut oder schlecht, das war zweitrangig. Nein, was er gelesen hatte, war ihm seltsam vertraut. Eine Vertrautheit, die allumfassend war, ohne Wenn und Aber, wie bei einer Frau, bei der man sofort spürt, dass es keine Vorbehalte gibt, keine Hindernisse, keine Ängste, nur grenzenloses Vertrauen. Nur wenige Male hatte er das bei einer Frau erlebt. Eine davon hatte er geheiratet. Seine Kopfschmerzen, Lortzings unmoralisches Angebot schienen ihm weit weg. Er sog tief den Rauch seiner Zigarette ein und las weiter.

Es war die Geschichte eines Auftragskillers, bei dem unklar blieb, in wessen Auftrag er tötete. Oder richtete, denn dass seine Opfer den Tod verdienten, daran ließ er keinen Zweifel. Und doch verrichtete der Henker seine Arbeit auf eine zutiefst menschliche Weise. Es waren saubere Tötungen, moralisch einwandfreie Hinrichtungen. Täter und Opfer fügten sich in das Unvermeidliche. Es wurde getan, was getan werden musste, um einer höheren Gerechtigkeit Genüge zu tun.

Da aber dem Verlust des Lebens stets etwas Bedauerliches anhaftete, gleichgültig wie notwendig er war, versuchte der namenlose Protagonist die Totgeweihten zu entschädigen, ihnen etwas zurückzugeben.

Wenn er vor ihnen stand, die Waffe im Anschlag, schaute er ihnen in die Augen. Er sah das Erstaunen darin, die Ergebenheit angesichts des Unvermeidlichen – und wartete, versuchte diesen Augenblick so lange wie möglich zu dehnen.

„Man sagt, das ganze Leben zöge an einem vorbei wie ein Film. Ein Film im Zeitraffer. Aber ich glaube nicht, dass es ein Film ist. Ich glaube, man lebt sein Leben noch einmal, man lebt es bis zu dem Punkt, an dem diese letzte Sekunde erneut anbricht und dann wieder und wieder und wieder. Immer und immer wieder. Ich glaube, diese Sekunde ist eine Schleife, eine Spirale in die Unendlichkeit."

So gab er ihnen ein Geschenk, das nichts Geringeres war als die Ewigkeit, die Unsterblichkeit vielmehr, denn nichts anderes bedeutete die Spanne Zeit, die er ihnen schenkte. So wurde er zu einem Gott, der Leben nahm und Leben gab, ewiges Leben.

Aber er durfte nicht zu lange warten. Denn irgendwann begannen ihre Augen ohne Vorwarnung hin und her zu rasen, von einem Ende des Augapfels zum anderen zu springen auf der Suche nach einem Ausweg, genährt von der aberwitzigen Hoffnung, die ihren Besitzer ergriffen hatte. Wenn er dann schoss, dann starben sie wirklich. Er sah es daran, wie sie ihn und die Pistole in seiner Hand ungläubig anstarrten.

Der Protagonist hatte es im Laufe der Jahre zur Meisterschaft gebracht, jedem seiner Opfer die größtmögliche Spanne Zeit zu schenken. Und abzudrücken, bevor sie aus ihrer Erstarrung erwachten.

Auf seinen Streifzügen quer durch Europa wird der Killer von einem achtjährigen Jungen begleitet, einem altklugen Kind, von dem schnell klar wird, dass es nur in der Fantasie seines Vaters existiert. Immer fahren sie mit dem Zug, immer übernachten sie in Hotels, immer auf den Spuren ihrer Opfer.

Es war dieses imaginäre Kind, das Joachim Grothe besonders anrührte. Vater und Sohn sprechen oft von einer Vergangenheit, von der man nicht weiß, ob sie fiktiv oder real ist. Eine gemeinsame Vergangenheit, die verloren scheint, so verloren, wie es die Gegenwart ist. Der Sohn ist tot, dachte Grothe, oder der Mann hat ihn seit Jahren nicht mehr gesehen.

Grothe dachte an seinen eigenen Sohn. Wie lange hatte er ihn nicht mehr gesehen? Seit er sich von seiner Frau getrennt hatte, sahen sie sich selten, immer seltener. Als er klein war, hatten sie sich gut verstanden. Er wusste, dass Kinder sich von ihren Eltern lösen müssen, aber jedes Mal, wenn er an seinen Sohn dachte, spürte er dennoch einen kleinen Stich in der Brust. Wie alt war er jetzt? Er musste dreißig geworden sein.

Sein Sohn war in seine Fußstapfen getreten. Er schrieb Bücher. Fantasy-Romane, ein Genre, das Grothe erst spät aufkommen sah. Dabei hatte Tolkien in den 80er Jahren in jedem Bücherregal gestanden. Nicht bei Grothe. Er hatte weder den *Herrn der Ringe* noch den *kleinen Hobbit* gelesen. Was war der Reiz dieser Geschichten? Elfen, Gnome, Hexen und Zauberer. Waren das nicht Märchengestalten? Lesestoff für Kinder, mehr nicht.

Die ersten Schreibversuche seines Sohnes hatte er mit einem mitleidigen Lächeln abgetan. Als dieser ihn bat, ihm bei der Suche nach einem Verlag zu helfen, hatte er ihm geraten, lieber etwas Vernünftiges zu schreiben. Jetzt war sein fünfter Band erschienen. Er verkaufte sich gut.

Diesen Zug hatte Grothe verpasst, wie viele andere auch. Er hatte das Gespür für Trends verloren, für das, was die Jugend bewegte. Ich werde alt, dachte er.

Grothe hatte den dünnen Papierstapel gelesen. Er hielt das letzte Blatt in der Hand und starrte auf den Satz, der mitten auf der Seite abbrach, als wäre er durchgeschnitten worden.

„Wo ist der Rest, Evelyn?" Er stand auf und ging hinüber.

„Es gibt keinen Rest, Chef."

„Das ist alles?" Sie nickte nur. „War irgendwas dabei? Ein Anschreiben, ein Exposé, ein Rücksendeumschlag?"

„Nein, Chef, das ist alles."

„Und der Autor?"

„Steht der nicht vorne drauf?"

Sie brachte ihn zur Verzweiflung. „Nein, Evelyn, der steht nicht vorne drauf! Da steht nur der Titel."

Sie stand auf und schaute ihm über die Schulter. „Ja, Chef. Dann muss er ein anonymer Kunde sein."

Wenn es eines in diesem Geschäft nicht gab, dann waren es anonyme Kunden. In all den Jahren hatte es Grothe noch nie erlebt, dass Unklarheit über die Urheberschaft eines ihm zugesandten Textes herrschte. Im Gegenteil, die meisten Autoren ließen es sich nicht nehmen, sich gleich mehrfach zu verewigen, wenn es sein musste in eingestanzter Schrift mit Goldprägung.

„Wo ist der Umschlag, in dem es gekommen ist?" Ihr Blick wanderte zum Papierkorb, der von aufgerissenen braunen, gelben und weißen Umschlägen überquoll. „Herrgott, Evelyn! Schaffen Sie mir diesen Umschlag bei! Das kann doch nicht so schwer sein."

Er ging zurück in sein Arbeitszimmer, nahm die Flasche aus dem Regal hinter den Büchern und goss einen kräftigen Schuss

Whisky in ein Wasserglas. Sie würde eine Weile suchen. Er hatte Zeit, den Text noch einmal zu lesen.

Dann legte er die Blätter beiseite. Er dachte nach. War das das weiße Einhorn? Es war nicht weiß, es hatte Flecken, war sogar grau, ein unregelmäßiges Grau, das ein ansonsten schönes Fell überzog, kleine Fehler hier und da, aber es war ein Einhorn, davon war er überzeugt. Und, wer weiß, vielleicht entpuppte sich der vermeintliche Grauschleier als ein besonderer Kunstgriff, der das Fell später umso weißer erstrahlen ließ. Aber das wusste er erst, wenn er den ganzen Text gelesen hatte.

Wann hatte ihn zum letzten Mal ein Manuskript so berührt? Zumindest ein fremdes, denn seine eigenen Worte gingen ihm ebenfalls nahe. Es war lange her. Sartre, Hemingway...

„Selten so einen Bullshit gehört. Vergleich mich ja nicht mit einem Einhorn! Von mir aus mit einem Stier. Oder mit einem Marlin, das sind die stärksten Tiere der Welt. Einhörner sind was für kleine Mädchen."

„Ach, Hem, lange nicht gesehen."

„Verdammt, Joe," er sprach seinen Namen wie immer amerikanisch aus, „du säufst schon am helllichten Tag?" Er lachte dröhnend. „Wenigstens das hast du gelernt." Er ließ sich in den Besuchersessel fallen, griff nach der Flasche und nahm einen kräftigen Schluck. Mit dem Handrücken wischte er sich über den Mund.

„Fünfzehn Jahre alter irischer..."

„Quatsch nicht, den kannst du abends mit deiner Mutter vor dem Kamin saufen. Biete mir lieber einen selbstgebrannten Bourbon an oder einen Rum, etwas für richtige Männer." Er nahm noch einen Schluck und schmatzte anerkennend. „Gar nicht übel, dieses Zeug. Du gönnst dir was. Laufen die Geschäfte gut?" Er sah sich um. Mit dem Kopf deutete er zur Tür. „Und die Kleine, hast du sie schon...?"

Grothe schüttelte den Kopf. „Hem..."

„Verdammt, Joe, was willst du von mir? Du nagelst keine Weiber, du säufst diesen Altherrenscotch, du schreibst wie ein siebzigjähriges Tantchen, das seinen englischen Landsitz noch nie verlassen hat..."

„Hem, ich will wissen, was du davon hältst." Er deutete auf die Blätter auf seinem Schreibtisch.

„Joe, ich habe keine Ahnung von Literatur, ich kann nur schreiben. Und ich hasse es, das Geschreibsel anderer Leute zu lesen. Vor allem, wenn es gut ist."

„Es ist gut."

„Fuck." Er nahm das erste Blatt und überflog es. Dann das nächste. Aber natürlich tat er nur so.

„Und?"

„Zu viele Wörter."

„Zu viele Wörter?"

„Blabla. Zu viele überflüssige Wörter. Zieh die überflüssigen Wörter ab, und es bleibt nichts übrig. Gequirlte Scheiße, würde ich sagen. Kunstvoll gequirlte Scheiße." Er fuhr sich mit Daumen und Zeigefinger ein paar Mal über den Schnauzbart. „Aber verdammt, Joe, das hat was. Ich würde sowas nicht schreiben, aber es hat was."

„Ein weißes Einhorn?"

„Ich habe nur gesagt, dass es etwas hat. Er soll es kürzen, stark kürzen. Das Blabla muss raus. Dann sehen wir weiter. Wo ist der Rest?"

„Es gibt keinen Rest."

Wieder lachte er sein Lachen. „Dann hast du ein Problem. Ein weißes Einhorn ohne Horn. Es humpelt auf drei Beinen durch den Wald und macht Mäh. Ist es ein Schaf? Oder eine Ziege?"

Hem hatte Recht. Er hatte ein Problem. „Evelyn", brüllte er erneut und stand auf.

In seinem Vorzimmer herrschte Chaos. Überall auf dem Boden lagen Manuskripte und Umschläge. Mittendrin saß seine Praktikantin. Ihre Haare fielen ihr über die Stirn, ein Träger ihres Oberteils war verrutscht, und ihr Rock zeigte mehr Bein, als ihr wohl lieb war. Wie die Ordnung um sie herum schien auch sie in Auflösung begriffen. Erst auf den zweiten Blick erkannte Grothe ein System. Jedem Manuskript hatte sie einen Umschlag zugeordnet, paarweise verteilten sie sich über den grauen Teppichboden, ballten sich zu Haufen oder lagen in loser Folge dazwischen. Kleine und große Galaxien.

Triumphierend hielt sie ihm einen zerknitterten gelben Umschlag entgegen: „Dat isses, Chef!"

„Sicher?"

„Ziemlich sicher, Chef."

Er riss ihr den Umschlag aus der Hand und suchte nach dem Absender. Es dauerte eine Weile, bis er ihn fand. Die Handschrift war blau und klein und rund. Eine weibliche Handschrift, wie ihm schien. *Neumann, Kastanienallee 16, Berlin.* Kein Vorname.

Kapitel vier

Auf dem Heimweg unterbrach Grothe seine U-Bahn-Fahrt, um sich das Haus anzusehen. Er wusste nicht, ob er klingeln würde. Er wusste nicht, was er sich von seinem Abstecher erhoffte.

Er kannte die Kastanienallee gut, aber nicht jede Hausnummer. Er hätte nicht sagen können, ob es eine Nummer 1 gab und wenn ja, ob sie am nördlichen oder südlichen Ende der Straße lag.

Am Rosenthaler Platz stieg er aus und ging den Weinbergsweg am Volkspark entlang. An der Kreuzung zur Fehrbelliner Straße stellte er fest, dass er das falsche Ende der Kastanienallee erwischt hatte. Vom U-Bahnhof Eberswalder Straße wäre es nur ein Katzensprung gewesen. Doch die Kastanienallee war kurz. Er wunderte sich, dass die Hausnummern weit davon entfernt waren, dreistellig zu werden.

Ihren Namen verdankte die Kastanienallee einigen Bäumen, die in lockerer Folge auf beiden Bürgersteigen gepflanzt worden waren, vor nicht allzu vielen Jahren, wie ihre Höhe vermuten ließ. Dazwischen die Schienen der Linie 12, vier schnurgerade silberne Rillen, die die Straße in fast gleich breite Streifen teilten. Die Gegend gefiel Grothe. Kneipen, Geschäfte und Wohnhäuser wechselten sich ab, der Verkehr war mäßig. Nur im Sommer konnte es zu später Stunde vor der einen oder anderen Kneipe laut werden.

Kürzlich hatte er sich hier mit einem Autor getroffen. Eine dieser Begegnungen, die immer harmlos begannen und doch unweigerlich in ein Wechselspiel von Drängen und Vertrösten mündeten, wie bei einem Rendezvous, bei dem ein aufdringlicher Verehrer seine Angebetete in die Enge zu treiben versucht. Wenn die Autoren dann einsahen, dass er nichts für sie tun konnte, zumindest im Moment, wie er gebetsmühlenartig wiederholte, wurden sie unangenehm. Frech, beleidigend oder schlimmer, vor allem, wenn sie zu viel getrunken hatten, was bei einem Treffen, bei dem er alles bezahlte, unvermeidlich war.

Die Nummer sechzehn war ein Haus an der Ecke Oderberger Straße, in dem sich eine Gaststätte befand. Tische und Stühle standen davor. Trotz der Jahreszeit und der Tatsache, dass niemand dort saß, spannten sich dunkelgrüne Markisen darüber. Das Haus selbst wäre unscheinbar gewesen, hätten sich nicht Weinranken über die Fassade gewunden. Sie leuchteten in den Farben des Herbstes.

Einen Hauseingang mit der gesuchten Nummer fand er nicht, und so ging er kurzerhand hinein.

Obwohl dutzende Male daran vorbeigekommen, war ihm das Lokal noch nie aufgefallen. Eine Mischung aus Restaurant und Bar, innen schmucklos eingerichtet und auch hier menschenleer. Aber es war noch früh am Abend. Es hieß *Godot*, doch das besagte nichts.

Hinter dem Tresen stand ein Mann. Grothe schätzte ihn auf etwa vierzig Jahre. Schwarz und mit einer ebenso schwarzen Schürze bekleidet, kahlgeschorener Kopf, Ohrring im linken Ohr. Mit kleinen schnellen Bewegungen richtete er Gläser und Flaschen aus, polierte Regale und Theke, während die Muskelpakete unter seinem T-Shirt kurz hervortraten, um gleich wieder zu verschwinden oder ein Stück weiter zu wandern. Schwarze Wellen in einem schwarzen Meer.

Es dauerte eine Weile, bis er aufblickte. „Wir haben noch geschlossen." Als Grothe den Kopf zur offenen Tür drehte, fügte er hinzu. „Ich habe nur mal kurz gelüftet." Es roch nach Bier, nach feuchtem Holz und ein wenig nach kalter Asche.

„Ich wollte..." begann Grothe.

„Hören Sie, wir öffnen um 18 Uhr, kommen Sie dann wieder! Jetzt gibt es weder was zu trinken noch was zu essen..."

„Ich wollte Sie nur etwas fragen."

„...und Antworten auf Fragen gibt es schon gar nicht."

Grothe drehte sich um und ging ein paar Schritte auf die Tür zu. Dann machte er kehrt. Der Barkeeper wusch sich die Hände und trocknete sie mit einem karierten Geschirrtuch ab. „Sonst noch was?" fragte er. Sein Ton war nicht drohend, aber auch nicht freundlich.

Grothe ging auf ihn zu, der andere sah ihn fragend an und stieß sich mit beiden Händen federnd von der Theke ab.

Eine Weile starrten sie sich wortlos an. Dann griff Grothe in die Innentasche seines Mantels und zog seine Brieftasche hervor. Er betastete die Scheine darin, als könne er jeden einzelnen an der in Blindenschrift eingeprägten Markierung erkennen. Schließlich zog er einen Zwanziger heraus und legte ihn auf den Tisch. „Ich wollte Sie nur etwas fragen", wiederholte er.

Der Barkeeper starrte den Schein an, als handele es sich um eine fremde Währung, deren Wert er erst abschätzen müsse. Schließlich nahm er ihn in die Hand und hielt ihn gegen das Licht der Lampe, die über der Theke hing. „Okay, aber machen Sie es kurz. Ich habe zu tun." Mit einer schnellen Bewegung faltete er den Schein zusammen und steckte ihn in seine Hosentasche.

„Sagt Ihnen der Name Neumann etwas?"

„Sind Sie ein Bulle?"

Grothe verzog das Gesicht zu einem Lächeln. „Nein, ganz und gar nicht. Es geht um ein Manuskript. Der Verfasser hat als Absender dieses Lokal angegeben." Er legte den Umschlag auf den Tresen. „Sehen Sie? Neumann, Kastanienallee 16. Das ist doch hier, nicht wahr?"

Der Barmann warf einen flüchtigen Blick auf das Stück Papier. „Dann sind Sie also Verleger oder so?"

„Genau." Grothe hatte es längst aufgegeben, irgendjemandem zu erklären, was ein Literaturagent war und was er tat.

„Gibt es dazu auch einen Vornamen?" Als Grothe den Kopf schüttelte, nahm sich der Barkeeper ein Glas und füllte es halb mit Wasser. Er trank einen langen Schluck. „Auch ein Glas?" Wieder schüttelte Grothe den Kopf. „Hm, wissen Sie, die Stammgäste kenne ich nur mit Vornamen oder Spitznamen. Aber Neumann..." Er trank sein Glas in einem Zug aus. „Nee, Neumann sagt mir nichts." Dann knallte er das Glas auf das polierte Holz. „War nett, mit Ihnen zu plaudern", fügte er mit einem aufgesetzten Grinsen hinzu.

Grothe überlegte, ob er gehen sollte. Der Barmann wusste nichts oder stellte sich dumm. Er kramte in seiner Brieftasche nach einem Zehn-Euro-Schein. Er war heute Morgen am Flughafen am Geldautomaten gewesen. Auch diesen legte er ordentlich ausgerichtet auf den Tresen.

Der Barmann griff danach und führte ihn mit einer langsamen Bewegung bis kurz vor die Augen. „Ist irgendwie … geschrumpft. Und hat einen rötlichen Stich. Der wird doch wohl nicht falsch sein?"

„Das ist der Letzte, den ich habe. Nehmen oder lassen."

Der Barista ließ auch den zweiten Schein verschwinden und kratzte sich an der Nase. „Okay, was wissen Sie noch über diesen Neumann?"

„Könnte ein Schriftsteller sein", antwortete Grothe. „Ich meine, jemand, der schreibt..."

„Sie meinen, Romane und so?"

„Romane, Kurzgeschichten, Theaterstücke..."

Der andere lachte gackernd. „Was glauben Sie, wie viele der Gäste hier schreiben? Jeder Zweite? Vielleicht sind es auch zwei von dreien. Einschließlich meiner Wenigkeit."

Das hatte ihm gerade noch gefehlt. „Schauen Sie, ich kann etwas für diesen Neumann tun." Wenn man ein Lokal als Absender angab, dann rechnete man damit, eine mögliche Antwort ausgehändigt zu bekommen. Neumann musste hier bekannt sein.

„Sie lassen nicht locker, was?" Der Barkeeper öffnete eine Schublade unter der Kasse und zog ein schwarzes Buch heraus, ein altmodisches Journal, aus dem diverse Reiter und eingeklebte Zettel herausragten. „Wenn er ein Stammgast ist, steht er hier drin. Wenn nicht..." Er hob die Schultern. „Unsere Stammgäste dürfen anschreiben, die einen tun es, die anderen nicht. Vielleicht haben Sie Glück." Er blätterte eine Weile und pfiff dann leise durch die Zähne. „Schau an..."

„Haben Sie ihn gefunden?"

„Nicht ihn, sie. Sandra. Oder besser gesagt, Sandy. Und die heißt Neumann? Nie gehört." Es klang aufrichtig. „Aber sie schreibt nicht, da bin ich mir ziemlich sicher. Auch wenn sie mit solchen Typen rumzieht..."

„Was für Typen?"

„Na, Sie wissen schon. Diese Typen mit ihren Hüten und Schals, die draußen ihre Gauloises rauchen und auf ihren MacBooks rumhacken und sich ständig beschweren, dass das WLAN zu schwach ist. Wozu zum Teufel braucht man Internet, wenn man schreibt?" Er zog die Nase hoch. „Aber die Sandy, die ist in Ordnung."

„Aber sie schreibt nicht."

„Nicht, dass ich wüsste."

„Und Sie wüssten es?"

„Quatsch, so gut kenne ich sie nicht. Ich meine nur, sie hängt es nicht an die große Glocke, nicht so wie die anderen."

„Haben Sie ihre Adresse?"

„Adressen führen wir nicht. Sie zahlt in bar und fertig. Wir schicken denen ja keine Rechnungen nach Hause."

„Wann, glauben Sie, kann ich sie antreffen?"

„Hier? Da können Sie lange warten. Sie kommt höchstens ein- oder zweimal im Monat. Wenn Sie es eilig haben, versuchen Sie es mal im Burger. Da hängt sie öfter ab."

„Kaffee Burger?"

„Ich sehe, Sie kennen sich aus."

Grothe ging ohne ein weiteres Wort. Der Abend hatte sich über die Kastanienallee gesenkt, die ersten Lichter brannten, und die Bürgersteige füllten sich. Sandra Neumann, dachte er, das war ein Anfang.

Grothe wohnte im dritten Stock eines neu renovierten Mietshauses in der Wilmsstraße. Das mit Efeu bewachsene Eckhaus fiel schon von weitem auf. Es reichte, einen neuen Besucher darauf hinzuweisen, damit er es fand. Eine Zweizimmerwohnung mit einem kleinen Balkon, von dem aus man hinunter auf die parkenden Autos blickte. Und doch wohnte er gerne hier. Er hatte sich sparsam eingerichtet, wenige teure Möbel, die er vor einer Ewigkeit gekauft hatte und die Patina klassischer Designerstücke ansetzten: Zwei lederne Thonet-Stühle, eine Corbusier-Liege, und ein gelbes Sofa, das sich mit einem Handgriff in ein Bett verwandeln ließ.

Im Kiez fühlte er sich wohl. Obwohl er kein Mensch war, der leicht Anschluss fand, war es unvermeidlich, dass er bald jeden zweiten kannte. Und so ging er nach rechts und links grüßend zum Supermarkt, wechselte ein paar Worte mit der Kassiererin und ließ sich bei seiner Rückkehr zu Hause auf der Treppe geduldig nickend von der Nachbarin auf den neuesten Stand bringen. Besuch hatte er selten, eine feste Beziehung zu einem weiblichen Wesen schon seit Jahren nicht mehr. Einsam fühlte er sich dennoch nicht. Ihm genügten seine beruflichen Kontakte, die gelegentlichen Treffen mit alten Freunden, die Berlin besuchten, und manchmal kam sein Kompagnon aus Frankfurt auf einen Abstecher vorbei. Aber das kam nicht oft vor, meistens war er es, der zu ihm an den Main fuhr.

Hätte er in einem anonymen Stadtteil gewohnt, in einer dieser gesichtslosen Hochhaussiedlungen am Rande der Stadt, wäre ihm die Decke auf den Kopf gefallen. Hier im Kiez fühlte er sich mitten im Leben, nahm teil an dem, was um ihn herum geschah, auch wenn er wusste, dass er nur Zuschauer war, einer, der sich an einem fremden Ofen wärmte.

Grothe hatte gerade die Haustür hinter sich geschlossen, als das Telefon klingelte. Es war der Festnetzanschluss, was selten vorkam, und er stellte sich auf einen Werbeanruf oder eine telefonische Umfrage ein. Doch es war Mathilde Unger, die Frau seines berühmten Klienten. Es wurde ein kurzes Gespräch. Lange stand er danach mit dem Hörer in der Hand im Flur und starrte die Wand an.

Kapitel fünf

Es brauchte eine Weile, bis er verstand, was Mathilde gesagt hatte. Ihr Mann war tot. Er hatte einen Schlaganfall erlitten, war lange wiederbelebt worden, mit Erfolg, wie es schien, ein zweifelhafter Erfolg, denn die Ärzte hatten keine Hoffnung, dass das Koma, in dem er lag, jemals zu einem Wachsein führen würde, zu einem Zustand, den man Leben nennen könnte. Wenn er nicht tot war, so war er doch auf dem besten Wege dazu.

Grothe ging ins Wohnzimmer und ließ sich in einen Sessel fallen. Wie betäubt griff er nach einer Flasche und schenkte sich ein großes Glas Scotch ein. Heute kam alles zusammen. Erst Ingrids unglaubliches Angebot und dann das. *Walter Unger ist tot!* Er wiederholte diese Worte immer wieder. Vielleicht hatte er einen schrecklichen Alptraum, vielleicht hatte er Mathilde falsch verstanden, vielleicht war es gar nicht Mathilde gewesen, die angerufen hatte.

„Komm so schnell wie möglich, wenn du ihn noch lebend sehen willst", hatte sie gesagt.

Er saß da und trank, ohne etwas zu schmecken. Er trank schnell und spürte, wie ihm die Wärme des Alkohols zu Kopf stieg. Musste Walter Unger ausgerechnet an einem Schlaganfall sterben? Jeder Tod, der einen Künstler von einem Moment auf den anderen aus dem Leben riss, war höchst kontraproduktiv. Hätte er nicht, wie so viele andere vor ihm, an Krebs erkranken können? An Krebs oder an einer anderen unheilbaren Krankheit, die einen in schöner Langsamkeit über Monate oder besser Jahre hinweg vom Leben zum Tod beförderte, vorzugsweise bei vollem Bewusstsein und im Vollbesitz seiner geistigen Kräfte? War das nicht der ideale Tod für einen Schriftsteller? Ein Tod, den man mit Tagebüchern, Essays, autobiographischen Erzählungen, mit Nachlässen und Vermächtnissen bis zum Erbrechen begleiten konnte? Was hätte Unger in ein, zwei Jahren Todeskampf schreiben und publizieren können! Ganz zu schweigen von seinen früheren Büchern, deren Verkaufszahlen neue, ungeahnte Höhen erklommen hätten. Nichts rührte die Menschen mehr als ein sterbender Gigant, noch dazu einer, der über jede Minute seines Sterbens minutiös Auskunft gab. Wenn man diese Gabe besaß, dann war es eine ungeheure Verschwendung, plötzlich und stillschweigend abzutreten, ohne eine Zeile, ohne ein Wort.

Grothe standen die Tränen in den Augen. Zum einen ging ihm der absehbare Tod seines Klienten und Freundes nahe, keine Frage, aber gleichzeitig tat er sich selbst leid. Es war ungerecht, zutiefst ungerecht. Seine größte Hoffnung, sein einziger Garant für einen halbwegs sorgenfreien Lebensabend, stahl sich davon, machte mit seinem läppischen Tod all seine Hoffnungen zunichte.

So versank er in ein dumpfes Brüten, das mit zunehmenden Alkoholkonsum – er trank nach und nach die Flasche leer – erst in einen Dämmerzustand, dann in einen unruhigen Schlaf überging.

Und er träumte. Er träumte von einem Erdbeben. Es war ein leichtes Erdbeben gewesen, aber nach und nach kamen die Schlangen. Zu Dutzenden flüchteten sie sich in sein Zimmer, kurze und lange, dicke und dünne, grüne, braune und schwarze Schlangen. Am schlimmsten aber waren die gelben. Sie wanden sich zu seinen Füßen und bedeckten den Boden bis zu seinen Knöcheln. Er schreckte auf, sah sich um, dann ging er hinüber in sein Schlafzimmer und legte sich aufs Bett. Angezogen wie er war, schlief er ein.

Am nächsten Morgen nahm er einen frühen Flug nach Frankfurt. In seinem Kopf hämmerte es wie am Vortag, doch heute machte es ihm weniger aus. Selbst der schlimmste Kater konnte seinen Gemütszustand nicht verschlechtern. Seine Stimmung war auf dem Nullpunkt, und wenn er einen Teil seiner schlechten Laune auf das erneute Besäufnis schieben konnte, umso besser.

Er musste nachdenken. Noch bevor das Flugzeug den kurzen Abschnitt auf Reiseflughöhe antrat und die Flugbegleiterinnen mit dem Service begannen, hatte er verschiedene Möglichkeiten durchgespielt. Er bestellte zwei Kaffee und stellte sie auf den Klapptisch des freien Nebensitzes. Als Frequent Traveller gestand ihm die Lufthansa auch in der Economy-Class einen freien Nebensitz zu. Ein kleines Privileg, das er zu schätzen wusste.

Unger war tot oder würde es bald sein. Doch Grothe wollte nicht untätig warten. Vor allem musste er wissen, wie weit *Eine deutsche Familie* gediehen war. Vielleicht war das Buch fertig oder kurz davor. Auf jeden Fall sollte es so schnell wie möglich erscheinen. Und Unger musste so lange wie möglich leben. Jeder Tag war ein

Geschenk. Noch wichtiger war es, die Öffentlichkeit über den Ernst der Lage im Unklaren zu lassen. Unger war schwer krank, aber er würde sich erholen, schon bald säße er fröhlich an seinem Schreibtisch und brächte die wundervollsten Sätze zu Papier. Das war die Marschroute, die Grothe sich schnell zurechtgelegt hatte. Jetzt musste er nur noch dafür sorgen, dass alle mitspielten.

Frankfurt lag im Nebel, und sie flogen ein paar zusätzliche Schleifen, bis man sie auf der Nordwestbahn landen ließ. Verspätung, dachte Grothe. Keine große Sache, aber sie machte ihn nervös. Auf nichts schien Verlass zu sein, selbst die selbstverständlichsten Dinge konnten sich gegen einen wenden.

Zuerst nahm er den ICE nach Mannheim, von dort ein Taxi nach Heidelberg. Man hatte Unger ins Salem eingewiesen, ein kleines konfessionelles Krankenhaus unweit der großen universitären Klinikkomplexe, das einen ausgezeichneten Ruf genoss. Eine gute Wahl, wie Grothe fand. Er wusste, dass die Ungers dort einen der Oberärzte kannten. Das konnte von Vorteil sein.

Als er das Krankenzimmer betrat und Walter Unger sah, wusste er sofort, dass sich seine Hoffnungen nicht erfüllen würden. Auf den ersten Blick glaubte er, eine Leiche zu sehen. Unger schien geschrumpft, eingefallen, von innen ausgehöhlt. Von dem großen, kräftigen Mann war nur noch eine zerknitterte Hülle übrig. Doch er atmete. Selbständig durch den halb geöffneten Mund. Ein unscheinbares Lüftchen, das ein und aus strömte, und nur zu hören war, wenn er sich tief über ihn beugte. Auch sein Herz schlug, regelmäßig, wenn man dem Monitor über dem Nachttisch glauben durfte.

Außer Unger waren noch zwei Frauen anwesend. Mathilde saß auf einem Stuhl neben dem Bett. Sie starrte auf den Boden, blickte kurz auf, als er sich zu ihr herabbeugte und sie auf die Wangen küsste. Der anderen Frau, die auf dem anderen Stuhl am Fußende des Bettes saß, gab Grothe die Hand. Susanne Berggrün, die Hauptfigur in *Eine deutsche Familie,* schluchzte leise.

Grothe fasste sich schnell. So schlecht Walter Unger auch aussah, er lebte aus eigener Kraft. Es gab keine Maschinen, über deren Abschalten man diskutieren konnte. Wenn er nicht von selbst starb, hätte man ihm ein Kissen aufs Gesicht drücken müssen, um ihn vom Leben zum Tod zu befördern.

Er nahm Mathildes Hand und streichelte sie vorsichtig. Seine innere Ruhe kehrte zurück. Noch war nicht alles verloren. Er sprach ihr sein Beileid aus und ärgerte sich darüber, dass alles, was er sagte, so floskelhaft klang. Aber sie schien es nicht zu bemerken.

Grothe sah Frau Berggrün an. Er hatte sie noch nicht persönlich kennengelernt. Aber er wusste einiges über sie, Unger hatte ihm von ihr erzählt. Sie war eine Art Muse für ihn gewesen, vielleicht hatte er ein Verhältnis mit ihr gehabt. Er hatte sich nie klar dazu geäußert. Die Spannung zwischen den beiden Frauen sprach dafür, Susannes Berggrüns fortgesetztes Weinen auch. Andererseits wirkte sie als Frau auf Grothe nicht besonders sinnlich. Sie war auf eine merkwürdige Weise asexuell. Obwohl sie nach üblichen Maßstäben gut aussah, reichte Grothes Fantasie nicht aus, um sie sich mit einem Mann im Bett vorzustellen, mit einem Mann oder einer Frau, das war einerlei. Aber vielleicht lag es an ihm, Unger mochte es anders gesehen haben.

Später erschien Dr. Brenner, der befreundete Oberarzt. Er arbeitete nicht auf dieser Station, hatte sich aber des berühmten Patienten angenommen. Brenner hatte seinerzeit gemeinsam mit Ungers Tochter Carmen studiert, war mit ihr sogar liiert gewesen – lange galt er als der zukünftige Schwiegersohn – bis die Tochter für *Ärzte ohne Grenzen* nach Afrika ging.

Ungers Tochter kam nach ihrem Vater. Grothe kannte sie als rebellisch, unbeugsam und kompromisslos. So sehr sie ihren Vater liebte, so sehr verachtete sie alle Zwänge und Konventionen, denen er sich unterworfen hatte. In unzähligen Auseinandersetzungen prangerte sie seine Bereitschaft an, sich der großen Kommerzmaschine auszuliefern. So drückte sie sich aus. Und Grothe selbst stand für alles Schlechte im Literaturbetrieb. In Carmens Augen war Grothe das personifizierte Böse, der Teufel, der mit dicken Geldbündeln lockte, der falsche Freund, der den unschuldigen Künstler korrumpierte. Sie war eine hoffnungslose Idealistin.

Dr. Brenner dagegen war ein Arzt wie aus einer Fernsehserie. Sportlich, braungebrannt, mit einem Händedruck, den nur ein eifriger Sportstudiogänger haben konnte. Dazu war er groß und blond, ungemein eloquent, höflich und witzig, so charmant, wie jemand, der sich seiner Sache absolut sicher ist, kurz: Er war Grothe schon immer ein Gräuel gewesen. Kein Wunder, dass Carmen die Flucht ergriffen hatte.

Nach der fast förmlichen Begrüßung standen sie verlegen herum. Die Frauen saßen teilnahmslos auf ihren Stühlen. Schwer zu sagen, wer von beiden mehr litt. Aber Wolfgang Brenner war kein Mann, der es lange schweigend aushielt. Zumal er meistens in Eile war. Nach einem kurzen Hüsteln bedeutete er Grothe, ihm zu folgen.

Beim Hinausgehen bediente sich Brenner am Desinfektionsgerät, das neben der Tür an der Wand hing, und sprühte sich die Hände ein. Grothe tat es ihm gleich. Es war eine kalte, schwach parfümierte Flüssigkeit, die sich schnell verflüchtigte, während er sich mechanisch die Hände rieb.

„Hast du Lust auf einen Kaffee?"

Grothe zuckte unmerklich zusammen. Ja, sie hatten sich geduzt, auch wenn es lange her war. Er nickte.

Mit dem Fahrstuhl fuhren sie in den fünften Stock. Durch eine Glastür betraten sie ein kleines, kaum besuchtes Café.

„Such dir einen Platz", Brenner machte eine unbestimmte Geste, „ich hole uns was. Kuchen?" Grothe schüttelte den Kopf.

Stand man mittendrin, wirkte das Café eher wie eine Kantine, doch die Tische gingen auf eine große Terrasse hinaus, von der aus man die Stadt überblicken konnte. Heidelberg war nicht Frankfurt, und im fünften Stock gab es ringsum nichts, was den Blick versperrte.

Brenner kam zurück. Er stellte das Tablett auf den Tisch und reichte ihm eine Tasse. Während er Zucker in die seine rührte, wog er den Kopf.

„Es tut mir leid, Jo. Es tut mir wirklich leid."

Automatisch wanderte Grothes Hand zu den Zigaretten in seiner Tasche. Doch er ließ sie stecken. „Wolfgang...", er überlegte kurz. „Ich muss wissen, wie es um ihn steht. Die ganze ungeschminkte Wahrheit, wie man so schön sagt."

Brenner sah auf: „Er hatte einen Schlaganfall. Einen schweren. Er lag über eine Stunde bewusstlos in seinem Arbeitszimmer, bis man ihn fand. Weißt du, was das bedeutet?" Grothe verneinte. „Sein Gehirn ist schwer geschädigt. Irreversibel..."

„Aber er atmet noch, sein Herz schlägt..."

„Sein Zustand ist kritisch. Es kann von einem Moment auf den anderen vorbei sein."

„Aber er kann sich auch stabilisieren?"

„Ja, aber das ändert nichts. Er wird nicht mehr aus dem Koma aufwachen."

„Und wenn doch?"

Brenner seufzte. „Ich bin kein Hellseher, Jo. Aber selbst, wenn er wieder aufwacht, wird er nicht mehr derselbe sein."

„Er wird nie wieder schreiben können?"

„Schreiben?" Brenner lachte leise auf. „Er wird nicht sprechen können, er wird nichts verstehen, er wird nicht laufen können..."

Es war vorbei, einfach so. Der größte deutsche Schriftsteller brächte nie wieder ein Wort zu Papier. Im günstigsten Fall würde er sabbernd im Rollstuhl herumgeschoben werden. Grothe spürte die Verzweiflung in sich aufsteigen. Ausgerechnet jetzt musste es passieren, ausgerechnet jetzt. „Wolfgang, das darf nicht sein!" Er griff nach Brenners Arm. „Man muss doch etwas tun! Kann man ihn nicht operieren? Das Blut verdünnen, den Kreislauf stabilisieren, eine Sonde legen, was weiß ich..."

Brenner riss sich los. „Herrgott, Jo, Walter ist einundachtzig Jahre alt. Menschen in diesem Alter bekommen einen Herzinfarkt. Oder einen Schlaganfall. Das ist normal. Menschen sterben."

„Aber doch nicht jetzt!"

„Das geht dir wohl sehr nahe?"

„Er war mein ... Freund."

Brenner nickte. „Ja. Er war ein wunderbarer Mensch."

„Hast du eine Ahnung, was der deutschen Literatur verloren geht?" Von ihm selbst ganz zu schweigen.

„Jo, ich habe keine Ahnung von Literatur, aber Walter hat fünfzehn Romane geschrieben, und die werden bleiben. Für immer."

Ja, dachte Grothe, aber sein wichtigster Roman wird vielleicht nie erscheinen.

Es entstand eine Pause, in der jeder seinen Gedanken nachzuhängen schien. Wenn der Lauf der Dinge unabänderlich war, und danach sah es aus, dann hieß das nicht, dass man nichts tun konnte.

Ganz im Gegenteil. Das Wichtigste war, die Initiative zurückzugewinnen.

„Gut, Wolfgang. Unger darf nicht sterben", Brenner wollte protestieren, doch Grothe schnitt ihm das Wort ab. „Als Erstes musst du mir versprechen, dass du alles Menschenmögliche tust, um ihn am Leben zu erhalten. Künstliche Ernährung, wenn es sein muss Beatmung, Sauerstoff, das volle Programm." Grothe kam in Fahrt. „Zweitens, die Presse. Die Presse darf nicht wissen, wie es um ihn steht. Er hat einen *leichten* Schlaganfall erlitten und liegt im künstlichen Koma, um den Heilungsprozess zu beschleunigen. Die Chancen stehen gut, dass er wieder ganz gesund wird."

„Aber..."

„Die Chancen stehen gut. Punkt. Optimismus, Wolfgang, Optimismus!" Er musste Zeit gewinnen, das war das Wichtigste. Dann konnte er weitersehen. „Und unbestimmt bleiben. Er wird noch Tage im künstlichen Koma liegen, Wochen. Vielleicht auch länger. Wer will das schon wissen?" Die Aufmerksamkeitsspanne der Medien war kurz. Unger war kein Popstar, bald würde das Interesse abflauen und man gewöhnte sich an den Gedanken, dass der berühmte Schriftsteller eine lange Rekonvaleszenz durchmachte. Irgendwann würde er wieder aufwachen. Oder er starb. Irgendwann, aber nicht jetzt.

Grothe redete noch eine Weile auf Brenner ein. Er führte die deutsche Literatur an, Mathilde, Ungers Tochter Carmen. Es gab tausend Gründe, warum Walter Unger nicht sterben durfte. Am Ende war Brenner zwar nicht überzeugt, aber Grothe hatte den Eindruck, dass er mitspielen würde. Zumindest für den Moment. Und nur das zählte jetzt. Später war später. Dann würde er weiter sehen.

Brenner hatte ein paar Mal auf die Uhr geschaut und sich dann aufgemacht. Grothe drehte noch eine Runde auf der Dachterrasse des Krankenhauses. Er rauchte eine Zigarette und dann noch eine. Die Sonne stand tief, der Tag war schnell vergangen. Das Bild, das sich ihm bot, war friedlich. Im Süden Neuenheim und die Altstadt, dazwischen eine Ahnung des Flusses. Im Westen die weißen Neubauten des Klinikrings, auf der anderen Seite die feuchtgrünen Hügel, die im schrägen Licht der Sonne glänzten. Die Terrasse war weitläufig, überall standen Kübelpflanzen, Bänke, auf denen

Patienten saßen und rauchten oder sich leise mit einem Angehörigen unterhielten. Vom Verkehr auf den umliegenden Straßen war nichts zu hören, nur das Rauschen eines schwachen Windes, der aus dem Neckartal herüberwehte.

Seit dem Gespräch mit Ingrid Lortzing war kaum ein Tag vergangen, und wegen der sich überstürzenden Ereignisse um Walter Unger hatte er keine Zeit gefunden, über ihr Angebot nachzudenken. Der Gedanke daran saß tief in seinem Hinterkopf und sprang ihm von Zeit zu Zeit wie ein kleines Teufelchen ins Bewusstsein. Aber an ein ernsthaftes Abwägen hatte er sich noch nicht herangewagt. Und doch. Er wusste, er würde Ingrids Angebot annehmen. Er würde *Eine deutsche Familie* an Suhrkamp verkaufen.

Sein Entschluss stand fest, stand so fest, wie er immer gestanden hatte. Heute Morgen oder gestern Abend oder in dem Moment als Ingrid ihre folgenschweren Worte ausgesprochen hatte.

Hatte er eine Wahl? Er brauchte Ungers letztes Buch, er brauchte den Erfolg, und vor allem brauchte er das Geld. Denn jedes Buch konnte ein Flop werden, auch Ungers. Aber die 150.000 Euro konnte ihm niemand mehr nehmen.

Seltsam, dachte er, wie leicht es war, wie selbstverständlich ihm seine Entscheidung vorkam, jetzt, da sie fast ohne sein Zutun gefallen war. Ein wenig erschrak er darüber, stellte sich Peter Leonhards Reaktion vor, die des ganzen Fischer-Verlags. Vielleicht verlöre er einen Freund. Aber das war unvermeidlich, so unvermeidlich wie der Tod.

Kapitel sechs

Wie schon so oft zuvor hatte Mathilde ihn eingeladen, in der Jugendstilvilla der Ungers zu wohnen, hatte sein übliches Zimmer hergerichtet und sich über seine ebenso üblichen wie halbherzigen Proteste hinweggesetzt. Auch Susanne Berggrün wohnte dort, offenbar schon länger. Sie hatte mit Walter Unger an eine *Eine deutsche Familie* gearbeitet. Doch die beiden Frauen schienen sich aus dem Weg zu gehen, und so sprach Grothe erst mit der einen, dann mit der anderen.

Susanne Berggrün war Anfang 60, hatte mittellanges blondes, nachlässig gefärbtes Haar, kaum Falten und war sportlich so durchtrainiert, dass sie asketisch wirkte. Ihre Leidenschaft galt dem Laufen. Sie joggte jeden Tag, morgens und abends, lief den einen oder anderen Marathon und wanderte im Sommer lange Etappen auf dem Jakobsweg.

Angesichts ihrer Lebensgeschichte wäre es naheliegend gewesen, dieses Laufen als eine Form des Davonlaufens zu betrachten. Ihre Biografie war voller Brüche und so mit Schicksalsschlägen gespickt, dass sie sofort das Interesse eines professionellen Geschichtenerzählers wie Walter Unger geweckt hatte. Doch so war es nicht. Es war die Bewegung um der Bewegung willen. Sie wollte nirgendwohin und nirgendwohin zurück. Das Laufen verschaffte ihr das Gefühl von Veränderung, ohne dass sie etwas verändern musste. Denn Veränderungen machten ihr Angst, ebenso wie das Unvorhersehbare, das Ungewisse, das Zufällige. Ihre Erfahrung hatte sie gelehrt, dass das Neue selten gut war, dass das Leben unweigerlich mit einer steten Verschlechterung einherging. Sie hatte das Gefühl, auf einer schiefen Ebene zu stehen und langsam einem Abgrund entgegenzugleiten, den sie sich als den Tod vorstellte.

Das sollte sie Grothe später in einer schwachen Stunde anvertrauen, und er musste an einen gefangenen Vogel denken, dessen Käfig wer weiß wie lange schon offenstand. Sie hätte nur hinaus ins Leben treten müssen, statt sich ängstlich zurückzuziehen. Dass sie es nicht tat und nie täte, lag an ihrer bedauernswerten Lebensgeschichte.

Susanne Berggrün war die Protagonistin in *Eine deutsche Familie*. Sie hatte die Rahmenhandlung und die meisten Anekdoten beigesteuert. Im Grunde war es ihr Leben, auch wenn Unger das eine oder andere Detail ausgeschmückt hatte.

Die Geschichte beginnt Anfang der 50er Jahre und spannt sich bis in die Gegenwart. Das Zeitgeschehen bleibt stets im Hintergrund, ist die Begleitmusik zu einer Handlung, die von starken Charakteren geprägt ist.

Da ist zunächst Susannes Mutter Elfriede, genannt Frieda. Schon in jungen Jahren eine extravagante Lebedame, bandelt sie mit dem nicht minder lebenslustigen Gunter an, Frauenheld, Spieler und Hochstapler in Personalunion. Sie heiraten nie, lieben und hassen sich von Jahrzehnt zu Jahrzehnt, machen sich gegenseitig das Leben zur Hölle und können doch nicht voneinander lassen. Das einzige brauchbare Ergebnis dieser Verbindung ist Susanne (im Roman Martha genannt). Sie wächst teils bei der Mutter, teils beim Vater und vor allem bei der Großmutter auf, wird von beiden Eltern in die jeweiligen Intrigen hineingezogen, wird Mitwisserin, Verbündete, Verräterin und braucht viele Jahre, um sich halbwegs frei zu strampeln.

Susanne flieht in die Arme eines reichen Industriellen, des Fabrikanten Gernot von Lauenstein, Spross einer alten, weitverzweigten Adelsfamilie – und kommt vom Regen in die Traufe. Im diesem goldenen Käfig empfängt sie zwei Kinder, Stefan und Martina, zieht sie auf und muss hilflos mit ansehen, wie sie sich ihr entfremden, wie sie nach und nach zu nützlichen Mitgliedern der Dynastie heranwachsen, einer Familie, mit der sie nichts gemein hat. Sie erkennt, dass sie nur Gebärmaschine ist, das hübsche Aushängeschild der Firma und der Sippe, ein Püppchen ohne eigenes Leben und ohne eigenen Willen. Spät, aber nicht zu spät, verlässt sie ihren Mann – und wird von den inzwischen erwachsenen Kindern verstoßen. Sie fristet mittellos ein einsames Leben.

Ausgangspunkt des Romans ist die Beerdigung der Mutter. Als diese im Alter von zweiundachtzig Jahren endlich stirbt, hat sie als letzte Grausamkeit ihrer Tochter testamentarisch verboten, sich dem Friedhof auf weniger als zweihundert Meter zu nähern. Ihr ganzes Geld hat sie ohnehin einem rumänischen Gigolo vermacht, den sie kurz zuvor geehelicht hat. Und so beobachtet die folgsame Tochter die schlichte Zeremonie aus der Ferne, weint hemmungslos und besinnt sich auf ihre Geschichte. So beginnt das Buch.

Grothe war sich bewusst, dass der Stoff seine Tücken barg. Ein anderer Autor wäre den vielfältigen Verlockungen des Plots erlegen, hätte sich in Plattitüden verloren oder wäre dem Kitsch verfallen. Nicht so Walter Unger. Wenn es jemanden gab, der millimetergenau durch diese Untiefen zu navigieren wusste, dann war er es. Immer fand er die passenden Worte, nie hätte er jene unsichtbare Grenze überschritten, die das Erhabene vom Trivialen trennt.

Nach allem, was Joachim Grothe über Literatur wusste, ging Susanne Berggrüns Geschichte mit Walter Ungers Können eine ideale Verbindung ein. Es stimmte alles. Grothe war sich mit der Fachwelt einig, dass sich Bestseller nicht planen und schon gar nicht in der Retorte herstellen ließen. Aber wenn es diese Möglichkeit gab, dann war er diesmal ganz nah dran.

Grothe saß schon eine Weile in der Bibliothek, als Mathilde hereinkam. Das Gespräch mit Susanne Berggrün war gut verlaufen. Sie war leicht zu überzeugen gewesen. Der Gedanke, Unger könne sterben, erschien ihr so unerträglich, dass sie dankbar nach jedem Strohhalm griff. Grothe hatte behauptet, die Ärzte sähen gute Chancen, Unger könne sich von seinem Schlaganfall erholen. Sie wurde ruhiger, gefasster, verlor ihren gehetzten Blick. Sie fröhlich zu nennen, wäre übertrieben gewesen, aber für ihre Verhältnisse wirkte sie fast heiter. Sie bedankte sich umständlich, zog sich zurück und äußerte die Hoffnung, in der kommenden Nacht zum ersten Mal wieder schlafen zu können. Grothe wünschte es ihr und nahm sie zum Abschied vorsichtig in die Arme.

Nicht so Mathilde. Obwohl er fast dieselben Worte benutzte wie kurz zuvor, schienen sie bei ihr nichts zu auszurichten. Sie blieb stumm, in sich gekehrt, abweisend. Ein paar Mal schüttelte sie den Kopf.

Eine Weile saßen sie schweigend nebeneinander vor dem Kaminfeuer. Die Bibliothek war geräumig. Drei hohe Fenster gingen auf den verwilderten Garten hinaus, der jetzt im Dunkeln lag. Ein riesiger Schreibtisch aus hellem Holz beherrschte den Raum. Vor dem Kamin standen zwei Sessel und eine altmodische Couch. Der Geruch des Leders vermischte sich mit dem des brennenden Feuers zu etwas Würzigem, das an Zigarren- oder Pfeifenrauch erinnerte.

Mathilde hob eine Hand, als wollte sie ihn berühren, ließ sie aber wieder sinken. „Jo", sagte sie, „lass es gut sein." Und bevor er protestieren konnte, fuhr sie fort: „Wir wissen beide, dass es vorbei ist. Es ist das Ende, und weißt du was?" Sie sah auf, „es erleichtert mich. Ich sollte das nicht sagen, aber es ist die Wahrheit. Traurig, nicht wahr?"

„Du hattest es nicht leicht mit ihm", sagte Grothe, um überhaupt etwas zu sagen.

„Ja." Sie schien nachzudenken. „Leicht war es nie, aber es wurde schwerer von Jahr zu Jahr und schließlich von Tag zu Tag." Sie stand auf und schenkte sich eine honigfarbene Flüssigkeit ein. Grothe hatte sich bereits einen Whiskey genommen. Sie kam zurück. „Walter konnte so ... launisch sein, so ungerecht, oder selbstgerecht, was im Grunde dasselbe ist. Er..." Sie seufzte. „Aber wem erzähle ich das? Du kennst ihn ja."

Walter Unger war kein einfacher Mensch gewesen. Er war einer jener Künstler, die sich im Mittelpunkt einer Welt sehen, um die sich alles andere zu drehen hat. Als rechtfertige seine Begabung all seine Schwächen, als entschädigten die unschätzbaren Werke, die er schuf, für das Leid, das er seinen Mitmenschen zufügte. Wie oft hatte Unger über die in seinen Augen kleinlichen Ansprüche seiner Frau geklagt, über ihre bürgerlichen Wünsche, ihr lächerliches Streben nach Glück? Doch Mathilde hatte sich nie damit begnügt, sich in seinem Glanz zu sonnen, und sie hatte nie aufgehört, ihren Anteil am gemeinsamen Leben einzufordern.

Mathilde lernte Unger während ihres Studiums in Frankfurt kennen. Sie waren seit fast 60 Jahren zusammen. Gemeinsam hatten sie am Institut für Sozialforschung studiert, hatten sich mit Kritischer Theorie und Psychoanalyse beschäftigt, hatten alles aufgesogen, was es damals im noch jungen Nachkriegsdeutschland an Faschismuskritik und neuen Ideen aufzusaugen gab, ohne je ein konkretes Ziel vor Augen zu haben.

Walter Unger wollte schreiben, schrieb schon als Jugendlicher Gedichte und Kurzgeschichten, kurze Prosatexte. In vielen Interviews behauptete er später, das Schreiben sei das Einzige, was er könne und jemals gekonnt habe. Obwohl er mit dieser Aussage kokettierte, spiegelte sie auch seine Fähigkeit wider, sein Können und Unvermögen richtig einzuschätzen.

Einen richtigen Beruf hätte Unger nie ergreifen können, weder in der Wirtschaft noch an einer Hochschule. Mit Menschen zu sprechen war ihm lästig, einen Vorgesetzten über sich hätte er nie geduldet. Er war nicht bereit, Rücksichten auf andere zu nehmen.

Mathilde dagegen interessierte sich von Anfang an für Psychoanalyse, für Gruppendynamik. Beide waren links, hielten sich für progressiv, auch wenn dieses Bekenntnis nie in ein politisches Engagement mündete. Unger hätte sich dafür zwangsläufig mit Menschen auseinandersetzen müssen. Mathilde hingegen fürchtete, sich dadurch von Unger zu entfremden.

Unger wurde Schriftsteller, etwas, was seit jeher wie in Stein gemeißelt schien, Mathilde seine Ratgeberin, Kritikerin, Lektorin, ja Therapeutin, denn sie machte ihn letztlich zu einem besseren Menschen.

Sie heirateten nicht einmal, als ihre Tochter Carmen geboren wurde. Aber sie blieben trotz aller Krisen zusammen. Ihre Beziehung überstand seine zahllosen Affären und auch ihre gelegentlichen Ausbruchsversuche. Mehrmals verliebte sie sich und wollte mit einem anderen Mann ein neues Leben beginnen. Sie kehrte immer wieder zurück, letztlich konnten sie nicht ohne einander, Unger, weil er wusste, dass sie der Anker war, der ihn in einem halbwegs normalen Leben hielt, Mathilde, weil sie keinem Mann begegnete, der sie auf Dauer so faszinieren konnte wie er.

Laut Mathilde war ihr Zusammenleben in den letzten Jahren immer unerträglicher geworden. Susanne und ihr Auftauchen hatten dazu beigetragen, aber es war mehr als das. Unger schien mit zunehmendem Alter von Selbstzweifeln geplagt zu sein. Er war gereizt, aufbrausend, ironisch bis zur Selbstverleugnung und so verletzend, dass es an Grausamkeit grenzte. Der Nobelpreis hätte es vielleicht gerichtet, und obwohl er zahllose Ehrungen erhalten hatte, nichts stellte ihn zufrieden, seine Bücher, die er früher so gern in die Hand genommen und darin geblättert hatte, erschienen ihm wertlos oder zumindest fragwürdig. Waren sie einst seine geliebten Kinder gewesen, so erschienen sie ihm nun als von Behinderungen geplagte Missgeburten.

„Ich glaube, er konnte zuletzt nicht einmal mehr schreiben. Das war das Schlimmste für ihn", sagte Mathilde, und Grothe erschrak.

Wann hatte er Unger das letzte Mal gesehen? Es musste bei der großen Feier zu seinem achtzigsten Geburtstag gewesen sein. Sie hatten wenig Zeit gehabt, um unter vier Augen zu sprechen, aber es war spät am Abend in eben diesem Raum gewesen, als er auf seine Frage geantwortet hatte: „Mach dir keine Sorgen, Jo. Das Buch wird fertig, und es wird ein großartiges Buch, das beste, das ich je geschrieben habe." Von Selbstzweifel oder Depression keine Spur. Im Gegenteil, die öffentliche Aufmerksamkeit anlässlich seines Geburtstags, die unzähligen Artikel, in denen sein Lebenswerk gewürdigt wurde, all die Glückwünsche und Schmeicheleien hatten ihn beflügelt. Unger war nicht am Ende, dachte Grothe an diesem Abend, noch lange nicht.

Grothe stand auf und sah sich um, blickte an den Bücherregalen entlang, die die Wände vom Boden bis zur Decke bedeckten. Er brauchte nicht näher zu treten, um die Einbände zu erkennen. Jedes einzelne Buch in dieser seltsamen Bibliothek hatte Walter Unger selbst geschrieben. Von jedem seiner Werke war jede Ausgabe vertreten, jede Neuauflage, die Taschenbücher, Buchclubeditionen und Sonderveröffentlichungen. Dann die Sprachen. Unger war in fast 50 Sprachen und Dialekte übersetzt worden.

Und obwohl es über 1000 verschiedene Ausgaben waren, reichten sie nicht aus, um die endlosen Regale zu füllen. Und so reihten sich meterweise gebundene Erstausgaben seiner wichtigsten Romane aneinander, unzählige noch in Zellophan eingeschweißte Exemplare von *Die dritte Versuchung des jungen Tolstoi*, Ungers Abrechnung mit der militanten Linken, oder *Jenseits der Berge und der Wälder*, einer modernen Utopie, die zum Manifest der Ökologiebewegung geworden war. Doch das war längst nicht alles. Grothe wusste, dass sich im Keller die Kartons mit Remittenden stapelten, Hunderte von Paketen mit Tausenden von Büchern. Für *Eine deutsche Familie* war noch Platz, wenn aus diesem Raum eines Tages ein kleines Museum werden sollte.

„Wir brauchen Zeit, Mathilde", sagte er. „Er darf nicht sterben, bevor *Eine deutsche Familie* erscheint." Ja, es war eine Frage des Timings, und das Timing hing vor allem davon ab, wie weit Ungers neues Buch gediehen war. „Kann ich das Manuskript sehen?"

„Ich habe keine Ahnung, wo es ist, Jo." Sie trank einen Schluck. „Ich habe noch keine Zeile gelesen. Du solltest Susanne fragen." Sie kniff die Augen zusammen. „Ich mag dieses Buch nicht, und ich werde es nie mögen. Vielleicht sollte es nicht erscheinen."

Grothe erschrak zum zweiten Mal. Vorsichtig begann er, auf die literarische Bedeutung des Werkes hinzuweisen. Darauf, dass man eigene, zwar verständliche, im Angesicht von Ungers künstlerischem Genius aber kleinliche Empfindlichkeiten zurückstellen müsse. „Und schließlich geht es um Geld, viel Geld."

„Wie viel Geld?"

Er zögerte. „Eine Million Euro." Jetzt hatte er es gesagt, und es war ihm leichtgefallen. „Das ist der Vorschuss. Dazu kommen die Verkaufserlöse, Lizenzen für fremdsprachige Ausgaben, die Filmrechte. Das kann leicht ein Vielfaches davon sein." Und wenn Unger bis zum Nobelpreis durchhielt, war die Welt nach oben offen. Aber das behielt er für sich.

„Was war Walters letzter Bestseller, Jo?"

Grothe musste überlegen. Die Tagebücher hatten sich schlecht verkauft, die Gesamtausgabe seiner Erzählungen nicht viel besser. Einzig seine Autobiografie, *Im Fallen notierte Aufzeichnungen eines Unverbesserlichen,* hatte einen gewissen Erfolg gehabt.

„*Jenseits*, glaube ich, allein in Deutschland wurden 350.000 Exemplare verkauft, die Taschenbücher nicht mitgerechnet."

„Und wie lange ist das her?"

„Zwanzig Jahre." Zwanzig Jahre! Eine unvorstellbar lange Zeit. Und doch kam es ihm vor, als wäre es gestern gewesen.

„Du denkst, wir wären reich." Sie hatte die Augen geschlossen und den Kopf in den Nacken gelegt. Sie wirkte müde und sprach leise. „Aber dieses Haus ist alles, was uns bleibt. Und selbst darauf lasten mehrere Hypotheken. Wenn er stirbt, kann ich es mir nicht mehr leisten." Grothe wollte protestieren, doch die Wendung, die das Gespräch genommen hatte, begann ihm zu gefallen. „Dann bleibt mir nur noch diese Hütte in Italien." Diese *Hütte* war ein großes Landhaus am Gardasee. Es lag oberhalb von Torri del Benaco mit einem traumhaften Blick auf den mittleren See, den schönsten Abschnitt, und stand auf einem großen, von Olivenbäumen bewachsenen Grundstück. Grothe war dort mehrmals Gast gewesen. „Vielleicht werde ich meine letzten Jahre in Italien verbringen."

„Torri ist wunderschön", Grothe meinte es ehrlich, „aber du darfst dieses Haus hier auf keinen Fall aufgeben. Bring es in eine Stiftung ein, mach ein Museum daraus. Es gibt keinen Ort, der Walters Geist so atmet wie dieser." Heidelberg war nicht Key West oder Havanna, brauchte sich aber dahinter nicht zu verstecken.

Mathilde seufzte. „Wie machst du das nur? Du bist der beste Verkäufer, den ich kenne."

„Nein, Mathilde, das sind wir ihm schuldig. Das ist alles."

„Gut, Jo, was soll ich tun?" Grothe atmete auf und beugte sich vor.

Kapitel sieben

Später als alle zu Bett gegangen waren, trank Grothe noch ein Glas mit Hem. Er hatte sich Ungers Schreibtisch vorgenommen, Hem lag auf der Couch und balancierte eine Flasche Methusalem auf seiner Brust.

„Weißt du, was Solera 15 bedeutet?" fragte er.

„Hem, das hast du mir schon tausendmal erklärt. Lass mich das verdammte Manuskript suchen."

„Wie findest du Susanne? Ein Wunder, dass unser Freund sie genagelt hat."

„Wenn du achtzig wärst, würdest du auch jede nageln."

„Stimmt auch wieder." Hem nahm einen großen Schluck direkt aus der Flasche. „Verdammt guter Stoff, da kann dieses Bacardi-Zeug nicht mithalten."

Grothe suchte schon eine Stunde und hatte noch keine Spur von einem Manuskript gefunden. Es gab Karteikarten, Tonbandkassetten, Abschriften von Gesprächen mit Frau Berggrün, es gab sogar ein Storyboard, aber keinen einzigen fertigen Satz. Nach Ungers Vorstellung bestand *Eine deutsche Familie* aus dreißig Kapiteln, genauer gesagt aus drei Büchern mit je zehn Kapiteln, und jedes dieser dreißig Kapitel war von Unger sorgfältig skizziert worden. Es waren Regieanweisungen, die handelnden Personen waren charakterisiert, die Dialoge angedeutet, es gab Verweise und Anmerkungen (*hier Anekdote 17 einfügen*). Aber er hatte kein einziges Wort zu Papier gebracht.

„Ich habe alles hier im Kopf", hatte Unger gesagt und sich an die Schläfe getippt, „ich muss es nur noch aufschreiben." Vielleicht war es so gewesen, aber aufgeschrieben hatte er nichts.

Hem war aufgestanden und hatte sich zu ihm gesellt. Die methodische Ordnung schien ihn zu beeindrucken. „Ich glaube, dein Freund war eine Pussy."

„Hem, davon verstehst du nichts."

„Davon verstehe ich nichts?" Bei diesem Thema konnte er laut werden. Und böse. „Ich habe Bücher geschrieben, verstehst du? Richtige Bücher! Keine..." Er suchte nach dem richtigen Wort. „Keine Drehbücher."

„Wie viele Wörter hast du am Tag geschrieben?" fragte Grothe beiläufig.

„Spielt das...?"

„Du hast sie gezählt, jeden Tag", unterbrach in Grothe.

Hem überlegte oder tat zumindest so: „Mindestens 300. Manchmal 400 oder 500."

„Das ist nichts, Hem, das ist gar nichts."

„Aber ich habe jeden Tag *geschrieben* und keine ... Skizzen verfasst."

„Die Zeiten haben sich geändert, Hem."

„Du weißt nichts über mich, Joe." Hem war zu seiner Flasche zurückgekehrt, um einen weiteren Schluck zu nehmen. „Ich habe den Schluss von *Fiesta* 39 Mal umgeschrieben."

„Henry Miller hat einmal gesagt, er habe nie ein einziges Wort in seinen Manuskripten geändert", erwiderte Grothe, um ihn zu ärgern.

„Miller war ein Lügner. Und ein Angeber. Und hat er nichts vertragen."

Grothe schmunzelte, erwiderte aber nichts. Schließlich ließ er sich wieder in seinen Sessel fallen. „Okay, Hem. Was machen wir jetzt?"

„Na, was wohl? Du schreibst den Scheiß einfach selbst. Kann doch nicht so schwer sein!"

Ja, Hem hatte recht, ihm blieb nichts anderes übrig.

Beim Frühstück war Grothe mit Susanne Berggrün allein. Zufall oder nicht, Mathilde war früh aus dem Haus gegangen, hatte aber den Frühstückstisch gedeckt und auch Kaffee aufgesetzt. Vielleicht war sie ins Krankenhaus gegangen. Die Strecke ließ sich leicht zu Fuß bewältigen.

Susanne hatte ihn herzlich begrüßt. Die Hoffnung, mit der sie am Abend zu Bett gegangen war, schien die Nacht überdauert zu haben. Es war ein zartes Pflänzchen, das hier wuchs, aber Grothe war zuversichtlich, dass es stärker würde.

Sie schlüpfte sofort in die Rolle der Gastgeberin, schenkte ihm Kaffee ein, holte Wurst und Käse aus dem Kühlschrank, reichte ihm Brot und war überaus aufmerksam. Sie sprach unaufhörlich von ihren erwachsenen Kindern, ein Thema, das Grothe nur mäßig interessierte, ihm aber ersparte, das Gespräch selbst zu führen. Mit Susanne Berggrün wurde er nicht warm, zu vieles in ihrer Welt war ihm fremd. Und wenn sie von Makrobiotik sprach, von psychologischer Astrologie und Homöopathie, war ihm, als hätte man ihn ans Lagerfeuer eines Stammes mit unverständlichen Riten und Gebräuchen katapultiert. So begnügte er sich damit zu nicken oder die Augenbrauen zu heben, um seinem Gesicht einen interessierten Ausdruck zu verleihen.

Stefan, der Älteste, hatte gerade sein Studium abgeschlossen, irgendetwas mit Marketing und BWL, einer dieser neuen Studiengänge, die überaus fantasievolle Namen trugen und zu deren Grundvoraussetzungen es gehörte, mindestens drei Kontinente bereist zu haben, wobei Singapur oder Hongkong ein *Muss* zu sein schienen.

„Und stell dir vor", sie waren schnell zum Du übergegangen, „er macht jetzt ein Praktikum bei der BGC, eine dieser Unternehmensberatungen. Kennst du die zufällig?" Grothes automatisches Nicken ging für wenige Augenblicke in ein ebenso automatisches Kopfschütteln über, aber das störte sie nicht. „Er hätte zu Daimler oder SAP gehen können oder zu jeder anderen Firma. Angebote hatte er genug. Aber jetzt kommt's: Er ist erst eine Woche dabei und hat schon sein eigenes Projekt!"

„Tatsächlich?" Wenn es darauf ankam, konnte Grothe sehr höflich sein.

Es ging um Eierlikör. Das Eierlikörprojekt ihres Sohnes bestand darin, aus dem eigentlich spießigen Getränk ein hippes Lifestyleprodukt zu machen, einen zweiten *Jägermeister*.

„Nach einer Woche! Was sagst du dazu?"

„Das ist unglaublich", antwortete Grothe matt.

„Sein Vater hat ihm geraten, gleich am ersten Tag zu sagen, wer er sei: der Erbe eines der wichtigsten deutschen Unternehmen. Ich habe es ihm ausgeredet. Ist es nicht schöner, etwas aus eigener Kraft zu schaffen? Wie sagt man so schön? Als Nobody?"

„Ja, das ist sehr lobenswert."

„Nicht wahr?" Susanne Berggrün erzählte weiter, und Grothe überlegte, wie er dem Gespräch die nötige Wendung geben könnte.

Schließlich unterbrach er sie. „Susanne, ich möchte mit dir über *Eine deutsche Familie* sprechen."

Sie sah ihn so erstaunt an, als wäre dieser Satz das Letzte, was sie an diesem Tag von ihm erwartet hätte. „Ja, aber..." Sie brach ab.

„Dieses Manuskript ist wichtig, sehr wichtig."

„Aber..."

„Ich muss wissen, wie weit ihr gekommen seid, verstehst du?"

Sie überlegte lange, und Grothe drängte sie nicht. „Na ja, es hat viel Spaß gemacht, mit Walter zu arbeiten. Verstehe mich nicht falsch", fügte sie schnell hinzu, „er war ... er ist ein wunderbarer Mensch und ein großartiger Schriftsteller obendrein, aber ..." Grothe ließ ihr Zeit. Viel Zeit. Sie nahm ihre Teetasse in die Hand, stellte sie wieder hin und schob sie so lange hin und her, bis sie perfekt auf der Untertasse ausgerichtet war. Schließlich sagte sie: „Ich habe mich vor dem Tag gefürchtet, an dem dieses Buch erscheinen würde. Es war ein ferner Tag, ein Tag, der vielleicht nie käme." Sie lächelte schwach. Ihr Blick wanderte zum Fenster, durch das blass das Morgenlicht fiel. „Der Weg war das Ziel, wie man so schön sagt. Mit ihm zusammen, daran zu arbeiten, das war alles, was ich wollte. Mit ihm herumzuspinnen, seine Ideen zu hören. Wir haben ganze Dialoge mit verteilten Rollen gespielt..." Und nichts davon aufgeschrieben, ergänzte Grothe im Stillen. „Walter wird vielleicht nie wieder schreiben können. Das Buch wird ein Fragment bleiben, mit dem sich irgendwann die Germanisten beschäftigen werden. Aber es wird nie erscheinen. Niemand wird es je lesen." Sie klang erleichtert.

„Wie kannst du das sagen? Es ist deine Geschichte..."

„Und die Geschichte meiner Kinder." Sie hielt inne. „Du weißt nicht alles. Vieles, was ich ihm erzählt habe, ist sehr persönlich, manches ist mir peinlich. Es gibt Vorfälle, die ein schlechtes Licht auf meinen Ex-Mann werfen, auf die Kinder..."

Grothe wusste nicht alles, aber er kannte den Plot. Nach der Trennung hatte die Familie ihres Ex-Mannes alles daran gesetzt, ihr ihren Anteil am Firmenvermögen streitig zu machen. Sie hatte nicht nachgegeben, und so wurden die Kinder gegen sie aufgehetzt. Die lieben Kleinen setzten sie so lange unter Druck, bis sie eine umfangreiche Verzichtserklärung unterschrieb. Mit einer geldgierigen Mutter wollten sie nichts zu tun haben, und die einzige Möglichkeit, ihnen das Gegenteil zu beweisen, war eben diese Unterschrift. Ja, das Buch warf kein gutes Licht auf die Beteiligten, auf keinen von ihnen. Aber es war schließlich ein Familiendrama und keine Schmonzette.

„Du hast einmal gesagt: *Die Welt soll erfahren, wie es wirklich war*. Die Wahrheit. Was du durchgemacht hast, was dir angetan wurde. Das sollte deine Rache sein.“

„Ich weiß, Jo. Aber ich habe über die Jahre Frieden geschlossen. Ich habe mich mit den Kindern ausgesöhnt. Sogar mit meinem Ex.“ Sie schenkte sich Tee nach. „Das Buch wäre wie eine erneute Kriegserklärung. Ich kann das nicht. Und ich bin froh, dass es nie fertig werden wird.“

„Walter hat jahrelang an diesem Projekt gearbeitet...“

„Und es bleibt der Fachwelt erhalten! Jede Karteikarte, jede Tonbandkassette. Dass er das Buch nie geschrieben hat, dafür kann ich doch nichts!“

„Es ist noch nicht zu spät!“ Grothe wollte noch nicht aufgeben, aber er spürte, dass er Susanne Berggrün heute nicht umstimmen würde. Sie schien damit abgeschlossen zu haben.

„Doch, Jo, es ist zu spät. Es war ein aufregender Gedanke: Die Rache der kleinen Susanne Berggrün, ausgeführt mit Hilfe des großen Walter Unger. Ein Traum, mehr nicht.“ Sie überlegte. „Oder eine Therapie, ich glaube, mit seiner Hilfe habe ich all die schlimmen Erlebnisse verarbeitet, abgeheftet, auf kleine Zettel geschrieben. Jetzt stehen sie da, harmlos und unbedeutend. Das hat mir sehr geholfen.“

Sie hatten ihr Frühstück beendet. Was konnte er jetzt noch einwenden? Auf jeden Fall musste er alle Unterlagen in Sicherheit bringen. Nicht auszudenken, wenn Susanne es sich anders überlegte und alles vernichtete. „Susanne“, begann er vorsichtig, „ich habe in Berlin ein kleines Archiv mit allem, was Walter je geschrieben hat. Manuskripte, Skizzen, jede einzelne Fassung.“ Das war nicht ganz

falsch. „Ich möchte das Material zu *Eine deutsche Familie* mitnehmen.“

Sie blickte auf. „Aber natürlich, nimm alles mit! Ich sagte doch, es soll der Fachwelt erhalten bleiben. Und du bist doch die Fachwelt, oder nicht? Zumindest ein wichtiger Teil davon.“

Grothe nickte. „Danke, ich bin sehr froh, dass du das so siehst.“

„Das ist doch selbstverständlich, Jo. Ich will nicht egoistisch sein. Außerdem hänge ich daran. Die Geschichte soll weiterleben, aber nicht so, dass jeder sie lesen kann, nicht in aller Öffentlichkeit.“

„Das verstehe ich gut“, murmelte Grothe.

„Jo?“

„Ja?“

„Versprichst du mir, dass das Material nicht in falsche Hände gerät?“

„Natürlich...“

„Versprich es mir!“

„Ich verspreche dir, dass *Eine deutsche Familie* nicht in falsche Hände gerät.“

„Und niemals veröffentlicht wird.“

Er sprach ihr mit gleichförmiger Stimme nach, so, wie er es aus amerikanischen Filmen kannte, wenn jemand auf die Bibel schwor: „Ich verspreche, dass *Eine deutsche Familie* niemals veröffentlicht wird.“ Dann fügte er hinzu: „Jedenfalls nicht ohne deine Zustimmung.“

„Danke, Jo, das beruhigt mich sehr.“ Sie verabschiedete sich und ging auf ihr Zimmer.

Grothe seufzte. Er wunderte sich, wie leicht ihm das Versprechen gefallen war.

Kapitel acht

Zwei Tage später war Joachim Grothe wieder in Berlin. Walter Ungers Zustand hatte sich stabilisiert. Er war jetzt außer Lebensgefahr. Neue Hoffnungen hatte ihm Dr. Brenner nicht machen können. Er schien fest davon überzeugt, dass Unger nicht mehr aus dem Koma erwachte. Vermutlich hatte er sich ein umfassendes Bild von der Schädigung des Gehirns machen können. Gegenüber den Frauen hatte er sich dagegen vereinbarungsgemäß optimistisch geäußert. Und Grothe hatte es ihm gedankt.

In der Hauptstadt regnete es. Der Himmel stülpte sich über die Häuser wie eine verstaubte Glasglocke. Es war kalt geworden. Der erste Schnee war nicht mehr fern.

Wie so oft nach der Buchmesse schien das literarische Leben zum Erliegen gekommen zu sein. Wochen- und monatelang waren die Zeitungen voller Besprechungen gewesen, hatte eine Sonderbeilage die andere abgelöst, bis es zur Messe dann zu einer letzten großen Eruption gekommen war, eine Art Climax, der dann Ernüchterung oder einfach Erschöpfung folgte. Und es gab keine neuen Bücher, keine Entdeckungen, keine herausragenden Debütromane oder was man bemüht hatte, um die Verkäufe anzukurbeln. Es war eine durchschnittliche Saison. Durchschnittliche Bücher von durchschnittlichen Autoren. Seit wann wartete Grothe auf ein neues Gesicht, auf eine neue Stimme? Auf das weiße Einhorn, wie er es zu denken sich angewöhnt hatte? Und auch die Leser schienen müde, mussten wie nach einem zu üppigen Mahl erst verdauen, die unzähligen Empfehlungen sortieren, bis sie in einigen Wochen von weiteren literarischen Beilagen angestachelt die Buchhandlungen stürmten, um Weihnachtsgeschenke zu kaufen. Dann entschied sich, wer Erfolg hatte und wer nicht. Bestseller wurden in drei Monaten gemacht. Was sich in dieser Zeit nicht durchsetzte, war tot. Für immer.

Grothe bedauerte diese stetige Beschleunigung, das Tempo, mit dem Bücher auf den Markt geworfen wurden, um gleich darauf wieder unterzugehen. Wie die glatten Steine seiner Kindheit, die trotz unzähliger Versuche selten mehr als zwei- oder dreimal über die Wasseroberfläche hüpften. Er hatte es satt und fragte sich, wie lange er das noch durchhalten würde.

Es gab so viele Zufälle, die über Erfolg und Misserfolg entschieden. Wie viele großartige Manuskripte waren unbeachtet geblieben, wie viele mäßige oder gar schlechte Machwerke hatten triumphiert? Obwohl er seit dreißig Jahren im Geschäft war, gab es immer weniger Gewissheiten.

Er hatte vor langer Zeit einen eigenen Verlag gegründet, hatte Autoren betreut, die kein Agent haben wollte, hatte Talente gesichtet auf der Suche nach der einen *Entdeckung*. Und war gescheitert, hatte sich für wenig Geld und die Übernahme seiner Schulden unter das große Dach des Fischer-Verlags geflüchtet und sich bald aus dem operativen Geschäft zurückgezogen. An seine eigenen literarischen Versuche wollte er gar nicht erst denken. Nicht umsonst musste er das Wenige, was er geschrieben hatte, unter einem Pseudonym als E-Book selbst verlegen.

Doch nun sollte alles anders werden. Sven Svenson wäre bald ein Suhrkamp-Autor mit lebenslanger Veröffentlichungsgarantie, und Grothe selbst der Ghostwriter des berühmten Walter Unger, des vielleicht zukünftigen Nobelpreisträgers. Er musste dieses verdammte Buch nur noch schreiben. Die Story war fertig, es fehlten nur noch die Worte, die Sätze, die elenden Buchstaben.

„Susanne Berggrün (vorläufiger Name / später ändern) beobachtete das Geschehen aus der Ferne. Sie weinte, schluchzte leise, um kein Aufsehen zu erregen. Auch heute, wo ihr jede Trauer zugestanden hätte, nahm sie sich zurück. Ihre eigene zählte nicht. Sie hatte immer ihre Rolle gespielt und das täte sie auch an diesem Tag.“

Hm, dachte Grothe, etwas holprig, aber er konnte den Anfang überarbeiten, dieses und jenes ändern. Jetzt nicht zu selbstkritisch werden und weiterschreiben.

„Trotz der Entfernung erkannte sie einige der Anwesenden sofort. Allen voran ihre Kinder, die ihr aus der Art ihrer Bewegungen, aus der Art wie sie standen, wie sie Köpfe und Hände hielten, auch aus einer viel größeren Menschenmenge sofort ins Auge gesprungen wären. Sie leuchteten ihr entgegen. Zwei helle Punkte in einer grauen Masse. Aber es war keine Masse, es waren nur zwanzig Menschen, die zur Beerdigung ihrer Mutter gekommen waren.

Dann ihr Mann mit seiner neuen Frau. Eine fünfundzwanzigjährige Blondine, die das bisschen Würde, das sie ausstrahlte, aus ihrem teuren Kostüm zu schöpfen schien, aus dem eleganten schwarzen Mantel, der kostbaren Handtasche, die sie an sich drückte, als berge sie ein Säugling im Arm, den hohen Stiefeln, die sie wie auf einem Laufsteg zur Schau stellte, immer darauf bedacht, die Aufmerksamkeit aller auf sich zu lenken.

Ihr Mann selbst, ihr ehemaliger Mann, verbesserte sie sich in Gedanken, schien dicker geworden zu sein. Sein Haar war ergraut und lichtete sich, und er knetete seinen Hut zwischen den Händen, als könne er es kaum erwarten, ihn wieder aufzusetzen. Dabei erfreute er sich bester Gesundheit. Vor zehn Jahren hatte er sie mit der Nachricht überrascht, er habe nur noch wenige Monate zu leben (das Herz), und bitte sie um Erlaubnis, die Kinder bis zu seinem baldigen Tod zu sich nehmen zu dürfen. *Ich möchte meine letzten Tage mit ihnen verbringen, mich ihnen ganz widmen*, hatte er geschrieben. Aus wenigen Monaten wurde ein halbes Jahr, dann ein ganzes. Lange schien er mit dem Tod zu ringen, mal ging es ihm besser, mal schlechter. Wenn sie nachfragte, hatte er einen Rückfall, und sein Ableben schien eine Frage von Wochen oder Tagen. Nach zwei Jahren war klar, dass er nicht sterben würde, zumindest nicht in absehbarer Zeit, aber es war zu spät. Die Kinder waren fort und kamen nicht wieder.

Friedas Schwester, Katharina, war ebenfalls da, ihre Lieblingstante, und ein kleiner Stich durchfuhr Susanne, als sie sah, wie sehr sie gealtert war. Sie stand über ihren Stock gebeugt und starrte auf den Boden oder auf das offene Grab, auf den schlichten oder vielmehr billigen Sarg, der bereits heruntergelassen worden war.

Katharina war einige Jahre jünger als ihre Mutter, und für Susanne war sie eher eine ältere Schwester gewesen als eine Tante. Sie hatten sich immer gut verstanden. Im Gegensatz zu ihrer Mutter war sie bodenständig geblieben, bescheiden. Und sie hatte sich nie gescheut, Verantwortung zu übernehmen. Während die Mutter tagelang fortblieb und sich mit Männern herumtrieb, war es Katherina, die Tante, die sich um die junge Susanne kümmerte. Sie klärte sie auf, sie stand ihr bei, als sie zum ersten Mal ihre Tage hatte, und sie war es, die sie tröstete, als ihr erster Freund sie im Stich ließ.

All das kam Susanne in den Sinn, als sie auf dieses verlorene Häuflein starrte, hin- und hergerissen zwischen dem Wunsch, dabei zu sein, und jenem, sich so weit wie möglich von diesem Ort zu entfernen.

Denn natürlich durfte Sergiu nicht fehlen, Mamas jugendlicher Liebhaber, ein dunkelhaariger Macho, der ihr persönlich den Bannspruch der Mutter überbracht hatte, grinsend, als mache es ihm Freude, sie weinen zu sehen, amüsiert über ihre Betroffenheit, die Trauer, die seine Worte in ihr auslösten. Er hatte kalte Augen, sprach ein holpriges Deutsch, und machte keinen Hehl daraus, er verfüge auch über andere Mittel, würde sich Susanne über den ausdrücklichen Wunsch der *alten Dame* hinwegsetzen. So nannte er die Frau, die er inzwischen geheiratet hatte, aus Liiiebe, wie er gelegentlich einflocht, auch wenn er dabei anzüglich lächelte, wohl wissend, dass ihm das niemand abnahm.

Und so beherrschte Sergiu die kleine Trauerfeier, dirigierte Verwandte und Freunde, gab dem Pfarrer Anweisungen, stand selbst mit geschwellter Brust in der ersten Reihe, um keinen Zweifel aufkommen zu lassen, wer die Hauptperson in dieser Inszenierung war, die *alte Dame* ausgenommen. Die aber lag regungslos in ihrer schmucklosen Kiste und konnte sich nicht wehren.

Aber Susannes Mutter hätte sich ihm als Tote ebenso wenig widersetzt wie als Lebende. So zänkisch sie durchs Leben geschritten war, so sehr schien sie dem Mann verfallen, der halb so alt war wie sie. Nie widersprach sie ihm, egal, was immer er von ihr verlangte, sie gewährte es ihm, und wenn man sie darauf ansprach, tat sie erstaunt: Sie sei nur eine alte Frau, die ihren Frieden mit sich und der Welt geschlossen habe.

Jetzt war sie tot. Susanne spürte ihrer Trauer nach. Dem Schmerz, den ihre Mutter ihr als Lebende bereitet hatte und jenem deutlich schwächeren, den ihr Tod jetzt verursachte. Immer war es Schmerz gewesen, was sie mit ihrer Mutter verband, Schmerz, Trauer und auch Wut."

Grothe lehnte sich zurück. Erneut las er die beiden Seiten, die er geschrieben hatte. Er hatte eine Ewigkeit dafür gebraucht. Nachdenklich biss er sich auf die Unterlippe. Was er geschrieben hatte, war
nicht schlecht, fand er. Ganz ordentlich. Aber war es Walter Ungers
Stil? Konnte es als ein echter Unger durchgehen?

Unschlüssig stand er auf und ging zum kleinen Bücherregal.
Er brauchte nicht lange zu suchen. Er nahm *Jenseits der Berge und
der Wälder* in die Hand. Es war ein abgegriffenes Exemplar. Das allein zeigte schon, wie sehr er das Buch mochte. Dabei war es kein
klassischer Roman. Aber es gab eine Handlung und einen gut ausge-
arbeiteten Protagonisten. Ungers Figuren wirkten plastisch, lebendig. Nach wenigen Sätzen sprangen sie förmlich aus den Seiten und
begannen ein Eigenleben zu führen. Man ertappte sich dabei, wie
sie einen durch den Tag begleiteten und so manchen Traum bevöl-
kerten.

Doch in *Jenseits* gab es nur Klaus Wellensiek, eine seltsame
Mischung aus konservativem Bewahrer und ökologischem Prophe-
ten, schwul obendrein, ein Päderast, der als Gymnasiallehrer für Mathematik den Reizen eines seiner Schützlinge erliegt. Er beginnt eine
Affäre mit einem fünfzehnjährigen Schüler – was Unger nach eigenen Angaben frei erfunden hat – eine Liaison, die seine auf Prinzi-
pien und klaren Regeln aufgebaute Welt schnell zum Einsturz bringt.
Hin- und hergerissen zwischen körperlichem Begehren, dem er
nichts entgegenzusetzen hat, und dem Ekel vor sich selbst, flieht er
in die Wälder, in den Wald, denn es ist der Pfälzerwald, den sowohl
Wellensiek als auch Unger gut kennen, der Wellensieks neue Heimat
wird.

Er wird zum Eremiten, zu einem, der seinen Mitmenschen
aus dem Weg geht, der sich weiter und weiter in die unwegsamen
Tiefen des Waldes zurückzieht, dorthin, wo kein Mensch seine Ruhe
stört.

Denn das ist das Erstaunliche an dieser Geschichte. Während der Schüler Selbstmord begeht, überlebt der ehemalige Studienrat wider Erwarten seine Flucht und findet im einfachen Leben
im Einklang mit der Natur seinen Frieden, sein Glück.

Unger wäre nicht Unger, wenn er sich auf die fast religiöse
Ebene der Geschichte beschränkt hätte. Ein Mann, der halbnackt

durch die Wälder streift, Beeren isst und dabei über Gott und die Welt philosophiert, hätte den Leser schnell gelangweilt. Deshalb stellt er ihm ein Tier zur Seite, einen verwilderten Hund oder zahmen Wolf, Unger legt sich nicht fest. Er begegnet ihm eines Tages auf einer Lichtung, der Hund ist so scheu und ängstlich wie der Mensch, und es dauert Wochen bis sie Vertrauen zueinander fassen. Im Grunde ist es der Hund, der sich für den Menschen entscheidet, denn für Wellensiek bedeutet diese Gemeinschaft den größeren Schritt. Schließlich nennt er ihn *Lupo*, was unwichtig ist, denn er spricht nicht mit ihm, so wie er mit keinem Menschen spricht.

Sie werden zu Gefährten, jagen und hungern gemeinsam, teilen die spärliche Beute, und wärmen sich gegenseitig, wenn im Winter Schnee und Eis die Berge überziehen. Damit endet das Buch. Wie es weitergeht, lässt Unger offen, aber dass es kein Zurück gibt, daran besteht kein Zweifel.

Eine Mischung aus Jack London und Thoreau. Doch mit diesen Vorbildern, davon war Grothe überzeugt, hatte der ungeheure Erfolg des Buches nichts zu tun. Es traf den Zeitgeist, die damals weit verbreitete Sehnsucht nach der Natur, den Wunsch, wieder Teil von ihr zu sein, eins mit ihr zu werden. Es war eine fast religiöse Bekehrung, die Ungers Werk auslöste, bei Jung und bei Alt, bei den Gebildeten und auch bei den einfachen Leuten. Jeder verstand es, in jedem brachte es etwas zum Klingen.

Aber es war auch hervorragend geschrieben. Es verzichtete auf Erklärungen, auf theoretische Betrachtungen und weltanschauliche Diskurse. Es waren die kleinen Dinge, die den Leser berührten, einfache Szenen, Wellensieks Verhalten, das des Hundes, die Natur, die aus Ungers Worten so eindringlich hervortrat, als wandele man mitten durch sie hindurch. Hem hätte seine Freude daran gehabt.

Grothe seufzte. Was er selbst zu Papier gebracht hatte, war nicht schlecht. Aber war es eines Unger würdig? Und vor allem: War es Ungers Stil? Während er geneigt war, die erste Frage vorsichtig zu bejahen, war er sich bei der zweiten keineswegs sicher.

Unger war Unger. Man las eine einzige Passage und wusste, dass sie von ihm stammte. Doch was machte seinen Stil aus? Waren es die Naturbeschreibungen, die vielleicht zu Unrecht zu seinem Markenzeichen geworden waren? Oder war es der Satzbau, die

Leichtigkeit, mit der er die Worte verband? Grothe bewunderte vor allem Ungers Sinn für Rhythmus. Sätze und Worte bildeten kleine Kaskaden: Tak tataktaktak tatak, tatak tak. Man hätte daraus ein Musikstück machen können. So sehr sich Grothe auch bemühte, es würde ihm nie gelingen. Es war aussichtslos, Unger kopieren zu wollen.

Kapitel neun

Das Kaffee Burger lag an der Torstraße unweit der Volksbühne. Die nächste U-Bahnstation war gleich um die Ecke: Rosa-Luxemburg-Platz.

Es war sein erster Besuch im Burger. Obwohl er es sich schon oft vorgenommen hatte, hatte es sich nie ergeben. Er kannte es vom Hörensagen als eine der angesagtesten Kultureinrichtungen der Stadt, ein Haus aus der Gründerzeit, das seine Blütezeit als Zentrum der DDR-Literaturszene längst hinter sich hatte. Regelmäßig fanden hier Lesungen statt, überregional bekannt war das Burger aber vor allem durch die *Russendisko*, die seit unzähligen Jahren hier stattfand.

Grothe war kein großer Tänzer und war es auch nie gewesen, weder in seiner Schulzeit noch später, als man sich damit begnügte, die langen Haare im Takt der Musik hin und her zu werfen. Und Lesungen besuchte er nur, wenn es nicht anders ging, wenn einer seiner Schützlinge – Klienten, wie er sie treffenderweise nannte – auf die Ochsentour gehen musste. Allesamt hoffnungsvolle Nachwuchsautoren, die quer durch Deutschland reisten, um in den Hinterzimmern von Buchhandlungen vor einer Handvoll kunstbeflissener älterer Damen aus ihrem neuesten Machwerk zu lesen.

Für ihn gab es nichts Deprimierenderes als eine Lesung. Er hasste das leise Auflachen des Publikums, wenn eine vermeintlich lustige Stelle kam. Es war, als ob die Zuhörer krampfhaft nach etwas suchten, wo sie loskichern konnten, glucksen, gackern, irgendeinen Laut von sich geben, mit dem sie ihr Einverständnis mit dem Autor kundtaten. Ein wissendes Lachen, um ihn zu vereinnahmen, um mit den anderen Schwachköpfen um sie herum eine verschworene Gemeinschaft zu bilden.

Die Torstraße war schmucklos, zwei Fahrspuren in jede Richtung, in der Mitte die Schienen der Straßenbahn. Drei- und vierstöckige Mietshäuser. Fleckiger Putz, der langsam verwitterte. Das Burger selbst hatte weinrote Marquisen und vergitterte Fenster und Türen. Die Wände waren über und über mit Graffiti beschmiert. Wenig einladend, kaum vorstellbar, dass hier jemand freiwillig seinen Fuß über die Schwelle setzte.

Doch es war viel los. Vor der Tür hatte sich eine kleine Schlange gebildet, daneben stand eine Gruppe von Rauchern. Über dem Eingang stand: *Tanzwirtschaft*, ein altes Schild, alt oder auf alt gemacht. Das Publikum war gemischt: Leute jeden Alters, leger, aber gut gekleidet.

Wie jeden Freitag hieß die Veranstaltung *Lokalrunde, die Show mit Weltniveau*. Er war hier, um Sandra Neumann zu treffen. Wie er das anstellen sollte, war ihm ein Rätsel. Er vertraute darauf, dass ihm zu gegebener Zeit etwas einfiele. Aber es war noch früh, er musste sich wohl oder übel erst einmal das Programm ansehen, bevor er mit seinen Recherchen beginnen konnte.

Ein grell geschminkter Moderator betrat die Bühne. Als erstes ließ er eine Flasche und einen Stapel fingerhutgroßer Plastikbecher herumgehen. „Auf Kosten unseres Sponsors der Kneipe *Zur trunkenen Unke*", wie er behauptete. „Heute ist es wie immer ein warmer Wodka der billigsten Sorte. Wer möchte?" Dann stellte er seine beiden *Stargäste* vor, zwei junge Frauen, die das Publikum mit einem Poetry Slam erfreuen sollten. Grothe machte sich auf das Schlimmste gefasst.

Davor gab es Musik und ein wenig Gesang, denn der schmächtige Mann auf der Bühne entpuppte sich als Universalgenie der Kleinkunst.

Grothe nutzte die Zeit, um sich umzusehen. Der Saal war klein. Schwer abzuschätzen, wie viele Menschen an den runden Holztischen Platz fanden, aber es waren kaum hundert. Die Wohnzimmeratmosphäre wurde durch schwere Vorhänge und gestreifte Tapeten verstärkt, die den Raum dunkel oder, je nach Gusto, gemütlich machten.

Grothe nahm sich das Publikum vor. Doch in der fraglichen Altersgruppe gab es zu viele weibliche Gäste, allein oder in Begleitung. Jede Frau konnte die gesuchte Sandy sein.

Der Slam war dann so schlecht, wie erwartet. Er handelte von einem Obdachlosen, der auf den Straßen des Kiezes dieses und jenes erlebte, Anekdoten, die wenig originell waren, aber das Publikum veranlassten, wissend zu lachen. Zu lachen, zu glucksen, zu gackern, das ganze wohlbekannte Spektrum des Schreckens zu intonieren, das er so hasste.

An diesem Tag ließ er sich davon nicht beeindrucken. Er nippte an seinem Weizenbier und lächelte ab und zu, um nicht unangenehm aufzufallen.

Dann war es vorbei, die Menschen strömten hinaus, andere kamen herein, jüngere, schrillere, die Musik wurde lauter. Er trank sein Bier aus und ging nach draußen, um eine Zigarette zu rauchen.

Als Nichtraucher wäre es ihm schwerer gefallen, ins Gespräch zu kommen. So aber entspann sich bald eine lockere Diskussion über Sinn und Unsinn von Poetry Slam. Während die einen ihn in der direkten Tradition der Dichtkunst sahen, er sei ja aus dem Gesang und der öffentlichen mündlichen Darbietung entstanden, war er für die anderen Klamauk, bestenfalls eine Art von Comedy, eine Ansicht, die Grothe teilte.

In einer Gesprächspause erkundigte er sich nach Frau Neumann. Für ihn unerwartet, schlug ihm sofort Misstrauen entgegen. Niemand wusste etwas oder war bereit, es zuzugeben. Schließlich verwies man ihn an den Wirt und zerstreute sich.

Er fand ihn am Tresen sitzend. Als er den Namen Neumann hörte, sah er auf: „Sandy, hm?" Er schüttelte den Kopf. „Is nich da." Damit schien sein Interesse erloschen zu sein. Er vertiefte sich wieder in eine Ausgabe der *taz*.

„Es ist wichtig", sagte Grothe. „Ich muss sie finden."

„Hm", er sah wieder auf. „Wat wollense von der?"

„Sie hat mir geschrieben."

„N' Liebesbrief?" Er kicherte.

„Nein, ich bin Literatur... Verleger."

„Aha! Un wat verlegense so? Bücher?" Wieder kicherte er.

„Wissen Sie, wo Frau Neumann wohnt?"

„Irgendwo in White-Lake-City, gloobe ick." Auf seinen verständnislosen Blick hin übersetzte er: „Weißensee. Dat is schon allet, wat ick wees." Plötzlich huschte ein Lächeln über sein Gesicht. „Heute muss Ihr Glückstach sein. Da kommtse." Er zeigte zur Tür, und Grothe drehte sich um. „Sandy", rief der Wirt, „dein Typ wird verlangt!" Plötzlich sprach er einwandfreies Hochdeutsch.

Sandra Neumann war jünger, als er gedacht hatte, Anfang zwanzig, nicht älter, und Grothe zweifelte, ob er die erhoffte geniale Autorin vor sich hatte. Es gab Talente, die mit siebzehn oder achtzehn Jahren Großes schrieben. Aber Talent allein reichte selten aus. Zu einer guten Geschichte gehörte eine gute Portion Lebenserfahrung, und die hatte man in diesem Alter nicht.

Jedenfalls war sie ihm auf Anhieb sympathisch. Sie war groß und schlank, ihr blondes Haar war in der Mitte gescheitelt und reichte bis zum Kragen ihrer Jeansjacke. Ihr Blick war amüsiert. Es war etwas Freches, das sie ausstrahlte, ohne dass man das Gefühl hatte, sie mache sich lustig. Sie schien auf eine ungekünstelte Art normal zu sein, was sofort beruhigend auf ihn wirkte. Sie war sie selbst und schien keinen Grund zu haben, etwas anderes darstellen zu wollen. Das alles ging Grothe durch den Kopf, als sie mit energischen Schritten auf ihn zukam und sofort einschlug.

„Frau Neumann, wie ich annehme...?" begann er.

„Sandra, alle nennen mich Sandy." Sie zog spöttisch die Augenbrauen hoch. „Und wer sind Sie, dass Sie nach meinem Typ verlangen?"

„Grothe, Joachim Grothe, alle nennen mich Jo."

Sie lachte. „Gut, Jo, dann sind wir quitt." Sie trat einen Schritt zurück und musterte ihn von oben bis unten. „So sieht also ein Staragent aus. Sie sind der erste, den ich sehe. Aber viele davon scheint es ohnehin nicht zu geben."

Grothe, dem die Erinnerung an den Zeitungsartikel peinlich war, wiegelte ab: „Die Zeitungen schreiben viel, wenn der Tag lang ist."

„Und ganz besonders die FAZ. Da haben Sie wohl recht." Sie strich sich die Haare aus dem Gesicht und gab dem Mann hinter dem Tresen ein Zeichen. „Und Sie, trinken Sie nichts?"

„Ich wollte gerade gehen. Ich hatte nicht damit gerechnet, Sie noch zu treffen."

„Die Show schaue ich mir schon lange nicht mehr an. Ich bin selten hier, und wenn, dann zum Tanzen. Aber ein Vögelchen hat mir gezwitschert, dass Sie hier auf mich warten."

Sie schien gute Beziehungen zu haben.

„Ich habe Ihren Text gelesen..." begann Grothe.

„Das habe ich mir schon gedacht, sonst wären Sie nicht hier. Ich habe nicht damit gerechnet, dass Sie so schnell reagieren, ich habe überhaupt nicht mit einer Antwort gerechnet." Sie sah Grothe erwartungsvoll an.

Dieser senkte den Blick. „Haben Sie das Manuskript auch anderen ... Agenten oder Verlagen geschickt?" fragte er.

„Wo denken Sie hin? Nur ein Staragent ist mir gut genug. Wie heißt es so schön? *Das Beste oder nichts.*" Wieder lachte sie, und Grothe wusste, dass sie es nicht ernst meinte.

„Nun, ich habe es gelesen...", begann er.

„...es ist ja nicht lang."

„Nein, es ist nicht lang. Aber", Grothe überlegte kurz, „es ist gut. Sehr gut." Es war nicht seine Art, einen Klienten zu loben, aber in diesem Fall verzichtete er auf taktisches Geplänkel. Warum, wusste er selbst nicht.

„Ja, es ist ein toller Text", stimmte sie ihm in aller Unbescheidenheit zu, was bei ihr nicht überheblich, sondern ehrlich klang.

„Und ich bin sehr auf die Fortsetzung gespannt."

Sie wandte sich ab, nahm das Glas, das ihr der Barmann hingestellt hatte und nippte an der hellroten Flüssigkeit, die im Licht der Halogenlampen über der Theke wie etwas Künstliches glitzerte. „Es gibt ein kleines Problem." Sie räusperte sich.

Grothe horchte auf. „Ein kleines Problem?" fragte er vorsichtig.

„Klein oder groß, je nachdem." Wieder trank sie einen Schluck. Sie schien unsicher, wie sie es ihm beibringen sollte, was Grothe noch unruhiger machte. „Sagen wir es so: Die Pipeline ist trocken." Und weil Grothe mit dieser Metapher nichts anfangen konnte, fügte sie hinzu: „Es gibt keinen Nachschub. Ende, finito."

„Eine Schreibblockade?"

Sie sah auf, und er blickte in erbsengrüne Augen, die ihn mehr verwirrten als ihre rätselhaften Worte. „Könnte man sagen. Klingt doch halbwegs seriös. Schreibblockaden kommen in den besten Familien und bei den besten Schriftstellern vor, nicht wahr?" Sie schüttelte den Kopf. „Nein, es ist eher eine ... Verweigerung, ein unbefristeter Streik, eine generelle Aufgabe der Geschäftstätigkeit. Nennen Sie es, wie Sie wollen."

„Sie wollen nicht weiterschreiben?"

„Ich?“ Sie schien überrascht. „Glauben Sie wirklich, dass dieses Manuskript von mir ist?“ Grothe hatte es geahnt. „Wissen Sie, was ich studiere? Nein, natürlich nicht. Mathematik. Mathe und Philosophie. Mit Literatur habe ich nichts am Hut, aber ich erkenne einen guten Text, und dieser Text ist gut, das sehe sogar ich.“

„Warum haben Sie mir das Manuskript geschickt?“ Wenn es keine Aussicht auf eine Fortsetzung gab, brauchte sie weder einen Verlag noch einen Agenten. Grothe verstand nicht, was das sollte. Es erinnerte ihn ein wenig an Ungers Manuskript. Das war auch unvollendet, und würde es wohl auch bleiben.

„Ich habe die Hoffnung noch nicht aufgegeben.“

Vage Hoffnungen waren eine weitere Gemeinsamkeit der beiden Projekte, dachte Grothe. „Was wollen Sie von mir?“ fragte er.

Sie verzog das Gesicht, wirkte fast ein wenig enttäuscht. „Begeisterung? Sind wir uns nicht einig, dass es ein großartiger Text ist? Und, hören Sie, ich serviere es Ihnen auf dem Silbertablett. Frei Haus und exklusiv!“

„Sandra, das sind 20 Seiten, 25. Ich brauche ein richtiges Manuskript, eines mit einem Anfang und mit einem Ende. Und dazwischen brauche ich ein paar hundert weitere Seiten. Das kann ich jemandem verkaufen. Was Sie mir geschickt haben, ist eine Leseprobe, mehr nicht.“ Er überlegte kurz. „Gibt es ein Exposé?“ Sie schüttelte den Kopf. Grothe seufzte.

„Sie haben ja Recht! Ich war naiv. Ich dachte, Sie wären von diesen paar Seiten genauso begeistert wie ich. Ich dachte, Sie würden kommen, die Ärmel hochkrempeln und sich ins Getümmel stürzen. Oder mir wenigstens helfen.“ Auf eine anrührende Weise wirkte sie hilflos. „Allein kann ich ihn nicht überzeugen, das habe ich schon oft genug versucht“, fügte sie leise hinzu.

„Wen?“

„Den Autor.“

Grothe seufzte ein weiteres Mal. „Okay, was soll ich tun?“

„Mit ihm sprechen. Vielleicht hört er auf Sie. Sie sind ein Profi, kein dummer Laie wie ich. Loben Sie ihn über den grünen Klee, malen Sie seine Zukunft in den rosigsten Farben, versprechen Sie ihm den Nobelpreis. Was weiß ich! Sie wissen doch bestimmt, wie man einen Schriftsteller motiviert, wie man ihm aus einer Schreibblockade heraushilft!"

Hätte Grothe gewusst, wie man Schreibblockaden überwindet, hätte er dieses Wissen zuallererst bei sich selbst angewandt. Doch das behielt er für sich. „Gut, ich kann es versuchen. Vereinbaren Sie einen Termin, und ich gebe mein Bestes."

„Einen Termin? Machen Sie Witze? Termine gibt es beim Arzt. Wir gehen jetzt hin."

„Jetzt?" Es war gut und gerne 23 Uhr. Grothe fühlte sich überrumpelt. Spätestens jetzt spürte er den Altersunterschied zwischen ihnen. Aber es waren nicht nur die Jahre, es war eine andere Art zu leben.

„Natürlich jetzt! Wann denn sonst?" Sie trank aus und legte einen Fünf-Euro-Schein auf den Tresen. Dann zog sie ihn auf die Straße.

Draußen zündete Grothe sich eine Zigarette an. „Rauchen Sie?" Sie schüttelte den Kopf. „Haben Sie ein Auto?"

Sie lachte auf. „Kein Mensch hat ein Auto. Kommen Sie! Es ist nicht weit."

Sandra Neumann ging so schnell voraus, dass Grothe Mühe hatte, Schritt zu halten. Bald warf er seine angerauchte Zigarette weg. Sie liefen den ganzen Weg von der Torstraße bis zum Rosenthaler Platz hinauf. Dort ging Sandra auf das Eckhaus zur Linienstraße zu, einen großen verschnörkelten Kasten aus dem Anfang des letzten Jahrhunderts, und riss die Tür auf. Über der Tür stand in ebenso verschnörkelter Schrift *St. Oberholz*, daneben hing ein Schild mit einem Huhn. Der passende Sinnspruch lautete: *Lege nicht alle Eier in einen Korb*. Ein Literatentreff, vermutete Grothe, einer der vielen, von denen er noch nie gehört hatte. Auf dem Hinweg hatte Sandra ihm einiges über die Geschichte des Etablissements erzählt, aber Grothe hatte nur die Hälfte verstanden. Das Haus hatte seinerzeit den ersten Burger King der DDR beherbergt.

Drinnen war nicht viel los. An schlichten weißen Tischen saßen einzelne Männer und starrten in ihre MacBooks. Im fahlen Licht wirkten ihre Gesichter so blass wie die angebissenen Äpfel auf der Rückseite der Monitore.

Nach einem kurzen Blick in die Runde rannte Sandra die Treppe hinauf, um Sekunden später wieder herunterzukommen. „Hier ist er nicht.“

Grothe hatte noch andere Schilder entdeckt. Unter einem Pferd stand *Das Leben ist kein Ponyhof,* und ein Bär verkündete *Verteile das Fell des Bären nicht, bevor er erlegt ist.*

Sandra zog ihn zurück auf die Straße. „Noch was“, sie griff nach seinem Arm und drückte ihn mit erstaunlicher Kraft. „Kein Wort über das Manuskript, verstanden?“

„Aber...“ protestierte er halbherzig.

„Keinen Piep!“ unterbrach sie ihn. „Wenn man es erwähnt, macht er sofort dicht. Wir müssen strategisch vorgehen, uns vorantasten...“

„Er weiß nicht, dass Sie mir sein Manuskript geschickt haben?“

Sie sah ihn entgeistert an. „Er würde nie wieder ein Wort mit mir reden.“

Die Sache wurde immer komplizierter. Er hatte es mit einem Autor zu tun, der sich weigerte zu schreiben und den man nicht als Autor ansprechen durfte. Er fragte sich, in welcher Beziehung sie zu ihm stand. „Ist er Ihr Freund?“

„Schlimmer“, antwortete sie, „viel schlimmer. Er ist mein Bruder.“

„Hm“, Grothe wäre am liebsten sofort nach Hause gefahren. Er war müde, und von seinem vermeintlichen Einhorn versprach er sich nichts mehr. „Haben Sie einen Plan?“

„Ich habe mir folgendes überlegt“, sie ging ein paar Schritte und deutete auf eine Tür. „Wahrscheinlich arbeitet er noch.“ Im Treppenhaus blieb sie kurz stehen. „Also, Sie sind Verleger.“ Bevor er protestieren konnte, fuhr sie fort. „Ja, ich weiß, wer Sie sind, aber für Nico sind Sie Verleger.“

„Nico?“

„Nico, so heißt mein Bruder.“ Sie dachte kurz nach. „Sie interessieren sich für, sagen wir, avantgardistische Literatur, experimentelle Literatur. Etwas in der Art.“

„Und das ist die Art von Literatur, die Ihr Bruder jetzt schreibt?“ Was hatte sie gesagt? Die Pipeline ist leer?

„Mein Bruder schreibt nicht. Er lässt schreiben. Er arbeitet an einem automatischen System", fügte sie fast flüsternd hinzu. Sie erreichten einen Treppenabsatz, und Grothe blieb abrupt stehen. „Ich wusste, es würde Ihnen nicht gefallen."

„Frau Neumann, ich glaube, das ist wirklich nichts für mich."

„Bitte, Jo, bittebitte!" Sie flehte ihn förmlich an. „Geben Sie ihm eine Chance. Mehr verlange ich doch nicht! Eine klitzekleine Chance. Reden Sie mit ihm, eine halbe Stunde, und wenn das Ihre Meinung nicht ändert, dann können Sie gehen, dann lasse ich Sie in Ruhe, jetzt und für alle Ewigkeit."

Was hatte er zu verlieren? Zeit, und davon hatte er schon genug in dieses zweifelhafte Unterfangen gesteckt. Auf eine weitere halbe Stunde kam es nicht an. Sandra sah es ihm an und fiel ihm um den Hals.

„Eine halbe Stunde, okay. Das ist der Deal."

„Abgemacht!" rief sie, und sie schlugen ein.

Kapitel zehn

Es blieb nicht bei einer halben Stunde. Sandra hatte ihn kurz vorgestellt und war dann zu Grothes Überraschung aufgebrochen. Sie hatte ihn mit ihrem Bruder allein gelassen.

Nico saß in einem großen kahlen Raum vor einem Laptop, diesmal keinem mit dem angebissenen Apfel auf der Rückseite des Bildschirms, sondern einem großen schwarzen Ungetüm. Die Wände waren kahl, überall hingen nackte Energiesparlampen wie dünne Stalaktiten von der Decke.

Das Sankt Oberholz vermietete einige Apartments für Tage oder Wochen an aufstrebende Jungunternehmer – denn es war nicht der von Grothe vermutete Literatentreff, sondern eines der bekanntesten Zentren der Berliner Gründerszene – und verfügte über einen Arbeitsbereich, der sich hochtrabend *Coworking Area* nannte. Ein Ort, an dem man für wenig Geld einen Arbeitsplatz auf Zeit beziehen konnte und so mit anderen Gründern im wahrsten Sinne des Wortes auf Tuchfühlung blieb, denn man saß Ellbogen an Ellbogen an den Laptops. Das Ganze 24/7, was, wie Grothe von Sandra erfahren hatte, so viel wie *rund um die Uhr* bedeutete.

Nico war deutlich älter als seine Schwester. Grothe schätzte ihn auf Ende 20. Ein bisschen Nerd, ein bisschen Hipster und doch anders. Es war die äußere Ähnlichkeit mit seiner Schwester, die ihn Grothe sympathisch machte, der spöttische Zug um den Mund, die pastellgrünen Augen, die polierten Steinen glichen und undurchdringlich waren. Doch während Sandra auf eine unprätentiöse Art und Weise locker wirkte, ehrlich und natürlich, war ihr Bruder das genaue Gegenteil. Alles an ihm war umständlich, jeder Gedanke verschlungen und doppelbödig. Seine Argumente waren durchdacht und jede Äußerung, so harmlos sie auf den ersten Blick auch schien, entfaltete mit der Verzögerung, die man brauchte, um sie ganz zu verstehen, eine unerwartete Wirkung. Er war hochintelligent, aber das war nicht alles. Er schien mit vielen Dingen abgeschlossen zu haben. Als hätte er auf die gängigsten Fragen des Lebens eine Antwort gefunden, schienen ihn die meisten Themen zu langweilen. Ein Überdruss, der aufgesetzt wirkte.

Nico zeigte sich keineswegs erstaunt, mitten in der Nacht Besuch zu bekommen. Auch an den Nebentischen saßen meist Männer, die in die Tasten hämmerten, andere kamen und gingen. 24/7 war hier wörtlich zu nehmen.

Sein Projekt, denn es war ein *Projekt* und kein Vorhaben oder Plan oder gar eine schlichte Idee, bestand darin, eine Software zu entwickeln, die selbständig Gedichte oder Romane schrieb, automatische Literatur, die man, und das war das große Ziel, von menschlicher nicht zu unterscheiden war, eine Art Turing-Test für Schreibautomaten, was Grothe, ohne es auszusprechen, lächerlich fand.

Die Idee war nicht originell und schon gar nicht neu. Bereits in den zwanziger Jahren des letzten Jahrhunderts gab es Poesiemaschinen. Das schickte Nico voraus, um zum Kern seines eigenen Vorhabens zu kommen. Doch gerade jetzt, seine Augen leuchteten, etwas wie Begeisterung kam in ihm auf, gab es gewaltige Fortschritte, Entwicklungen, die noch vor kurzem undenkbar gewesen wären. Eine wahre Revolution. „Wir sind ganz nah am Puls der Zeit", sagte er zu Grothe, als wolle er ihn einbeziehen. Ob er schon etwas von Chatbots gehört habe? fragte er Grothe. Der verneinte.

Dabei handelte es sich um KI-basierte Systeme, die entwickelt wurden, um menschenähnliche Gespräche zu führen. Sie nutzten künstliche Intelligenz zur Verarbeitung natürlicher Sprache. Dahinter stünden komplexe semantische Netzwerke, die darauf trainiert werden konnten, Zusammenhänge und Muster in der menschlichen Sprache zu erkennen.

Nico sprach schnell, untermalte das Gesagte mit fahrigen Gesten, und Grothe, der bisher nur die Hälfte verstanden hatte, verlor langsam den Faden. Was waren rekurrente neuronale Netze, Deep-Learning-Verfahren, generative Sprachmodelle? Er hob die Hände: „Stopp, ich verstehe nur Bahnhof!"

Nico Neumann hielt verblüfft inne. Er starrte ihn an, als hätte er ein begriffsstutziges Kind vor sich. Dann nickte er langsam. „Okay", begann er, „vielleicht ist es besser, das Pferd von hinten aufzuzäumen." Vielleicht war es tatsächlich einfacher zu verstehen, was ein solches System konnte, als zu erklären, wie es funktionierte.

Und das verblüffte Grothe dann doch. Man könne damit seine Tageszeitung abbestellen, die Glückwünsche auf einer Geburtstagskarte oder ein humorvolles Gedicht für die Hochzeitsrede schreiben lassen, selbst den Abschiedsbrief anlässlich des eigenen Suizids könne ein solches System mühelos anfertigen. Man müsse nur die nötigen Informationen vorgeben. Er sagte *Prompts*.

„Oder wir schreiben ein Gedicht", sagte Nico und drehte den Laptop so, dass Grothe den Bildschirm sehen konnte. Schnell tippte er: „Schreibe ein vierzeiliges Gedicht ohne Reim über den Frühling. Metrum Jambus."

„Warum ohne Reim?" fragte Grothe.

„Weil es schwieriger ist", antwortete Nico.

Es dauerte nur Sekundenbruchteile, bis der Bot das Ergebnis ausspuckte:

Zarte Blüten tanzen im Wind so fein,
Der Frühling erwacht, lässt die Herzen erblühen.
Vögel singen Lieder, bunt und klar,
Neues Leben erblüht, die Welt wird wunderbar.

Grothe schürzte die Lippen. Er dachte nach. Es war nicht gut. Aber es war erstaunlich. „So ganz ungereimt kommt mir das aber nicht vor", wandte er ein.

Nico lachte. „Du hast recht." Er hatte ihn von Anfang an geduzt. Vielleicht war das hier so üblich. „Offenbar fällt es dem System schwer, die Begriffe *Gedicht* und *ohne Reim* unter einen Hut zu bringen. Das Ergebnis ist ein Kompromiss: ein halb gereimtes Gedicht."

Nico Neumann war fest davon überzeugt, dass sich der Schreibstil eines jeden Autors quantifizieren, in Formeln und Algorithmen fassen lasse. Von hier war der Weg zum Kopieren nicht weit. Wenn man einmal verstanden hatte, wie ein Text geschrieben worden war, konnte man den Prozess leicht nachahmen.

An erster Stelle stand das Auszählen der Wörter, denn selbst beim gewandtesten und sprachgewaltigsten Autor gab es Wiederholungen und Häufungen. Aber das war trivial. Interessant wurde es erst, wenn es um übergeordnete Strukturen ging, um den Satzbau zum Beispiel. Es gab Schriftsteller, die Hauptsätze häufiger mit einem ‚und' verbanden, andere bevorzugten kurze Sätze, wieder andere verwendeten weniger Subjekte oder schachtelten Relativsätze ineinander. Nach einer endlosen Reihe von Beispielen kam Nico zum wichtigsten Punkt.

„Schließlich gibt es noch eine allgemeinere Ebene. Ich nenne sie die *Ebene der Sprachmelodie*. Lange und kurze Wörter, Einschübe, Halbsätze, die Interpunktion, all das verdichtet sich zu einem unverwechselbaren Muster. Es ist so komplex und individuell wie ein Fingerabdruck." Er drehte sein Laptop und zeigte Grothe ein Gewirr von Linien und Zacken, das Ähnlichkeit mit einem EEG hatte. „Nehmen wir zum Beispiel Mozart. Ein Stück, das er komponiert hat, erkennt man sofort, auch wenn man es zum ersten Mal hört. Genauso ist es mit dem Text eines Schriftstellers. In der Literatur ist es schwieriger als in der Musik, weil die Variabilität der Sprache größer ist, aber es funktioniert auf die gleiche Art und Weise."

Grothe, der keine Sekunde daran glaubte, Maschinen könnten eines Tages, gleichgültig ob nah oder fern, das Schreiben von Menschen kopieren, horchte auf. Hatte er nicht vor kurzem einen ähnlichen Gedanken gehabt? Walter Unger hatte einen höchst individuellen Stil, einen Stil, den er unter hundert anderen sofort wiedererkannt hätte. Dass man diesen in eine Formel oder ein Schaubild fassen konnte, daran glaubte er nicht.

Hatte er zunächst das Gespräch möglichst bald auf Nicos Manuskript bringen wollen, begann er sich nun, auch für dessen Projekt zu interessieren. „Aber kommt es beim Schreiben nicht mehr auf das *Was* als auf das *Wie* an? Welche interessanten Erfahrungen kann ein Computer gemacht haben, die es wert sind, aufgeschrieben zu werden? Was kann uns ein Computer erzählen?" wandte Grothe ein.

Nico lächelte nachsichtig. „Der Inhalt kommt vom Menschen, die Form schafft der Computer. Stell dir vor, du erzählst dem Computer eine Geschichte und er schreibt sie *ins Reine*. Er schreibt, aber du bestimmst den Stil. Und du kannst aus Hunderten von Möglichkeiten wählen: Fontane, Hemingway, Grass... Zusätzlich gibt es noch eine Vielzahl von Stellschrauben, an denen man drehen kann: die Weitschweifigkeit, die Tonalität, die Länge der Dialoge... Der Fantasie sind keine Grenzen gesetzt."

„Aber der ... Bot schafft nichts Neues."

„Was ist schon neu?" fragte Nico abschätzig. „Vielleicht ist das Neue nur eine Kombination von Altbewährtem. Ein geschwätziger Hemingway, ein optimistischer Camus. Aber wir werden auch eine Zufallskomponente einbauen. Die Mutation ist ja bekanntlich der Motor der Evolution. Warum nicht auch in der Literatur? Wir lassen die Sprache mutieren, um etwas Neues zu schaffen. Etwas Schönes oder etwas Hässliches. Lassen wir uns überraschen."

„Ich habe noch nicht verstanden, wozu man bei all dem einen Verleger braucht." Grothe hatte sich jetzt vorgenommen, bald zu gehen. Aber diese Frage beschäftigte ihn noch. Er war zwar kein Verleger, aber die Rolle, die ein Literaturagent in einer solchen Welt spielte, war ihm ebenso rätselhaft. Wahrscheinlich brauchte man weder den einen noch den anderen.

„Wirklich nicht?" Wieder sah er ihn mit diesem mitleidigen Blick an. „Siehst du nicht diesen riesigen Markt? Wenn jeder schreiben kann, wird jeder seine Bücher unter die Leute bringen wollen. In kleinen Auflagen für Freunde und Verwandte, für Kunden und Kollegen, aber immerhin. Und wer weiß, vielleicht gelingt einem ja der große Wurf, und sei es aus Versehen. Man wird jemanden brauchen, der unter den Millionen wertloser Manuskripte die wenigen Perlen herausfischt."

Grothe zuckte zusammen, er konnte keinen großen Unterschied zur Gegenwart erkennen. Alles würde noch schlimmer werden. „Ich hoffe, dass auch diese Aufgabe eines Tages von einem Computer übernommen wird."

Zum ersten Mal blitzte Interesse in Nico Neumanns Augen auf. „Du gefällst mir. Humor hast du jedenfalls! Sandy hat eine gute Menschenkenntnis. Eine viel bessere als ich, und ich vertraue ihrem Urteil."

Grothe beschloss, sich weiter vorzuwagen. „Warum schreibst du nicht selbst?" Das Duzen fiel ihm noch schwer. „Wenn du so viel über Schreibstile weißt, sollte es dir doch leichtfallen."

Nico Neumann zögerte. „Und was, meinst du, soll ich schreiben?"

„Einen Roman, eine Erzählung, irgendwas."

„In welchem Stil soll ich diesen *Roman* schreiben?"

„In deinem eigenen?"

Der andere lachte leise. „Keine schlechte Antwort. Aber woher willst du wissen, dass ich einen eigenen Stil habe?“

„Ich glaube, jeder Autor hat seinen eigenen Stil.“

„Ja, aber es muss kein guter sein.“

„Ich glaube, du hast einen. Einen besonderen.“

Nico Neumann klappte unvermittelt seinen Laptop zu und zog den Stecker aus der Dose. „Es ist spät geworden, und ich habe noch etwas vor.“ Er verstaute den Rechner in einem abgewetzten Rucksack. Im Gehen drehte er sich noch einmal um. „By the way, bei welchem Verlag bist du eigentlich?“

„Fischer.“

„S. Fischer?“ Grothe nickte. „Such dir einen neuen Job.“

Grothe war von Nicos Aufbruch überrumpelt worden. „Warten Sie! Wo kann ich Sie finden? Oder Sandra. Haben Sie eine Karte?“ Er war wieder in die förmliche Anrede verfallen.

„Du findest uns hier. Entweder unten oder oben. Die Welt ist klein.“ Dann war er weg.

Kapitel elf

Die nächsten Tage vergingen, ohne dass es Grothe gelang, eine Entscheidung zu treffen. Er war sich unschlüssig, ob er erneut nach Heidelberg fahren sollte, und auch bei den Neumann-Geschwistern kam er nicht weiter. Gab es eine Chance, Nico dazu zu bringen, sein angefangenes Werk zu vollenden? Am liebsten wäre er für ein paar Tage nach Sylt gefahren. Er sehnte sich nach Ruhe, nach Entspannung, nach langen Spaziergängen am Strand. Aber auch dazu konnte er sich nicht entschließen. Die Angst, in Berlin etwas Entscheidendes zu verpassen, saß ihm im Nacken, und auch in Heidelberg konnten sich die Ereignisse jederzeit überschlagen.

So verbrachte er die meiste Zeit im Büro und versuchte zu schreiben. Obwohl er intensiv an *Eine deutsche Familie* arbeitete, kam er nur langsam voran. Er wusste nicht, was Ungers Stil ausmachte, und obwohl er dessen Werke so genau studierte wie nie zuvor, gelang es ihm nicht, das entscheidende Muster zu finden.

Er trank, er rauchte, und Hem leistete ihm dabei Gesellschaft. Nach drei Tagen hatte er zwei weitere Seiten geschrieben. Bei diesem Tempo würde er das Buch nie rechtzeitig vollenden. Spätestens im Frühjahr musste es ins Lektorat. Das war der allerspäteste Termin.

Etwas belastete ihn zusätzlich: Er fühlte sich wie ein Betrüger. In jedem Satz, den er schrieb, suchte er Unger und fragte sich, ob man ihm das abnähme. Einerseits gefiel ihm das, was er zu Papier brachte, andererseits wusste er, dass niemand auf seinen Trick hereinfiele. Zumindest nicht Ingrid Lortzing und auch nicht ihr Verlag.

In diese Selbstzweifel hinein, die ihn zunehmend lähmten, erreichte ihn Sandras Anruf. Er saß an seinem Schreibtisch und hatte jedes Zeitgefühl verloren. Es konnte Dienstag oder Mittwoch sein, jedenfalls ein Werktag, denn Evelyn war zur Arbeit erschienen.

„Hallo, Jo", begann sie. „Ich wollte schon längst anrufen, aber die Arbeit hält mich auf Trab."

„Die Mathematik, die Philosophie?"

Er hörte sie lachen. „Es freut mich, dass Sie sich so gut mit meinem Bruder verstehen. Ich glaube, er war schwer von Ihnen beeindruckt. Zumindest für seine Verhältnisse." Grothe glaubte ihr

kein Wort. „Er ist nicht sehr umgänglich, wie Sie bemerkt haben.“
Nico war etwa so umgänglich wie ein eingesperrter Tiger, aber das
sagte Grothe nicht. „Wir sind jedenfalls auf dem richtigen Weg.“

„Rufen Sie an, um mir Mut zu machen?“

„Nein, Jo. Ich wollte Sie fragen, ob Sie morgen Abend Zeit
haben. Im *Literaturhaus* findet eine Lesung statt...“

„Ich gehe grundsätzlich nicht zu Lesungen“, unterbrach er
sie, „jedenfalls nicht freiwillig.“

„Langsam, langsam. Ich werde da sein...“

„Das ist natürlich etwas anderes.“

Wieder lachte sie. „Aber was noch viel wichtiger ist, Nico
wird da sein.“

„Studien am lebenden Objekt?“ warf er ein.

„Fast. Ich glaube, er steht auf die junge vielversprechende
Autorin. Eine Russin oder Ukrainerin, wenn ich mich nicht irre.“

„Die sollen ja in Mode sein.“

„Sind Sie dabei?“

„Wieder ein Deal?“

„Nein, diesmal kommen Sie freiwillig.“

„Sie sind sich Ihrer Sache sehr sicher.“

„Wir sehen uns“, sagte sie noch und unterbrach die Verbindung.

Die Autorin war jung und hübsch, letzteres auf eine unkonventio-
nelle Art und Weise. Sie strahlte etwas Jungenhaftes aus, das abseits
des klassischen Ideals der Modelschönheiten lag und erfrischend anders wirkte. Oder fremd, denn es gab keine Entsprechung in den Ge-
sichtern, die Grothe kannte oder je gekannt hatte.

So fremd wie ihr Aussehen war auch ihre Sprache. Ein ge-
brochenes Deutsch zu unterstellen, wäre übertrieben gewesen, aber
neben einem starken Akzent rang sie oft um Worte, und ukrainische
oder gar russische Vokabeln schienen ihr geläufiger, so dass sie ihren
Begleiter um eine passende Übersetzung bitten musste.

Das galt allerdings nur für die freie Rede. Sobald sie ablas,
wurde ihre Sprache präzise. In geschliffenen Sätzen erzählte sie die
Geschichte ihres deportierten Großvaters, und dessen letzte Reise
von Berlin nach Auschwitz, die sie im Abstand von siebzig Jahren

erneut unternahm. Eine Mischung aus Reisebericht und Rückblick, angereichert mit Familienanekdoten und Lebensweisheiten.

Am besten war sie, wenn sie von den zufälligen Begegnungen am Rande ihrer Reise erzählte, von dem amerikanischen Ehepaar im Zug, von dem alten Mann auf dem Bahnsteig eines polnischen Bahnhofs. Diese Szenen ohne Bezug zum tragischen Ganzen schienen das Publikum besonders zu berühren, nahm man das leise Schniefen und Seufzen der Anwesenden als Maßstab.

Grothe, der sich auf eine zähe und quälende Veranstaltung eingestellt hatte, war angenehm überrascht, als die Autorin nach zehn Minuten am Ende zu sein schien. Doch der Moderator drängte sie, noch ein Kapitel zu lesen, und als nach dessen Ende kaum mehr als eine Viertelstunde vergangen war, ließ er noch unzählige Fragen aus dem Publikum zu.

Nun gibt es bei Lesungen nichts Unergiebigeres als eine Fragerunde. Das liegt zum einen am Publikum, dessen Fantasie sich darauf beschränkt, nach dem autobiographischen Gehalt der Geschichte, der täglichen Schreibroutine des Autors oder nach seinem nächsten Buch zu fragen. Aber auch der hoffnungsfrohe Schriftsteller kann nicht verhehlen, dass er lieber allein im stillen Kämmerlein sitzt und sich in die tollsten Rollen hineinfantasiert, als in der realen Welt vor realen Menschen den Hampelmann zu spielen. Die wenigsten Schriftsteller sind zum Entertainer geboren, und wären sie es, hätten sie sich für den lukrativeren Beruf entschieden.

So ging es auch der jungen Valery, obwohl sie sich wacker schlug. Und es war dieser Mangel an Professionalität, der alle für sie einnahm. Allen voran Nico, der an diesem Tag keineswegs gelangweilt und allem überdrüssig schien, sondern an ihren Lippen hing. Die Fragerunde ergab, dass *Reise in meine Vergangenheit* ihr erstes Buch war und auch ihr letztes bliebe, denn sie beabsichtige nicht, weiter zu schreiben, ein Entschluss, zu dem Grothe sie im Stillen beglückwünschte.

Die Lesung war gut besucht, und es dauerte mehr als eine Zigarettenlänge, bis sich der Saal vollständig geleert hatte. Sie standen draußen vor dem Haupteingang und beobachteten, wie die Leute hinausströmten. Während Grothe sich abgewandt hatte, weil er befürchtete, einem bekannten Gesicht zu begegnen, schien Nico mit wachsender Nervosität den steten Strom herausschlendernder Menschen zu verfolgen. Als dieser zu einem Tröpfeln versiegt war, ging er noch einmal hinein.

„Wie hat es Ihnen gefallen?" fragte Sandra, und Grothe verdrehte die Augen. Sie lachte. „So schlimm?"

Grothe stimmte ein. „Wissen Sie, was mich wundert, Sandy? Dass so viele Menschen dafür Geld ausgeben." Der Eintritt hatte zwölf Euro gekostet. „Früher waren die Lesungen umsonst, und trotzdem ist keiner hingegangen."

„Sollten Sie nicht froh sein, dass Menschen Geld für Literatur ausgeben?"

„Sie sollten die Bücher *kaufen*. Meinetwegen müssen sie sie nicht einmal lesen."

Sandra sah ihn wohlwollend an. „Ich glaube, ganz tief in Ihrem Inneren sind Sie ein netter Mensch."

„Täuschen Sie sich da nicht!" antwortete er grimmiger als beabsichtigt. Ihr fast zärtliches Lächeln hatte ihn seltsam berührt.

Bevor die entstandene Pause peinlich werden konnte, kehrte Nico zurück. Im Schlepptau die Debütantin und einen Begleiter, der sich als älterer Bruder und Manager vorstellte, was ihn bei Grothe sofort in Ungnade fallen ließ, weniger wegen der vermeintlichen Konkurrenz als wegen der Tatsache, dass Laien seiner Meinung nach im Literaturmanagement nichts zu suchen hatten.

Den Vierten im Bunde kannte er flüchtig. Manfred Metzger, genannt Manne, war sowohl Inhaber eines kleinen Verlages als auch Tausendsassa der Berliner Literaturszene. Kein größeres Event, bei dem er fehlte, keine Initiative, an der er nicht beteiligt war. Dass Valery jetzt unter ihnen weilte, war sicher auch sein Verdienst.

Da sie sich im Westen Berlins befanden, bestand zu Grothes Erleichterung niemand auf einer der üblichen Szenekneipen in der Berliner Mitte. So schlug er das *Neni* vor, ein Restaurant im obersten Stockwerk des neuen Bikini-Centers, das zu Fuß zu erreichen war.

Seit wann Rooftop-Bars und -Restaurants angesagt waren, hätte Grothe nicht zu sagen gewusst. Sie hatten einen Tisch an der Fensterfront mit Blick auf den Zoo ergattert, und wären diese geöffnet gewesen, hätten sie das Brüllen der Elefanten und das Kreischen der Affen gehört. Nur wenige Meter vom Kurfürstendamm und der

90

Kantstraße entfernt, konnte es mitten in Berlin recht unheimlich sein.

Es war kein Zufall, dass Grothe zwischen Nico Neumann und Manfred Metzger saß. Der eine war die Hauptperson, der andere konnte ihm nützlich sein. Ihm gegenüber hatte Sandra Platz genommen, die sich der Avancen von Valerys Bruder erwehren musste, dies aber souverän und mit einer gewissen Nonchalance tat. Nico kümmerte sich erwartungsgemäß um die junge Schriftstellerin, so dass Grothe zunächst nichts anderes übrig blieb, als mit dem alternden Verleger zu plaudern.

„Eine wahre Tragödie diese Geschichte mit Unger", kam Metzger schließlich zur Sache. Er schien betrübt, doch Grothe nahm ihm sein Bedauern nicht ab. Innerlich überschlug er sich sicher vor Schadenfreude. „Ein unersetzlicher Verlust für die deutsche Literatur."

„Nun ja, in einem gewissen Alter..."

„Ja, aber so plötzlich, nicht wahr?" unterbrach ihn der andere.

Grothe beschloss, ihn noch ein wenig zappeln zu lassen und antwortete nicht.

„Das muss ein großer Schock für Sie gewesen sein. Das beste Pferd im Stall lahmt..."

„...und muss erschossen werden."

„Nun, da habe ich mich wohl ... vergaloppiert." Metzger lachte ein wenig gekünstelt auf, und Grothe freute sich, den so wortgewandten Verleger in Verlegenheit gebracht zu haben. „Ich meinte..."

„Wie auch immer", Grothe klang versöhnlicher, „Unger ist auf dem Weg der Besserung. Kein Grund zur Sorge. Aber ich danke Ihnen trotzdem für Ihr Mitgefühl."

Metzger wirkte überrascht. „Besserung? Aber es hieß doch... Ich meine, wir alle..."

Grothe sah zu Sandra Neumann hinüber, die ihm freundlich zunickte. Das lenkte ihn ab und so entging ihm, was Metzger noch anfügen wollte. Er unterbrach ihn. „Mein lieber Metzger, es wird viel geredet. Aber, glauben Sie mir, an den Katastrophenszenarien ist nichts dran. Unger hatte einen leichten Schlaganfall und ist auf dem

Weg der Besserung. Bald wird er wieder quietschfidel an seinem Schreibtisch sitzen und seine wunderbaren Werke verfassen. Das sagen die Ärzte, und ich habe keinen Grund, daran zu zweifeln."

„Es freut mich, endlich etwas aus erster Hand zu erfahren." Metzger war vorsichtiger geworden, überzeugt hatte er ihn wohl nicht. „Man hört so viel, da haben Sie Recht, und die Zeitungen", er machte eine unbestimmte Geste, „schreiben, was sie wollen." Er trank von seinem Pils und wischte sich den Mund ab. „Und dieses ... Manuskript? Das neue Buch, von dem seit Jahren die Rede ist?"

Grothe zog die Augenbrauen hoch und tat, als müsse er überlegen. „Das ist so gut wie fertig."

„*Eine deutsche Familie* ist fertig?"

Jeder im Land schien alles zu wissen. Wie in einem hochkomplexen Organismus pflanzte sich jedes Ereignis, jede kleinste Erschütterung im ganzen System fort. Es war an der Zeit, sich dieses seltsame Gebilde zunutze zu machen.

„Na ja, das ist nur der Arbeitstitel. Es gab ein Konzept, ein Exposé, aber wie so oft kommt es am Ende anders."

„Sie machen mich neugierig."

„Es ist in gewisser Weise anders als erwartet, andererseits auch wieder nicht. Schwer zu verstehen. Auf jeden Fall ist es ein epochales Werk."

„Sie haben es bereits gelesen?"

„Ja, es ist hier in Berlin. Es muss noch durchs Lektorat, aber Sie wissen ja, wie Unger war ... oder vielmehr ist, ein unerbittlicher Perfektionist. Man könnte es so, wie es ist, direkt in Druck geben."

„Das sind ja tolle Neuigkeiten", sagte Metzger ohne große Begeisterung. „Dann steht einer Veröffentlichung im Herbstprogramm nichts mehr im Wege?"

„Nicht das geringste", bestätigte Grothe.

„Das wird Leonhard gerne hören. Ich glaube, es ist die fünfte Saison, in der er den neuen Unger ankündigt. Die Veröffentlichung wurde öfter verschoben als die Eröffnung des neuen Berliner Flughafens."

Grothe lachte. „Sie übertreiben. Es ist nur ein Buch, ein kleines Büchlein, etwas, das nur Sie und mich und ein paar andere Menschen auf der Welt interessiert." Dann ließ er die Bombe platzen.

„Und wer weiß, Leonhard hin, Leonhard her, vielleicht erscheint es bei Fischer, vielleicht auch nicht."

Metzger hätte sich fast an seinem Bier verschluckt. „Das ist nicht Ihr Ernst!"

„Es gibt viele Verlage. Große, kleine, ambitionierte und weniger ambitionierte. Wo steht in Stein gemeißelt, dass Unger für immer und ewig bei Fischer bleibt?"

„Ich dachte, es gäbe einen Vertrag."

„Sagen wir Vorvertrag, sagen wir Absichtserklärung. Aber Unger ist Unger. Sie kennen ihn ja. Absprachen haben ihn noch nie interessiert. Er ist loyal, aber sein neues Buch könnte sein letztes sein. Der letzte Schuss sozusagen, und der muss sitzen."

„Fühlt er sich bei Fischer denn nicht mehr gut aufgehoben?"

„Im Großen und Ganzen schon. Aber", er dachte an seinen Freund Peter Leonhard und musste sich überwinden, weiterzusprechen, „seine Autobiographie zum Beispiel hätte sich besser verkaufen können."

„Die war auch nicht der ganz große Wurf, wenn Sie mich fragen."

„Sie sagen es. Was glauben Sie, wie oft ich ihm gesagt habe, dass er bei Fischer bleiben soll? Aber er ist ein sturer Bock oder, um im Bild zu bleiben", er kicherte leise, „ein nervöses Rennpferd. Wie alle Künstler."

„Und wohin...", begann Metzger seine Frage.

Jetzt wollte Grothe das Gespräch beenden. „Das kann ich wirklich nicht sagen. Ein Big Player", Grothe hasste es, solche Worte in den Mund zu nehmen, „hat seinen Hut in den Ring geworfen. Es gibt ein ernsthaftes Angebot." Dann schaute er seinem Gegenüber direkt in die Augen. „Aber das bleibt unter uns. Kann ich mich darauf verlassen?"

Metzger beteuerte seine unbedingte Verschwiegenheit auf vielerlei Weise, und Grothe war froh, dass er ihm kein Wort glaubte.

Das Essen wurde gebracht und beendete alle Gespräche, was Grothe entgegenkam, da er sich Sandras Bruder zuwenden wollte. Er entschied sich für einen indirekten Angriff und wandte sich Valery zu, wohl wissend, dass ihm damit auch Nicos Aufmerksamkeit sicher war. Er begann mit einigen unbeholfenen Komplimenten, wies dann die wachsende Bedeutung fremdsprachiger Autoren für die deutsche Literatur hin und fragte sie, ob ihr eigener Erfolg sie überrasche.

Ihr eigener Erfolg überrasche sie sogar sehr, gab Valery zu, aber in welcher Sprache man schreibe, sei doch letztlich egal. Es gehe ja um das *Was* und nicht um das *Wie*, ein Thema, das Grothe bekannt vorkam.

„Ich habe mich oft gefragt," Grothe bedachte Valery mit einem charmanten Lächeln, „wie man den Erfolg der Migrantenliteratur erklären kann oder was ihren Reiz ausmacht, denn es ist ja dieser Reiz, dem wir auch heute erlegen sind."

Man sehne sich nach einer Bluttransfusion, behauptete Nico, der erwartungsgemäß darauf brannte, sich in ihre Unterhaltung einzuschalten, nach etwas Neuem, das die deutsche Sprache bereichere. So wie die Fusionsküche die deutsche Bratwurst mit amerikanischem Ketchup und indischem Curry zur allseits beliebten Currywurst veredelt habe, um ein Beispiel zu nennen. Er wirkte ein wenig berauscht, von sich selbst und seinen Thesen, von Valerys Aufmerksamkeit, ihrem wohlwollenden Blick und dem Wein, dem er reichlich zugesprochen hatte.

Dass Menschen mit mangelhafter Sprachbeherrschung ab und zu einen zufälligen Treffer landeten, bedeutete noch keinen großen Fortschritt, fand Grothe. Genauso gut hätte man radioaktive Strahlung begrüßen können, weil sie massenhaft Mutationen im Erbgut verursachte.

„Mein lieber Nico", begann Grothe vorsichtig. Es wurde Zeit, dem Gespräch eine Wendung zu geben. „Ich habe gerade mit dem geschätzten Kollegen Metzger über Walter Unger, einem meiner Klienten, gesprochen. Darf ich fragen, was du von ihm hältst?"

Hatte er erwartet, Nico Neumann kenne Unger nur dem Namen nach, sah er sich getäuscht. Sandras Bruder erwies sich als profunder Kenner von Ungers Werk, und selbst Valery hatte die meisten seiner Bücher, wenn auch in einer Übersetzung, gelesen. Aber so war Unger: Er wurde von Jung und Alt geschätzt, und sogar die ganz Jungen lasen ihn, wenn sie überhaupt lasen.

Nachdem die Lobeshymnen verklungen waren, kam Grothe zum entscheidenden Punkt: „Nico, wir haben unlängst vom unverwechselbaren Stil eines jeden Autors gesprochen. Was ist mit Walter Unger?" Nico schien nachzudenken und Grothe fuhr fort. „Wäre das nicht eine Aufgabe für Ihr automatisches System? Unger hat genug geschrieben, um es damit zu füttern. Was halten Sie davon?"

Nico Neumann schien die Idee zu gefallen. Walter Unger hatte ein umfangreiches Werk verfasst, mehr als genug Material für seine Algorithmen. Aber er bezweifelte, dass Unger der ideale Kandidat für einen Probelauf sei. Zu vielfältig sei sein Schreibstil, zu variantenreich seine Ausdrucksweise. Und man müsse zwischen dem frühen und dem späten Unger unterscheiden.

Die Teller waren abgeräumt, der Espresso endlich da, als Grothe eine letzte Frage stellte: „Nico, halten Sie es für möglich, Unger zu kopieren?"

„Mensch oder Maschine?"

„Einerlei."

„Unger ist ein harter Brocken. Vor einem Jahr hätte ich das noch für unmöglich gehalten. Aber jetzt? Diese Chatbots sind unglaublich gut, und man kann sie individuell anpassen und auf bestimmte Aufgaben trainieren. Und wenn ich die KI dann noch mit meinen Algorithmen füttere…" Er blickte auf das tiefschwarze Fenster vor sich, das auf den Zoo hinausging und in dem sich die Tische und Gäste des *Neni* spiegelten. Dann wog er bedächtig den Kopf. „Aber mit einem Unger würde ich nicht anfangen. Es gibt bessere Kandidaten."

„Und ein Mensch?" setzte Grothe nach.

Nico hob die Schultern. „Der Mensch ist zu allem fähig, nicht wahr? Alles eine Frage des Talents."

In diesem Punkt gab er Nico Neumann recht. Allerdings bezweifelte Grothe, dass er selbst genug Talent besaß.

Kapitel zwölf

Als er am späten Vormittag des nächsten Tages wieder mit schwerem Kopf erwachte, erinnerte er sich nur, dass er lange mit Sandra im *Globe*, einem kleinen Club an der Spree unweit der Michaelsbrücke, am Tresen gestanden und Tequila getrunken hatte. Wie er nach Hause gekommen war, wusste er nicht mehr. Aber es musste früh am Morgen gewesen sein, denn er fühlte sich nicht ausgeschlafen.

Das Telefon hatte ihn geweckt, es klingelte schon wer weiß wie lange. Verwünschungen murmelnd stand er auf und begab sich auf die Suche.

Es war Peter Leonhard. Metzger hatte ganze Arbeit geleistet. Vor kaum zwölf Stunden hatte er ihm unter dem Siegel der Verschwiegenheit den bevorstehenden Verlagswechsel Ungers anvertraut.

Sein alter Freund polterte ohne Punkt und Komma los, was Grothe Luft verschaffte und ihm half, seine Gedanken zu ordnen. Gestern hatte er die Gunst der Stunde genutzt und sich Metzger ohne langes Abwägen bedient. Wie er dann Leonhard gegenübertreten sollte, hatte er sich nicht überlegt.

Er klemmte das Telefon zwischen Kopf und Schulter, um sich einen großen Schuss Bourbon einzuschenken. Er trank am frühen Morgen nicht, aber erstens war es nicht früh und zweitens wusste er nicht, wie er sonst seinen Kater vertreiben sollte.

„Sag mal, Jo, hörst du mir überhaupt zu?"

„Natürlich, Pit, ich höre dir zu! Es ist nur..."

„Du streitest es nicht ab?"

Grothe seufzte. „Jetzt mach mal langsam..."

„Langsam?" brüllte Peter Leonhard. Er schien außer sich. „Du rammst mir ein Messer in den Rücken, und ich soll mich abregen?" Er hatte schon immer eine Schwäche für dramatische Auftritte gehabt. „Weißt du, was das für mich bedeutet? Das kann mich den Kopf kosten!"

„Jetzt übertreibst du aber. Bei Fischer sitzt du so fest im Sattel, dass dich nicht einmal eine extralange Lanze da runterstoßen kann. Geschweige denn, du könntest über ein Bäumchen wie Unger stolpern, einen kleinen Strauch, ein Unkraut..."

Leonhard holte tief Luft. Nach einer Weile sagte er: „Dann ist es wahr?"

„Woher hast du das?"

„Das spielt doch überhaupt keine Rolle!" brauste Leonhard erneut auf. „Ist es wahr oder nicht?"

„Noch ist nichts entschieden."

„Nichts entschieden? Bist du von allen guten Geistern verlassen? Wir haben einen Vertrag!" Es entstand eine Pause, und Grothe hörte Papier rascheln. Dann sagte Leonhard: „Darf ich dir aus dem Prospekt des Fischer-Verlages vorlesen? *Das neue, lang erwartete Buch von Walter Unger* Eine deutsche Familie *ist ein Jahrhundertroman, eine Familiensaga, ein Spiegelbild deutscher Geschichte...*"

„Pit, das ist die Ankündigung von diesem Jahr. Oder vom letzten. Oder vom vorletzten. Das ist Geschichte. Er geht um nächstes Jahr..."

„Und da wird genau dasselbe stehen! Wort für Wort", brüllte er.

Grothe nahm einen weiteren Schluck. Amerikanischer Bourbon war am Morgen bekömmlicher als schottischer oder irischer Whisky. Er schmeckte nicht so rauchig und viel milder, zumindest, wenn er ein paar Jahre gereift war. „Es ist ein anderes Buch geworden, Pit. Das Manuskript liegt hier vor mir", Grothe tastete nach seinen Zigaretten. Jetzt, wo sein Kopf klarer war, wollte er rauchen. „Und Unger, ich wollte es nicht erwähnen, aber er ist im Alter wunderlich geworden. Und vergesslich. Er hat aus den Augen verloren, was er dir und Fischer zu verdanken hat."

„Was sagst du da?"

„Er will sich *neu orientieren*. Wie ich schon sagte, ein undankbarer alter Mann."

„Und da kannst du gar nichts machen?" Leonhard klang jetzt resigniert.

„Doch. Natürlich werde ich alles tun, was in meiner Macht steht. Ich sagte doch, es ist nichts entschieden. Aber ich bin nur ein kleiner Soldat, der Befehle ausführt. Wenn es hart auf hart kommt, muss ich meinem Herrn folgen."

„Und unsere Freundschaft zählt nichts?"

„Nimm es nicht persönlich, Pit. Es geht ums Geschäft, nicht um unsere Freundschaft."

„Jo, du weißt gar nicht, wie wichtig dieses Buch für mich ist. Wenn du irgendwas..."

„Schick mir ein neues Angebot, und ich verspreche dir, ich werde alles tun, um Unger zu überzeugen."

„Gut, Jo", sagte Leonhard leise. „Das wird hier auf wenig Gegenliebe stoßen. Ich fürchte, man wird dir die Rechtsabteilung auf den Hals hetzen."

„Wir sollten alles tun, um einen offenen Bruch zu vermeiden. Ein Rechtsstreit kann Jahre dauern. Davon hat niemand etwas. Weder du noch ich. Unger ist in ein paar Jahren tot. Ein Rechtsstreit ist ihm herzlich egal, glaub mir. Und das Erscheinen des Buches wird er nicht verhindern."

Gegen Ende versuchte Grothe, die Wogen zu glätten. Er hatte Leonhard auf das Unvermeidliche vorbereitet. Auch das neue Angebot von Fischer käme bei weitem nicht an Lortzings Million heran. Wenn es dann nicht reichte und Unger zu Suhrkamp ging, läge die Verantwortung einzig und allein bei Fischer und Leonhard, dachte Grothe zufrieden.

Er trank sein Glas aus und ging ins Bad, um zu duschen.

Später im Büro erwartete ihn das übliche Chaos. Evelyn kämpfte sich durch Berge neuer Manuskripte. Fast jeden Tag brachte sie eine Kiste mit dicken Umschlägen und Päckchen zum nahegelegenen Postamt. Doch das waren nur die Sendungen, denen ein Rückporto beigelegt war. Alles andere wanderte in den Müll beziehungsweise ins Altpapier. Die abgelehnten Autoren erhielten eine Postkarte mit einer lapidaren Begründung: Das Manuskript sei zu sehr Genre-Literatur oder zu wenig davon, zu sehr Mainstream oder, im Gegenteil, zu experimentell, das Thema sei nicht mehr aktuell oder aber zu abgedroschen, auf jeden Fall sei das Werk bei einem anderen Agenten oder einem spezialisierten Verlag besser aufgehoben.

Wie viel besser wäre es gewesen, so Grothe, den Einsendern die Wahrheit zu sagen. Und die Wahrheit war, dass sie nicht schreiben konnten, dass ihre Machwerke nie veröffentlicht werden würden, dass niemand jemals freiwillig eine Zeile davon läse. Wie viel Mühe hätten sie sich ersparen können, wie viel Enttäuschung!

Doch Grothe wusste, dass der ambitionierte Nachwuchsautor einer höchst resistenten Spezies angehörte. Keine Form von Ablehnung oder Kritik entmutigte ihn, keine noch so große Enttäuschung ließ ihn an seiner Begabung und seinem Genie zweifeln, nichts brachte ihn von seinem unerschütterlichen Glauben an seine Berufung ab. Und diese Berufung bestand darin, die Menschheit mit unzähligen Romanen, Erzählungen oder gar Gedichten zu beglücken, reich und berühmt zu werden und, keine Frage, mit Preisen überhäuft zu werden. Und so bombardierten sie unverdrossen Verlage und Agenten mit den Zeugnissen ihrer offensichtlichen Unfähigkeit.

Zu Beginn seiner Tätigkeit als Literaturagent hatte Grothe den Fehler begangen, manch einem unverblümt die Meinung zu sagen. Und war von der Heftigkeit der Reaktionen überrascht worden. Er hatte wütende Briefe und Anrufe erhalten, war aufs Übelste beschimpft worden. Nicht nur, dass er unfähig, ein Ignorant oder gar Analphabet sei, eines Tages würde er seine Absage bitter bereuen und auf Knien zu Kreuze kriechen, um seinen Fehler wiedergutzumachen. Doch dann stieße ihn der mittlerweile erfolgreiche Autor in den Staub zurück, während er andere, die an ihn und seinen Erfolg geglaubt hatten, reich belohnte. Rachefantasien, die er erschreckend fand und die ihm eine Ahnung vermittelten, wie verletzlich diese Schreiberlinge waren und wie sehr sie ihre Hoffnungen brauchten.

Seitdem verfasste er neutrale Absagen und wies darauf hin, dass damit keine Wertung einherging.

Aber die Empfindlichkeit der angehenden Autoren war nicht der einzige Grund für seine Zurückhaltung. Er hatte erlebt, wie er sich getäuscht hatte, wie der vermeintlich Chancenlose zum Bestsellerautor wurde, wie Manuskripte, die er als dilettantisch abgetan hatte, später vom Feuilleton gefeiert wurden. Dann hatte er sich geärgert. Ohne es zuzugeben. Er vertraute immer noch seinem Urteil, aber er wusste, dass er nicht unfehlbar war.

Nicht so Evelyn. Sie schien mit den Einsendern zu leiden. Die Hoffnungen, die mit jedem eingesandten Manuskript verbunden waren, gingen ihr nahe, und jede Absage tat ihr in der Seele weh.

Grothe hatte beobachtet, wie sie anfangs Blümchen oder Tierfiguren auf die Postkarten malte, später den einen oder anderen Satz handschriftlich hinzufügte, persönliche Anmerkungen, die den vorgestellten Schmerz lindern und dem Empfänger Mut machen sollten. Er ließ sie gewähren. Sie würde früh genug abstumpfen.

Als Evelyn ihm später ein weiteres Manuskript zum Lesen auf den Schreibtisch legen wollte, winkte er ab. Wortlos deutete er auf ein Regal, in dem einige wenige vielversprechende Buchprojekte in einem Drahtkorb auf die weitere Bearbeitung warteten.

Das war sein Fegefeuer, jener Ort zwischen Himmel und Hölle, wo jene Manuskripte warteten, die weder auserwählt noch verdammt waren, denn im Unterschied zum echten Fegefeuer, wenn es denn eines gab, war sein Fegefeuer kein Ort der Buße oder der Bewährung, nach der man früher oder später unweigerlich ins Paradies aufstieg. Nein, es war der Ort der Entscheidung, von dem aus es in himmlische Höhen oder zurück in (unter)irdische Tiefen ging. Nur in der Wartezeit gab es Ähnlichkeiten. Monate, ja Jahre konnten vergehen, bis er sich zu einer Entscheidung durchgerungen hatte.

Diese Autoren beschwerten sich irgendwann, schickten E-Mails oder riefen an. Ungeduld war die hervorstechendste Eigenschaft eines jeden Debütanten. Als hinge das Überleben der Menschheit davon ab, dass ihr Buch so schnell wie möglich erscheint. Ein weiterer Beweis für die verzerrte Selbstwahrnehmung, wie Grothe fand, denn in Wirklichkeit änderte es keinen Deut am Lauf der Welt, ob ihr Buch jetzt, in einem Jahr oder nie erschiene.

Wenn er nichts zu tun hatte oder eine Ablenkung brauchte, stand er auf und ging in diese hinterste Ecke seines Büros. Dann nahm er ein Exemplar in die Hand, schlug es nach Belieben auf und las einen Abschnitt, eine Seite.

Er las laut oder halblaut, je nach Laune, aber er war davon überzeugt, dass man Literatur lesen *und* hören muss, um sie wirklich zu verstehen. Schließlich ging es um Sprache, und Sprache war erfunden worden, um mit anderen Menschen zu sprechen.

Buchstaben und Worte waren die Notation von Lauten, ein Hilfsmittel, um diese Laute zu konservieren. Aber wie eine gefrorene Speise, die auf dem Herd erwärmt wird, gewann auch die Schrift erst durch das hörbare Aussprechen ihre Bedeutungsfülle zurück. Erst dann erkannte man die Melodie, den Rhythmus, die Kontrapunkte und die Dopplungen der Reime. Ein geübter Leser konnte sich manches vorstellen, aber das Hören war durch nichts zu ersetzen, das war Grothes feste Überzeugung, und so kam es, dass manch eine neue Praktikantin besorgt in sein Arbeitszimmer kam, um nach dem Rechten zu sehen.

Ein Argument, das auch für eine Lesung sprach, wie Grothe wusste. Doch die meisten Menschen besuchten eine Lesung seiner Ansicht nach nicht, um einen Text besser zu verstehen. Sie taten es aus Sensationslust, um den Autor *live* zu erleben, als *Event*, um sich kichernd oder seufzend einer Gemeinschaft Gleichgesinnter zu versichern. Das störte Grothe. Literatur stand für sich und durfte nicht zum Kasperletheater verkommen.

Am meisten bedauerte es Grothe, wenn er ein gutes Manuskript ablehnen musste. Und das kam nicht selten vor. Letztlich kam es nicht auf die Qualität an, sondern darauf, ob es sich verkaufen ließ, denn das war seine Aufgabe. Als Verleger hatte er anders gehandelt und einem begabten Autor eine Chance gegeben. Damit hatte er seinen Verlag in wenigen Jahren zu Grunde gewirtschaftet. Als Literaturagent blieb ihm nichts anderes übrig, als den Markt im Auge zu behalten. Er war der Makler zwischen einem riesigen Angebot und einer überschaubaren Nachfrage.

Deshalb ließ er die Aspiranten so lange im Drahtkorb liegen. Ein bis zwei neue Autoren pro Jahr bekamen bei ihm eine Chance. Wenn er einen guten Riecher bewies, kam er über die Runden. Nico Neumann war sein weißes Einhorn, ein Autor, von dem er nicht wusste, ob er überhaupt ein Autor war. Und dann war da noch das Unger-Projekt, wie er es in Gedanken getauft hatte.

Grothe rauchte und dachte nach. Er spürte eine unterschwellige Nervosität, die sich weder mit Zigaretten noch mit Alkohol dämpfen ließ. Ja, das Unger-Projekt machte ihm zu schaffen. Zu viel musste bedacht werden, zu viele Unbekannte waren im Spiel. Das Schlimmste aber war, dass er nicht alles und jeden unter Kontrolle hatte. Er fühlte sich wie ein Jongleur, der das Auf und Ab seiner Bälle beobachtet und sich fragt, wie lange er sie in der Luft halten kann. Der kleinste Fehler konnte alles verderben.

An erster Stelle stand der Gesundheitszustand von Walter Unger. Er konnte ihn nicht auferstehen lassen, aber er musste unbedingt verhindern, dass er starb. Dazu brauchte er die Ärzte, vor allem aber dessen Frau Mathilde. Ohne sie ging es nicht. Er hoffte, dass sie auf das Geld aus der Veröffentlichung von *Eine deutsche Familie* ebenso dringend angewiesen war wie er selbst.

Dann kam das Manuskript, ein Manuskript, das es nicht gab, für das kein Autor in Sicht war, wollte er es nicht am Ende doch selbst schreiben.

Schließlich musste das Problem der Veröffentlichung gelöst werden, aber er war auf einem guten Weg. Er hatte sich Peter Leonhard zurechtgelegt, musste aber Ingrid Lortzing bei der Stange halten.

Ob und wann Nico Neumann seine Geschichte weiterschrieb, war dagegen zweitrangig. Im Gegenteil, Nicos *Die Gegenwart ist ein unmöglicher Ort* musste warten. Erst kam Unger, dann sein weißes Einhorn.

In eben diesem Moment rief Nico Neumann an. Grothe schmunzelte. Was hätte er wohl gesagt, wenn er seine Gedanken gekannt hätte?

Ohne Umschweife forderte Nico ihn auf, ins Oberholz zu kommen. Er wolle ihm unbedingt etwas zeigen. Seine Aufregung machte Grothe neugierig, außerdem hatte er Hunger. Mittag war vorüber, aber er hatte noch nichts gegessen.

Kapitel dreizehn

Im Oberholz war nicht viel los. Draußen schien die Sonne, was dem Geschäft abträglich schien. Besser lief es, wenn es auf dem Rosenthaler Platz in Strömen goss.

Nico hatte Kaffee und Wasser neben seinem Laptop aufgereiht. Als Grothe hereinkam, wies er zum Tresen. Im Oberholz herrschte Selbstbedienung. Das führte zwar mitunter zu Wartezeiten an der Ausgabe, ersparte einem aber übereifrige Kellner, die zu weiteren Bestellungen animierten. Erklärtes Ziel des Wirtes war, jeder könne vor einer Fritz-Kola oder seinem Latte Macchiato so lange sitzen, wie er wolle. An allen Tischen gab es Steckdosen, und auch an diesem Tag saßen die meisten Gäste vor einem Laptop. Mit diesem großzügigen Konzept hatte sich das Oberholz schnell durchgesetzt. Das Vorbild war angeblich die am gleichen Ort beheimatete Bierstube, die in den zwanziger Jahren kostenlos Brot an die hungrigen Arbeiter ausgegeben hatte. Viele kamen, um sich satt zu essen, und so entsprach das Brot von damals dem kostenlosen WLAN und dem Stromanschluss von heute.

Grothe holte sich das indische Tagesgericht, und ein mit Lachs belegtes Bagel. Mit einer Fritz-Kola setzte er sich zu Nico an den Tisch. Er prostete ihm zu und begann zu essen. Für asiatische Gerichte hatte er etwas übrig, und dieses war gut gewürzt.

Während er aß, lobte Nico ihn für seine Getränkewahl. Er selbst könne Cola zwar nicht ausstehen, und das gelte uneingeschränkt sowohl für das Erzeugnis der bekannten multinationalen Konzerne als auch für die hier erhältliche alternative Variante, aber er hätte ebenfalls eine Fritz-Kola einer Coca-Cola vorgezogen. Grothe warf einen neugierigen Seitenblick auf dessen Laptop. Wie auch immer, fuhr Nico fort, er sei auf eine überaus spannende Sache gestoßen, auf etwas, das ihr gemeinsames Projekt voranbrachte. Grothe nickte und freute sich, dass der andere ihn als Teil einer gemeinsamen Anstrengung betrachtete. Mit Nico Neumann hatte er viel vor. Je aufgeschlossener dieser ihm gegenüber war, desto besser.

Mit Schwung drehte Nico das Gerät in seine Richtung und rief: „Voilà!"

Grothe hatte nichts Bestimmtes erwartet, er hatte gar nichts erwartet, aber als er das Bild sah, wurde ihm klar, dass er mit einem Text gerechnet hatte, einem Zeitungsartikel, dem Beitrag eines Blogs, bestenfalls einer Webseite. Aber es war ein Bild, ein Gemälde vielmehr, formatfüllend und leuchtend in seinen Farben.

Es war unverkennbar ein van Gogh und ähnelte der berühmten *Sternennacht*: ein blauer zerfurchter Himmel mit hineingesprenkelten grobschlächtigen Sternen, grelle Streifen, die ein bedrohliches Licht auf die Häuser darunter warfen, eine dunkle Straße am Ufer eines noch dunkleren Flusses. Grothe, der eigentlich ein Anhänger der Pop Art war, hatte eine Schwäche für van Gogh und kannte dessen Werk gut. An ein solches Bild konnte er sich nicht erinnern.

„Numero due", sagte Nico im Stil eines Zauberers, der ein Kaninchen aus dem Hut zaubert, und drückte auf eine Taste. Der van Gogh verschwand, um einem Munch Platz zu machen. Auch hier wieder Anleihen an Munchs berühmtestes Werk *Der Schrei*: Der Himmel war jetzt rötlich, rosa, lange gelbe Zungen loderten über den Häusern, als stünden sie in Flammen. Es war eine unwirkliche Szene, unwirklich und beunruhigend.

„Tres!" fuhr Nico fort und schnippte mit dem Finger. Ein Kandinsky erschien, bunt und ornamental, eine endlose Aneinanderreihung geometrischer Figuren, die trotz ihrer Strenge leicht und verspielt wirkten. Obwohl das Bild abstrakt war, handelte es sich um dieselben Häuser am selben Fluss.

„Was sagst du dazu?" fragte Nico triumphierend. Nico hatte ihn von Anfang an geduzt, Grothe hatte sich während des letzten gemeinsamen Abends angeschlossen.

„Ich bin ... beeindruckt", begann Grothe vorsichtig. Er hatte nicht die geringste Ahnung, um was es ging.

Nico starrte ihn eine Weile an. „Du verstehst nichts, stimmts?"

„Ehrlich gesagt..."

„Form...", Nico machte eine Pause, „...und Inhalt. Form und Inhalt."

Ja, das war das Thema ihrer letzten Gespräche gewesen. Der Plot einer Geschichte war der Inhalt, der Autor gab ihr mit seinem Stil eine Form. Dann machte es *klick,* und Grothe verstand: Die Häuserzeile am Flussufer war das Motiv, der Inhalt des Bildes, und jemand hatte dieses Motiv im Stil eines van Gogh, eines Munch oder eines Kandinsky gemalt. Jemand – oder etwas.

Nico, der ihm sein plötzliches Erkennen ansah, rief „Ey!" und boxte ihm gegen die Schulter. „Cool, oder?" Er scrollte in schneller Folge durch die drei Bilder, und man sah deutlich, dass es sich um dasselbe Motiv handelte. Die Häuser, der Fluss, alles blieb gleich, nur die Farben änderten sich, der Pinselstrich, die Anordnung der einzelnen Elemente. „Und das ist das Originalfoto, die Vorlage sozusagen." Es war eine romantische Aufnahme einiger Fachwerkhäuser an einem Fluss: der Neckar bei Tübingen.

Nico Neumann hatte sich von der Literatur abgewandt, um sich der bildenden Kunst zu widmen, dachte Grothe. Oder war es ein Test für sein System?

„Dein Vertrauen in Ehren, aber das ist nicht auf meinem Mist gewachsen." Er klang ehrlich betrübt. „Das ist die Arbeit einer Tübinger Forschergruppe." Nico nahm seine Kaffeetasse, schwenkte sie kurz, um dann den Rest auszutrinken. „Ein solches Bild ist viel einfacher zu produzieren als ein langer Text. Aber es funktioniert auf eine verblüffend überzeugende Weise."

„Was bedeutet das für … unser Projekt?"

Nico blickte auf. „Das ist übrigens uralt. Zehn Jahre oder so Heute gibt es KIs, die viel mehr können. Die zaubern aus dem Nichts einen van Gogh, einen Munch oder einen Kandinsky." Er hob die Hände und öffnete sie, als ließe er einen Vogel frei. „Neuronale Netze. Das ist die Idee. Damals waren die Netze klein, heute haben sie Milliarden von Knoten." Er sagte *billions*, ein Anglizismus, der Grothe missfiel. „Erst die heutigen technischen Möglichkeiten erlauben es, diese Technik auf die Literatur zu übertragen, auf die Textproduktion. Generative semantische Netze", fügte er in einem Ton hinzu, in dem Ehrfurcht mitschwang.

Sie hatten kürzlich darüber gesprochen, und Grothe fragte sich, worauf Nico hinauswollte. Was gab es Neues, außer ein paar zehn Jahre alte Bilder, die von einem Computer bearbeitet worden waren?

„Ich habe meine eigene Version eines solchen Chatbots“,
eröffnete er, „und ich habe ihn mit allen Texten von Walter Unger
programmiert, die mir zur Verfügung standen.“ Er grinste. „Na ja,
programmiert ist vielleicht das falsche Wort. Sagen wir *angereichert*.
Ich bin gerade damit fertig geworden. Willst du mal sehen?“

„Und damit kannst du Ungers Stil kopieren?“

Statt einer Antwort tippte Nico etwas in die Kommando-
zeile seines ansonsten völlig schwarzen Bildschirms ein: „Kannst du
einen Text im Stil von Walter Unger schreiben?“

Die Antwort kam prompt: „Natürlich kann ich versuchen, einen Text in einem Stil zu schreiben, der dem von Walter Unger äh-
nelt. Bitte beachte jedoch, dass es sich lediglich um eine stilistische
Übung handelt und nicht um einen von ihm verfassen Text.“

Nico kicherte in sich hinein: „Sie ist immer etwas förmlich
und übervorsichtig. Vielleicht kann ich ihr das abgewöhnen. Aber die
eigentliche *Engine* ist ja nicht von mir.“

Sekundenbruchteile später ging es weiter. Der Cursor
hüpfte über die Zeilen und hinterließ einen längeren Text:

*In jenen Herbsttagen, als die Blätter ihre leuchtenden Roben trugen
und der Himmel in tiefem Blau erstrahlte, fand ich mich auf einer
kleinen Landstraße wieder, die sich durch die sanften Hügel des
Schwarzwaldes wand. Die Sonne stand tief über den Bäumen, und
der Duft von herabgefallenem Laub erfüllte die Luft.*

*In der Ferne, zwischen den sich wiegenden Ährenfeldern,
ragte ein altes Fachwerkhaus empor. Seine Balken zeugten von Jahrhunderten, die vergangen waren, und von Geschichten, die im Flüs-
terton erzählt wurden. Ich folgte dem lockenden Ruf dieses Hauses,
das inmitten der Abgeschiedenheit lag.*

*Als ich die knarrende Holztür öffnete, wurde ich von einem
warmen, erdigen Geruch begrüßt. Im Inneren schien die Zeit stillzu-
stehen. Alte Bücher füllten die Regale bis zur Decke, und das Licht
drang sanft durch die kleinen Fenster, die von Spinnweben umgeben
waren.*

*Ein alter Mann, dessen Augen das Wissen vergangener Zei-
ten zu bergen schienen, saß an einem schlichten Holztisch. Er lächelte
und lud mich ein, Platz zu nehmen. Seine Geschichten begannen zu*

fließen wie der langsame Lauf eines Flusses, der die Landschaft geformt hatte.

Und so hörte ich seine Erzählungen von verlorenen Lieben, vergessenen Träumen und der unendlichen Suche nach jenem Geheimnis, das wir alle in unseren Herzen tragen. In diesem Haus, das die Zeit überdauerte, fand ich nicht nur Geschichten, sondern auch eine Verbindung zu den Tiefen der menschlichen Seele, die uns alle miteinander verbindet.

Grothe hatte langsam gelesen. Er prüfte jedes Wort, jeden Satz. Dann lehnte er sich zurück und ließ langsam die Luft aus seinen Lungen entweichen. „Das ist … unglaublich." Als er seine Fritz-Kola zum Mund führte, zitterte seine Hand. „Es klingt wie eine Szene aus *Jenseits*." Dann sah er Nico prüfend an. „Das ist deinem Chatbot jetzt, in genau diesem Augenblick eingefallen? Das ist kein vorgefertigter Text?"

„Kein Netz, kein doppelter Boden," sagte er im Brustton der Überzeugung. „Du könntest auch einen fertigen Text vorgeben und umschreiben lassen. Oder du lieferst Stichworte, und er macht etwas daraus. Etwas Kurzes oder etwas Längeres, du kannst die Anzahl der Zeichen vorgeben."

Grothe, der die Passage noch einmal gelesen hatte, sagte, er sehe Unger vor sich. Es sei, als höre er ihn aus einem seiner Bücher vorlesen. „Fast wie Magie", fügte er hinzu.

„Nein, Jo, das ist nur eine Maschine, ganz profane Technik." Er nippte an seinem Rotwein. „Und jetzt machen wir die – wie sagt man? – Kehrprobe." Nico lachte wieder in sich hinein und schien sich prächtig zu amüsieren.

Er tippte in seinen Computer: „Was hältst du von diesem Text? Hat ihn ein Mensch oder eine KI geschrieben?" Dann fügte er den von der KI generierten Text darunter ein. Auch diese Antwort kam schnell:

Der Text ist sehr detailliert und beschreibt eine stimmungsvolle Herbstszene im Schwarzwald. Die lebhaften Beschreibungen und die poetische Sprache lassen auf ein tiefes Verständnis für literarische Techniken schließen. Hier sind einige Gedanken dazu:

Sprache und Stil: Die Sprache ist reich an bildlichen Beschreibungen und verwendet viele poetische Elemente, wie Metaphern und personifizierende Ausdrücke. Beispiele sind „die Blätter ihre leuchtenden Roben trugen" und „das Wissen vergangener Zeiten zu bergen schienen". Dies deutet auf einen menschlichen Autor hin, der sich Mühe gibt, eine besondere Atmosphäre zu schaffen.

Detailgenauigkeit: Die detaillierte Beschreibung der Umgebung und der Atmosphäre, wie „der Duft von herabgefallenem Laub" und „das Licht drang sanft durch die kleinen Fenster", zeigt eine hohe Aufmerksamkeit für Nuancen, die oft menschlichen Autoren zuzuschreiben ist.

Erzählstruktur: Der Text hat eine klare narrative Struktur mit einem Anfang, der die Szenerie einführt, einem Mittelteil, der das Betreten des Hauses beschreibt, und einem Ende, das die Geschichten und die tiefe Verbindung zur menschlichen Seele thematisiert. Diese kohärente Struktur ist charakteristisch für menschliches Schreiben.

Emotionale Tiefe: Der Text versucht, emotionale Tiefe zu vermitteln, besonders durch die Geschichten des alten Mannes und die Reflexion über die menschliche Seele. Diese Art der emotionalen Resonanz wird oft durch menschliche Autoren erreicht, die persönliche Erfahrungen und Einsichten einfließen lassen.

Fazit: Der Text wirkt eher wie das Werk eines menschlichen Autors. Die poetische Sprache, die Detailgenauigkeit, die klare Erzählstruktur und die emotionale Tiefe sind typische Merkmale von menschlichem Schreiben. Ohne zusätzliche Informationen zur Entstehung des Textes ist es aber schwer, mit absoluter Sicherheit zu sagen, ob ein Mensch oder eine KI den Text geschrieben hat.

Nico hob sein Rotweinglas und prostete Grothe zu. „Test bestanden! Unsere KI hat sich selbst übertölpelt."

Grothe stand auf, um sich ein Glas Rotwein zu holen. Was er gesehen hatte, musste er erst einmal verdauen.

Als er zurückkam, hatte Nico ein Buch in der Hand und las darin. Sebastian Oberholz, der Wirt, hatte ein kleines Büchlein veröffentlicht, in dem er die Geschichte des Lokals und seiner Neueröffnung niedergeschrieben hatte. Er begann, die eine oder andere Passage daraus vorzulesen. Es machte ihm sichtlich Vergnügen, die skurrilsten Stellen herauszusuchen.

Als eine längere Pause entstand, versuchte Grothe an ihr allererstes Gespräch anzuknüpfen. Damals hatte er ihn gefragt, warum er nicht selbst schriebe, und Nico hatte ihn auflaufen lassen, war dann überstürzt gegangen. So war es ihm damals vorgekommen. Vielleicht würde er wieder weglaufen, aber Grothe hoffte, diesmal eine Antwort zu bekommen.

„Du wolltest mir noch erzählen, warum du nicht selbst schreibst."

Nico verdrehte die Augen. „Du lässt nicht locker, was?" Sein Blick war vom Wein stumpf geworden, die Pupillen so groß, dass sie alles Licht zu verschlucken schienen.

„Na ja, jemand, der so viel von Literatur versteht wie du, der so viel Gefühl für Sprache hat. Es wäre doch schade um dein Talent..."

„Ja, ich habe Talent", er nickte düster. „Aber Talent ist nicht alles, nicht wahr?"

Grothe, der erwartet hatte, er müsse Nico erst mühsam von seiner Begabung überzeugen, antwortete nicht.

„Ich bin leider kein Geschichtenerzähler. Das ist die Wahrheit. Dazu fehlt mir die Fantasie", sagte er resigniert.

Der typische Schriftsteller sei schon als Kind ein großer Erzähler gewesen, habe in der Schule unzählige Hefte mit lustigen Anekdoten und tiefsinnigen Märchen gefüllt, um später in jeder geselligen Runde mit seinen selbst erfundenen Geschichten zu glänzen und im Mittelpunkt zu stehen – ein Mythos, den Grothe anzweifelte, den Nico Neumann aber für bare Münze zu nehmen schien.

Er selbst habe nur mit Worten gespielt, fuhr er fort. Er habe Laute aneinandergereiht: „Raute, Maute, Saute", verdeutlichte er. Assoziationsketten, auch eine feine Sache. Aber Geschichten hätten ihn gelangweilt, zu trivial oder zu gewollt. Wie auch immer.

„Das verstehe ich sehr gut", stimmte Grothe zu. Jetzt galt es, ihn weiterreden zu lassen. Er hatte seine Chance, und er wollte sie unbedingt nutzen.

Ob er Hesses *Glasperlenspiel* kenne? Grothe nickte, obwohl es Jahrzehnte her war, dass er dieses seltsame Werk gelesen hatte. So stelle er sich das Schreiben vor: Worte, um der Worte willen, l'art pour l'art. Erst wenn man die Sprache von ihrer vordergründigen Aufgabe befreie, etwas zu vermitteln, Inhalte zu transportieren – es klang, als fordere er die Abschaffung der Sklaverei – könne sie ihre volle Schönheit entfalten, könne sie ideale Muster bilden, vollkommene Symmetrien.

Grothe ließ ihn reden. Obwohl er seine Sicht der Dinge nicht teilte, faszinierte ihn Nico Neumann mehr und mehr. Mit der an Überdruss grenzenden Abgeklärtheit, die er bei ihrer ersten Begegnung an den Tag gelegt hatte, umgab er sich nur, wenn man ihn mit den üblichen Themen und abgedroschenen Ansichten langweilte – was nur allzu schnell geschah – kratzte man an dieser Oberfläche und wagte sich tiefer, offenbarte sich ein anderer Mensch. Dann stieß man auf einen jungen Mann, der einen Gedanken mit verbissener Konsequenz zu Ende denken konnte, der dort weitermachte, wo andere aufhörten, der sich nicht mit einfachen Antworten und allgemeinen Floskeln abspeisen ließ. Mochte er auch über das Ziel hinausschießen, langweilig wurde es mit ihm nie.

Es sei wie in der bildenden Kunst, drang Nicos Stimme wieder in Grothes Bewusstsein. Er war abgeschweift, ohne den Faden ganz zu verlieren. Da habe man sich auch vom Gegenständlichen gelöst und sich der reinen Form zugewandt, den reinen Farben. Was sei abstrakte Malerei anderes als das, was er sich selbst für die Literatur wünsche?

Unversehens stand Sandra vor ihnen. Sie schien außer Atem, lächelte aber. „Hey!" rief sie, „zwei Freunde in stiller Eintracht."

So wie sie zusammen saßen und tranken, konnte man als Beobachter den Eindruck gewinnen, sie seien Freunde, dem Altersunterschied zum Trotz. Ein Gedanke, der Grothe nicht unangenehm war.

Auch die Ablenkung kam ihm gelegen. Er hatte sich zwar vorgenommen, die entscheidende Frage zu stellen, aber es war noch zu früh. Er fürchtete, jede Kleinigkeit könnte Nico wieder in sein Schneckenhaus verschwinden lassen. Er musste vorsichtig sein und langfristig denken, noch eine Weile warten, so schwer es ihm auch fiel.

Sie luden Sandra ein, sich zu ihnen zu setzen, obwohl Nico weniger begeistert schien als Grothe selbst.

Sandra übernahm sofort das Kommando. Zuerst ging es um Nicos neue Freundin Valery, bei der der Bruder die Antwort schuldig blieb, ob man sie als solche bezeichnen dürfe, eine Geheimniskrämerei, die die Schwester sichtlich amüsierte.

Dann kam sie auf Walter Unger zu sprechen, vielleicht ein Versuch ihrerseits, Grothe mehr einzubeziehen. Zu den gegenseitigen Sticheleien der Geschwister hatte er wenig beizutragen.

Grothe berichtete über die neuesten Entwicklungen – die es in Wirklichkeit gar nicht gab – zeichnete ein insgesamt optimistisches Bild seines Gesundheitszustandes und versäumte es nicht, die angeblichen kleinen, aber entscheidenden Verbesserungen so bildhaft wie möglich darzustellen: Wie seine rosige Gesichtsfarbe allmählich zurückgekehrt sei, sein Atem sich vertieft und sein Herzschlag die Gleichmäßigkeit eines Metronoms angenommen habe. Mit etwas Glück könne man ihn bald in sein Ferienhaus am Gardasee verlegen, wo er im Kreise seiner Familie weiter gepflegt werden könne, der endgültigen Genesung entgegen.

Das schien Sandras Interesse zu wecken, und sie bestürmte ihn mit Fragen über das Haus und die Gegend. Von Ungers Landsitz in Torri del Benaco hatte alle Welt gehört.

Als Sandra aufstand, um Nachschub von der Theke zu holen, nutzte Grothe die Gelegenheit, um in Richtung Toilette zu verschwinden.

Er erleichterte sich seufzend, als jemand geräuschvoll in das Pissbecken neben ihm spuckte. Es war Hem. Wer sonst?

„Hätte mir denken können, dass du es bist", sagte Grothe laut.

„Warum, bin ich aus Versehen auf der Damentoilette gelandet?"

Hem ging ihm auf die Nerven. „Was willst du hier?"

„Ich muss pissen. Ist das verboten?"

Grothe war gerade dabei, seine Hose zuzuknöpfen, als Hem ihn fragte: „Warum nimmst du die Kleine nicht mit?"

„Sandra?"

„Natürlich Sandra! Wen sonst?"

„Und wohin soll ich sie mitnehmen, wenn ich fragen darf?"

„Mensch, Joe, du bist so schwer von Begriff. Was würdest du nur ohne mich machen?"

„Wohin?" wiederholte Grothe.

„Wohin, wohin?" äffte ihn der andere nach. „Nach *Bella Italia,* was denn sonst. Ein wunderbares Land, wie ich dir aus eigener Erfahrung berichten kann. Großartiger Wein, wunderschöne Frauen..."

„Es ist ein paar Jährchen her, dass du dort warst, wenn ich das einwenden darf."

„Immer nur *Wenn* und *Aber*! Du hast zu viele Skrupel, mein Freund, das ist dein Problem."

„Ich soll Sandra mit nach Italien nehmen?"

„Na siehst du, das war doch gar nicht so schwer. Man muss die Dinge zu Ende denken. Das ist das Geheimnis eines guten Schriftstellers."

„Und wenn sie *nein* sagt?"

„Dann nimmst du ihren Bruder mit!" Er lachte schallend, schlug ihm heftig auf die Schulter und verschwand.

Benommen stand Grothe da. Dann ging er zum Waschbecken und wusch sich gründlich die Hände. Er schaute in den Spiegel und erforschte sein Gesicht. Seine Bartstoppeln um das Kinn herum begannen grau zu werden. Seine Brille ließ ihn viel strenger aussehen, als ihm lieb war. Er ähnelte einem alternden Studienrat. Wo war seine Sportlichkeit geblieben, das Verwegene, das er so an sich gemocht hatte? Sandra war mindestens dreißig Jahre jünger als er. Was wollte er von ihr? Und sie von ihm? Aber eine gemeinsame Italienreise im Dienste der Literatur bedeutete nichts. Er konnte sie unverbindlich fragen, und sie konnte ebenso unverbindlich zusagen. Oder seine Bitte ablehnen, ohne dass er es persönlich zu nehmen brauchte. Der Gedanke gefiel ihm.

Zurück in der Gaststube quetschte er sich wieder an den gemeinsamen Tisch. Es war voll geworden, kaum noch ein Platz frei. Sandra und Nico waren näher zusammengerückt. Sie redete auf ihn ein, sprach ihm direkt ins Ohr, wodurch eine fast intime Nähe zwischen den beiden entstand, die Grothe auszuschließen drohte. Vielleicht hatten sie ein Geheimnis, vielleicht hatte sie Mühe, durch den gestiegenen Lärmpegel zu ihm durchzudringen.

Denn es war laut geworden. Wenn die Tür aufging, um jemanden durchzulassen, brandete der Straßenlärm vom Rosenthaler Platz durch das Lokal, dass die Gläser über dem Tresen klirrten. Das Oberholz glich einem Schiff, das sich anschickte, das verkehrsumtoste Rund zu durchqueren. Spitz wie ein Keil ragte es hinein und käme doch nie auf der anderen Seite an.

Entgegen seiner ersten Befürchtung wandte sich ihm Sandra sofort wieder zu. Was sie ihrem Bruder zu sagen gehabt hatte, konnte offenbar warten. Grothe begann von der bevorstehenden Verlegung Ungers an den Gardasee zu sprechen, was der Wahrheit entsprach. Er selbst habe es sich zur Aufgabe gemacht, Ungers Witwe – hätte er beinahe gesagt – seiner Frau vielmehr, bei diesem Umzug behilflich zu sein. Davon war bisher nicht die Rede gewesen, doch seine tatkräftige Unterstützung erschien ihm plötzlich unentbehrlich. So konnte er den Transport aus nächster Nähe überwachen und dafür sorgen, dass Unger sein Ziel erreichte. Im Ausland angekommen, konnte man in aller Ruhe die weitere Entwicklung abwarten. Zeit, viel Zeit wäre gewonnen. Vorausgesetzt Unger überlebte den Transport.

Aber war Unger nicht ohnehin auf dem Weg zur Unsterblichkeit, wie es so schön hieß? Was spielte es da für eine Rolle, ob er im klinischen Sinne noch lebte oder schon tot war, ob sein Herz noch schlug, sein Gehirn noch arbeitete? Dieses Denkmal der deutschen Literatur stand über solch kleinlichem Kalkül. Er wird uns überleben, so oder so, dachte er, uns alle. Dieser Gedanke war tröstlich und beruhigend zugleich. Was er tat, war richtig. Das war er der Nachwelt schuldig.

Vielleicht war es der Alkohol – jemand hatte eine weitere Runde Wein geholt – der ihn in ein Hochgefühl versetzte. Er schrieb ein historisches Kapitel, alles hing von ihm ab, von seinem Geschick.

Er fühlte sich unbesiegbar. Sonst hätte er sich nicht getraut, sie zu fragen.

„Ich?" Sie lachte hell auf. Auch Nico hob kurz den Kopf. Der Wein hatte ihn müde und schweigsam gemacht. „Ich weiß nicht, Jo, das ist doch eine Familienangelegenheit."

„Ich gehöre auch nicht zur Familie", wandte Grothe ein. „Ich könnte Hilfe gebrauchen. Zum Beispiel jemanden, der die Presse in Schach hält. Auf eine unaufgeregte Art und Weise, nicht so wie ich." Er lachte und fügte hastig hinzu. „Und, Nico, du kannst natürlich auch mitkommen. Es wäre schön, wenn ihr helfen könntet."

„Ich kann nicht, ich habe Verpflichtungen." Nico trank von seinem Wein. Er schien in Gedanken woanders.

„Und wie lange denkst du...?"

„Ein paar Tage, eine Woche."

„Mitten im Semester ist das schwierig." Sie hatte seinen Vorschlag nicht rundweg abgelehnt. Sie verdrehte die Augen und grinste. „Sag mal, Jo, willst du mich etwa anmachen?"

„Nein, wo denkst du hin? Das war ein ernst gemeiner Vorschlag. Ich dachte, es könnte dir Spaß machen. Ehrenwort!"

„Einen Halbtoten quer durch Europa zu karren?"

„Ich meine, das ist doch eine aufregende Sache. Er ist immer noch Unger."

„Klar, das war nicht so ernst gemeint. Spannend wäre das schon..."

Nico hob den Kopf. „Und eine einmalige Gelegenheit..."

„Hm, lass mich darüber nachdenken, okay?"

„Klar, so lange du willst. Lass es mich einfach wissen."

Sie saßen noch eine Weile zusammen, bevor Grothe aufbrach. Er war schon aus der Tür, als Sandra ihn einholte. „Das habe ich noch für dich", sagte sie und steckte ihm etwas in die Manteltasche. Dann entfernte sie sich schnell die Rosenthaler Straße hinunter.

Kapitel vierzehn

Erst zu Hause bei einem Glas Scotch nahm er die Blätter in die Hand. Er hatte mit nichts Bestimmtem gerechnet, aber er spürte einen kleinen Stich der Enttäuschung, als er sie entfaltete. Alles war maschinengeschrieben, nichts Handschriftliches war darauf notiert, kein einziges Wort. Aber was hatte er erwartet? Einen Liebesbrief?

Es handelte sich um die Fortsetzung von *Die Gegenwart ist ein unmöglicher Ort*. Es blieb unklar, ob der Auszug direkt auf die Seiten folgte, die er kannte. Es war ein kurzer Text, und er gefiel ihm, gefiel ihm fast so gut, wie das, was Sandra ihm damals mit der Post geschickt hatte. Vor langer Zeit, wie ihm schien, obwohl seitdem erst wenige Wochen vergangen waren.

Der Killer fährt mit dem Zug durch Europa, um seine Aufträge auszuführen, seinen Auftrag vielmehr, denn alle Männer, die er töten soll, haben sich des gleichen Verbrechens schuldig gemacht. Sie haben den Anschlag auf den Bahnhof von Bologna verübt. Eine Bombe mit unzähligen Toten und noch mehr Verletzten. Warum Bologna? dachte Grothe. Weil es so viele Opfer gab, weil man hier leicht zwischen Gut und Böse unterscheiden konnte? War der israelische Geheimdienst Mossad nicht ähnlich gegen die Geiselnehmer von München vorgegangen?

Doch das bleibt offen, es wird nur von dem Vater und seinem Sohn erzählt. Sie reisen durch Europa, immer mit dem Zug, aus Gewohnheit, weil man im Flugzeug keine Waffen schmuggeln kann, weil Zugfahrten beschaulicher sind – von allem ein bisschen.

Es sind unaufgeregte Reisen, auf denen der Vater seinem Sohn die Beweggründe für sein Handeln zu erklären versucht, die Sprache des Achtjährigen wählt, um ihn davon zu überzeugen, dass diese Männer sterben müssen. Sie machen sich auf den Weg nach Barcelona, um den letzten einer langen Reihe von Attentätern vom Leben zum Tod zu befördern. Und so geht die seltsame Geschichte weiter.

Grothe gefiel Nicos Protagonist. Ein erbarmungsloser Idealist, einer, der für eine höhere Gerechtigkeit rücksichtslos tötet und dabei doch Mensch bleibt, seinen Opfern im Angesicht des Todes einen letzten Dienst erweist, ihnen eine letzte Sekunde Ewigkeit schenkt. Aber es schwang auch eine Vermessenheit mit: Er erhebt sich gottgleich über Leben und Tod, er nimmt Leben und gibt es, zwar nicht willkürlich, aber nach eigenem Ermessen. War auch Nico ein solcher Idealist, einer, der seinen eigenen Maßstäben folgte und im Zweifelsfall über Leichen ging? Wenn man seinen Text las, verstand man, dass er diese Rolle mochte.

Nico hatte wieder geschrieben, hatte überhaupt geschrieben, und das war eine gute Nachricht. Grothe führte diesen Fortschritt auch auf seine eigenen Überzeugungsversuche zurück. Nun galt es, diesen Kreativitätsschub in die richtigen Bahnen zu lenken.

In den letzten Tagen hatte er sich einen Plan zurechtgelegt. Er wusste noch nicht, ob er ihn in die Tat umsetzen konnte, doch die Hindernisse schienen überwindbar. Er brauchte ein wenig Überzeugungskraft und ein bisschen Glück. Und Geld, viel Geld.

Er sah auf die Uhr. Noch war es nicht zu spät, um anzurufen.

Sie antwortete erst nach dem vierten Klingeln. „Lortzing!" Wie immer klang ihre Stimme dunkel und ein wenig rauchig.

Grothe hatte kaum zwei Sätze gesagt, als sie ihn unterbrach. „Komm zur Sache, Jo. Ich bin müde. Ich wollte gerade ins Bett."

„Wir…" er stockte, „sind im Geschäft, Ingrid." Jetzt hatte er es gesagt.

Ingrid Lortzing pfiff leise durch die Zähne. „Du hast das Manuskript?"

„Ja, ich habe es hier vor mir." Grothe nahm Nicos Blätter in die Hand, als könne er damit seine Behauptung untermauern.

„Und wie ist es? Erzähl schon, Jo, spann mich nicht so auf die Folter!" Ihre Müdigkeit schien wie weggeblasen.

„Es ist ... gut. Typisch Unger, eben. Es wird dir gefallen."

„Ich muss es so bald wie möglich lesen."

„Das wirst du, Ingrid, das wirst du. Es ist noch nicht ganz ... fertig."

„Noch nicht fertig?"

„Nun, wie soll ich sagen..."

„Ist es unvollständig? Fehlt etwas?"

„Nein, soweit ich den Plot kenne, ist alles da. Vielleicht stimmt hier und da die Reihenfolge nicht. Ich muss alles noch mal durchgehen. Kleinigkeiten. Ein bisschen Lektorat, nichts weiter.“

„Ich bin die Lektorin, Jo. Schon vergessen?“

„Na klar, Ingrid, das weiß ich doch. Aber ich habe hier einen Berg zusammengewürfelter Seiten. Manche sind doppelt, dreifach. Ich muss Ordnung reinbringen, das ist alles. Gib mir ein paar Wochen, dann bekommst du eine runde Sache.“

„Gut, Jo, wie du willst.“ Sie atmete tief durch. „Ich bin froh, dass es klappt. Weißt du, das bedeutet mir sehr, sehr viel. Ich danke dir.“

„Ich freue mich auch. Ich glaube, es ist die richtige Entscheidung. Darauf sollten wir anstoßen.“

„Gerne, Jo, das machen wir. Ganz bestimmt sogar. Ich lasse den Vertrag aufsetzen, dann sehen wir weiter.“

Sie wollte sich gerade verabschieden, als Grothe sie unterbrach. „Da wäre noch eine Kleinigkeit.“

„Eine Kleinigkeit?“

„Ich brauche einen Vorschuss.“

„Einen Vorschuss auf den Vorschuss?“

„Sozusagen.“

„Jo, das ist nicht üblich.“

„Ich weiß, Ingrid, aber ich brauche das Geld. Und es ist nicht für mich. Unger ist schwer krank. Die Behandlung kostet Unsummen, er muss gepflegt werden. Nächste Woche wird er nach Italien verlegt...“

„Wie viel brauchst du?“

„Hunderttausend.“

Wieder pfiff sie leise durch die Zähne. „Das ist viel Geld.“

„Ich weiß, Ingrid, aber ich brauche es.“

„Und wenn nicht?“

„Es geht nicht ohne.“

Eine lange Pause entstand. Schließlich sagte sie: „Gut, Jo, ich werde sehen, was ich tun kann. Ich melde mich.“ Ohne ein weiteres Wort legte sie auf.

Grothe starrte noch eine Weile auf das Telefon in seiner Hand, auf die orangefarbene Anzeige. Es war 22 Uhr und 41

Minuten. Ein riskantes Spiel mit hohem Einsatz. Und er wusste nicht, wie es ausgehen würde.

Am nächsten Abend sah er Sandra wieder. Er war die halbe Nacht wach gewesen. Das passierte ihm, wenn er zu viel trank. Kaum war sein Alkoholpegel um ein paar Zehntelpromille gesunken, schien sein Kreislauf anzuspringen. Dann lag er um drei oder vier Uhr morgens hellwach im Bett, wälzte sich von einer Seite auf die andere und konnte nicht mehr einschlafen. Das Schlimmste aber waren die immer gleichen Gedanken, die ihm durch den Kopf gingen, die immer gleichen Fragen. Hinzu kam, dass nachts alles aussichtsloser schien. Ein Hindernis, das bei Tageslicht weit entfernt und leicht zu überwinden war, konnte in der Dunkelheit der Nacht zu einer unüberwindlichen Wand werden.

Hinzu kam, dass sich seine Déjà-vu-Erlebnisse häuften. Das verunsicherte ihn zusätzlich. Sie waren nichts Neues für ihn. Seit jeher passierte es ihm, ohne Vorwarnung stellte sich dieses Gefühl ein, diese Gewissheit, den gleichen Moment bereits erlebt zu haben, mehrmals erlebt zu haben, immer wieder. Geschah das früher im Abstand von Monaten oder Jahren, waren sie zu seinem täglichen Begleiter geworden.

Vergeblich hatte er nach dem Auslöser gesucht, wenn es denn einen gab, nach dem Beginn dieser unheimlichen Serie. Die Buchmesse oder seine Rückkehr, der Morgen danach.

In der Nacht zuvor war ihm klar geworden, dass er Unterstützung für sein Unger-Projekt brauchte. Er musste sich Sandra anvertrauen, auch wenn er damit ein Risiko einging.

Sie hatten sich zum Abendessen im *Cavallino Rampante* am Oranienburger Tor verabredet, einem Edelitaliener, in dem auch Bundestagsabgeordnete und Minister verkehrten. Die Promidichte war hoch, auf ihn selbst würde niemand achten. Außerdem war das Lokal so sachlich und unterkühlt, dass Sandra ihm kaum romantische Absichten unterstellen würde.

Sie kam zu spät, und er nutzte die Zeit, um mit dem Wirt ein Gläschen zu trinken. Er kannte Luigi, einen Südtiroler, schon lange und schätzte ihn mehr wegen seiner fröhlichen Art als wegen seiner Küche, die ihre Höhen und Tiefen hatte, aber meistens ordentlich war.

An diesem Tag gab es Trüffel. Zuerst bestellten sie *Taglio-lini*, dann eine Seezunge. Der Trüffel war groß, schwarz und frisch. Luigi öffnete vorsichtig das feuchte Tuch und zeigte ihm stolz das prächtige Exemplar.

Grothe war aufgeregt. Das lag an Sandra, an dem, was er ihr zu sagen hatte, und an dem Trüffelduft, der durch die Gaststube zog. Er wähnte sich in Italien, in seinem Lieblingsort Tignale oberhalb des westlichen Gardasees, wo ein ebenso jovialer Wirt eine Osteria betrieb, in der er einkehrte, wann immer sich die Gelegenheit bot.

Spontan bestellte er eine Flasche Amarone, einen teuren Rotwein, und ließ Luigi eine Unmenge hauchdünner Trüffelscheiben über die Nudeln raspeln.

Grothe hatte vorgegeben, mit Sandra über Nicos Manuskript sprechen zu wollen. Ein Vorwand, mehr nicht. Sie war bereitwillig darauf eingegangen. So sehr sie ihren Bruder zu bewundern schien, so sehr fühlte sie sich für ihn verantwortlich. Nico war lebensfremd, er brauchte jemanden, der mit beiden Beinen auf dem Boden stand, der ihn an die Hand nahm, der ihn davon abhielt, sich selbst im Weg zu stehen. Und wenn es nur die kleine Schwester war.

Und Sandra war bodenständig, auf eine bewundernswerte Weise normal, dachte Grothe. Anders als ihr Bruder nahm sie sich selbst nicht so wichtig, kein Zeichen von Unsicherheit, sondern Ausdruck einer natürlichen Gelassenheit. Bei ihr fühlte man sich sicher, man vertraute ihr, und deshalb hatte Grothe beschlossen, ihr alles zu erzählen.

Noch am Vortag hatte er die Geschichte des Anschlags auf den Bahnhof von Bologna recherchiert. Eine Bombe war explodiert und hatte mehr als 80 Menschen getötet. Voreilig hatte man die Roten Brigaden dafür verantwortlich gemacht. Später stellte sich heraus, dass die Faschisten dahinter steckten. Ein Plan zur Destabilisierung Italiens, ausgeheckt von Verschwörern in Staat, Kirche, Wirtschaft und Militär.

Schuldige gab es also viele, einige waren verurteilt worden, andere flüchtig und untergetaucht. Grothe gefiel der Gedanke, sie zur Rechenschaft zu ziehen und einen nach dem anderen hinzurichten in Selbstjustiz oder nicht, denn es blieb unklar, inwieweit der einsame Killer auf eigene Rechnung handelte.

Er lobte gegenüber Sandra die Wendung, die die Story genommen hatte. Aus dem Auftragskiller der ersten Seiten war ein melancholischer Kämpfer für die Gerechtigkeit geworden, der einsame Vollstrecker einer Moral, die jeder teilen konnte. Sein Morden war die zu Ende gedachte Strafe, die eine so schreckliche Tat verdiente. Sie wurde zu einer fast symbolischen Tat, deren Reinheit beneidenswert war.

Während er so vor sich hin schwadronierte, sagte sie nichts. Sie hob ihr großes Rotweinglas und nippte daran. „Weißt du, Jo", sie stellte das Glas zurück, „in letzter Zeit gibt es Momente, in denen er so ... zufrieden wirkt. Er sitzt vor seinem Laptop und ... lächelt! Stell dir vor! So zufrieden habe ich ihn seit Jahren nicht mehr gesehen. Oder er schließt die Augen, als lausche er etwas nach, als träume er einen schönen Traum."

Das *Cavallino Rampante* war kein romantisches Lokal, doch die sorgfältig ausgerichteten Lichter der Halogenlampen, die sich in Sandras Pupillen spiegelten, die weiße gestärkte Tischdecke, die funkelnden Gläser, der Duft frischer Trüffel, all das schuf eine Atmosphäre, der sich Grothe nicht entziehen konnte. Er fragte sich, ob er Sandra attraktiv fand. Ja, aber das war es nicht. Vermutlich hätte er die meisten Frauen in ihrem Alter attraktiv gefunden. Ihm gefiel ihre zupackende Art, ihre Fähigkeit, sich begeistern zu lassen, ihre Bereitschaft, sich ohne Wenn und Aber für etwas einzusetzen. Im Vergleich zu ihr fühlte er sich kraftlos und verbittert. Er ertappte sich bei dem Wunsch, etwas von ihrem Optimismus, von ihrer Unbekümmertheit möge auf ihn überspringen.

„Jo?" Sie hatte sich zu ihm gebeugt, um seinen Gesichtsausdruck zu deuten, das Lächeln, das sein Gesicht umspielte.

„Entschuldige, was hast du gesagt?" Jetzt nahm auch er sein Glas in die Hand und trank, dann hob er es vor die Augen, um sie durch das Glas hindurch anzusehen.

„Manchmal erinnerst du mich an Nico, weißt du das? Ihr weilt beide in anderen Sphären oder träumt vor euch hin, als wärt ihr nicht von dieser Welt." Sie lehnte sich wieder zurück.

„Ich hänge an deinen Lippen", sagte Grothe und setzte sein Glas ab. Er spielte mit dem Stil des Glases und strich dann mit den Fingern über den rauen Stoff der Tischdecke. Es fühlte sich gut an.

Sein Blick fiel auf ihre Hand, die nur wenige Zentimeter entfernt lag, und er überlegte, ob sie sich genauso gut anfühlte. Er hätte sie berühren können, drücken, wie zufällig oder einfach so, aber er zog seine Hand zurück.

Sandra griff mit der Gabel ein paar Nudeln, hob sie in die Höhe und wickelte sie mit Hilfe des Löffels auf. Eine Technik, die Grothe nur von Sizilianern kannte. Der normale Italiener benutzte keinen Löffel für die Pasta. Fasziniert schaute Grothe zu.

Sie blickte auf. „Weißt du, ich will, dass es meinem Bruder gut geht. Sein Manuskript kann gut oder schlecht sein, und es wäre schade, wenn er nichts aus seinem Talent machte, aber das ist nicht das Wichtigste. Er soll glücklich sein", fügte sie hinzu und Grothe zog die Augenbrauen hoch. Dieser Generation schien es vor allem um Glück zu gehen, dachte er. Sie ist so anders als unsere. „Und wenn ihn das Schreiben glücklich macht, dann soll er schreiben" fuhr sie fort, „so einfach ist das." Sie machte eine Pause und schien nachzudenken. „Es sind auch eure Gespräche, die ihm helfen, glaube ich, und es ist diese Ukrainerin mit ihrer seltsamen Sprache, die ihm den Kopf verdreht hat." Sie lachte. „Von allem ein bisschen."

Grothe überlegte, wie er sein Anliegen vorbringen sollte. „Sandra, ich will ehrlich zu dir sein, so ehrlich wie ich nur kann", begann er.

„Du willst mir einen Antrag machen?" Sie blickte schelmisch über das Weinglas hinweg, das sie wieder erhoben hatte.

Für einen Moment geriet Grothe aus der Fassung, fing sich aber sofort wieder. Dann erzählte er ihr alles.

Er begann mit Ungers Schlaganfall, machte keinen Hehl aus der Schwere seines Zustands, skizzierte den Plot von *Eine deutsche Familie*, erzählte von der Vorgeschichte, seiner Suche nach dem Manuskript und der späten Erkenntnis, dass Unger kein Wort zu Papier gebracht hatte. Er berichtete von seinen kläglichen Versuchen, das Manuskript selbst zu verfassen. Nur die Million ließ er aus. Als er fertig war, kam der Hauptgang. Wenige Trüffelscheiben garnierten das Gericht. Dafür roch die Soße intensiv nach Trüffelöl.

Gespannt beobachtete er Sandras Reaktion auf seinen Monolog. Er hatte erwartet, sie wäre enttäuscht, empört oder gar entsetzt. Doch nichts davon konnte er in ihrem Gesicht ablesen. Sie war überrascht und ein wenig belustigt.

„Ich verstehe", ihre Nasenwurzel kräuselte sich, wobei unklar blieb, ob das seiner Geschichte oder dem toten Fisch auf ihrem Teller galt. „Das Literaturgeschäft ist genauso schmutzig wie jedes andere."

„Ich weiß nicht mehr weiter." Halb war es geschauspielert, halb war es echt. „Ich brauche deinen Rat."

„Hm, du willst unbedingt, dass dieses Buch erscheint. *Eine deutsche Familiensaga.*"

„Familie. *Eine deutsche Familie.*"

„Genau." Sie begann, den Fisch vorsichtig zu zerteilen. „Und wäre es so schlimm, wenn nicht?"

„Du weißt gar nicht, was da alles daran hängt. Verlage, Menschen, ganze Existenzen." Er dachte an Ingrid, an Mathilde, an sich selbst. Vor allem an sich selbst. „Und sind wir ihm das nicht schuldig? Unger, meine ich. Einen letzten großen Dienst, den ich ihm erweisen könnte?"

„Daher dein Interesse an Nicos KI."

„Nein, Sandra. Ich glaube nicht an den Gott aus der Maschine. Aber ich glaube an Nico, an sein Talent."

Ihr Kauen verlangsamte sich, bis es ganz aufhörte. Sie schluckte den Fisch hinunter und sah ihn an. „Du willst...?"

Er hob die Hände. „Warum nicht? Er ist der Einzige, der das könnte."

Sie schaute ihn lange ohne erkennbaren Gesichtsausdruck an. Schließlich sagte sie: „Wow, das ist dein Plan?"

„Es ist eine Idee, kein Plan. Und dafür brauche ich deine Hilfe."

„Warum sollte er das tun?"

„Ich würde ihn natürlich bezahlen. Fünfzigtausend für das Manuskript, jetzt bar auf die Hand. Und eine Beteiligung an allen zukünftigen Einnahmen. Ich müsste mit Ungers Frau reden, aber fünf bis zehn Prozent sind drin. Das ergibt ein hübsches Sümmchen."

Sie verzog das Gesicht. „Nico ist nicht käuflich. Und ich übrigens auch nicht."

„Mensch, Sandra, das ist eine unglaubliche Chance! Dieses Gerede über Form und Inhalt. Jetzt kann er beweisen, dass er Recht hat. Dass man den Stil eines Autors kopieren kann, so perfekt kopieren, dass die ganze Welt darauf reinfällt. Und wir reden von einem Unger, dem Besten der Besten. Wenn man einen Unger kopieren kann, wen dann nicht? Und was heißt kopieren? Das wäre so, als hätte Unger sein Buch selbst geschrieben. Die Story ist schließlich von ihm und auch der Stil wäre sein eigener. Entschlüsselt und zu Papier gebracht vom genialen Nico Neumann."

„Nur, dass man diesen Nico Neumann nie erwähnen wird."

„Nein, Sandra, Unger wird sterben. Und dann decken wir alles auf, nennen Ross und Reiter, wie man so schön sagt. Das wird der größte Coup der Literaturgeschichte. Und Nico wird der Held sein. Seine Firma für Computerliteratur wird sich vor Geld kaum retten können. Vor Geld und vor Aufträgen."

Er schwieg, und sie aßen weiter. Was er zu sagen gehabt hatte, hatte er gesagt. Jetzt konnte er nur noch warten.

Grothe ging davon aus, dass sie ablehnen würde. Insofern war sein Vorstoß eine Verzweiflungstat, und ein wenig verzweifelt war er auch. So unterschiedlich die Geschwister schienen, so wenig beeinflussbar waren sie, korrumpierbar schon gar nicht. Sie handelten nach unterschiedlichen Wertmaßstäben, aber ähnlich kompromisslos.

Als er aufblickte, lächelte sie.

„Ich hätte dich nicht für so … skrupellos gehalten", sagte sie.

Er hob erstaunt die Augenbrauen. „Ich bin nicht skrupellos. Nur ein wenig desillusioniert. Aber das ist nicht der Grund."

„Sondern?"

„Es ist mein Job, Sandra. Davon lebe ich."

Sie nickte ein paar Mal. „Okay, Jo, ich bin dabei. Dein Plan gefällt mir, auch wenn es kein Plan ist. Und weißt du, warum ich das tue?"

„Ich habe nicht die geringste Ahnung."

„Nicht wegen des Geldes. Ich mache das für meinen Bruder. So kann er beweisen, was in ihm steckt, und ich bin mir sicher, dass er dann auch sein eigenes Ding durchzieht." Sie überlegte und konnte sich ein Lächeln nicht verkneifen. „Und noch etwas: Niemand außer dir könnte sich so etwas ausdenken. Irgendwie gefällt mir das. Du bist so … subversiv, anarchistisch, du scherst dich nicht um Regeln und Konventionen. Du hast nur diese eine Idee im Kopf, fast so als wärst du davon besessen…"

„Das ist meine letzte Chance, Sandra. Wenn das schief geht, bin ich erledigt…"

„Ja, aber jeder andere hätte schon längst aufgegeben. *Du hast keine Chance, nutze sie!* Wer hat das geschrieben?"

„Ich glaube, das war Achternbusch." Vor einer Ewigkeit, wie ihm schien.

„Und wenn so ganz nebenbei dieser verlogene Literaturbetrieb eins auf die Mütze kriegt", der Gedanke schien sie zu amüsieren, „dann wird das auch noch ein Riesenspaß."

„Es freut mich sehr, dass du so denkst", erwiderte Grothe.

Er hatte sich auf eine lange Diskussion eingestellt, hatte sich Argumente zurechtgelegt, um sie zu überzeugen, und fühlte sich so, als habe er sich mit aller Kraft gegen eine Tür gestemmt, die dann von selbst aufgegangen war. Er hatte Sandra falsch eingeschätzt. Sie würde mitmachen. Aus welchen Gründen auch immer. Sie war anders als er. Er versprach sich weder Spaß noch sah er sich als Streiter wider das Unrecht oder gar für die gute Sache. Er tat, was getan werden musste, er kämpfte ums Überleben, das sagte er sich jeden Tag.

„Und noch etwas, Jo." Sie sah ihn streng an. „Wir sind Geschäftspartner, das ist alles. Verstanden?"

Er nickte, was ihm schwer fiel. Aber sie hatte recht, das Private musste zurückstehen. Und, wer weiß, vielleicht kamen sie sich über die Arbeit doch noch näher.

Einen Nachtisch wollten sie beide nicht mehr. Dafür tranken sie Kaffee. Der Grappa ging aufs Haus.

„Du kannst Nico nicht einfach fragen, so wie du mich gefragt hast, verstehst du? Er würde sofort Nein sagen."

Ja, das hatte Grothe sich schon gedacht. „Was schlägst du vor?"

„Am besten wäre es, er käme selbst auf die Idee. Aber das ist einfacher gesagt als getan. Lass mich erst einmal mit ihm reden. Ich kenne ihn besser als du. Außerdem vertraut er mir."

Sie versprach, sich so bald wie möglich zu melden und verabschiedete sich. Grothe nahm seinen Grappa und ging zu Luigi.
Über Trüffel konnte er stundenlang reden.

Kapitel fünfzehn

Was Joachim Grothe an Sylt liebte, waren die endlosen Strände, die Dünen, über die der Wind pfiff. Stundenlang konnte er im Sprühnebel der Brandung spazieren gehen, den Kragen hochgeschlagen gegen die Kälte ankämpfend.

Am meisten liebte er die Abende. Die Sonne sank, und im schwächer werdenden Licht begann die Küstenlinie zu verschwimmen. Wenn die Wellen sich weit draußen brachen und das Wasser zu kochen schien, wenn der graue Schaum über den Sand schwappte und alles tränkte, wenn der Wind die Gischt hinauf in den Himmel blies, dann gab es kein Wasser, kein Land und keine Luft mehr. Alles wurde eins. Dann war er nur noch ein Mensch, der sich durch die Elemente kämpfte, durch etwas schwamm, was das Leben selbst zu sein schien.

Der Gardasee war ähnlich und doch anders. Auch hier verschwamm das Wasser im Dunst. Wolken, die im See ertranken und Wasserflächen, die der Schwerkraft trotzend die Hänge der Berge hinaufzukriechen schienen. Doch nirgendwo war Kampf. Es war ein friedliches und beruhigendes Bild, auf das Grothe vom Garten der Unger'schen Villa schaute.

Er saß mit Hem auf der Terrasse. Mathilde war im Haus und bereitete das Abendessen vor. Den See unter ihnen sah nur, wer wusste, dass er da war. Es wurde früh dunkel im Dezember.

Wie immer tranken sie. Hem mehr als er selbst, aber das war nie anders gewesen.

„Sieht so aus, als hättest du es geschafft."

Ja, im Stillen gab er Hem recht. Ingrid hatte ihm den Vorschuss auf den Vorschuss verschafft, Nico hatte sich bereit erklärt, *Eine deutsche Familie* zu schreiben, und Walter Unger, oder was von ihm übrig blieb, war wohlbehalten, und das hieß lebend, in Torri del Benaco angekommen. Nur Sandra hatte ihn nicht begleiten können. Oder wollen.

„Hem, das ist nur ein Etappensieg. Der längste Weg liegt noch vor uns."

„Aber die Gäule sind unterwegs."

Auf die Pferde war kein Verlass. Sie konnten jederzeit zusammenbrechen. Niemand wusste das besser als Grothe. „Hem", sagte er bedächtig, „wir können es schaffen. Aber die Arbeit liegt noch vor uns."

„Joe, ich traue diesem Nico nicht. Er ist ein verdammtes Weichei. Wir hätten den Scheiß selbst schreiben sollen. Du oder ich. Wir zusammen."

„Hem, du hast noch nie einen Satz über etwas geschrieben, was du nicht selbst erlebt hast."

„Immerhin bin ich derjenige von uns beiden, der etwas erlebt hat."

„Du hast keine Fantasie, du kannst dir nichts ausdenken. Ein großer Erzähler warst du nie. Du bist ein guter Journalist, das ist alles."

„Ich sollte dir..."

„Hem, hör mir zu! Du bist gar nicht so anders als Nico. Vielleicht magst du ihn deshalb nicht. Du hast deinen Stil und kannst über alles schreiben, was du kennst. Aber Nico kann mehr, er kann in die Haut von jedem schlüpfen. Er kann Walter Unger werden. Und er könnte auch Ernest Hemingway werden."

„Dass ich nicht lache. Er könnte mich nie kopieren."

„Das Traurige ist, dass niemand vorhat, dich zu kopieren."

Hem knallte sein Glas auf den Tisch. „Weißt du, wann ich angefangen habe zu schreiben?" brüllte er. „Mit siebzehn hatte ich meinen eigenen Stil! Mit zwanzig habe ich Weltliteratur geschrieben. Wer ist dieser Nico Neumann? Noch nie von ihm gehört."

„Er hat Talent, Hem." Grothe dachte an *Die Gegenwart ist ein unmöglicher Ort*. „Er wird seinen Weg machen." Er trank sein Glas aus. „Weißt du, Hem. Wir leben heute in einer anderen Welt. Wir bekommen unsere Kinder mit vierzig, mit fünfzig, manche mit sechzig. Da hast du dir deinen Schädel schon weggepustet. Wir haben mehr Zeit, als ihr je hattet."

„Nein, Joe, ihr seid allesamt verdammte Feiglinge und redet euch das schön."

„Jo, das Essen ist fertig. Willst du drinnen oder draußen essen?" Mathilde war herausgekommen.

So schön es draußen war, es wurde kalt. Kalt und feucht. „Lass uns reingehen, Mathilde". Grothe erhob sich mühsam. Seine Beine waren eingeschlafen.

Sie hatte im Wohnzimmer gedeckt, einem Raum mit schweren Holzmöbeln, der an eine alte Bauernstube erinnerte. Mathilde war eine gute Köchin, obwohl sie in ihrem Leben selten selbst gekocht hatte. Meistens hatte es eine Haushälterin gegeben. Auch hier in Italien war ihr eine ältere Frau aus dem Dorf zur Hand gegangen. Auf diese Weise hatte sie sich viele der lokalen Gerichte angeeignet. Fisch, Geflügel und Wild. Dazu aß man Knödel und Polenta.

An diesem Tag gab es *Strangolapreti*, in Salbeibutter geschwenkte Klößchen, und *Lavarello*, den typischen Fisch aus dem See, den sie mit frittierten Zucchiniblüten und etwas Reis servierte. Dazu tranken sie Bardolino, den leichten Rotwein, der direkt vor der Haustür wuchs.

Eine Weile aßen sie schweigend. Dann fragte Grothe: „Warum suchst du dir nicht eine Frau, die dir stundenweise hilft?"

„Wieso, Jo, schmeckt es dir nicht?"

„Nein, Mathilde, es schmeckt wunderbar. Du weißt, wie sehr ich deine Küche schätze. Aber ich mache mir Sorgen. Wird dir nicht alles zu viel?"

„Für zwei Personen zu kochen?"

„Ich meine nicht nur die Küche. Das hier ist ein Riesenkasten, und dann die Terrasse, der Garten."

„Für den Garten habe ich den Gärtner."

Ja, der Garten war gepflegt. Das Anwesen war in gutem Zustand. Man sah, dass sich jemand das ganze Jahr über darum kümmerte.

Sie stand auf, um den Fisch zu holen. „Kann ich dir helfen, Mathilde?" fragte er.

„Schau mal in den Kühlschrank. Da müsste noch eine Flasche Lugana stehen."

Er entkorkte den Weißwein und schenkte sich und Mathilde ein. Sie aßen den Fisch, der perfekt gegart war und ein festes weißes Fleisch hatte. Sie wirkten wie ein altes Ehepaar, das wenig sprach, dies aber nicht tat, weil es sich nichts zu sagen hatte, sondern weil jeder wusste, was im anderen vorging. Eine seltsame Vorstellung, fand Grothe, wenn man bedachte, dass ihr Mann nur wenige Meter entfernt in seinem Bett lag und schlief.

Sie hatten einen professionellen Krankentransport beauftragt. Ein Krankenwagen mit Blaulicht auf dem Dach und Signalfarbe an den Seiten. Zwei Männer, die sich als Fahrer und Pfleger abgewechselt hatten, während er mit Ungers Wagen, einem Mercedes älteren Baujahrs, hinterhergefahren war. Sie waren langsam gefahren und hatten zahlreiche Pausen eingelegt. Mathilde auf dem Beifahrersitz hatte meistens geschlafen. Von Heidelberg nach Torri hatten sie eine Ewigkeit gebraucht, einen Tag und einen guten Teil der Nacht. Und es hatte ein Vermögen gekostet.

Grothe hatte Mathilde zwanzigtausend Euro in bar gegeben, um die Kosten der nächsten Tage und Monate zu decken. Eine Summe, die angesichts der bevorstehenden Aufgaben nicht reichlich bemessen war, auch wenn Mathilde sich überschwänglich bedankte.

So hatte Grothe einen Großteil des Vorschusses verteilt und er zweifelte, ob das Geld bis zum Spätsommer des nächsten Jahres reichte, wenn die ganze Summe fällig wurde. Denn Walter Unger musste gepflegt und ernährt werden. Regelmäßig wurden ihm zahlreiche Medikamente verabreicht. Ein Spezialist aus dem nahen Verona untersuchte ihn alle paar Tage und wurde dafür fürstlich entlohnt. Man wollte sich seiner Verschwiegenheit gewiss sein.

„Wenn du mehr Geld brauchst, kann ich dir noch etwas vorstrecken", sagte er, seinen letzten Gedanken weiterführend.

„Das ist lieb von dir, Jo. Aber das wird vorerst nicht nötig ein. Du warst schon sehr großzügig."

Später, als sie abgeräumt hatte, saßen sie bei einem Glas Sherry zusammen. Walter Unger hatte den süßen *Pedro Ximénez* bevorzugt. In der Bar stand eine fast volle Flasche Lustau.

„Du fliegst morgen zurück?" fragte sie.

„Ich muss." Er war schon drei Tage da. „Du kommst allein zurecht?"

„Mach dir keine Sorgen." Sie nippte an ihrem fein ziselierten Kristallglas. „Es ist einsam hier, aber friedlich. Der Winter ist so ganz anders als der Sommer."

Im Sommer wurde der Gardasee von Touristenscharen überrannt. Vor allem Deutsche, die nicht nur das Seeufer, sondern auch jeden Winkel der umliegenden Berge unsicher machten.

Mathilde sah traurig aus, und Grothe fragte sich, ob und wie lange sie durchhielt.

„Ich könnte Weihnachten wiederkommen. Wie wäre das?"

„Das wäre ganz wunderbar! Ich würde mich freuen."

Grothe dachte nach. „Ich könnte Nico mitbringen. Hier könnte er in Ruhe arbeiten."

„Der junge Autor?"

Grothe lächelte. „Genau der." Er hatte ihr erzählt, Ungers Manuskript bedürfe einer gründlichen Überarbeitung. Es sei zwar im Wesentlichen fertig, aber noch lange nicht druckreif. Dafür hätte er einen talentierten Nachwuchsautor gewinnen können.

„Den würde ich gerne kennenlernen."

„Ja, besinnliche Weihnachtstage täten uns allen gut." Er dachte an das ferne Berlin, an das alljährliche Chaos der Silvesternacht und wünschte sich ein paar ruhige Tage in Italien. Vielleicht konnte er Sandra diesmal überreden mitzukommen.

Grothe verabschiedete sich früh von Mathilde und ging auf die Terrasse, um eine letzte Zigarette zu rauchen. Das Dorf leuchtete schwach zu ihm herauf. Der Nebel war den Hang hinaufgekrochen und hatte sich auf die Obstbäume unter ihm gelegt. Wo er weniger dicht war, ließ er das Licht der ersten Straßen durch. Er umgab die Laternen wie ein Heiligenschein und verwandelte die wenigen erleuchteten Fenster in kleine Feuer in der milchigen Dunkelheit. In diesen Dunst mischte sich der echte Rauch der Schornsteine.

Früher war er mit Unger nach dem Abendessen hinunter ins Dorf gegangen, ein schöner Spaziergang auf gepflasterten Wegen durch die Weinberge. Oft waren sie in der Hafenbar gelandet und hatten einen Grappa oder einen Amaro getrunken. Bei einem war es allerding selten geblieben, und wenn sie dann spät den Weg wieder hinaufstolperten, ohne allzu viel zu sehen, lachten und alberten sie so laut herum, dass die Hunde in der Nachbarschaft anschlugen.

Es waren diese gemeinsamen Erlebnisse, die ihn mehr mit Unger verbanden, als die Gespräche in seinem Arbeitszimmer oder in der Bibliothek. So grundsätzlich Unger sich bei einem ernsten

Thema gab, so unbeschwert konnte er sich amüsieren. Er erzählte gerne Witze und war der erste, der darüber lachte.

Schade, dass sie sich zuletzt so selten gesehen hatten. Grothe bedauerte, nicht mehr Zeit mit ihm verbracht zu haben. Was ihm blieb, war die Erinnerung an ihre Freundschaft.

Es war diese sentimentale Stimmung, die ihn nach Unger schauen ließ. Schließlich war er hier – ganz in seiner Nähe – auch wenn er genauso gut auf einem fremden Planeten hätte sein können.

Das Krankenzimmer befand sich in einer abgelegenen Ecke des Hauses. Dort gab es auch eine Toilette und eine winzige Küche, so dass das diensthabende Pflegepersonal sein eigenes Reich hatte. Man konnte leicht vergessen, dass es diesen Trakt überhaupt gab.

Leise öffnete er die Tür. Die Nachtschwester hob den Kopf. Sie las in einer Frauenzeitschrift. Nur die kleine Leselampe brannte. Auch wenn es Unger vermutlich gleichgültig war, ob das Zimmer hell erleuchtet oder dunkel war, ob die Sonne schien oder die Nacht hereingebrochen war, versuchten sie, den natürlichen Tagesablauf beizubehalten, Schlaf- und Wachphasen einander abwechseln zu lassen und so einen Anschein von Normalität zu wahren. Denn Unger schien zu schlafen.

„Wenn Sie sich einen Kaffee holen oder etwas essen wollen…“, sagte er unnötig leise. „Ich halte die Stellung.“ Sein Italienisch war holprig, aber die Schwester verstand ihn und ging hinaus.

Grothe setzte sich auf das Bett und nahm Ungers Hand. Er wunderte sich, dass sie warm war. Die Haut war so dünn und durchscheinend, dass sich die Venen darunter deutlich abzeichneten. Auf dem Handrücken steckte unter einem Pflaster die Nadel für die Infusion. Auf dem Nachtisch standen Blumen, eine Packung Papiertaschentücher lag daneben. Eine Haarbürste. Eine Nagelschere.

Vorsichtig ließ er Ungers Hand los und strich das Laken glatt. Es war ein bisschen wie im Krankenhaus. Im Hintergrund fiepte leise ein kleiner Herzmonitor. Die Abstände zwischen den Schlägen waren groß, so groß, dass Grothe sich sorgte, ob dem letzten noch ein weiterer folgte. Dann wartete er auf das erlösende Geräusch, atmete auf, um gleich darauf wieder in Ungewissheit zu versinken. Er fragte sich, was im Ernstfall geschähe. Belebte man Unger wieder, sollte das Herz aussetzen? Er hatte Zweifel, vermutlich ließ man ihn sterben.

Sein Patient musste noch fast ein Jahr durchhalten. An diesem Abend schien es ihm unmöglich. Er blickte auf Ungers eingefallene Wangen, auf seine geschlossenen, faltigen Augenlider. Er war frisch rasiert, aber seine Haut wirkte blass und fleckig. Dafür atmete er regelmäßig, das Laken hob und senkte sich, als durchströmten ihn lange, kräftige Wellen.

Wie lange kann man im Koma überleben? Jahrzehnte, wie er glaubte, doch genau wusste er es nicht. Dr. Brenner hatte ausweichend geantwortet, man müsse das Alter des Patienten berücksichtigen. Und seine Konstitution. Unger war ein kräftiger Mann gewesen, ein Mann, der vor Leben strotzte. Aber er war alt, sehr alt.

Wie jedes Mal, wenn er Ungers leblosen Körper betrachtete, erschrak er. Die einst imposante Gestalt hatte nur noch wenig mit dem ausgemergelten Körper gemein, der da vor ihm lag. Es war, als sickerte das Leben aus ihm heraus, jeden Tag ein bisschen mehr. Zurück blieb eine Hülle, deren Umrisse an ein Kind erinnerten.

Grothe verspürte Mitleid. Unger starb in Zeitlupe. Er hätte etwas Besseres verdient, er hätte es verdient, wie ein Baum mitten im Leben gefällt zu werden. Aber dazu hätte er dieses verdammte Manuskript schreiben müssen.

Auch in Torri hatte Grothe immer das gleiche Zimmer. Es war *sein* Zimmer und wurde in seiner Abwesenheit von niemand anderem benutzt. So hatten sich im Laufe der Jahre einige persönliche Dinge angesammelt. Im Schrank hingen verschiedene Kleidungsstücke, Sommersachen vor allem, dazu Turnschuhe, Flipflops. Auf dem Nachttisch standen mehrere Flaschen, in einem Regal stapelten sich Bücher.

Im Zimmer war es kühl, und Grothe freute sich auf das warme Bett. Wie im ganzen Haus hatte Mathilde auch hier auf deutschen Federbetten bestanden. Die italienische Sitte, Decken und Laken zu benutzen, war ihr zutiefst suspekt geblieben.

Müde war er noch nicht. Da er kein großes Bedürfnis nach Hems Gesellschaft verspürte, griff er zu einem Buch und schenkte sich ein Glas Scotch ein.

Nicht zufällig wählte er *Die dritte Versuchung des jungen Tolstoi*, ein Werk aus Ungers mittlerer Schaffensperiode, das er noch einmal lesen wollte, diesmal mit bewusstem Blick auf dessen Stil.

Der junge Tolstoi hatte nichts mit dem bekannten russischen Schriftsteller gemein. Tolstoi war der Kampfname von Johannes Hildebrandt, einem Heidelberger Psychologiestudenten, der Ende der sechziger Jahre zuerst zum Sozialistischen Patientenkollektiv stößt, um später über die Unterstützerszene bis in den inneren Kreis der Roten Armee Fraktion vorzudringen.

Unger erzählt dieses lange Abgleiten in den Terrorismus einfühlsam und mit viel Verständnis für den Protagonisten. Von seinen Idealen, seinen Skrupeln, seinen inneren Kämpfen, die ihn schließlich zum Attentäter und Geiselnehmer werden lassen. Doch es gibt eine Grenze, an die er stößt.

Als er eine Geisel erschießen soll, einen älteren ausländischen Politiker, mit dem er seit Wochen in einem Hochhaus am Rande einer namenlosen Großstadt lebt, zögert er. Es ist die dritte Versuchung des nicht mehr so jungen Tolstoi. In epischer Breite schildert Unger diese letzte Nacht, die Qualen des Protagonisten, seine Verzweiflung und Zerrissenheit.

Schließlich packt Tolstoi seine Geisel ins Auto und fährt zum nächstbesten Polizeirevier. Er wird zum Kronzeugen, liefert die Genossen ans Messer, eine Rolle, die ihn fast noch mehr verzweifeln lässt, als das, was er zuvor im Namen der Revolution getan hat.

Am Ende hängt er einen Strick an das Fensterkreuz und springt ins Leere. Erst jetzt, während er langsam erstickt, findet er Frieden. Verwundert fragt er sich, warum er diesen Frieden nicht schon früher finden konnte, wo es doch so leicht war. Eine Antwort gibt Unger nicht.

Grothe hatte nicht den ganzen *Tolstoi* noch einmal gelesen, denn es war ein umfangreiches Buch. Im Gegensatz zu vielen anderen Autoren waren Ungers Werke im Laufe der Zeit schmaler geworden. Zu altersbedingter Geschwätzigkeit hatte er nicht geneigt. Doch in den achtziger Jahren, in seiner produktivsten Zeit, hatte er noch einen ausschweifenden Stil gepflegt. Hatten in *Jenseits* noch die

Landschafts- und Naturbetrachtungen im Mittelpunkt gestanden, so quoll *Tolstoi* von psychologischen Analysen über. Seitenlang wurden psychoanalytische Betrachtungen angestellt, Motive, Traumata und Neurosen ausführlich beschrieben.

Der moderne Leser ist ungeduldig. Er hasst Abschweifungen. Rückblenden sind ihm ein Gräuel. Er hat einen Film vor Augen, und je schneller er geschnitten ist, desto besser. Mehrere Handlungsebenen überfordern ihn, zu viele Personen sowieso.

Am besten erzählte man eine Geschichte von Anfang an, und man erzählte sie Schritt für Schritt bis zum Ende, baute geschickt ein paar Spannungselemente ein, denen man hinterherhecheln konnte. Der Spannungsbogen war alles, und selbst altmodische Lektoren wie Ingrid Lortzing strichen alles zusammen, was diesen Aufbau störte.

Die Sätze durften nicht lang sein, und auch die Absätze nicht. Das Schriftbild sollte locker, luftig wirken. Dialoge halfen, aber dann durfte die direkte Rede nicht über eine Zeile hinausgehen, Man warf sich einzelne Worte an den Kopf oder einen halben Satz.

Grothe schüttelte den Kopf. Er hatte vergessen, dass auch Unger nicht zeitlos war. Selbst seine Bücher waren vom Zeitgeist geprägt, waren Kinder einer längst vergangenen Epoche. Man konnte sie heute niemandem mehr zuzumuten. Hätte man Unger nicht in der Schule gelesen, wären die Verkaufszahlen seiner frühen Werke längst eingebrochen.

An diesem Tag ging es Grothe wie manchmal, wenn er einen seiner Lieblingsfilme wieder sah. Fellini zum Beispiel. Wie fasziniert war er damals von *Stadt der Frauen* gewesen! Oder von *Casanova.* Heute fand er sie geschwätzig, manieriert oder platt. Wenn etwas zu politisch war, hatte es eine kurze Halbwertszeit. Hatte Unger das Zeug zum Klassiker? Zum ersten Mal zweifelte Grothe daran.

Auf jeden Fall gab es nicht den *einen* Unger. Nico hatte Recht. Es gab einen frühen, einen mittleren und einen späten Unger. Warum sollte es keinen noch späteren Unger geben? Wenn *Eine deutsche Familie* den Unger'schen Stil nicht ganz traf, dann konnte man das auf das fortgeschrittene Alter des Autors schieben. Besser, auf einen Quantensprung in Ungers literarischer Entwicklung, auf einen Unger, der in seinen letzten Lebensjahren zu neuen Ufern aufgebrochen war, der sich verändert hatte, fast bis zur Unkenntlichkeit.

Ungers letztes Buch musste kein Abklatsch seiner früheren Werke werden. Es gab einen Spielraum, seinen Stil behutsam weiterzuentwickeln, es zu einem Unger-Neumann oder einem Neumann-Unger zu machen. Je nachdem. Beruhigt schlief Grothe ein.

Kapitel sechzehn

In Berlin hatte es geschneit. Matschiger Schnee türmte sich auf den Bürgersteigen und vermischte sich mit der grauen Brühe, die von den Straßen spritzte. Überall knirschte und schmatzte es. Für Grothe gab es nichts Trostloseres als einen Winter in der Großstadt. Die einzige Hoffnung war das Versprechen auf ein warmes Plätzchen am Ofen, am liebsten in einem gut geheizten Café.

Doch die altehrwürdigen Kaffeehäuser gab es nicht mehr. Undenkbar mit einer guten Zigarre im Mund vor einem Pharisäer zu sitzen, wie es Zweig, Kästner oder Benn getan haben mochten. In den modernen Cafés zischten die Vollautomaten, füllten Latte Macchiato in kalte sterile Gläser, während daneben Panini und Focaccia durchweichten oder asiatische Sandwiches mit undefinierbarem Inhalt.

Das *St. Oberholz* war nicht das *Romanische Café* und auch nicht das *Café Größenwahn*, doch das konnte täuschen. Wie viele Jahre mussten vergehen, bis man sich der historischen Bedeutung eines Ortes bewusst wurde? Wie viele Jahrzehnte? Grothe dachte an Hems Paris der zwanziger Jahre. Ein paar versoffene mehr oder minder talentierte Autoren, die, wie der Zufall es wollte, Geschichte schreiben sollten. Wie viele andere hatte es gegeben, die mit ebenso viel Talent in anderen Kneipen genauso viel gesoffen hatten, an deren Namen sich heute niemand mehr erinnerte? Aus der Distanz der Zeit war es leicht zu urteilen, aber hätte es damals jemand geahnt?

Darum ging es in dem Gespräch, das Joachim Grothe und Nico Neumann zu vorgerückter Stunde und nach mehreren Gläsern Rotwein führten, während die Gäste im *Oberholz* kamen und gingen, im Laufe des Abends eine seltsame Verjüngungskur zu durchlaufen schienen, die auch ihre Kleidung und ihre elektronischen Geräte einschloss.

Während Grothe Zufall und glückliche Fügung für Erfolg und Misserfolg verantwortlich machte, behauptete Nico stoisch, eine herausragende Leistung sei sofort zu erkennen. Er verstieg sich zu der Behauptung, eines Tages werde man eben dieses Gespräch, also das Gespräch zwischen Grothe und ihm in diesem Lokal, als historisch betrachten. Das stehe für ihn felsenfest.

„Eines habe ich dir noch nicht erzählt", fügte er hinzu, sah ihm dabei lange in die Augen, als überlege er, ob er es nicht auch diesmal dabei belassen sollte. „Ich habe eine seltsame Fähigkeit, und sie hat rein gar nichts mit dem Schreiben zu tun." Wieder schien er zu zögern. Er trank einen Schluck Wein. „Ich sehe die Zeit... Wie soll ich das erklären? Ich fange anders an. Was ist die Gegenwart?"

Die Gegenwart ist ein unmöglicher Ort, dachte Grothe, hatte aber nicht vor, diesen Satz auszusprechen. Stattdessen sagte er: „Nun, die Gegenwart ist jetzt. Genau dieser Augenblick."

Nico schüttelte ungeduldig den Kopf. „Ich meine ... wie viel Zeit umfasst diese Gegenwart?"

„Keine Ahnung, eine Zehntelsekunde, zwei, drei Zehntel oder eine halbe, was weiß ich!"

„Eben, wir wissen es nicht. Streng genommen ist die Gegenwart kurz, unendlich kurz. Nach einer Millionstel Sekunde ist sie wieder vorbei." Er trank noch einen Schluck Wein, und Grothe machte sich Sorgen, er würde sich vollends betrinken. Noch schien er bei klarem Verstand zu sein. „Weißt du, was ein Chronon ist?" fuhr er fort.

Grothe schüttelte den Kopf. Jetzt war er ganz bei der Sache. Löste sich jetzt das Rätsel um Nicos Manuskript?

„Ein Chronon ist ein Zeitquant. Der kleinstmögliche Zeitabschnitt."

„Und wie lang ist so ein Zeitquant?"

Nico lachte. „Kurz, extrem kurz. Der Bruchteil einer Sekunde. Eine Zahl mit dreiundzwanzig Nullen. Hinter dem Komma."

„Immerhin länger als unendlich klein."

Nico nickte: „Wenn es Chrononen überhaupt gibt. Bisher ist es nur eine Theorie, nachgewiesen hat sie niemand." Er stand auf, kletterte auf seinen Stuhl und setzte sich auf die Lehne, was niemanden im Oberholz zu überraschen schien. „Wir sitzen mit unseren fetten Ärschen auf so einem Chronon und reiten durch die Zeit." Er machte Anstalten, auf der Lehne vor und zurück zu rutschen und wäre umgekippt, wenn Grothe ihn nicht am Arm gepackt hätte. „Und ein Chronon ist so viel kleiner als diese Lehne hier, wenn man Zeit und Raum vergleichen kann, wie Einstein sagt." Er ließ sich wieder auf den Stuhl fallen. Wieder sah er ihn an: „Es gibt keine Gegenwart, Jo. Sie ist eine Illusion."

Grothe hätte jetzt gerne eine Zigarette geraucht, aber er wagte nicht, Nico zu unterbrechen. Er war in Redelaune, und vielleicht fand sich ja ein Ansatzpunkt, ihn auf sein Manuskript anzusprechen.

„Es ist unser Gehirn", Nico tippte sich an die Stirn, „das alles erfindet." Er breitete die Arme aus und stieß beinahe sein Weinglas um. „Es verschafft uns dieses üppige Gefühl von Da-Sein, ein Zustand ohne wirklichen Anfang und ohne wirkliches Ende. Die Vergangenheit ist schon weit weg, blass und unbedeutend, die Zukunft eine Möglichkeit, unsichtbar und fremd. Alles ist Gegenwart. Und so schwillt sie an, wird zu Sekunden, zu Minuten, ach was, zu Stunden. Morgen wird dieser Abend vergangen sein, aber heute ist er noch da, ist er allgegenwärtig. Für dich, für all diese Menschen hier."

„Für dich nicht?"

„Für mich gibt es keine Gegenwart."

Grothe schluckte. Hatte er sich auch an Nicos provozierende Art gewöhnt, an seine plakativen, oft unerbittlich strengen Aussagen, Sätze, die er in den Raum stellte, als schaffe er damit unumstößliche Tatsachen, Dinge, die kein vernünftiger Mensch in Frage stellen konnte.

Nico Neumann schien sein Unbehagen zu spüren, und er genoss es. „Keine Angst, Jo, ich bin nicht verrückt. Ein bisschen verschroben, das schon. Aber wer ist das nicht? Bist du das nicht auch auf deine Art?"

„Ein bisschen verschroben? Kann schon sein." Grothe schüttelte den Kopf. „Aber ich behaupte nicht, in die Zukunft sehen zu können."

Der andere lachte laut und anhaltend. „Das mag ich an dir, Jo. Du hältst dich nicht mit Nebensächlichkeiten auf. Immer von vorne auf den Feind." Er stieß mit einer Hand in die Luft, als führte er einen Karateschlag aus. „Du kommst schnell auf den Punkt." Er hatte sich beruhigt. „Aber das ist es nicht. Wenn ich in die Zukunft sehen könnte, dann säße ich nicht hier, dann wäre ich der reichste Mann der Welt und hockte in meinem Bunker, in meinem Geldspeicher und schwämme in meinen Goldmünzen. Zählte mein Geld und langweilte mich zu Tode." Er sah auf. „Wäre es nicht todlangweilig, in die Zukunft sehen zu können?"

„Ich kann mir Schlimmeres vorstellen."

„Nein, Jo, das meinst du nicht ernst." Jetzt wirkte er traurig. „Man wird depressiv. Es ist nicht auszuhalten. Schon eine Ahnung davon ist für einen Menschen zu viel."

Er schob die Gläser beiseite. Der Tisch war mit Weinrändern übersäht. Einige waren eingetrocknet, in anderen sammelte sich etwas Flüssigkeit. Nico tippte mit einem Finger hinein und zog einen langen Strich. „Das ist die Zeit. Eine lange Linie ohne Anfang und ohne Ende. Nehmen wir das der Einfachheit halber an. Wir befinden uns hier." Er malte ein Kreuz auf die Linie. „Das ist das, was wir sehen. Das ist unsere Wirklichkeit. Mehr sehen wir nicht, und deshalb glauben wir, es gäbe nichts anderes. Aber das ist Unsinn. Alles ist da, von der fernsten Vergangenheit bis zur fernsten Zukunft."

Er schwieg eine Weile, und Grothe dachte, Nico habe die Lust an diesem Thema verloren, ohne zum Ende gekommen zu sein. Aber Nico fuhr fort.

„Wenn du verstanden hast, dass es keine Gegenwart gibt, dass die Gegenwart eine Illusion deines Gehirns ist, dann kannst du dich über die Zeit erheben. Dann siehst du die Zeit von oben. Aus der vierten Dimension oder aus der fünften, was weiß ich. Dann siehst du die ganze Linie. Und du siehst dich, einen Menschen, der rein zufällig an einem Punkt auf dieser Linie festsitzt." Er schlug auf den Tisch. „Unser Körper sitzt in einem Zeitgefängnis, aber unser Geist kann sich darüber erheben, er kann davonschweben, dorthin gehen, wohin er will."

„Also doch Hellseher?" Grothe fragte sich, wie er dazu kam, mit Nico Neumann ernsthaft darüber zu diskutieren, ob er in die Zukunft sehen könne oder nicht. Es war schwer, sich seinem Bann zu entziehen.

„Nein, für mich besteht die Zukunft aus Möglichkeiten, die mehr oder weniger wahrscheinlich sind. Aber das ist bei jedem Menschen so." Er lächelte verschmitzt. „Nur manchmal, ganz selten, da bin ich mir sicher. Dann sehe ich die Zukunft, dann sehe ich sie, als wäre sie schon Vergangenheit."

„Und was siehst du?"

„Ich weiß, dass dieser Abend historisch ist. Ich weiß, dass man noch in hundert oder zweihundert Jahren darüber reden und schreiben wird. Das war doch deine Frage, oder?" Er lächelte weiter in sich hinein. „Und damals, vor ein paar Wochen, wusste ich längst, dass du mich bitten würdest, Ungers Buch zu schreiben. Und ich wusste auch, dass ich es tun würde."

Eigentlich hatte er ihn nicht gebeten, dachte Grothe. Nico hatte es von sich aus vorgeschlagen. Doch das waren unbedeutende Feinheiten. „Hätten wir die ganze Sache dann nicht ... etwas abkürzen können?" fragte er stattdessen.

Nico seufzte. „Du verstehst nichts, Jo. Du verstehst überhaupt nichts. Die Zeit ist eine Linie. Es gibt keine Umwege und auch keine Abkürzungen. Ob du die Zukunft kennst oder nicht, ändert nichts. Du musst den ganzen Weg gehen, so gehen, als wärst du blind, so blind wie all die anderen Idioten um dich herum."

Damit meinte er zweifellos auch ihn selbst, aber Grothe war geneigt, es nicht persönlich zu nehmen. „Dann hoffe ich, dass du siehst, dass unser Projekt ein Erfolg wird."

„Nein, Jo, das kann ich nicht. Und ich bin froh darüber, denn es würde mich unendlich langweilen, wenn ich es wüsste."

Grothe, der befürchtet hatte, Nico könnte noch abspringen oder es nicht ernst genug meinen, war zum ersten Mal überzeugt, dass sie das gemeinsame Projekt durchziehen würden. Aus einer ersten Idee, einem vagen Plan war ein gemeinsames Schicksal geworden. Sie waren aneinander gekettet, und nichts auf der Welt konnte das zu ändern. Ein Gedanke, die ihn gleichermaßen beruhigte und erschreckte. Er hob sein Glas, um mit ihm anzustoßen. „Nun denn! Auf die Zukunft!"

Tatsächlich war es nicht leicht gewesen, Nico Neumann zum Mitmachen zu bewegen. Seine Schwester hatte die Vorarbeit geleistet, denn Nico hatte ihm zugehört, hatte sein Ansinnen nicht gleich von sich gewiesen, wie Grothe es sich unzählige Male zuvor ausgemalt hatte.

Und Grothe hatte es geschickt angestellt. Getreu der schwesterlichen Linie, der Bruder müsse selbst auf die Idee kommen, müsse denken, es sei sein eigener Plan, war er über einen Umweg ans Ziel gelangt. Denn es stimmte nicht, dass er immer den Frontalangriff wählte, er wusste auch, wie man den Feind umgehen und von hinten stellen konnte.

So hatte er an jenem Abend vor seiner Italienreise mit Nico im *Cavallino Rampante* beim Abendessen gesessen und den Ratlosen gemimt, hatte vom Zustand des Schriftstellers berichtet, der immer noch mehr tot als lebendig war, von seinen Sorgen um dieses letzte große Werk, das vielleicht nie vollendet werden würde. Dass es noch nicht begonnen worden war, verschwieg er.

Nachdem er lange um den heißen Brei herumgeredet hatte, eine Verlegenheit, die nicht gespielt war, fragte er ihn offen und direkt, ob seine generative KI das Werk des Meisters vollenden könne, gegen üppige Bezahlung natürlich, was unter ihnen bleiben müsse, ob er einwillige oder nicht. Grothe ging damit ein Risiko ein, machte sich von Sandras Bruder abhängig, was er sich aber gut überlegt hatte.

Wie nicht anders zu erwarten, war Nico skeptisch. Es sei zu früh, meinte er, er brauche noch Jahre, vielleicht viele Jahre Entwicklungsarbeit, aber er fühlte sich trotzdem geschmeichelt, dass Grothe seiner Software solche Wunderdinge zutraute.

Grothe, der mit diesem Widerstand gerechnet hatte, bedrängte ihn weiter, brachte allerlei untaugliche Argumente vor, tat ratlos und beobachtete, wie es in seinem Gegenüber zu arbeiten begann. Schließlich gab er auf, und während sie schweigend ihren Rotwein tranken, wartete er geduldig. Nico hatte den Köder geschluckt. Die Frage war, ob er ihn wieder ausspucken würde.

Endlich der erlösende Vorschlag, und Grothe hatte ihn mit großen Augen angestarrt, als traue er seinen Ohren nicht. Er hatte es ihm nicht leicht gemacht, hatte sich seinerseits überzeugen lassen, hatte gezweifelt und argumentiert, dann allmählich nachgegeben, bis er, wenn auch zögernd, zugestimmt hatte.

Nico würde den Roman selbst schreiben. Oder nein, die KI würde die Rohfassung schreiben und er würde das Geschriebene überarbeiten, eine Arbeitsteilung, mit der man schnell vorwärtskäme, denn in den wenigen Monaten, die ihnen blieben, würde ein Mensch allein es nicht schaffen. Er würde Ungers Storyboard in KI-taugliche Prompts übersetzen und damit den Chatbot füttern. Das würde eine Weile dauern, aber das Programm wäre lernfähig und das Ergebnis würde Ungers Stil immer ähnlicher werden, davon war er überzeugt.

Grothe gefiel die Idee. Ungers detailliert ausgearbeitete Szenen wären das Ausgangsmaterial für die Programmierung. Am Ende stünde ein Werk, bei dem man nicht mehr wüsste, was von Unger, was von Nico und was von der KI stammte. Ein Gemeinschaftswerk, dessen einzelne Bestandteile niemand je wieder aufzuschlüsseln vermochte.

Auch an diesem Abend hatten sie angestoßen. Fünfzigtausend, hatte Nico gesagt, bar auf die Hand, und Grothe hatte genickt.

So sehr Grothe sich über Nicos Zusage freute, so sehr bedauerte er, dass sein eigenes Manuskript liegen bleiben musste. Denn an *Die Gegenwart* würde er vorerst nicht weiterschreiben können. Die Geschichte um den selbstgerechten Auftragskiller gefiel ihm, noch mehr aber das Thema, dessen sich Nico Neumann darin angenommen hatte: die Zeit.

Es war nicht die Vorstellung, über der Zeit zu stehen und frei von ihren Zwängen geistig umherschweben zu können, in Zukunft und Vergangenheit zugleich zu verweilen, also allgegenwärtig zu sein, die diesen Reiz auf ihn ausübte. Daran glaubte er keine Sekunde. Das war für ihn Ausdruck narzisstischer Selbstüberschätzung.

Nein, in Nicos Romanfragment ging es um ein Phänomen, das Grothe schon in seiner Jugend fasziniert hatte. Der Fachbegriff dafür hieß *Ultrachronos*. Damit ist jener Moment kurz vor dem Tod gemeint, in dem das ganze Leben wie im Zeitraffer vor dem inneren Auge abläuft. Nico hatte das in seinem Roman eindrucksvoll beschrieben, fand Grothe.

Man musste nicht sterben, um diese Erfahrung zu machen. Diese extreme Dehnung der Zeit erlebte man in besonderen Situationen, bei Unfällen etwa, wenn man unter Schock stand oder wenn man in Panik geriet.

Er hätte gerne mit Nico darüber gesprochen, aber dazu hätte er sein Manuskript erwähnen müssen. Solange der neue Unger nicht fertig war, konnte er das nicht riskieren.

Kapitel siebzehn

Weihnachten stand vor der Tür, und Grothe hatte die Absicht, die Feiertage und den Jahreswechsel am Gardasee zu verbringen. Er verspürte den Wunsch, alle Beteiligten dort zu versammeln, sei es, um die gemeinsame Sache voranzutreiben, sei es, um alle Fäden in der Hand zu behalten. Mühsam hatte er seinen Flohzirkus gebändigt. Eine trügerische Harmonie, das wusste er, eine Kleinigkeit konnte genügen, um den Widerstand eines Beteiligten wieder aufflammen zu lassen.

Und da war noch Sandra, zu der er sich hingezogen fühlte und die er gerne in seiner Nähe gehabt hätte.

So kam es, dass sich Ungers Haus in Torri nach und nach füllte. Während Grothe wie üblich geflogen war, hatten die anderen Berliner die umständliche Anreise mit dem Auto gewählt, einem alten Volvo aus Neumann'schen Familienbeständen, der mit Nico und Sandra sowie der jungen Ukrainerin besetzt, lange durch die winterliche Landschaft zockelte, um ein paar Tage vor Heiligabend endlich in die Auffahrt einzubiegen.

Susanne Berggrün war bereits da, schon länger, wie es schien, suchte die Nähe des sterbenden Unger und wurde von Mathilde stillschweigend geduldet.

Fehlte noch Carmen Unger, die Tochter, die, obwohl angemeldet, vielleicht niemals käme. Hier hielt sich Mathilde bedeckt, verdrehte auf Nachfrage die Augen, als sei dieses Kapitel für einen normal denkenden Menschen nicht nur schwierig, sondern undurchschaubar. Grothe, der sich ein wenig vor der Tochter fürchtete, war es recht.

Damit stand einem ruhigen und, wie Grothe hoffte, arbeitsreichen Weihnachtsfest nichts im Wege. Die Zeit drängte, und es war ratsam, schnell ein großes Stück voranzukommen.

Die ersten Kapitel waren fertig. Nico arbeitete wie ein Besessener, lieferte alle drei, vier Tage einen Stapel Papier ab, den Grothe gespannt durchlas.

Waren ihm die ersten Seiten noch ungelenk erschienen – aber ging es ihm nicht bei jedem Buch so? – las sich die Geschichte nun flüssiger, wurde der neumann-ungersche Schreibstil runder und überzeugender.

Was Nico und sein Sprachgenerator zu Papier gebracht hatten, erinnerte an nichts, was Unger je geschrieben hatte. *Jenseits* und *Die dritte Versuchung* waren meilenweit davon entfernt. Von der Autobiographie ganz zu schweigen. Aber es gab eine längere Erzählung, *Das weiße Zimmer*, die eine Erzählperspektive einnahm, die in Ungers anderen Werken fehlte.

Nein, gefehlt hatte sie nie, wie ein unbedeutender Kritiker einer regionalen Tageszeitung seinerzeit scharfsinnig erkannt hatte. In *Die dritte Versuchung* gab es erste Ansätze, die Unger aber in seinem weiteren Schaffen nicht weiterverfolgte. Erst viele Jahre später griff er sie in *Das weiße Zimmer* wieder auf.

Unger wandte eine psychoanalytische Technik an. Der Protagonist sinniert über sein Tun und dessen Ursachen, verstrickt sich dabei in Widersprüche und alternative Deutungen, während der Erzähler das Gewirr nach und nach auflöst.

Was bei *Die dritte Versuchung* noch funktionierte, vermutlich, weil Unger diese Technik behutsam und fast unbemerkt einsetzte, scheiterte bei *Das weiße Zimmer* auf ganzer Linie.

Die Erzählung wurde als *zu verkopft* zerrissen. Man vermisste die erzählerische Virtuosität des Autors, seine Fähigkeit, Dinge beiläufig erscheinen, aus sich selbst heraus wirken zu lassen. Dies sei keine Erzählung, sondern eine Fallstudie, noch dazu eine schlecht geschriebene, so der allgemeine Tenor.

Im Grunde war *Das weiße Zimmer* ein experimenteller Text, ein Versuch Ungers, seinen eigenen Stil weiterzuentwickeln. Deshalb war die Erzählung, trotz ihres erheblichen Umfangs, nie als eigenständiges Buch erschienen. Ein anderer Autor hätte daraus einen Roman gemacht, zumindest auf dem Umschlag. Unger zog es vor, sie in den Tiefen seines umfangreichen Oeuvres verschwinden zu lassen. Bei über zwanzig Büchern kam es auf ein Bändchen mehr oder weniger nicht an.

Grothe, der Ungers Erzählungen generell für weniger bedeutend hielt – ein Urteil, das auch mit dem geringen kommerziellen Erfolg dieses Genres zusammenhing – hatte mehrere Tage gebraucht, um diese Parallele zu finden.

Er hielt sie nicht nur für weniger bedeutend, er kannte sie schlichtweg nicht so gut. Als er Ungers letzten Erzählband aufschlug, konnte er sich an nichts erinnern. Er hieß *Nachts, wenn du schläfst* und war Mathilde gewidmet.

Es war eine Nacht, an der Grothe keinen Schlaf fand. Er hätte einen langen Spaziergang machen können, stattdessen war er zu seinem Unger-Regal gegangen und hatte dessen Bücher in die Hand genommen, hatte darin geblättert, hatte sich hier und da festgelesen, um dann zu stutzen. Ja, jetzt erinnerte er sich.

Grothe las. Er las die 120 Seiten in einem Rutsch. Nicht, weil Ungers Erzählung besonders spannend gewesen wäre. Es waren die Parallelen, die ihn fesselten, die Parallelen zwischen dem Protagonisten in *Das weiße Zimmer* und Unger selbst, der nur wenige Meter von ihm entfernt im Koma lag.

Martin Dorint, so heißt der Protagonist von *Das weiße Zimmer,* liegt ebenfalls im Koma. Alles, was in der Erzählung steht, spielt sich in seinem komatösen Kopf ab. Insofern ist die im Feuilleton geäußerte Kritik, die Geschichte sei *verkopft,* so richtig wie belanglos.

Martin Dorint *glaubt* in einem Krankenhaus aufzuwachen, ein Krankenhaus, das eher einem Gefängnis gleicht, denn er kann sein Zimmer nicht verlassen. Er hat sein Gedächtnis verloren, und versucht, sich an sein früheres Leben zu erinnern, indem er die Bruchstücke wie ein Puzzle zusammensetzt – denn er hat regelmäßig Visionen seines früheren Ichs.

Es ist ein langer und schmerzhafter Prozess, bei dem ihm Frau Jung hilft. Unklar, ob Therapeutin, Analytikerin, Wärterin oder von allem etwas. Hinzu kommt, dass dieses Leben, an das er sich erinnert, widersprüchlich ist, gebrochen.

Auf der einen Seite der angesehene Arzt und Wissenschaftler, der vorbildliche Familienvater und erfolgreiche Kommunalpolitiker. Seriös und integer, beliebt und geachtet, so perfekt, dass er aus einem Groschenroman entsprungen zu sein scheint. Daher wohl auch sein Name.

Der andere Martin Dorint ist nicht minder perfekt, verkörpert aber alles Schlechte. Er ist zynisch, skrupellos, rücksichtslos, ja kriminell. Er hinterzieht Steuern, fälscht wissenschaftliche Studien und treibt eine Patientin, die er sexuell missbraucht, in den Tod. Am Ende dieses Prozesses steht die Selbsterkenntnis:

„Er ist weder tot noch verrückt, weder ein berühmter Arzt und Wissenschaftler noch ein Schwein, ein menschenverachtender Zyniker. Sein wahres Ich, sofern es denn eines gibt, sein wahres Leben liegt dazwischen, näher bei dem verabscheuungswürdigen Martin Dorint als bei dem bewundernswerten, aber jetzt fühlt er sich stark genug, sich ihm zu stellen. Es ist seine einzige Chance, jemals aus dem Koma zu erwachen. Das begreift er jetzt. Nur wenn er das Chaos in seinem Kopf zu einem zusammenhängenden Bild ordnet, wenn er sich *selbst findet*, wird er wieder aufwachen.“

Dass jemand ein Buch über einen Mann schreibt, der im Koma liegt, und dann selbst so endet, fand Grothe unheimlich. Zumal dieser Mann nur wenige Meter von ihm entfernt in seinem Krankenbett lag. Er stellte sich vor, wie es in Ungers Gehirn arbeitete, der fehlenden Hirnströme zum Trotz, wie er über sein Leben nachdachte und herauszufinden versuchte, ob es ein gutes oder ein schlechtes gewesen war. Wie er mit sich rang, wie er darum kämpfte, wieder aufzuwachen.

War seine größte Angst bisher gewesen, Unger könnte vor der Zeit sterben, so begann Grothe nun zu fürchten, er könnte das Bewusstsein wiedererlangen. Bisher hatte er an Dr. Brenners niederschmetternde Prognose geglaubt, nun kamen ihm Zweifel.

Was aber wäre das Problem, wenn Unger wieder erwachte? überlegte Grothe. Nico Neumann würde als Ghostwriter nicht mehr gebraucht. Seine bisherige Arbeit wäre umsonst gewesen, und auch ein Teil des Geldes wäre weg. Aber dann schriebe eben Unger sein Buch selbst zu Ende. Schlechter mochte es kaum werden. Ein echter Unger war jeder noch so gelungenen Kopie vorzuziehen.

Grothe dachte an die vergangenen Jahre zurück, an dieses Buchprojekt, das man als ewig unvollendet bezeichnet hatte, um darüber hinwegzutäuschen, dass es nie begonnen worden war, ließ man das romantische Tête-à-Tête zwischen Unger und seiner ideenstiftenden Muse außen vor. Grothe war inzwischen davon überzeugt, dass sowohl Susanne Berggrün als auch der Altmeister selbst, die Arbeit an *Eine deutsche Familie* nur vorgeschoben hatten, um sich näher zu kommen, dass aber keiner von beiden die Absicht hatte, das Buch jemals zu vollenden.

Nein, wenn Unger erwachte, dann ginge es so weiter, dann dauerte es bestenfalls Jahre, bis er wieder schrieb und das Werk vollendete. Aber so viel Zeit hatten sie nicht. Unger nicht, der die Achtzig überschritten hatte, und Grothe nicht, dessen Vorschuss bereits größtenteils versickert war.

Grothe legte das Buch beiseite. Die Lektüre hatte ihn verunsichert, grundlos, wie ihm klar wurde, denn es gab keine Anzeichen dafür, Unger könnte wieder aus dem Koma erwachen. Er nahm sich vor, dem Kranken demnächst einen Besuch abzustatten. Sein schlechter Zustand würde ihn beruhigen.

Blieb noch die gespenstische Parallele zwischen Martin Dorint und seinem Autor. Zufall? Konnte Unger voraussehen, er endete selbst wie sein Protagonist? Hatte auch Unger die neumannsche Gabe, über der Zeit zu stehen?

Es war schon früh am Morgen, und Grothe spürte, wie ihn der Schlaf übermannte. Er sollte Nico Neumann zu Rate ziehen. In den nächsten Tagen.

Hatte Grothe anfangs befürchtet, Valerys Anwesenheit könnte Nico von seiner Aufgabe ablenken, wurde er bald eines Besseren belehrt. Man bekam beide selten zu Gesicht. Mochte es auch die eine oder andere erotische Ausschweifung geben, so schienen beide konzentriert zu arbeiten.

Nico tippte wie ein Besessener. Selten hatte Grothe jemanden gesehen, der ohne Punkt und Komma und ohne nennenswerte Pause in die Tasten hackte. Er schrieb seine Prompts, die Anweisungen an den Chatbot, prüfte dann den Text, den dieser in Sekundenschnelle ausspuckte und überarbeitete die Vorgaben so lange, bis er mit dem Ergebnis zufrieden war. Doch das war erst der Anfang. Dann nahm er sich den fertigen Text vor und passte ihn so lange an, bis er seinen Vorstellungen entsprach. Eine Art Lektorat, wie Grothe annahm, ohne sagen zu können, wie umfangreich die Eingriffe waren, wie lange er feilen musste, bis er einen echten Unger vor sich hatte. Oder fast.

Was Valery zu dieser Herkulesaufgabe beisteuerte, blieb unklar. Sie las den fertigen Text und schrieb ihre Anmerkungen hinein oder diskutierte mit Nico über die eine oder andere Passage.

Gelegentlich kritzelte sie mit einem altertümlichen Füller in einen schneeweißen Block. Grothe argwöhnte, sie habe ihre lobenswerte schriftstellerische Enthaltsamkeit zugunsten eines neuen zweifelhaften Machwerks aufgegeben. Vermutlich hatte sie sich vorgenommen, aller Welt zu beweisen, sie könne auf Deutsch genauso schlecht schreiben, wie sie es auf Ukrainisch oder Russisch schon tat.

Jedenfalls gaben sie das klischeehafte Schriftstellerpaar – ein frühes Stillleben von Sartre und de Beauvoir – wenn sie sich schräg gegenübersaßen und über ihren Texten brüteten. Wenn dann die Tür aufging und jemand hereinschaute, dann sahen beide im Gleichklang so finster und stirnrunzelnd auf, dass der Eindringling es vorzog, sich Entschuldigungen murmelnd zurückzuziehen.

Nicht so Grothe, der es sich nicht nehmen ließ, mindestens zweimal täglich nach dem Rechten zu sehen und den Fortgang der Arbeit zu begutachten. Ingrid Lortzing saß ihm im Nacken, und das Manuskript, das offiziell längst fertig war, musste es so bald wie möglich sein.

Erst vor wenigen Tagen hatte sie ihn angerufen, und Grothe hatte zum wiederholten Male verflucht, immer und überall telefonisch erreichbar zu sein. Seit mehr als 25 Jahren besaß er ein Mobiltelefon, aber jetzt schien es ihm an der Zeit, es abzuschaffen. Vielleicht behielt er die Internetfunktion, aber mit Menschen zu telefonieren, wurde ihm mehr und mehr zuwider.

Die Lortzing war aufgebracht gewesen. Sie habe ihren Part schnell und unbürokratisch erfüllt, das Geld sei längst auf seinem Konto. Nur das versprochene Manuskript fehle. Sie bezweifle inzwischen, dass es überhaupt existiere. Sie traue ihm zu, mit dem Geld zu verschwinden. Über diese Bemerkung hatte Grothe herzlich gelacht, was sie aus der Fassung gebracht hatte. Schließlich hatte sie leise gesagt: „Jo, mein Kopf steckt in der Schlinge. Ohne dieses Manuskript bin ich erledigt. Lass mich nicht im Stich!" Er hatte ihr versprochen, bis zum 12. Januar alles abzuliefern. Ein Termin, den er nie einhalten konnte, der ihm aber Luft verschaffte. Weihnachten, die

Zeit zwischen den Jahren, Neujahr. An diesem Abend kam es ihm wie eine Ewigkeit vor.

Während Nico und Valery programmierten, redigierten, lektorierten, schrieben oder was auch immer nötig war, um das Manuskript zu vollenden, hatte es sich Susanne Berggrün zur Aufgabe gemacht, im Krankenzimmer zu sitzen und dem leblosen Unger vorzulesen. Irgendwo hatte sie aufgeschnappt, dass Komapatienten ihre Umgebung unbewusst wahrnehmen und eine vertraute Stimme oder ein liebgewordenes Musikstück zu ihrem im Leerlauf vor sich hin dümpelnden Gehirn vordringen können. Das war ihre Vorstellung vom Koma: ein auf seine Grundfunktionen reduziertes Aggregat, das eines Anlasses bedurfte, um wieder anzuspringen – oder eines Anlassers, um im Bild zu bleiben.

Sie las aus Ungers eigenen Werken, denn sie wollte sich nicht auf die Vertrautheit der eigenen Stimme verlassen und glaubte, ihre heilsame Wirkung durch die ihm noch vertrauteren Texte potenzieren zu können.

Sie hatte bereits seine wichtigsten Romane abgehandelt und arbeitete sich zu den weniger bekannten, dünneren Bänden vor, um schließlich zu den Erzählungen zu kommen. Nur die Autobiographie wollte sie auslassen, das hatte sie Grothe gegenüber erwähnt, und er vermutete, dass es an den Frauen und Liebschaften lag, von denen es darin wimmelte.

Grothe hoffte, Unger bekäme von all dem nichts mit. Er konnte sich nichts Schlimmeres für einen Autor vorstellen, als in einer Endlosschleife mit den eigenen Werken berieselt zu werden.

Wenn Susanne Berggrün nicht gerade Unger vorlas, dann unternahm sie ausgedehnte Wanderungen in die umliegenden Hügel. Diese führten sie hinunter zum See und ins benachbarte Garda. Dort, im Caffè Venezia, kehrte sie dann ein, um einen Cappuccino zu trinken und ein Stück Zitronenkuchen zu essen. Das waren die wenigen Ausschweifungen, die sie sich gönnte. Das wusste Grothe von Mathilde.

Und die Berggrün joggte auch hier weiter. Jetzt verbissener denn je. Grothe sah sie am frühen Morgen sich aufwärmend aus dem Haus trippeln oder abends im Dunkeln unmerklich schnaufend zurückkehren. Es war nicht die schiere Entfernung, die sie reizte und antrieb. Die Landschaft war hügelig, Steigungen, wohin man blickte. Susanne Berggrün hatte sich vorgenommen, alle wichtigen Wege und Straßen zu bezwingen, das hatte sie stolz verkündet, so als wäre sie nicht am lieblichen Gardasee, sondern im Himalaya und als gelte es, alle Achttausender zu besteigen.

Mathilde ging sie aus dem Weg. Auch mit Nico sprach sie ungern. Sie verdächtigte ihn, er arbeite an *Eine deutsche Familie* weiter. Offiziell verwaltete und katalogisierte er den Nachlass, ganz so, wie sie es sich gewünscht hatte. Sie traute ihm nicht, doch im Zweifelsfall wollte sie lieber nichts wissen, das war Grothes Eindruck.

Mathilde ihrerseits schien sich zu freuen, endlich wieder ein volles Haus zu haben. Vielleicht war ihr die Vorstellung unangenehm, das Weihnachtsfest allein mit ihrem halbtoten Mann verbringen zu müssen, mit ihm und den Geistern der Vergangenheit. Auch die unvermeidliche Anwesenheit von Susanne Berggrün ließ sich in Gesellschaft besser ertragen.

Jedenfalls war sie aufgeblüht, soweit es ihre Trauer zuließ, und hatte sich in vielfältige Aktivitäten gestürzt, um ihrer Rolle als Gastgeberin gerecht zu werden.

Nachdem sie bei verschiedenen Bauern, Winzern und Metzgern so viele einheimische Spezialitäten zusammengetragen hatte, dass sie damit ein mittelgroßes Restaurant hätte versorgen können, begann sie mit den Vorbereitungen. Eine Nachbarin half ihr dabei. Ungers Frau wollte ihren Gästen beweisen, sie beherrsche alle regionalen Traditionen, sei es in der Küche, sei es im Weinkeller.

Höhepunkt und Zentrum des weihnachtlichen Arrangements war jedoch eine weitläufige Krippe, die, im Wohnzimmer aufgebaut, im Schein zahlreicher Lämpchen erstrahlte. Das Sammeln der Figuren und der liebevolle Aufbau hatten zu Ungers wenigen Hobbys gehört.

Als Untergrund diente die Holzplatte einer alten Modelleisenbahn. Sie war der Gleise beraubt worden, und die mit dichtem Wald bewachsenen Hügel und der sich in der Mitte schlängelnde Fluss – aufgemalt zwar, aber dennoch überzeugend – bildeten die passende Kulisse. Einzig die unvermeidlichen Löcher der Tunneleingänge wirkten fehl am Platz, obwohl sie notdürftig mit diversen Figuren zugestellt waren.

In der Mitte der Anlage, direkt am Fluss, stand die Krippe, ein Ungetüm aus Holz und Stein mit einem moosbewachsenen Dach. Darin kunstvolle Tonfiguren des heiligen Paares mit den dazugehörigen Tieren. Das Kind lag in seiner Wiege, hatte einen goldenen Ring um den Kopf und war züchtig in ein weißes Tuch gehüllt. Es lag auf echtem Stroh, das wie alle Materialien aus Ungers Garten stammte.

Um die Krippe herum eine Prozession steinerner Bauern, Hirten, Handwerkern mit ihren Karren und Fuhrwerken. Auf den Hügeln ringsum Ziegen und Schafe, ganze Herden, die von eifrigen Hunden bewacht wurden.

Am meisten gefiel Grothe die Wassermühle, die unweit der Krippe am Fluss thronte und mit einem versteckten Schalter in Gang gesetzt wurde. Dann drehte sich das Mühlrad, und aus einem unsichtbaren Lautsprecher drang leises Klappern. Was der historischen Genauigkeit Hohn sprach, fügte sich gut in das riesige Diorama ein.

Einen Weihnachtsbaum dagegen gab es im ganzen Haus nicht und auch keinen Adventskranz, was bei den anreisenden Frauen auf Unverständnis stieß. Dass Weihnachtsbäume in Norditalien üblich waren und die Krippentradition eher aus dem Süden stammte, tat Mathildes folkloristischer Inszenierung keinen Abbruch. Schließlich befand man sich in der Fremde, allzu viele Anleihen an heimische Sitten und Gebräuche, so gab sie später zu, wären ihr unpassend erschienen.

Kapitel achtzehn

Trotz der allseits beschworenen weihnachtlichen Stimmung traute Grothe dem Frieden nicht. Zu zerbrechlich erschien ihm dieses vordergründige Gleichgewicht von Menschen und Tätigkeiten. Jederzeit konnte jemand aus der Rolle fallen, jederzeit konnte es zu einem Eklat kommen.

So strich er den ganzen Tag durchs Haus, wechselte mit jedem ein paar Worte, vergewisserte sich, dass alle Planeten auf ihren Umlaufbahnen verharrten und niemand Anstalten machte, seinen angestammten Platz zu verlassen.

Grothe fragte sich, wie er die nächsten neun Monate überstehen sollte. Eine schier endlose Zeit, die sich in ungewisser Ferne verlor. Doch was blieb ihm anderes übrig? *Wenn du auf einem Ball bist, musst du tanzen.* Die Lebensweisheit seiner Großmutter kam ihm in den Sinn. Er hatte damit angefangen, niemand sonst, und er brächte es auch zu Ende. Aber er hoffte, es kämen bessere Zeiten, war das Manuskript erst einmal fertig.

Alles hing von diesem Manuskript ab. Dieses verdammte Manuskript.

Nicht einmal Sandras Anwesenheit konnte ihn ablenken. So sehr er sich gewünscht hatte, mehr Zeit mit ihr zu verbringen, so sehr fehlte ihm jetzt die innere Ruhe.

Sandra vermittelte den Eindruck, sich aus allem heraushalten zu wollen. Sie ging ihm zwar nicht aus dem Weg, machte aber auch keine Anstalten, sich ihm zu nähern. Auch ihren Bruder und dessen Freundin ließ sie links liegen. Selten steckten Nico und sie die Köpfe zusammen, und Grothe vermutete dann, es gehe um das Manuskript, eine Frage des Plots oder des Stils, die die Geschwister unter sich ausmachten.

Wie eine satte Katze saß Sandra in der guten Stube am Kamin und las. Sie trug Ringelsocken und einen selbst gestrickten Pullover, hatte die Beine hochgelegt und ihre Lesebrille aufgesetzt, ein schlichtes Modell mit rosafarbenem Kunststoffgestell, das sie zehn Jahre älter aussehen ließ.

Neben ihr stapelten sich Bücher. Es war eine seltsame Auswahl, wie Grothe fand. Ein Buch über Primzahlen, ein Frauenroman mit knallbuntem Einband, daneben einige französische Klassiker: Rimbaud, Rousseau, Camus. Gerade las sie das Buch eines deutschen Autors, den Grothe leider nicht unter Vertrag hatte, obwohl er erfolgreich war. Aber es gab auch Autoren, die keinen Agenten hatten, was Grothe unprofessionell fand.

Wenn Sandra nicht gerade über einem Buch saß, war sie in der Küche und schaute der Zugehfrau beim Kochen über die Schulter. Sie blätterte in den Kochbüchern, die neben dem Herd aufgereiht standen, und ließ sich von Mathilde die Namen der Gewürze ins Deutsche übersetzen. Es gab unzählige Salate, Gemüse, Knollen, Kürbisse und Pilze, von denen sie noch nie etwas gehört hatte.

Vielleicht war es das erste Mal, dass sie auf eine handwerkliche Küche stieß, die aus mehr bestand als aus Tiefkühlkost und Mikrowelle. Es war, als hätte sie die Tür zu einem neuen Mikrokosmos aufgestoßen. Das ahnte Grothe, wenn Sandra beim gemeinsamen Essen begeistert von dem einen oder anderen Gericht und seiner Zubereitung schwärmte.

Wenn Grothe all dessen überdrüssig wurde, zog er sich in sein Zimmer zurück. Dann trank er einen Bourbon und wechselte ein paar Worte mit Hem. Am offenen Fenster rauchten sie gemeinsam eine Zigarre und blickten auf den in Nebel gehüllten See. Mehr als eine halbe Stunde gestand er sich dafür jedoch selten zu.

Der Heilige Abend war ein Tag wie jeder andere. Es wurde gekocht, gegessen und nach dem nachmittäglichen Tee unternahmen sie einen langen Spaziergang in den heraufziehenden Abend.

Nico war pflichtbewusst im Haus geblieben oder zu faul für das schweißtreibende Auf und Ab der sich durch die Hügel schlängelnden Wege. Da auch Susanne Berggrün verzichtet hatte, um einen längeren Lauf zu absolvieren, waren außer Grothe nur Sandra, Valery und Mathilde dabei, wollte man Hem nicht mitzählen, der sich stets etwas abseits hielt.

Sandra und Valery, die nicht nur jung, sondern auch in besserer körperlicher Verfassung waren, erklommen den steilen kopfsteinbepflasterten Weg in einer Geschwindigkeit, die Grothe an Gämsen denken ließ. Bald waren sie seinen Blicken entschwunden. Nur ihre Stimmen und ihr Lachen waren noch eine Weile zu hören.

Grothe dagegen schnaufte. Er schnaufte leise, weil es ihm peinlich war, unsportlich zu wirken, aber es fiel ihm schwer, sein heftiges Nachluftringen zu unterdrücken. Wie so oft verfluchte er das Rauchen und seine Unfähigkeit, damit aufzuhören.

Mathilde dagegen hielt sich trotz ihres Alters gut. Als er sie darauf ansprach, meinte sie, das sei nur eine Frage der Übung, und in einer Woche werde auch er den Berg so leichtfüßig hinauf- und hinuntergehen wie ein junger Mann. Auch Walter sei zu Fuß ins Dorf gelaufen. Das Auto hatte wochenlang unbenutzt in der Einfahrt gestanden. Sie stockte, es fiel ihr schwer weiterzusprechen.

Es waren diese beiläufigen Erinnerungen, die sie zu belasten schienen, etwas, was ihr auf der Terrasse einfiel, in der Bibliothek, ein Gegenstand, der ihm gehörte, die Wanderschuhe unter der Garderobe, das altmodische Telefonregister neben dem Apparat in der Diele, in das er mit Bleistift Namen notiert hatte. Mit den großen Dingen hatte sie abgeschlossen, die kleinen waren schwerer zu verkraften.

So stiegen sie gemeinsam hinauf. An ein Gespräch war nicht zu denken. Auch wenn sie hin und wieder eine kleine Verschnaufpause einlegten, war jeder mit sich selbst beschäftigt.

Nur einmal, als sie sich bei der kleinen Madonna oben an der Abzweigung auf die Bank setzten, nahm Grothe Mathildes Hand. Ob es ihr gut gehe, fragte er, und bereute seine unbeholfene Wortwahl. Die vielen Gäste seien sicher anstrengend, fuhr er fort, aber er hoffe, sie brächten etwas Abwechslung. Vor allem wolle er, dass sie wisse, dass sie nicht allein sei. In diesem Stil fuhr er fort, ohne ein klares Ziel vor Augen zu haben.

„Jo", Mathilde drückte seine Hand und ließ sie wieder los. „Es ist gut. Mach dir keine Sorgen um mich. Ich bin viel stärker, als du denkst. Kümmere dich lieber um Susanne. Sie kann noch alles verderben."

Oben angekommen, wurden sie von den beiden jungen Frauen erwartet. Ob sie unterwegs noch ein Picknick eingelegt hätten, machten sie sich lustig, oder hätten sie sich gar verlaufen? Grothe hingegen, dessen Atem nun langsamer ging, war froh, dass sie die letzten Meter in gemäßigtem Tempo zurückgelegt hatten. Vor Sandra wollte er sich nicht blamieren.

Nicht weit von der Stelle, an der sie jetzt standen, befand sich das *Tre Cicale*, das Restaurant zu den drei Zikaden, eines der Stammlokale der Ungers, in dem sie zu dritt so manchen Abend verbracht hatten. An diesem Tag war es geschlossen, aber im Sommer stauten sich die Autos auf dem viel zu kleinen Parkplatz derart, dass der Wirt einen Einweiser beschäftigte, der in leuchtend gelber Plastikweste den genervten Autofahrern unverständliche Anweisungen zurief.

Grothe erinnerte sich an einen dieser Ausflüge, vielleicht den letzten. Damals war Unger noch keine 80 Jahre alt, schien sich aber mehr denn je Gedanken über das Alter zu machen. Der runde Geburtstag war für ihn wie eine Schallmauer. Davor ein Mann in den besten Jahren, danach der buchstäbliche Greis, dessen fleckiges Gesicht zerfiel, ein alter Mann, der vornübergebeugt dahinschlurfte. Ein wörtliches Zitat aus einer Novelle, an der er angeblich arbeitete und aus der er an diesem Abend las.

Denn auch das war Unger: Einer, der immer im Mittelpunkt stand und, wenn nötig, zu einem Buch oder einem Manuskript griff, um sich die Aufmerksamkeit seiner Umgebung zu sichern. Dann konnte er in einem Restaurant, auf einer Parkbank, einmal sogar im Wartesaal des Bahnhofs von Trento laut aus einem seiner Werke lesen, zur Erbauung seiner Begleiter und zur Belustigung der Fremden, die nicht verstanden, wer er war und was er tat. Doch das störte ihn nicht, wenn er es überhaupt bemerkte.

In Italien war Unger weitgehend unbekannt, und sein Aussehen sowieso. Selten hörte man von einem der benachbarten Tische ein geflüstertes *lo scrittore tedesco*. Der *deutsche Schriftsteller* war nur den Dorfbewohnern und einigen Stammgästen ein Begriff.

Die Geschichte, die Unger las, war witzig, und er las gut. Während er die losen Blätter in der einen Hand hielt, fuchtelte er mit der anderen herum, betonte jedes Wort und ließ seine sonore Stimme vernehmen, die zwar nicht laut war, aber leicht durch die dahinplätschernden Unterhaltungen an den Nachbartischen drang.

Es war die Geschichte eines alten Mannes, der eines Abends seine Familie zu sich nach Hause einlädt. Es ist eine weitverzweigte Sippe, und so kommen zwanzig oder dreißig Personen zusammen. Cousins und Cousinen, Vettern und Nichten ersten, zweiten und dritten Grades mit ihren Männern und Frauen. Eigene Kinder hat er nicht.

Dass er todkrank ist, wissen alle, und so schwankt die Stimmung der Gäste zwischen vordergründiger Trauer, dem Bedürfnis, Abschied zu nehmen, und einer versteckten Aufgeregtheit angesichts des umfangreichen Vermögens, das der Alte alsbald zu verteilen gedenkt, denn nichts anderes kann diese Einladung bedeuten. Darin sind sich alle einig, auch wenn es das Einzige ist, worüber man sich einig ist.

Doch es kommt anders, denn der Greis nutzt das opulente Mahl, das er auftischen lässt, um mit jedem einzelnen Mitglied der Sippe abzurechnen. Nach und nach zerstört er auch die letzte Hoffnung auf ein Erbe und lässt keinen Zweifel daran, dass er jeden einzelnen Cent, der ihm noch bleibt, für jeden noch so sinnlosen Zweck zu verprassen gedenkt, solange keiner der Anwesenden davon profitiert.

Und während Unger die Worte las, die der Greis den versammelten Familienmitgliedern entgegenschleudert, lachte er fast so dämonisch wie der Alte in seiner Geschichte. Er amüsierte sich köstlich, was Grothe weder verstand noch teilte, denn er fürchtete, Unger könne über diesen Schreibübungen – denn nichts anderes waren diese wenigen Seiten, die nie veröffentlicht werden würden – seine eigentliche Arbeit vernachlässigen. Er war nach Torri gekommen, um den Fortschritt an *Eine deutsche Familie* zu begutachten und war von Unger wie so oft zuvor vertröstet worden. An diesem Abend in den drei Zikaden fühlte er sich wie eines der enterbten Familienmitglieder des rachsüchtigen Greises.

Erst an diesem Weihnachtsabend wurde ihm klar, dass Unger sich damals mit seiner vermeintlichen Novelle über seine eigene Nachwelt lustig gemacht hatte. Seine Nachwelt, seinen Verlag, seinen Agenten, nicht zuletzt ihn selbst. Alle spekulierten auf sein Erbe, auf den großen Roman, den er hinterließe. Aber er hatte nie vorgehabt, ihn zu schreiben.

Es war dunkel geworden. Obwohl der See kaum mehr als 100 Meter unter ihnen lag, bot sich eine beeindruckende Aussicht. Die Luft war kalt und klar, und die Lichter unzähliger Dörfer und Siedlungen überzogen das Seeufer und so manchen Hügel auf der anderen Seite. Im Westen lag Salò, ein Städtchen, das es in den letzten Jahren des Faschismus zur Hauptstadt Italiens gebracht hatte. An der Stelle, wo der See am schmalsten war, spiegelte sich der Hafen von Toscolano Maderno rötlich im Wasser. Hier legte die Autofähre nach Torri ab und folgte einer gedachten Linie, die den See in zwei fast gleich große Abschnitte teilte. Die Fähre verkehrte häufig, und Grothe hatte sich an das laute Horn gewöhnt, das die winterliche Stille durchschnitt.

Er rauchte noch, als Mathilde und Valery sich auf den Rückweg machten. Sie hatten die Abkürzung gewählt, die schnurstracks zur Unger'schen Villa hinunterführte, aber aus unzähligen Stufen und einem steilen Stück Kopfsteinpflaster bestand. Bald waren sie ihren Blicken entschwunden.

Grothe und Sandra gingen den Weg zurück, den er mit Mathilde gekommen war, die Straße entlang, die sich in weiten Kehren zum See hinunterwand. Er hakte sich bei ihr unter, was sie zuließ. Ohnehin schien sie dieser Geste keine große Bedeutung beizumessen. Sie war weniger ein Zeichen wachsender Intimität als vielmehr Ausdruck von Vertrautheit, man hätte auch Komplizenschaft sagen können.

„Mach dir keine Sorgen, Jo, es läuft alles nach Plan."
„Sehe ich so besorgt aus?"
Sie lachte. „Nicht sehr locker auf jeden Fall. Angespannt."
Er blieb stehen, um sie anzuschauen. „Sandra, es kann noch so viel schief gehen, dass..." Er schüttelte den Kopf. „Manchmal denke ich, dass es unmöglich ist, dass wir zu viel wollen, dass es nie funktionieren wird."

„Ich weiß", sie drückte seinen Arm. Dann ging sie weiter und zog ihn mit sich. „Was auch immer noch schiefgehen mag, eines kann ich dir versprechen: Nico wird dieses Buch zu Ende schreiben. Oder sollte ich sagen, zu Ende schreiben lassen?" Sie lachte. „Wie auch immer, es ist gut. Du hast es selbst gelesen. Notfalls bringst du es unter seinem eigenen Namen heraus."

„Es ist nicht so gut, wie *Die Gegenwart ist ein unmöglicher Ort*. Es ist kein weißes Einhorn." Grothe wusste, dass diese Bemerkung ungerecht war, denn schließlich war es ein Chatbot, der den

Text produzierte, auch wenn Nico ihn anschließend gründlich überarbeitete.

Sie hatten ein paar Mal über seine Suche nach dem weißen
Einhorn gesprochen und seine Ansicht, er habe es in Nicos Manuskript vielleicht gefunden.

„*Die Gegenwart* wird vielleicht nie fertig“, sagte Sandra, „du
weißt, wie schwer es Nico fällt, eine Story zu entwickeln. Die Sache
mit dem Auftragskiller und dem Anschlag auf den Bahnhof von Bologna ist eine gute Idee. Aber taugt sie für einen ganzen Roman, kann
er sie ein paar hundert Seiten weiterspinnen?“

„Er hat sicher Ideen...“

„Nein, er hat keine Ahnung.“

„Nicht die geringste?“

„Nicht die geringste.“

Grothe erschrak. Er konnte sich nicht vorstellen, dass diesem talentierten jungen Mann nichts einfallen wollte. Hatte er wirklich so wenig Fantasie? Was blockierte ihn? Blieb *Die Gegenwart* für
immer ein Fragment?

„Und jetzt hat er eine Story. *Eine deutsche Familie* ist ein
sehr guter Plot“, fuhr Sandra fort. „Er braucht sich keine Gedanken
um Inhalte zu machen.“ Sie unterbrach sich. „Kennst du diese Mal-
bücher, die vor ein paar Jahren in Mode waren?“

Grothe kannte sie nur zu gut. Wie oft hatte er sich darüber
geärgert, dass er keinen einzigen Autor solcher Bücher unter Vertrag
hatte? Oder besser gesagt Künstler, denn mit Literatur hatten sie
nichts zu tun, obwohl es sich zweifellos um Bücher handelte. Es waren hübsch gezeichnete Landschaften oder Ornamente, die man far-
big ausmalen konnte. Eine ebenso beruhigende wie befriedigende
Tätigkeit, denn sie verkauften sich millionenfach.

„Er malt Ungers Plot nur aus, das stimmt, aber das macht er
gut“, fuhr Sandra fort. „Und die KI führt ihm die Hand. Jeder Satz,
jeder Abschnitt ist wie eine neue Farbe, ein noch nie gesehener Farb-
verlauf. Übergänge und Kontrapunkte, Brücken, Treppen, Auf- und
Abstiege, Gräben. Er mischt die Farben, addiert sie, subtrahiert sie,
er verwischt sie. Sie leuchten und schimmern, waschen aus, versi-
ckern zu Grautönen.“ Selten hatte Grothe Sandra so schwärmen hören. Er schwieg. Ihm war alles recht, solange die Geschwister bei der

Stange blieben. „Du kannst dir gar nicht vorstellen, wie zufrieden er ist. Es ist, als wäre eine große Last von ihm abgefallen. Zum ersten Mal muss er sich nicht mehr um Inhalte kümmern. Er kann das tun, was er am besten kann: die schönsten Sätze zu Papier bringen. Und seine Software funktioniert. Er hat ein kleines Wunder geschaffen. Das macht ihn noch stolzer.“

Eine Weile gingen sie schweigend durch die Dunkelheit. Ein Auto kam ihnen mit aufgeblendeten Scheinwerfern entgegen.

„Es ist nicht das Geld, Jo. Nicht die Eitelkeit, nicht die Lust, die ganze Welt an der Nase herumzuführen. Zum ersten Mal kann er unbeschwert schreiben. Und es sprudelt nur so aus ihm heraus, als wäre er bis zum Rand voll damit. Dafür möchte ich dir danken.“

Grothe legte ihr den Arm um die Schultern und drückte sie an sich. „Das freut mich, Sandra.“

„Aber das ist kein Grund, mir auf die Pelle zu rücken“, erwiderte sie lachend und entzog sich ihm. Schweigend gingen sie weiter. Nach einer Weile fügte sie wieder ernst hinzu: „Jo, manchmal denke ich, das ist alles falsch.“

Grothe blieb erschrocken stehen. „Aber hast du nicht gerade gesagt...“

„Ich meine nicht das Buch, nicht Nicos Schreiben. Wir sollten den armen alten Mann sterben lassen und *Eine deutsche Familie* unter Nicos richtigem Namen herausbringen.“

„Ich verstehe dich nicht“, es war erst wenige Wochen her, dass sie im *Cavallino Rampante* seinem Plan zugestimmt hatte, „vor nicht allzu langer Zeit warst du noch Feuer und Flamme...“

„Ja, ich weiß. Damals fand ich die Idee witzig, das wird ein Riesenspaß, dachte ich.“ Sie trat einen Schritt näher und hob die Hände. Vielleicht wollte sie ihn berühren, sich an ihm festhalten. „Aber das ist kein Spiel, Jo, das ist Ernst, tödlicher Ernst.“ Sie ließ die Hände sinken. „Wir tun Walter Unger Unrecht. Und Nico auch.“

„Sandra, wir haben eine Abmachung, einen Vertrag...“

„Herrgott, Jo, rede nicht mit mir, als wären wir beim Notar!“

„Und das Geld? Wie stellst du dir das vor?“

„Wir geben es zurück! Nico ist Geld herzlich egal. Außerdem kannst du Nicos Manuskript ja auch verkaufen. Das Geld kann doch nicht das Problem sein!“

So konnte nur jemand über Geld reden, der immer genug davon gehabt hatte. Grothe schloss die Augen. Er musste es anders angehen. „Hör zu, Sandra, ob das Buch gut ist, interessiert keinen. Wenn Walter Unger draufsteht, wird es ein Bestseller, steht Nico Neumann drauf, liest es niemand. Das ist die traurige Wahrheit. Wir werden einen Verlag finden, einen kleinen, oder auch nicht. Und niemand wird uns einen Vorschuss geben. Wir können froh sein, wenn wir das Geld für den Druck nicht selbst auf den Tisch legen müssen.

„So schlimm?“

„Mehr als das, Sandra.“ Er nahm ihren Arm, gemeinsam gingen sie den dunklen Weg weiter. „Wir haben nur diese eine Chance. Wir haben alles auf diese eine Karte gesetzt.“ Nicht auszudenken, wenn es schief ginge.

„Trotzdem, Jo. Es ist nicht richtig.“

„Ich weiß, Sandra, ich weiß.“

Kapitel neunzehn

Als sie bei der Unger'schen Villa ankamen, war sie hell erleuchtet. In der Einfahrt stand ein Taxi, davor türmten sich Koffer und Taschen. Mathilde lief aufgeregt umher, und auch die anderen hatten sich von ihrem hektischen Treiben anstecken lassen.

Carmen, Ungers Tochter war angekommen, denn nichts anderes konnte dieses Durcheinander bedeuten. Das war Grothe sofort klar. Vorbei war es mit der weihnachtlichen Beschaulichkeit, mit dem vorsichtigen Optimismus, der sich seiner in den letzten Tagen bemächtigt hatte. Carmen würde Ärger machen, das war unausweichlich.

Grothe gab sich einen Ruck, setzte sein verbindlichstes Lächeln auf und breitete die Arme aus.

„Carmen, welche Freude!" rief er laut, drückte sie an sich und küsste sie auf die Wangen.

Auch sie tat freudig überrascht und erwiderte Umarmung und Küsse: „Sieh an, der Staragent höchstselbst."

„Ich sehe, die FAZ wird auch im fernen Afrika durchaus gelesen", erwiderte er.

„Ja, wir verfügen neuerdings über eine überaus nützliche Erfindung, mit der Computer miteinander kommunizieren können. Ich glaube, man nennt sie Internet." Sie trat einen Schritt zurück, um ihn eingehender zu betrachten. „Gut, siehst du aus, Jo, wirklich! Wie lange haben wir uns nicht gesehen?"

„Zu lange!" Auch sie sah gut aus, das musste Grothe zugeben und sagte es ihr.

Carmen Unger mochte Mitte 40 sein. Grothe hätte nachrechnen müssen, um das genaue Alter herauszufinden. Ihr halblanges Haar hatte sie zu einem Knoten gebunden. Es war blond und widerspenstig, an den Schläfen grau, aber so voll wie früher. Ihr Gesicht war schmaler geworden. Wenn sie lächelte, traten die sonst nur angedeuteten Fältchen um ihre Augen deutlich hervor und verliehen ihrem Ausdruck etwas Verschmitztes. Schön war sie immer noch, dachte Grothe, und das Alter schien sie milder gestimmt zu haben.

Weihnachten sollte nach italienischem Brauch gefeiert werden, wie Mathilde unmissverständlich klargemacht hatte. Das große
Weihnachtsessen war für den 25. Dezember angesetzt. Geschenke,
die in Italien traditionell am Morgen dieses Tages ausgetauscht werden, sollte es dagegen nicht geben. Darin war man sich einig gewesen. Für den Heiligen Abend war ein leichtes Abendessen geplant
und anschließend der obligatorische Gang zur Christmette.

Die kleine Barockkirche *Santi Pietro e Paolo* befand sich unweit der Hauptkreuzung des Ortes in unmittelbarer Nähe des Sees.
Von der Unger'schen Villa waren es zehn Minuten zu Fuß, und sie
mussten die *Via per Albisano* hinunterlaufen, die mäßig steil war,
aber so schmale Bürgersteige hatte, dass man nicht nebeneinander
gehen konnte.

Die Kirche war zum Bersten gefüllt. Torri hatte knapp 3000
Einwohner, und diese hatten sich alle in eine der sieben Kirchen des
Ortes eingefunden. Die Pfarrkirche, die prächtigste unter ihnen, war
besonders beliebt, und so blieb ihnen nichts anderes übrig, als in den
hinteren Bankreihen Platz zu nehmen.

Grothe saß zwischen Mathilde und Carmen, auf Tuchfühlung, denn in den langen Holzbänken war es eng. Er versuchte sich
daran zu erinnern, wann er das letzte Mal eine Kirche von innen gesehen hatte. Das war Jahre oder Jahrzehnte her. Selbst im Urlaub
gehörte er nicht zu denen, die Dome oder Kathedralen betraten, von
kleinen Dorfkirchen ganz zu schweigen.

So war er vom Prunk überrascht, der sich ihm darbot. Das
Innere der Kirche strotzte vor Marmor, Gold, von kunstvoll gedrech-
seltem Holz. Überall großformatige Gemälde und Fresken, Säulen
und Statuen. Torri war nicht arm, und war es wohl nie gewesen.

Als Kind musste Grothe jeden Sonntag in die Kirche gehen.
Die Eltern hatten ihn und seinen Bruder sonntags früh aus dem Haus
gescheucht, um ein paar Stunden ungestört zu sein, wie er erst später verstand. Denn sein Vater war bekennender Atheist und seine
Mutter nicht viel gläubiger.

Eines Tages, im Alter von zwölf oder dreizehn Jahren, war
er dann mitten in einer dieser Messen umgekippt. Vom Knien oder
von der weihrauchgeschwängerten Luft oder von beidem zusammen war ihm schwarz vor Augen geworden. Er hatte sich vor der

Kirche mit hochgelegten Beinen wiedergefunden. Der Vater seines besten Freundes redete beruhigend auf ihn ein, und in seinem Körper kribbelte es, als wäre sein Kreislauf gerade wieder in Gang gekommen. Vielleicht war er tot gewesen, dachte er damals. Auf jeden Fall hatte er Glück gehabt. Ein Glück, das er nie wieder herausfordern wollte, und so blieb er diesen quälenden Veranstaltungen fortan fern. Aus gesundheitlichen Gründen, wie er vorgab, und dagegen war wenig einzuwenden.

Nicht zuletzt deshalb saß er unruhig in seiner Bank. Argwöhnisch sog er den süßlichen Weihrauch und das nicht minder süßliche Parfüm der Frauen ein, den mit Schweiß vermischten Seifengeruch der Männer, das Rasierwasser und die vage Erinnerung an Mottenkugeln, die aus den Pelzmänteln um ihn herum drangen. Und es roch nach Essen, nach Tomatensoße und Braten, nach Knoblauch und Rosmarin. Es war, als sei seine Nase überempfindlich geworden, als könne er die Geschichte der Menschen um ihn herum über Stunden zurückverfolgen.

Er selbst hatte hauptsächlich Wein zu sich genommen, schweren Ripasso, den Mathilde zur Feier des Tages geöffnet hatte und der ihm ein wenig zu Kopf gestiegen war, dem Spaziergang in der Kälte zum Trotz.

„Es ist alles genauso wie früher!" Carmen Unger schien vom Treiben um sie herum nicht genug zu bekommen. Sie rutschte hin und her und verrenkte sich beinahe den Hals, um die letzten hereinströmenden Besucher zu mustern. Sie nickte jemandem zu oder lächelte, wenn sie selbst angelächelt wurde. „Weißt du, früher haben wir das jedes Jahr gemacht. Das war eine heilige Tradition. Zuerst in Deutschland, dann hier. Und hier ist es tausendmal schöner als in Frankfurt." Sie stieß ihn an. „Du warst auch ein paar Mal dabei."

„Ich?" Grothe war erstaunt.

„Komm, tu nicht so. Einmal hast du mir sogar ausgiebig das Knie getätschelt, und deine Hand rutschte höher und höher."

Grothe war zusammengezuckt. Er hatte es vergessen, verdrängt vielmehr, denn er wäre froh gewesen, nie daran erinnert zu werden. Einer dieser peinlichen Momente, von denen es in seinem Leben viele gab. Unbeholfene Annährungsversuche an Frauen, die ihm gefallen und die ihn zurückgewiesen hatten. Zur Enttäuschung kam dann noch das Gefühl hinzu, sich blamiert zu haben. Und Scham. Als hätte er Grenzen überschritten, die ihn zum ungehobelten Klotz oder gar zum Wüstling machten.

Ja, an diese Hand erinnerte er sich jetzt auch. Das war zu Beginn seiner Tätigkeit für Unger gewesen. Damals, als er ihn von der Konkurrenz losgeeist hatte und alles möglich schien. Unfassbare Erfolge, die er sich in seinem Überschwang ausgemalt hatte. Das war sein persönlicher Durchbruch gewesen. Bis dahin ein mittelmäßiger Agent, spielte er mit Unger in der ersten Liga mit. *Staragent*, damals war er zum Staragenten geworden.

Und an Weihnachten in eben dieser Kirche oder einer der anderen sechs des Ortes, saß er neben der Tochter, einer überaus verführerischen Blondine in den Zwanzigern, und hatte seine Hand nicht bei sich halten können. Dumm, überheblich, peinlich. Es hätte das Ende seiner gerade begonnenen großartigen Karriere bedeuten können.

„Danke, dass du mich nicht verpfiffen hast", sagte er leise.

Sie stieß ihn erneut an. „Ich habe etwas gut bei dir."

Die Messe war erfreulich kurz. Es wurde mit Inbrunst gesungen. Von der Predigt verstand Grothe nicht viel. Der Pfarrer sprach schnell und im hiesigen Dialekt. Viele gingen zur Kommunion, das Einzige, was sich in die Länge zog. Grothe wechselte einige weniger verfängliche Worte mit Carmen und widerstand der erneuten Versuchung, ihr das Knie zu tätscheln. Obwohl er es sich jetzt, als Zitat seines früheren Tuns, wohl hätte leisten können.

Er war erstaunt über die Wendung, die der Abend genommen hatte. Von Carmens Ankunft hatte er jede Menge Schwierigkeiten erwartet. Sie war die Einzige, die seinen Plan ernsthaft gefährden konnte. Ein unkalkulierbares Risiko noch dazu, denn er wusste sie überhaupt nicht einzuschätzen. Dass sie nun Frivolitäten austauschten, überraschte ihn. Oder wollte sie ihn verunsichern? Auf eine falsche Fährte locken? Sie war noch nicht lange hier. Es war zu früh, um ein endgültiges Urteil zu fällen.

Der Weg zurück kam Grothe viel länger vor als der Hinweg. Es war spät und kalt, und es ging bergauf. Bald begann er zu schnaufen. Die Jüngeren waren im Nebel verschwunden. Nur Nico schien sich eine Auszeit von seiner ukrainisch-russischen Dichterin nehmen zu wollen und hatte sich zurückfallen lassen.

Er wollte reden, denn er begann sofort, ihn über Ungers Tochter auszufragen. Wie gut er sie kenne, ob sie so schwierig sei, wie allgemeinen behauptet wurde, wann er sie das letzte Mal gesehen habe und so fort. Grothe wusste wenig über Carmen, das fiel ihm jetzt auf. Er hatte sie seit Jahren nicht gesehen, und was sie in dieser Zeit getan hatte, entzog sich seiner Kenntnis. Weder Mathilde noch Walter Unger hatten ihm viel von ihrer Tochter erzählt.

Welcher Art Nicos Interesse an Carmen war, erschloss sich Grothe nicht. Vielleicht reine Neugier angesichts des Neuankömmlings. Sie hatte die sorgsam ausbalancierte Gruppe schon am ersten Abend gehörig durcheinander gewirbelt. Dass Nico erotische Ambitionen gegenüber der viel älteren Frau hegte, schloss Grothe aus. Valery schien Nicos Gefühlswelt völlig auszufüllen. Aber vielleicht machte er sich Sorgen, oder Grothe hatte ihn mit seiner Nervosität angesteckt. Vielleicht begann auch er, hinter allem und jedem Probleme zu sehen.

„Sandra sagt, du kommst gut voran", lenkte Grothe das Gespräch in eine andere Richtung.

Nico stutzte. „Ach, das." Er tat so, als fiele es ihm schwer, Grothes halbe Frage richtig einzuordnen. „Ja, es läuft. Ein Kinderspiel..."

„Das freut mich", antwortete Grothe vorsichtig. „Das freut mich sehr..." Er hatte keinen Grund an Nicos Worten zu zweifeln. Fast täglich nahm er die neu geschriebenen Blätter zur Hand und las die eine oder andere Passage. Den vollständigen Überblick hatte er nicht. Erst wenn die erste Fassung fertig war, konnte er sagen, was Nicos Unger-Adaptation taugte.

„Das Schreiben ist nicht das Problem..." fuhr Nico fort.

„Sondern?"

„Na ja, der Plot. An manchen Stellen hakt es. Dinge, die hätten früher passieren müssen oder später. Personen, die zu viel Raum einnehmen oder zu wenig, Nebenfiguren, die keine Funktion haben. Solche Dinge. Kleinigkeiten eben."

Grothe blieb stehen. Er traute seinen Ohren nicht. Begann Nico tatsächlich, sich Gedanken über Handlung und Charaktere zu machen? Über den schnöden *Inhalt* eines Romans, über den er sonst hinwegging, als stünden solche Banalitäten seinem genialen Wortfluss nur im Wege?

„Aber ich werde alles genau so lassen, wie Unger es gewollt hat", fügte Nico schnell hinzu.

„Nein, nein, im Gegenteil." Grothe griff nach seinem Arm und ließ sich ein Stück bergan ziehen. Es waren nur noch wenige Meter. „Walter Unger ist tot oder fast. Der Plot ist ausbaufähig. Betrachten wir ihn als Entwurf, als Steinbruch. Du hast freie Hand, daraus zu machen, was du willst." Einschränkend fügte er hinzu: „Solange er Ungers Geist atmet. Das sollte er schon."

Nico schien erleichtert, er klopfte ihm auf die Schulter, versicherte, Ungers Geist bliebe unangetastet. Am Ende wäre *Eine deutsche Familie* der beste Unger aller Zeiten, ein besserer Unger, als Unger ihn je hätte schreiben können. Schnell ging er davon, und Grothe glaubte ihm jedes Wort.

Später in seinem Zimmer trank er noch einen Schluck mit Hem.

„Du bist scharf auf die Kleine, das sehe ich dir an."

„Ich war mal scharf auf sie, Hem, das stimmt. Aber das ist lange her."

„Sowas geht nicht vorbei, Joe."

„Ich werde den Teufel tun…"

„Und ich glaube, sie hat eine Schwäche für dich."

„Sie ist ein gerissenes Luder. Das ist alles."

Eine Weile tranken sie schweigend.

„Was hältst du von Nicos neuen Ambitionen?"

„Er ist auf dem richtigen Weg. Weniger Blabla, mehr Story. Und wenn er das Blabla ganz weglässt, dann hat er es geschafft."

Grothe schmunzelte.

Kapitel zwanzig

Am nächsten Morgen schneite es. Es schneite wenig und es schneite nur oben auf dem Hügel, nicht am See, und doch war es ein ungewöhnliches Ereignis. Am Gardasee schneit es nicht oft. Im Gegenteil, auch im Winter herrschen milde Temperaturen, und in den Gärten hält man tropische Pflanzen in der Gewissheit, sie kämen nicht zu Schaden.

Grothe wurde bei Tagesanbruch von den Rufen und Schreien der Kinder geweckt, die auf den umliegenden Wegen und Hainen tobten. Schneebälle flogen durch die Luft, und uralte Schlitten kratzten über das Pflaster, schoben sich durch die dünne Schneedecke, als wäre man oben im nahen St. Moritz und nicht wenige Meter vom lauen Wasser des Sees entfernt.

Grothe riss das Fenster auf, um hinauszusehen. Trotz des leichten Schneefalls war die Sicht gut. Der Nebel – oder war es eine Wolke? – war nicht besonders dicht, lag auf dem Hügel wie eine Pelzmütze und ließ den Blick ungehindert über den See schweifen, der gelb in der aufgehenden Sonne lag und an flüssiges Gold erinnerte, an etwas sehr Kostbares und sehr Kaltes.

Am Frühstückstisch waren alle versammelt. Die Tafel war festlich gedeckt, und – italienische Tradition hin oder her – das Frühstück war reichhaltig und abwechslungsreich. Es gab Wurst und Käse, selbstgemachte Marmelade, dazu Obst und Trockenfrüchte und frisch gepressten Orangensaft. Höhepunkt war eine Nuss-Nougat-Creme, deren Rezeptur die Zugehfrau in jahrelanger Entwicklungsarbeit so verfeinert hatte, bis sie es mit der weltbekannten Marke aus dem Piemont aufnehmen konnte. Und Kaffee. Unger hatte sich vor Jahren eine funkelnde Gaggia-Maschine geleistet, die im Handumdrehen den besten Espresso oder Cappuccino zauberte.

Die Stimmung war gelöst, ein wenig aufgekratzt vielleicht. Es wurde viel geredet und gelacht, im Kamin knisterte und zischte es, und von der beleuchteten Krippe drang das Klappern der Wassermühle herüber.

Grothe, der es nicht gewohnt war, so früh am Morgen feste Nahrung zu sich zu nehmen, hatte sich bei den Keksen bedient und knabberte lustlos an seinen Cantuccini. Selbstgebacken, wenn er sich nicht täuschte.

Er beobachtete unauffällig die anderen, um die Gemütslage eines jeden zu ergründen. Mathilde hatte am Kopfende Platz genommen. Auch sie aß wenig und wirkte nervös. Immer wieder stand sie auf, um etwas aus der Küche zu holen. Sandra und Carmen saßen einander gegenüber. Sie wirkten beide entspannt und aufgeräumt. Sie unterhielten sich angeregt, reichten sich Brot und Platten, was einen Eindruck von Vertrautheit schuf. Neben Sandra, die Grothe gegenübersaß, redete Nico leise auf Valery ein, nichts Ernstgemeintes, denn diese lachte immer wieder prustend auf. Susanne Berggrün, die am anderen Kopfende saß, war dagegen gewohnt ernst. Mit kleinen präzisen Bewegungen nahm sie sich vom Essen und kaute mit spitzem Mund winzige Portionen. Grothe, der den Platz zwischen ihr und Carmen erwischt hatte, war mehrfach daran gescheitert, mit ihr ins Gespräch zu kommen.

Das Frühstück zog sich in die Länge, und Grothe, den es zum Rauchen nach draußen zog, wollte gerade aufstehen, als Mathilde mit einem Korb voller Geschenke an den Tisch zurückkehrte. Sie drückte jedem eins in die Hand, was zu lauten, aber nicht ernst gemeinten Protesten führte. Schließlich wollte man sich nichts schenken. Doch dann zog Valery etwas aus ihrer Handtasche und reichte es Nico, und auch Sandra steckte ihrem Bruder etwas zu. Susanne Berggrün zuckte zusammen, Carmen lachte auf und Grothe, den diese Entwicklung unvorbereitet traf, erhob sich, um etwas aus seinem Zimmer zu holen. Denn ganz unvorbereitet war er dann doch nicht.

Er hatte zwar nicht mit einer Geschenkerunde gerechnet, er führte aber stets eine Kleinigkeit mit sich, die als kleine Aufmerksamkeit durchgehen konnte, auch wenn sie nicht kunstvoll verpackt und verschnürt war.

An diesem Tag hatte er ein halbes Dutzend Gedichtbände bei sich. Gedichtbände deshalb, weil sie dünn und leicht waren und sich im Flugzeug mitnehmen ließen. Außerdem waren sie so gut wie unverkäuflich, was sowohl am Preis als auch am Inhalt lag. Vor allem aber daran, dass kein Mensch Gedichte las.

Grothe betreute keine Lyrik. Kein Agent betreute Lyriker. Zu mager waren die zu erwartenden Umsätze. Wenn ein Gedichtband großen Erfolg hatte, dann bewegte es sich in einem mittleren dreistelligen Bereich verkaufter Exemplare.

In diesem Fall hatte Grothe eine Ausnahme gemacht. Er kannte die Autorin und fühlte sich ihr verpflichtet. Außerdem hatte sie gerade einen Roman veröffentlicht, der von der Kritik gut aufgenommen worden war. Wenn man ihr lyrisches Werk hervorhob, ließen sich vielleicht die Verkaufszahlen ihres nächsten Romans in die Höhe treiben.

Der Gedichtband hieß *Bis auf weiteres unsterblich* und war auf teurem Papier gedruckt und mit Fadenheftung in Leinen gebunden, ein hübsches Geschenk, das man jedem halbwegs kultiviertem Menschen zu einem beliebigen Anlass überreichen konnte. Niemand las es, aber in einem gut sortierten Bücherregal durften die schmalen Lyrikbände nicht fehlen.

Das Büchlein kam gut an. Valery fragte, ob es von *der* Kolarova sei – sie schien deren Erstlingsroman zu kennen, Mathilde blätterte interessiert darin, und Carmen war in den Klappentext vertieft. Nur Nico hatte es gleich achtlos beiseitegelegt.

„Es ist sogar signiert", warf Grothe ein, was in diesem Kreis niemanden zu besonderer Begeisterung hinriss. Dann hielt er einen kurzen Vortrag über die Eigenheiten der kolarovschen Sprache, frei erfunden, denn er hatte keines ihrer Gedichte gelesen.

Im Gegensatz zu einem Autor, der nur seine eigenen Bücher verschenken konnte, hatte er als Agent einen Vorteil. Durch die Vielzahl seiner Klienten konnte er sich aus einem ungleich größeren Sortiment schöpfen.

Er hatte allerdings nicht erwartet, dass Carmen ihn aufforderte, ihnen sein Lieblingsgedicht der schönen Kolarova zu Gehör zu bringen, denn dass sie jung und hübsch war, wie sie mit einem maliziösen Lächeln einflocht, stand außer Zweifel.

Und noch etwas unterschied einen Autor von einem Agenten. Während der Autor bei jeder sich bietenden Gelegenheit aus seinen Werken vortrug und Familie, Freunde und Bekannte damit strapazierte, hatte der Literaturagent wenig Neigung und noch weniger Talent, eine kleine oder große Ansammlung von Menschen mit dem gelesenen Wort zu beglücken.

Auch Unger hatte oft beim Essen, am abendlichen Kaminfeuer, selbst bei langen Spaziergängen plötzlich eines seiner Bücher hervorgezogen, so, als trüge er sein halbes Werk ständig mit sich herum, und mit durchdringender Stimme vergnügt die eine oder andere Passage daraus vorgelesen.

Nun war der Autor der Autor und Grothe ein unbedeutender Büchermacher, wie er betonte – halbherzige Proteste, die kein Gehör fanden und Carmen und Valery nur noch mehr anzustacheln schienen.

Er seufzte und begann, in seinem Bändchen zu blättern. Bestimmt war das titelgebende Gedicht besonders gelungen, besonders typisch oder was auch immer. Oder der Titel hörte sich gut an, und der Verlag hatte darauf bestanden. Er erinnerte sich nicht. Schließlich fand er es.

„Diese Liebe, die einem das Herz zerreißt", so begann es und ging im diesem schwülstigen Ton weiter. Nach wenigen Zeilen endete es mit dem Satz: „Und ihre Erfüllung ist alles und nichts, ein ewig bis auf weiteres." Ewig bis auf weiteres, dachte Grothe. Hübsch.

Das Gedicht war kurz, aber es war auch mächtig. Es zerriss einem zwar nicht das Herz, aber es war nichts, was man wie einen beliebigen Text beiseiteschieben konnte. Es widersetzte sich einer schnellen Verdauung und schien unhandlicher zu werden, je länger man darüber nachdachte. Grothe wunderte sich ein wenig über seine Autorin. Er hatte sie weniger wortgewaltig in Erinnerung. Valery bat ihn, die Zeilen zu wiederholen, und Grothe kam dem Wunsch in gemessenem Tempo nach.

„Wow!" das war Carmen. Sandra pfiff leise durch die Zähne. Mathilde schniefte und meinte, das klinge ganz nach ihrem geliebten Mann, schade, dass er nichts für Lyrik übriggehabt habe, eine Aussage, die Susanne Berggrün mit einem heftigen Kopfnicken bestätigte.

„Das ist interessant", nahm Nico Neumann den Faden auf und begann, anhand einiger Beispiele, die ihm mühelos und wortgetreu einfielen, die lyrische Seite des Unger'schen Werkes zu erörtern.

Grothe, verblüfft über die Wirkung seiner kleinen Einlage, klappte das Buch zu, lächelte in die Runde und hoffte, niemand käme auf die Idee, ihn um weitere Leseproben zu bitten. Nicht auszudenken, wenn sich das Weihnachtsfrühstück zu einer dieser Lesungen entwickelte, die er so verabscheute.

Doch seine Sorge war unbegründet. Niemand war geneigt, so schwere Kost am frühen Morgen im Übermaß zu sich zu nehmen. Man schlug die grünen Bändchen zu, beteuerte, später, heute Abend, bei nächster Gelegenheit, weiterzulesen zu wollen, alles, von A bis Z, und legte sie beiseite.

Grothe hatte von Mathilde einen Schal bekommen. Auch die anderen waren mit einer Kleinigkeit bedacht worden. Nico hatte mit einer Mischung aus Erstaunen und Belustigung seinen Lamy Kugelschreiber ausgepackt. Nicht anzunehmen, dass er jemals mit der Hand schrieb. Aber er probierte ihn aus und machte sich einen Spaß daraus, die Mine mit einem lauten Klicken aus- und einfahren zu lassen.

Dann war die improvisierte Bescherung überstanden, und Grothe stand auf. Er ging hinaus, um zu rauchen. Draußen schlug ihm eine klirrende Kälte entgegen. War der Unterschied zur gut geheizten Stube anfangs noch angenehm, so begann er bald zu frieren. In der Eile hatte er seine gefütterte Jacke an der Garderobe hängen lassen. Aber er hatte den Schal, Mathildes Weihnachtsgeschenk, weiches Kaschmir, wie es schien, den er sich um den Hals wickelte.

Er ging auf und ab, um sich aufzuwärmen, und wunderte sich, dass der Schnee schon schmolz. Mochten die Einheimischen von der weißen Pracht überwältigt sein, nach Maßstäben eines Nordländers war die Schneedecke kümmerlich.

Er wollte gerade wieder hineingehen, als Carmen Unger aus der Tür trat. Sie ging ein paar Schritte auf den Vorplatz hinaus, breitete die Arme aus und atmete tief ein. „Ah", stöhnte sie laut und strahlte über das ganze Gesicht.

Sie wollte nicht rauchen, denn sie rauchte nicht. Grothe ahnte, dass sie seinetwegen herausgekommen war. Sie drehte sich um und kam auf ihn zu.

Es sei verdammt kalt, sagte Grothe in der Hoffnung, seinen Rückzug vorbereiten zu können. Schließlich trug sie einen knielangen Mantel und er nur diesen lächerlichen Schal, der ihn wie eine Werbefigur für Grippemittel aussehen ließ.

„Warte, Jo, ich muss mit dir reden", tat sie unbeeindruckt.

„Ja?" Er verschränkte demonstrativ die Arme und gab einen Laut von sich, der wie ein Schaudern klang.

„Wie müssen eine Entscheidung treffen", begann sie ohne Umschweife. „Wegen Papa."

„Er ist bestens versorgt."

„Ja, und dafür danke ich dir. Ich weiß, dass Mama das nicht allein geschafft hätte."

„Und er wird sich erholen. Wie müssen ihm…"

„Jo, ich habe mit Dr. Brenner gesprochen, mit Wolfgang."

„Carmen, du weißt doch, wie Ärzte sind. Sie zählen dir alle Nebenwirkungen und Komplikationen auf, dass du dich wunderst, dass du noch am Leben bist. Sie sind unverbesserliche…"

„Nein, Jo, lass gut sein. Er hat mir alles gezeigt: MRT, EEG, zwei dicke Ordner mit Befunden. Und ich bin ebenfalls Ärztin, wie du weißt. Außerdem habe ich Augen im Kopf."

Ja, Carmen konnte er nichts vormachen. Das war ihm von Anfang an klar gewesen. „Was willst du?"

„Ich will nicht, dass er bei lebendigem Leib langsam verfault. Ich möchte, dass er in Würde stirbt."

„Er atmet aus eigener Kraft."

„Ja, er atmet, sein Herz schlägt, aber der größte Teil seines Gehirns ist tot. Er *ist* nicht mehr, verstehst du? Walter Unger, so wie du ihn kanntest, wie ich ihn kannte, wie ihn die Welt kannte, ist nicht mehr. Und nichts in der Welt wird ihn zurückbringen." Tränen stiegen ihr in die Augen. „Wir müssen uns damit abfinden, so schwer es auch ist."

„Ich weiß, Carmen." Grothe trat einen Schritt vor und legte den Arm um die Schulter. „Er stand mir sehr nahe… Vielleicht fällt es mir deshalb so schwer, der Wahrheit ins Auge zu sehen."

„Jo, es hat keinen Sinn. Wir sollten einen Schlussstrich ziehen. So bald wie möglich."

„Wir können ihn doch nicht umbringen!"

„Er wird künstlich ernährt."

„Willst du ihn verhungern lassen?"

„In der Schweiz gibt es spezialisierte Einrichtungen. Man bekommt eine Spritze…" Sie stockte, dann blickte sie auf den See hinaus. „Und die Schweiz ist nicht weit."

Grothe wusste nicht, was er ihr antworten sollte. Was bei Mathilde und Susanne Berggrün gegriffen hatte, war bei Carmen Unger aussichtslos. Er konnte mit moralischen Argumenten kommen, die sie ihm nicht abnehmen würde. Er konnte das Geld anführen, das auf dem Spiel stand, doch auch das würde sie nicht umstimmen.

So standen sie eine Weile schweigend im Schnee. Der Hochnebel hatte sich aufgelöst, und die Sonne schien auf den See.

„Lass uns reingehen, Jo. Wir müssen das nicht jetzt entscheiden. Lass uns Weihnachten feiern, lass uns daran erfreuen, dass Papa noch unter uns weilt. Aber im neuen Jahr, spätestens dann müssen wir eine Entscheidung treffen. Mama, du und ich. Okay?"

Grothe nickte. Ein paar Tage Gnadenfrist. Mehr nicht.

Alles in allem war das Gespräch friedlich verlaufen, dachte Grothe, als sie wieder hineingingen. Aber er war steif vor Kälte. Seine Finger waren taub. Er beeilte sich, in sein Zimmer zu kommen. Ein kleiner Schluck würde ihn wieder auf Betriebstemperatur bringen. Er wunderte sich darüber, dass Carmen Unger ihn in die Entscheidung miteinbezog. Wie hatte sie gesagt? Mama, du und ich…

Auf der Treppe kam ihm Valery entgegen, mit der er ein paar Worte wechselte. Seine anfängliche Abneigung ihr gegenüber war einer vorsichtigen Sympathie gewichen. Sie war eine ernsthafte junge Frau, gebildet dazu, und obwohl man über ihre literarischen Fähigkeiten geteilter Meinung sein konnte, wirkte sie bescheiden und zurückhaltend. Dass Nico sich so lebhaft für sie interessierte, war ein weiterer Grund, an ihre Qualitäten zu glauben.

Sie ließ sie sich in kein Schema pressen. Sie war weder Exilliteratin noch Migrantin, weder erfolgreiche Nachwuchsautorin noch Nicos Muse. Sie wirkte ungekünstelt, so authentisch wie niemand, den Grothe kannte. Ein Typ Frau, den es in Deutschland nicht gab, dachte Grothe, oder der ihm noch nie begegnet war. Er fand sie nicht attraktiv, aber er mochte ihre Gegenwart. Wenn sie ein Zimmer betrat, schien ein erfrischender Luftzug den Raum zu beleben.

An diesem Morgen trug sie einen grauen Rock und flache Schuhe, sie hüpfte die Stufen hinunter, als wäre sie schwerelos. Auf dem Treppenabsatz blieb sie stehen. Grothe, der nicht wusste, worüber er mit ihr reden sollte, fragte sie nach ihren Plänen für den Tag. Sie wolle mit Mathilde spazieren gehen, antwortete sie, am frühen Nachmittag, und bis jetzt seien sie nur zu zweit. Carmen wolle sich ausruhen, Nico arbeiten und Susanne, nun ja, sie habe etwas anderes vor. Ob er und Sandra nicht mitkommen wollten? Er habe keine Ahnung, was Sandra vorhabe, wandte Grothe ein. Sie könne Sandra gerne selbst fragen, wenn ihm das lieber sei. Grothe wies darauf hin, dass sie sich beim Mittagessen sowieso alle sähen, und Valery verdrehte die Augen. Wie könne man so viel essen, sie schüttelte lachend den Kopf und ging nach unten.

Kapitel einundzwanzig

Als Grothe sein Zimmer betrat, fluchte er. Das Fenster stand offen, und die Innentemperatur hatte sich der Außentemperatur gefährlich angenähert. Kurz spielte er mit dem Gedanken, sich wieder ins Bett zu legen. Doch dann setzte er sich an den kleinen Schreibtisch und klappte seinen Laptop auf. Zuvor hatte er sich ein großes Glas Rum eingeschenkt.

Einmal am Tag musste er seine Mails durchsehen. Obwohl er ein Smartphone besaß, war ihm der Gedanke unangenehm, jederzeit Mails lesen und schreiben zu können. Deshalb hatte er sich kein Konto auf seinem Mobiltelefon eingerichtet.

Sogar über die Feiertage gingen ständig Anfragen ein. Bei der Agentur, um genau zu sein, aber das war in gewisser Weise das Gleiche. Nach Neujahr wurde es dann noch schlimmer. Die einen nahmen sich vor, abzunehmen oder mit dem Rauchen aufzuhören, sich im Fitnessstudio oder bei der Partnervermittlung anzumelden, die anderen erklärten das neue Jahr zum Jahr des literarischen Durchbruchs. Dann erschiene ihr Meisterwerk, und spätestens zur Buchmesse hielten sie die gedruckte Fassung in Händen. Es fehlte nur noch eine Agentur, die sich des Buchprojekts begeistert annahm. Eine reine Formsache, wären doch alle Agenten und Lektoren dieser Welt sofort von der herausragenden Qualität des Manuskripts überzeugt.

Unbesehen löschte Grothe sämtliche Anfragen. Sollte sich Evelyn im neuen Jahr damit herumschlagen. Fast hätte er auch ein anderes Mail in den Papierkorb verschoben. Leichtsinnigerweise war es mit *Das Manuskript* überschrieben und stammte, das erkannte er im letzten Moment, von Ingrid Lortzing.

Es begann mit herzlichen Weihnachtsgrüßen, ließ dann verhaltene Vorwürfe anklingen, warum er nicht mehr mobil erreichbar sei, um ihm dann ihr letztes Telefongespräch ins Gedächtnis zu rufen. Sie hätten eine Abmachung – und es gäbe einen Termin. Sie hätte auch *Ultimatum* schreiben können.

Grothe lehnte sich zurück und tastete nach seinen Zigaretten. Aber im Schlafzimmer durfte er nicht rauchen. Stattdessen nahm er einen ordentlichen Schluck Rum. Von den gängigen Sorten war der Zacapa seiner Meinung nach der beste.

„Hem", sagte er laut, „willst du auch einen Schluck?" Ihm war nach Gesellschaft zumute, und Hem war für ihn da, wann immer er ihn brauchte.

Lange saßen sie schweigend da und starrten aus dem Fenster in den heller werdenden Tag. Hem hatte die Füße auf den Schreibtisch gelegt, und auch Grothe hatte sich weit zurückgelehnt.

„Warst du mal in meinem Haus in Havanna?" Grothe schüttelte den Kopf. „Okay, es ist nicht Havanna. Es ist ein kleines Dorf in der Nähe, San Francisco de Paula. Arbeiter und einfache Leute, ein paar Fischer. Dort habe ich meine beiden besten Bücher geschrieben: *Wem die Stunde schlägt* und *Der alte Mann und das Meer*."

Grothe war vor einigen Jahren mit seinem Sohn im Urlaub auf Kuba gewesen. Sie hatten die meiste Zeit am Strand von Varadero verbracht und einmal die verfallende Hauptstadt besucht. Wie jeder Tourist hatten sie einen Mojito in der Bodeguita del Medio getrunken, hinausgefahren zur alten Hemingway-Villa waren sie nicht.

„Die Finca Vigia liegt auf einem Hügel. Man sieht hinunter auf die Stadt und hat einen großartigen Blick auf das Meer, auf die Schiffe und Fischerboote, die in den Hafen einlaufen."

Hem schien an diesem Tag zum Erzählen aufgelegt. Das kam nicht oft vor, und Grothe war froh, dass es nicht die Frotzeleien waren, die er zum Besten gab, und die üblichen Machosprüche.

„Was ich sagen will ..." Hem nahm einen Schluck und fuhr fort. „Um zu schreiben, brauchst du nicht viel. Eine alte Schreibmaschine, ein paar Blätter Papier. Aber du brauchst einen Ort, an dem du dich wohl fühlst. Einen magischen Ort. Key West ist so ein Ort. Und Havanna. Und Torri vielleicht auch. Ich kann deinen Unger verstehen."

Unger, der wenige Meter von ihnen entfernt langsam starb, dachte Grothe, der sich mit diesem Haus ein Mausoleum geschaffen hatte, so wie D'Annunzio auf der anderen Seite des Sees oder Hem in Florida.

„Weißt du, ich habe nie viel Wert auf Protz gelegt", fuhr Hem fort. „Ein schönes Haus, ja. Ein kleiner Swimmingpool. Meine Bücher, meine Katzen. Und ich brauche die Wärme, den Sommer.

Das hier wäre nichts für mich." Er sah durch das Fenster in den trüben Tag hinaus. „Die Karibik ist wunderschön, fast so schön wie Afrika. Im Haus oder im Garten bin ich barfuß herumgelaufen, nur mit einer kurzen Hose bekleidet. Wenn Gäste kamen, habe ich ein Hemd drübergezogen. Und ich hatte viele Gäste."

„Du warst ein Popstar, Hem."

„Die Filme haben mich berühmt gemacht, nicht die Bücher. Kein Schwanz wird mehr wegen seiner Bücher berühmt. Oder gar reich."

Grothes besondere Beziehung zu Hem hatte seinen Anfang in Florida genommen. Auf einer Rundreise hatte Grothe Hems Haus in Key West besucht und war sofort dem Zauber des Ortes erlegen. Helle Räume mit Fenstern und Türen, die sich zu einem tropischen Garten öffneten und durch die kühl die Luft strich. Überall ein Sessel oder ein bequemer Stuhl, ein Tisch, der zum Verweilen einlud und einen förmlich zum Schreiben zwang. Im Rückblick erschien alles so einfach, so zwangläufig wie der Erfolg. Aber Grothe wusste, wie lange Hem dafür gekämpft hatte, und auch Unger hatte sich hier alles hart erarbeiten müssen.

„Lass uns mal nach Key West fahren", schlug Grothe vor. „Wenn das alles vorbei ist. Dann kehren wir bei Sloppy Joe's ein und trinken ein Bier."

„Den Laden gibt es noch?"

„Es ist alles wie früher", antwortete Grothe. „Nur dass Touristenbusse davor halten und die Hamburger nur noch halb so groß sind. Dein Haus ist ein Museum. Um deine Katzen kümmert sich eine studierte Biologin aus Schweden."

„Hm", sagte Hem, „eine Schwedin…"

„Hem, was ich dich schon lange fragen wollte. Warum hast du diese komischen Katzen gesammelt?"

„Gezüchtet, Joe, ich habe sie gezüchtet." Eine lange Pause entstand, Hem schien nachzudenken, dann fuhr er fort. „Katzen mit sechs Zehen bringen Glück, sagt man. Auf Schiffen werden sie als Maskottchen gehalten. Meine erste hat mir ein Fischer geschenkt. Es war ein weißer Kater und hieß Snowball. Die anderen sind seine Nachkommen." Hems Stimme war rau geworden. „Snowball war ein Teufelskerl. Er hat jede Katze im Umkreis von zwei Meilen gevögelt.

Polydaktylie wird dominant vererbt, wusstest du das? Ich musste nur durch die Stadt laufen und die Zehen an den Pfoten der Katzen zählen. Wenn es sechs waren, habe ich sie eingesammelt. Manchmal wurden sie mir gebracht. Alle Jungs wussten, dass es dafür einen Dime gab."

„Sie werden heute nach dir benannt."

Hem lachte. „Siehst du, Joe? Das ist das, was zählt. Deine Bücher sind irgendwann vergessen, aber wenn du genug Weiber geschwängert hast, das bleibt. Meine sechszehigen Katzen wird es noch in tausend Jahren geben, viel länger jedenfalls als meine Romane."

Gleich nach dem Mittagessen brachen sie auf. Im Winter wurde es früh dunkel, und sie hatten sich ein gutes Stück Weg vorgenommen. Um die stark befahrene Küstenstraße zu meiden, sollte es auf dem Hügelkamm südwärts bis zur Punta San Vigilio gehen. Erst auf der Höhe des Parkplatzes der Baia delle Serene bog man auf einen Weg ab, der durch den Wald hinunter zum Ufer führte. Dort folgte man einer gut ausgebauten Straße bis zur Spitze der kleinen Halbinsel.

Es war eine gut gelaunte Gruppe, die sich auf dem Weg machte. Zu Grothes Freude hatte sich Sandra nicht lange bitten lassen und gleich zugestimmt, sie auf ihrem Ausflug zu begleiten.

Der Himmel war fast klar, ein feiner Schleier lag über dem südlichen See und ließ die Sonne blasser erscheinen. Das Wasser glänzte wie flüssiges Blei, grau und silbrig mit gelblichen Flecken. Der Wind hatte nachgelassen, der Schnee war fast vollständig geschmolzen. An einigen Bäumen hing etwas Weiß in den Zweigen.

Die Via Vincenzo Bellini war asphaltiert und verlief parallel zum östlichen Seeufer. Das Wasser schien zum Greifen nah, lag aber ein gutes Stück unter ihnen, so dass man fast das ganze Halbrund übersah. Sogar Sirmione, eine Halbinsel, die spitz wie ein Stachel in den See ragte, zeichnete sich am Horizont ab.

Was Grothe am Gardasee gefiel, war die abwechslungsreiche Landschaft, die ihn umgab und ihm immer wieder einen anderen Charakter verlieh. Am schönsten war die Gegend um Torri, und Grothe kannte die Geschichte, warum sich Unger damals in diese Gegend verliebt hatte.

Walter Unger gehörte schon früh zu den wenigen Autoren, die von ihrer schriftstellerischen Arbeit leben konnten. Er hatte nie etwas anderes getan, als zu schreiben, und wenn man ihn fragte, dann antwortete er gallig, es sei das, was er am besten könne, oder, war er in nachdenklicher Stimmung, es sei das Einzige, was er halbwegs beherrsche.

Jedenfalls hatte er nie einen anderen Beruf ausgeübt, sah man von einigen Lehraufträgen ab, die er seit jeher an deutschsprachigen Hochschulen abhielt und die das zum Thema hatten, was man neuerdings *Creative Writing* nennt. Viel Geld war damit nicht zu verdienen, aber die Kurse waren gut besucht. Eine Mode, die aus den Staaten herübergeschwappt war und vor allem Hobbyliteraten anzog, als könne man Schreiben so leicht lernen wie Nähen, Backen oder Papierblumen falten.

Es waren vor allem Frauen, die seine Seminare besuchten, und so erfüllte diese Tätigkeit einen doppelten Zweck. Zum einen war er der unangefochtene Meister, der nach Belieben über Gut und Schlecht urteilen konnte, Urteile, die von niemandem angefochten wurden – eine Rolle, in der er sich gern sah – zum anderen ebneten sie ihm den Weg zu manchem amourösen Abenteuer, was für ihn bis ins hohe Alter unverzichtbar blieb.

Nach Grothes Schätzung konnten in Deutschland kaum hundert Autoren von ihren Romanen und Erzählungen leben. Eine erschreckend kleine und ebenso erschreckend unbekannte Zahl, die, wenn sie sich herumgesprochen hätte, einem Aspiranten vielleicht die Augen geöffnet und ihn zurück in einen rechtschaffenen Beruf geführt hätte. Es gab Journalisten, Publizisten und Drehbuchschreiber, die gut verdienten. Auch einige Sachbuchautoren. Aber es war leichter, sechs Richtige im Lotto zu tippen, als mit einem Roman reich zu werden. Kein Grund, so schien es, nicht beides zu versuchen.

Ob man seinen Lebensunterhalt von den Autorenhonoraren bestreiten konnte, hing zudem von den eigenen Ansprüchen ab. Das Spektrum der Lebensentwürfe reichte vom sprichwörtlichen armen Poeten, der sich in seiner kalten Stube beim Schein einer nackten Glühbirne die Augen verdirbt, bis zum gefeierten Bestsellerautor mit Yacht und Luxusvilla.

Gehörte Unger von jeher zu diesem kleinen Kreis der Privilegierten, so musste er das sechzigste Lebensjahr überschreiten, um sich den Luxus eines Hauses am Gardasee leisten zu können.

Erfolg setzt Beharrlichkeit voraus, ein Satz, den Grothe gerne seinen ungeduldigen Klienten eintrichterte. Man müsse nur lange genug das Gleiche tun, um in diesem Tun irgendwann anerkannt zu werden, davon war er überzeugt. Und eine Haltung, die man Hermann Hesse nachsagte und die auch Unger gern zitierte, lautete, er habe immer Schriftsteller werden wollen oder *nichts*. Ein Nichts, das vage blieb und angeführt wurde, um die Alternativlosigkeit dieses Strebens zu verdeutlichen. Zum Erfolg verdammt, sollte es in etwa heißen.

So kam es, dass die Ungers im reifen Alter und mit einer erwachsenen Tochter eine Reise an den Gardasee unternahmen. Dieser hatte es ihnen schon zu Studentenzeiten angetan, als sie in einem zerbeulten VW-Bus ganze Sommer an seinen Ufern kampierten.

Doch die Zeiten hatten sich geändert. War der deutsche Tourist der 50er und 60er Jahre noch unempfänglich für die Schönheiten der oberitalienischen Seen, weil er den kürzesten Weg ans Meer suchte, an die Adria vorzugsweise, so begann in den 80er Jahren die Münchner Schickeria, Häuser und Wohnungen rund um den See aufzukaufen. Wochenenddomizile, denn der Weg über die Alpen war kurz, und das Klima am See mild. Wer im Winter Ski fahren wollte, konnte dies in den nahen Dolomiten tun.

Jenseits der Berge und der Wälder war nicht Ungers Durchbruch. Als das Buch erschien, gehörte er bereits zu den anerkannten deutschen Gegenwartsautoren. Aber *Jenseits* war sein bis dahin größter kommerzieller Erfolg. Jetzt hatte er Geld *übrig*. Er konnte sich mehr leisten, als das Haus in Heidelberg und die vielen Reisen in alle Welt, Lese- und Studienreisen, die sein internationaler Erfolg mit sich brachte. Auf seinem Konto hatte sich eine stattliche Summe angesammelt. Mehrere hunderttausend Mark, wenn Grothe sich recht erinnerte.

Unger war niemand, der sein Geld richtiggehend anlegte. Von Aktien und Anleihen verstand er nichts, und einem Vermögensberater oder einer Bank hätte er nicht getraut. Zudem verabscheute er abstraktes Geld. Verjubeln wollte er es aber auch nicht. Ausgeben schon, am liebsten für etwas Wertbeständiges, für etwas, das aller Welt bewies, dass er es geschafft hatte. Konnte man über sein literarisches Werk geteilter Meinung sein, Zweifel, die die FAZ streute und die ihn in Rage brachten, von nun an gehörte er zu den finanziell erfolgreichen Autoren.

Deshalb das Haus. Deshalb jene Suchaktion.

Obwohl die westliche Seite des Sees den Ungers besser gefiel, weil sie ruhiger und weniger touristisch war, entschieden sie sich bald für die östliche. Denn die andere Seite hatte einen entscheidenden Nachteil: Dort wurde es schnell dunkel. Im Winter ging die Sonne schon am frühen Nachmittag hinter den Bergen unter. Da nutzte es wenig, wenn man aus dem Halbdunkel auf die gegenüberliegende, sonnenbeschienene Seite schauen durfte.

Der Norden des Sees war ihnen zu gebirgig, der Süden zu flach. Sie begannen sich zu fragen, ob es unbedingt der Gardasee sein müsse, als sie den Abschnitt zwischen Garda und Malcesine entdeckten. Wieder entdeckten, denn sie waren die Küstenstraße schon mehrmals gefahren, ohne deren Reize ausreichend zu würdigen.

Waren Bardolino und Garda noch echte Touristenhochburgen mit zahllosen Hotels und Pensionen, Restaurants und Geschäften, war der mittlere Seeabschnitt spärlich besiedelt. Es gab drei Dörfer: Brenzone, Castelletto und Torri del Benaco, wobei Torri größer war, wenn man einen Ort mit 3000 Einwohnern als groß bezeichnen wollte. Am Ufer erhob sich die mächtige Scaligerburg, und auch die einzige Autofähre über den See nach Toscolano Maderno legte hier ab. Dass es bis zur Autobahnausfahrt in Affi nur wenige Kilometer waren, gab den Ausschlag.

Hatten sie geglaubt, mit der Lösung der Standortfrage sei das größte Problem gelöst, sahen sie sich bald getäuscht. Sie hatten die italienische Bürokratie unterschätzt, und auch die Nachbarn zeigten sich den Zuzüglern gegenüber wenig aufgeschlossen.

Sie hatten sich für ein altes baufälliges Landhaus oberhalb des Dorfes entschieden, wollten es großzügig renovieren und den verwilderten, mit zahlreichen Olivenbäumen bewachsenen Garten so weit lichten, dass man überhaupt von einer Aussicht sprechen konnte, sahen sich aber mit einer unübersehbaren Anzahl von Vorschriften, Verboten und Ausführungsbestimmungen konfrontiert.

Mathildes Wunsch, das Haus mit einem Flachdach zu versehen, was für sie der Inbegriff mediterraner oder orientalischer, allgemeiner gesprochen, südländischer Wohnkultur darstellte, erwies sich als undurchführbar. Auch ihre Wunschfarbe – eine sonnengelbe Fassade – war mit der örtlichen Bebauungsordnung nicht vereinbar.

Erst als sie einen ortsansässigen Anwalt mit den Formalitäten beauftragten und verschiedene einheimische Handwerker für die Umbauarbeiten hinzuzogen, ging es voran.

Es half, dass Unger sich aus allen Verhandlungen heraushielt. Seine Fähigkeit, mit Menschen umzugehen, war begrenzt, und es war Mathildes Aufgabe gewesen, die sozialen Kontakte der Familie zu pflegen. Ohne sie wäre Unger bald zu jenem Eremiten geworden, den er in *Jenseits* so eindrucksvoll beschrieben hatte.

Er hasste die Menschen nicht, aber sie waren im lästig. Außerdem verstand er nicht, was sie antrieb. Er konnte sie in seinen Büchern in allen Facetten zeichnen, im wirklichen Leben blieben sie ihm ein Rätsel.

Es dauerte fast zwei Jahre, bis das Haus in Torri bewohnbar war. Dann aber nahmen sie es in Besitz, stopften es mit Büchern voll, platzierten an allen Ecken und Enden Sessel, Sofas und Tische, so dass sich ein Dutzend Menschen einzeln zum Lesen und Schreiben hätten zurückziehen können. Sie selbst bewohnten es von Mai bis Oktober. Im Winter verbrachten sie dort die Weihnachtstage.

Diese zahlreichen Rückzugsorte in der Villa wurden gerne genutzt, denn zum Leidwesen Ungers bekamen sie häufig Besuch. Es war Mathilde, die für Gäste sorgte. Sie sprach häufig Einladungen aus, bedrängte Freunde und Verwandte, *uns in unserer Hütte am See zu besuchen*, und im Hochsommer, wenn die Luft bewegungslos über dem See stand und die Sonne den Himmel auszufüllen schien, klingelte es immer wieder unverhofft an ihrer Tür.

Es war der Pool, der eine besondere Anziehungskraft auf die Besucher ausübte, denn er war groß genug, um einige Bahnen darin zu schwimmen, bot vom Beckenrand aus eine spektakuläre Sicht auf den darunter liegenden See, und – worauf Unger besonders stolz war – er war flächendeckend mit einem azurfarbenen

Mosaik aus winzigen Steinchen ausgekleidet. Das machte das Wasser blau und ließ es kalt und klar erscheinen.

Unger, der gerne schwamm, zog sich dann mit seinem Laptop zurück. Am liebsten saß er unter der Freitreppe an einem kleinen Tisch im Stil des Jardin du Luxembourg. Aber auch die Laube im oberen Teil des Gartens war ein gutes Versteck. Sie war über und über mit Efeu bewachsen. Wer dort saß, blieb unsichtbar.

Das alles erzählte Grothe Sandra, während sie nach Süden vorankamen. Zur Punta San Vigilio waren es vier oder fünf Kilometer, doch sie hatten sich Mathildes Tempo angepasst, die sich bei Valery untergehakt hatte und an diesem Tag etwas unsicher auf den Beinen schien.

Sandra schien begierig, alles über Walter Unger zu erfahren. Vielleicht war es Nico, der zu seinem Ghostwriter geworden war, vielleicht Ungers Haus, das sie bewohnte, seine unsichtbare und doch allgegenwärtige Anwesenheit im entlegenen Krankentrakt.

„Und es kamen sicherlich viele berühmte Schriftsteller und Verleger zu Besuch", ergänzte sie.

Es war ein weit verbreiteter Irrglaube, Schriftsteller hätten untereinander viel Kontakt. Das Gegenteil war der Fall, sie gingen sich möglichst aus dem Weg. Freundschaften blieben eine seltene Ausnahme. Orte wie die Buchmesse, wo man sich zwangsläufig über den Weg lief, waren ihnen unangenehm. Unger stellte in dieser Hinsicht keine Ausnahme dar, im Gegenteil, er weigerte sich beharrlich, zeitgenössische Literatur zu lesen.

„Ist ein Buch schlecht, ärgere ich mich, ist es gut, ärgere ich mich noch mehr", wandelte er gerne den bekannten Spruch eines berühmten toten Kollegen ab.

Es gab einige angelsächsische Autoren, die er schätzte, einen Japaner, den einen oder anderen afrikanischen oder karibischen Autor, der in London lebte. Einen deutschsprachigen Kollegen zu loben oder namentlich zu erwähnen, wäre ihm nie eingefallen.

Waren sie allerdings tot, waren sie lange tot, dann konnte er Milde walten lassen. In einem Interview ließ er sich zur Bemerkung hinreißen, er lese gerade zum dritten Mal Kafkas *Hungerkünstler*.

Wollte man Unger quälen, brauchte man ihn nur zu fragen, welche zeitgenössischen deutschen Schriftsteller er schätze. Dann wand er sich, wich aus, stammelte. Es war, als sei es ihm schon physiologisch nicht möglich, einen solchen Namen über die Lippen zu bringen.

Ein weiterer verbreiteter Irrtum war die Annahme, Schriftsteller läsen viel. Auch Unger las wenig. Wenn ich schreibe, lese ich keine anderen Autoren, betonte er, wohl wissend, dass er fast immer schrieb. Er nahm gerne Bücher in die Hand, seine eigenen, aber auch Klassiker ließ er gelten.

Am meisten mochte er die *verlorenen Perlen*, wie er sagte, vergessene Autoren, untergegangene Werke, verkannte Genies. Diese Bücher mussten vergriffen sein und auch in Antiquariaten kaum zu beschaffen. Dann wedelte er triumphierend mit einem solchen fleckigen Band herum und hielt einen langen begeisterten Vortrag über das von ihm entdeckte großartige Werk. Es war fast so, als hätte er es selbst geschrieben.

Autoren sind verletzlich. Niemand wusste das besser als ein Literaturagent. Ihresgleichen ließen sie nur gelten, wenn sie tot waren. Noch besser war es, wenn sie tot und vergessen waren.

Sandra hatte viel gelacht, und Grothe hatte sich ein wenig in seine Geschichte hineingesteigert. Über Autoren und Verleger konnte er unzählige Anekdoten zum Besten geben. Und am liebsten erzählte er sie jemandem, der nichts mit dem Literaturbetrieb zu tun hatte.

Auch Verleger gaben sich in Torri nicht die Klinke in die Hand. Es war erstaunlich genug, dass Unger mit seinem eigenen auskam. Sie standen auf verschiedenen Seiten der Barrikade, und wären nicht Lektor und Agent als verbindende Glieder gewesen, wäre es bald zum Zerwürfnis gekommen.

Einen gern gesehenen Berufsstand gab es aber doch. Es waren die Übersetzer, die Unger großzügig in seinem Haus aufnahm. Übersetzerinnen, um genauer zu sein. Er nannte sie *kongenial*, lobte ungefragt ihre schier übermenschliche Leistung, ein so schwieriges Werk wie das seine halbwegs verständlich in eine fremde Sprache zu übertragen, ein Unterfangen, dessen Ergebnis angesichts ihrer beschränkten Fähigkeiten naturgemäß nie an das Original heranreichen konnte. Aber immerhin, sie waren die Besten der Besten und sie gaben sich Mühe.

Dann wandelten sie gemeinsam durch den Garten oder saßen zusammen in der Bibliothek im ersten Stock. Er dozierte, schlüsselte die Hintergründe eines Wortes, die Bedeutung einer Metapher auf das Genaueste auf, während sie an seinen Lippen hingen und eifrig in ihre geblümten Blöcke kritzelten.

„Ich hätte ihn gerne kennengelernt, wirklich!" sagte Sandra.

Sie waren fast am Ende der Straße angekommen. Von dort ging es durch den Wald hinunter zum Parco Baia delle Sirene. Der Park war ein Strandbad, im Sommer überfüllt, im Winter geschlossen.

„Ja, er war ein besonderer Mensch", antwortete Grothe. Sie hatten sich angewöhnt, von Unger wie von einem Toten zu sprechen. Grothe war kein abergläubischer Mensch, aber das bedrückte ihn. Es war noch eine unendlich lange Zeit, die Unger durchhalten musste.

„Was hältst du von Carmen?" fragte er Sandra unvermittelt.

„Ich weiß nicht", sie wich aus. „Für mich ist sie schwer zu durchschauen. Bisher finde ich sie ganz vernünftig."

„Sie kann noch alles verderben." Der Abstieg wurde steiler. Sie gingen ein paar hölzerne Stufen hinunter. Sie schwiegen, bis sie unten waren. „Am liebsten sähe sie ihn tot, lieber früher als später", fügte er hinzu.

„Mensch, Jo, jeder vernünftige Mensch wünscht ihm, er sei tot! Er ist einundachtzig, liegt im Koma und hat keine Chance, je wieder aufzuwachen. Man muss nicht seine Tochter oder seine Frau sein, um so zu denken."

„Vielleicht hast du Recht", erwiderte er.

„Aber sie wird mitspielen", sagte Sandra. „Schon ihrer Mutter zuliebe. Mathilde braucht das Geld. Du könntest mit ihr schlafen", fügte sie übergangslos hinzu.

Grothe war abrupt stehen geblieben. „Das würdest du wollen?"

„Ein kleines Opfer im Dienst der gemeinsamen Sache, Jo."

Er sah sie forschend an. „Du meinst es ernst?"

Sie boxte ihm gegen die Schulter und lachte. „Du solltest mal dein Gesicht sehen!" Dann lief sie los und schloss zu den beiden anderen auf.

Kapitel zweiundzwanzig

Wenn man dem Dichter Brenzone glauben wollte, war die Punta San Vigilio der schönste Ort der Welt. Für den Gardasee mochte das gelten, prangte ein Foto der Locanda und des kleinen Hafens doch auf den Umschlägen vieler Reiseführer.

Vom Eingangstor führte eine Zypressenallee hinunter zur Villa. Sie war von einem weitläufigen Renaissancegarten umgeben, der terrassenförmig zum See hin abfiel. Unweit davon stand das ehemalige Gästehaus, das ein kleines Hotel beherbergte. Wenige Zimmer und Suiten direkt am See. Grothe hatte hier vor einigen Jahren ein romantisches Wochenende verbracht. Eine flüchtige Affäre.

Er erinnerte sich noch gut an das Abendessen an der kleinen Mole. Ein winziger Hafen aus Naturstein, der die äußerste Spitze der Halbinsel zum See hin abschloss und gelegentlich von einem Boot angelaufen wurde. Dann stiegen elegant gekleidete Menschen so lässig die drei Stufen zum Steg hinauf, als täten sie das jeden Abend.

Das war die Dekadenz, die es am Gardasee nur noch vereinzelt gab, gegenüber in der Villa Feltrinelli zum Beispiel oder eben hier in der unscheinbaren Locanda. Für Grothe ein Grund herzukommen und von den alten Zeiten zu träumen, als Zaren und Kaiser, Könige und Fürsten hier abstiegen und später Winston Churchill und Richard von Weizäcker.

Doch auch ohne Berühmtheiten hatte der Ort seinen eigenen Zauber. Eine kleine Kirche aus dem 13. Jahrhundert, Villa und Gästehaus aus dem frühen 16. Heller Stein, ein winziger Glockenturm, Fenster mit Bögen und grünen Holzläden. Und Zypressen, die überall wie gemalt in den Himmel ragten.

Sandras Augen leuchteten. Sie wisse nicht, ob sie je etwas so Schönes gesehen habe, schwärmte sie, was Grothe erstaunte, hatte er sie doch bisher als nüchternen Menschen kennengelernt.

Hotel und Restaurant waren geschlossen, keine Menschen außer ihnen unterwegs. Die Sonne stand tief, das spiegelglatte Wasser des Sees glitzerte im schrägen Licht.

Grothe wurde ruhig. Lange saß er mit Sandra an der Mole. Sie ließen die Beine baumeln und sahen zu, wie die Sonne hinter den Bergen verschwand. Sie sprachen über alles und nichts. Dann wurde es kühl. Mathilde drängte zum Aufbruch. Zurück nach Torri nahmen sie den Bus.

Zu Grothes Erstaunen hielt die Ruhe, die ihn ergriffen hatte, an. Sie fuhren durch den aufziehenden Abend die Küstenstraße hinauf. Der Verkehr war spärlich. Die Straßenlaternen warfen ihr gelbes Licht in den Bus, ein warmes Licht, das kam und ging. Es war, als tasteten sie sich von einer Lichtinsel zur nächsten.

Grothe saß neben Sandra. Wenn der Bus schlingernd um die Kurve fuhr, drückte sie gegen ihn oder er gegen sie, und sie mussten sich lachend festhalten, um nicht von den Sitzen geschleudert zu werden. Dann ging es im Dunkeln die letzten Meter zu Fuß zur Villa hinauf. Alle Fenster waren erleuchtet. Es war fast, als kämen sie nach Hause.

Nach dem Abendessen, das ungewohnt karg war, zog sich Grothe bald auf sein Zimmer zurück. An lange Fußmärsche nicht gewöhnt, war er körperlich müde, aber er war auch durcheinander. Der Aufenthalt am Gardasee vermischte sich mit seinen früheren, den Besuchen bei Unger, aber auch mit den Reisen, die er allein unternommen hatte.

Er musste mit Sandra wiederkommen, dachte er. Am besten, wenn Unger endlich tot war, wenn alles ein Ende hatte. Dann würden sie in der Locanda einkehren, gerne im einfachsten Zimmer, dem mit dem kleinen Fenster zum Hafen, in dem nur ein Himmelbett und ein samtbezogener Sessel standen. Ja, den hellblauen Stoff sah er vor sich.

Es war ungewöhnlich, aber er hatte keine Lust zu trinken. Er wollte sich gerade ausziehen und zu Bett gehen, als es klopfte. Er sprang auf und öffnete die Tür, hätte aber auch *Herein* rufen können, was ihm unpassend erschien, als hätte er auf Besuch erwartet.

Es war Sandra. Obwohl er nicht mit ihr gerechnet hatte, war er nicht überrascht, sie zu sehen. Sie schien verlegen, trat von einem Fuß auf den anderen, als stiege sie in Gedanken noch einmal die Treppe zu ihm herauf. Sie hielt etwas vor der Brust, was Grothe nicht erkennen konnte, da er seine Augen nicht von ihr abwenden konnte.

„Ich wollte dir etwas zeigen", sagte sie und hob hoch, was sie in Händen hielt. Es war ein Buch. Was sonst. Und es war ein

Unger, was Grothe noch selbstverständlicher erschien. Da er sich weder gerührt noch etwas gesagt hatte, fügte sie schließlich hinzu. „Darf ich reinkommen?"

Er trat zur Seite. Jetzt erkannte er das Buch. Es war eines von Ungers weniger bekannten und auch weniger erfolgreichen Werken. Ein Kriminalroman, untypisch für Unger, der keine Genreliteratur schrieb. Er hieß *Der Finger am Abzug*.

Grothe kannte den Band. Er war vor dreizehn oder vierzehn Jahren erschienen, stammte schon aus *seiner* Zeit, der Zeit, in der er Unger als Agent vertreten hatte. Er erinnerte sich, dass er Unger von einer Veröffentlichung abgeraten hatte. Doch wer hätte Unger einen Wunsch abschlagen können? Man hätte Comics von ihm gedruckt, hätte er angefangen zu malen.

Zu Ungers fixen Ideen gehörte seit jeher, er könne *alles* schreiben. Ein Alles, das Lyrik, Dramen und notfalls Telefonbücher einschloss.

Kriminalromane seien die trivialste Sache der Welt, pflegte er zu sagen, für ihn nur eine Fingerübung. Und es musste ein Bestseller werden. Wenn das Genie sich in die Niederungen der Trivialliteratur begab, dann war es zum Erfolg verdammt.

Der Finger am Abzug hatte keine schlechte Story. Sie bediente gekonnt die Klischees des Genres und spielte mit ihnen. Aber Unger war zu keiner einfachen Sprache fähig. Selbst das Triviale erklomm bei ihm ungeahnte syntaktische Höhen. Seitenlange Sätze, die mit Anspielungen, Randbemerkungen und Einschüben gespickt waren, ließen den ahnungslosen Konsumenten verzweifeln.

Seine Stammleser waren enttäuscht, neue konnte er nicht gewinnen. Das Buch floppte wie kein anderes seiner Bücher. Vielleicht hatte Grothe deshalb Ungers missglückten Ausflug in die Welt der Genreliteratur fast vergessen.

Obwohl das Buch für Sandra nur ein Vorwand war, um an seine Tür zu klopfen, klammerte sie sich mit einer Ernsthaftigkeit daran, als sei sie einem Geheimnis auf der Spur, das keinen Aufschub duldete.

„Wusstest du, dass eine der Schlüsselszenen des Romans auf der Punta San Vigilio spielt, also dort, wo wir heute waren?" Ihr Zeigefinger bohrte sich in seine Brust, während sie ihn triumphierend ansah. Nur ihre Stimme, die ein wenig zitterte, verriet, dass sie aufgeregt war.

Grothe tat überrascht, obwohl er es nicht war. Fast alle Bücher Ungers spielten am Gardasee. Und wenn es nur eine Szene war, die er dort angesiedelt hatte. Mal war es eine Reise oder die Erinnerung daran, die Vorbeifahrt auf der Brennerautobahn gen Süden oder ein Zufall wie eine Panne, die die Protagonisten an den mystischen See verschlug. Fast zwangsläufig landeten sie früher oder später dort. Der See war ein Fixpunkt, der Ursprung oder das Ziel, das die Menschen in seinen Büchern magisch anzog. Die Germanisten stritten seit langem, was er symbolisierte.

Nicht Grothe, der Unger kannte. Wie viele andere Autoren besaß auch Unger wenig Fantasie. Er schrieb am liebsten über das, was er kannte. Und der Gardasee war ihm vertraut. Außerdem war er ein malerischer Ort, der sich für Beschreibungen aller Art eignete: Wasser, Berge, üppige Vegetation, abwechslungsreiches Wetter und eine reiche Geschichte. Was wollte man mehr?

Grothe wollte ihr das Buch aus der Hand nehmen, doch sie hielt sich daran fest, hatte einen Finger zwischen die Seiten geschoben, aber erst als sie es an eben dieser Stelle aufschlug, begriff er, dass sie daraus vorlesen wollte.

...aber lassen Sie es mich geradeheraus sagen, als verzweifelte Warnung: Ich werde, sollte erst einmal die Tür in jenem kleinen Hotel am schönsten Punkt der Welt, wie Sie erklären, ins Schloss gefallen sein, alles unternehmen, um Sie an diesem Ort, den Sie für unser Treffen vorschlagen, im Angesicht des prachtvollsten Sees, den ich kenne, aufs Kreuz zu legen, wie es im Volksmund heißt. Ich werde Sie nehmen, meine Liebe, und das nicht nur einmal und nicht in der zarten Eindringlichkeit Ihrer Briefe, sondern mehrmals und auf immer gröbere Weise, ohne Rücksicht auf Ihre Jugend und Unerfahrenheit, im Gegenteil, ich werde mir diese Unerfahrenheit zu Nutze machen und Ihnen einreden, dass gerade die Dinge, die Sie am meisten erschrecken, für die Lust am unerlässlichsten sind; und glauben Sie mir, *bella fata del lago*, nicht einmal Ihr junger Hintern ist sicher vor mir, ich werde sie öffnen, diese Falte aller Falten, meinen Blick darin versenken und...

190

Sandra hielt inne, klappte das Buch zu und sah ihn an.

„Und was?"

Ihre Brauen hoben sich spöttisch. „Nichts weiter. Hier hört es auf."

Eine Lesung hatte Grothe sich nicht gewünscht, aber wie es weitergegangen wäre, hätte ihn trotzdem interessiert. „Das klingt nicht nach Unger", warf er ein.

„Natürlich nicht, er zitiert Branzger."

„Branzger?"

„Ein älterer, aber schon toter Schriftsteller, der ein fünfzehnjähriges Mädchen begehrt. Das ist lange vorher passiert, spielt aber eine gewisse Rolle." Sie legte das Buch zur Seite und sah sich um. Es gab nur einen unbequemen Stuhl vor dem altmodischen Sekretär und einen durchgesessenen Sessel. Und das Bett. Sie setzte sich auf die äußerste Kante. „Du wirst die Situation doch nicht ausnutzen, oder?"

„Auf gar keinen Fall", erwiderte Grothe, „obwohl die Stelle durchaus pikant zu sein scheint."

„Idiot! Sie ist fünfzehn..."

„Diese Spalte geht mir nicht aus dem Kopf."

„Falte, nicht Spalte."

Grothe setzte sich auf den Stuhl ihr gegenüber und beugte sich ein wenig vor, um den Höhenunterschied zwischen ihnen auszugleichen. „Und Unger ist Branzger?"

„Vielleicht", sie hatte die Beine zusammengepresst und die Füße ausgestellt, was ihr etwas Mädchenhaftes verlieh. „Oder Branzger ist D'Annunzio. Das würde besser passen." Sie sah auf. „Unger tritt als Signore Franz auf, der Chronist, der auf einem abgewrackten Boot über den See schippert und im entscheidenden Moment die Überlebenden rettet."

Signore Franz? Grothe hatte das Buch damals gelesen. Es war nicht seine Art, Manuskripte blind zu verkaufen – jedenfalls wenn es ein Manuskript gab – und Unger hatte sich lange damit gequält. Aus einer Fingerübung war am Ende eine schwere Geburt geworden.

„Willst du mir die ganze Geschichte erzählen?" fragte er.

„Es geht um einen gestohlenen Picasso, um zwei Privatde-
tektive, die ihn suchen, einen Auftragskiller, der sich in eine Edel-
prostituierte verliebt, ganz viele Uhren und ganz viele Bücher. Die
Story spielt während der Buchmesse in Frankfurt. Ein bekannter Li-
teraturkritiker wird aus Versehen in einer Buchhandlung am Flughafen getötet. So fängt es an.“

„Klingt verworren, wenn du mich fragst.“

„Ja, verworren, aber lustig.“

„Und es endet hier am Gardasee?“

„Auf die eine oder andere Weise kommen schließlich alle
auf der Punta San Vigilio zusammen, und das Schicksal erfüllt sich,
wie man so schön sagt.“ Sie lachte. „Der Picasso taucht wieder auf,
die Bösen sterben, die Guten finden sich paarweise zusammen, und
der Chronist, Signore Franz, sieht, dass es wohlgeraten ist, und freut
sich.“ Sie nahm seine Hände. „Ich glaube, ich mag dich ein bisschen.“

„Ein Happy End.“

„Das hättest du Unger nicht zugetraut, stimmt’s?“

Grothe beugte sich hinunter, um ihre Lippen zu suchen.
„Unger ist alles zuzutrauen“, flüsterte er.

„Du wolltest die Situation nicht ausnutzen“, flüsterte sie zurück.

„Auf gar keinen Fall“, wiederholte er und küsste sie. Vorsichtig erwiderte sie seinen Kuss.

Später, sie lagen auf seinem Bett, stützte er sich auf, um sie anzuschauen. Durch das Fenster fiel rötlich das schwache Licht der Gar-
tenlampen. „Und, haben sie sich gekriegt?“

Sie schlug die Augen auf. „Wer?“

„Der alternde Dichter und das Mädchen.“

„Wo denkst du hin!“ Sie rutschte ein wenig nach oben, um
ihren Kopf auf das Kissen zu legen. „Es blieb bei diesen lüsternen
Briefen, aber sie verliebte sich in ihn und hat ihn nie vergessen.“

Grothe legte eine Hand behutsam auf ihren Bauch. Ihre
Haut war kühl und trocken. In regelmäßigen Abständen hob und
senkte sich ihr Brustkorb. „Ihre Brüste waren bestimmt genauso
schön wie deine.“

Sie legte ihre Hand auf die seine. „Dummkopf! Natürlich waren ihre Brüste wunderschön. Sie war fünfzehn.“

„Und ihre Spalte...“

„Falte.“

„...war klein und geheimnisvoll.“

„Davon ist nichts überliefert.“

„Aber ich stelle sie mir so vor.“

Er spürte, wie ihn das Gespräch wieder erregte. Seine Hand löste sich von ihrer und wanderte tiefer. Wann hatte er das letzte Mal mit einer Frau im Bett gelegen?

„Wollen wir an einem der nächsten Abende Trüffel essen gehen, nur du und ich?“ fragte er sie unvermittelt. Vielleicht war es der dunkle Duft ihrer Haut, der ihn daran erinnerte.

„Ich würde gerne in der Locanda auf der Punta San Vigilio essen gehen. Im Sommer – oder im Frühling. Unger hat das so wunderbar beschrieben...“

„Das machen wir, Sandra.“

„Versprichst du es mir?“

„Ich verspreche es dir“, antwortete er, während seine Hand die Lippen zwischen ihren Beinen öffnete.

Sie stöhnte leise auf. „Ich glaube dir kein Wort.“

Kapitel dreiundzwanzig

Bis zum Frühling, bis zum Sommer gar war es noch eine Weile hin, unwahrscheinlich, dass sie so lange zusammenblieben. In diesen Tagen in Torri schien es leicht. Aber wie würde es in Berlin sein? Eine Beziehung konnte sich Grothe nicht vorstellen, aber er hatte beschlossen, nicht darüber nachzudenken.

Sorgen machte ihm Nico, der Ghostwriter. Wie würde er reagieren, sah er den Agenten mit der Schwester anbandeln? Nicht zuletzt deshalb beschlossen sie, ihre neu gewonnene Nähe der Allgemeinheit vorzuenthalten, zumal Sandra und Grothe im Wechsel beteuerten, diese gemeinsame Nacht bedeute nichts oder nicht viel, von einer regelrechten Beziehung könne ohnehin nicht die Rede sein.

War der Zusammenhalt der Gruppe von Anfang an eher lose gewesen und ihrem zufälligen Zustandekommen geschuldet — ein Umstand, über den die ersten gemeinsamen Aktivitäten hinwegtäuschten — begann sie jetzt in ihre Bestandteile zu zerfallen. Übrig blieben das Liebespaar Nico und Valeri und die Mutter-Tochter-Beziehung. Mathilde und Carmen hatten sich offenbar noch einiges zu sagen. Die Berggrün, die seit jeher außen vor stand und nur durch Grothes Bemühungen notdürftig einbezogen wurde, zog sich vollends zurück. Sie versank in ihrer Trauer um den sterbenden Schriftsteller und saß in ihrem Zimmer in Erinnerungen schwelgend oder joggte über Hügel und Felder. So fiel es nicht weiter auf, dass die beiden Verbliebenen, Sandra und Grothe, sich von nun an mehr miteinander beschäftigten.

In den Tagen bis Silvester kamen keine gemeinsamen Unternehmungen mehr zustande, sah man von den Mahlzeiten ab, die in wechselnder Besetzung eingenommen wurden. Auch Mathildes Kocheifer hatte nachgelassen. Die Küche überließ sie der Zugehfrau. Auswendige Menus wurden zur Ausnahme. Es gab Nudeln mit verschiedenen Soßen, oft nur kalte Platten, die mit den Produkten der örtlichen Spezialitätengeschäfte bestückt waren.

Es war nach einem dieser Mittagessen, dass Grothe Zeuge eines heftigen Streits zwischen Carmen Unger und ihrer Mutter wurde. Er saß im Wohnzimmer und trank einen Digestif – die beiden

Frauen hatten den Tisch abgeräumt und machten die Küche fertig – als ihre Stimmen plötzlich lauter wurden. Er verstand nicht, was gesagt wurde, wunderte sich aber über die zunehmende Intensität der Auseinandersetzung. Es war vor allem das durchdringende Organ der Tochter, das herüberschallte, sie schien ihrer Mutter Vorwürfe zu machen, aber auch Mathilde hatte ihre Stimme erhoben, und widersprach ihr mit einer unmissverständlichen Entschiedenheit, die Grothe ihr nicht zugetraut hätte. Aber schließlich war sie die Mutter, und sie schien nicht die Absicht zu haben, sich ihrer Tochter unterzuordnen.

Es dauerte nicht lange, bis Carmen Unger aus der Küchentür stürmte und schon auf dem Weg nach oben in ihr Zimmer war, als sie Grothe auf der Coach sitzen sah. Abrupt blieb sie stehen. Sie atmete schwer.

Sie deutete auf sein Glas: „Was ist das?"

Grothe sah erst zum Glas, dann zu ihr. Sie hatte die Hände in die Hüften gestemmt. Ihre Augen funkelten vor Zorn. „Rum", murmelte er, „aus den Beständen..."

Sie unterbrach ihn: „Gib mir auch ein Glas!" Und als er nur zögerlich einfüllte: „Mehr!" Dann nahm sie das Glas, trank einen Schluck, verzog das Gesicht und ging ein paar Schritte im Raum auf und ab. Schließlich setzte sie sich Grothe gegenüber in einen der schweren Ledersessel.

„Alles in Ordnung?" fragte Grothe sinnloserweise.

„Nichts ist in Ordnung", gab sie zurück und nahm einen langen Schluck. Ihre Nase kräuselte sich, und Grothe fragte sich, ob es am Rum oder an ihrer Mutter lag. Carmen Unger atmete noch ein paar Mal tief durch und schien sich etwas beruhigt zu haben. „Diese ... diese erbärmliche Zecke!" Grothe hob die Augenbrauen, ihre Mutter mochte sie damit wohl nicht meinen. „Diese ... Nutte!"

Grothe, der befürchtete, Carmen würde sich wieder in ihre Wut hineinsteigern fragte vorsichtig: „Sprichst du von Susanne?"

„Von wem denn sonst!" kam es zurück. Dann schüttelte sie langsam den Kopf und sah zur geschlossenen Küchentür hinüber. „Ich hätte sie schon längst hochkant hinausgeworfen, aber Mutter hält ihre schützende Hand über sie, so wie sie es all die Jahre getan hat. Die arme Frau, mit lächerlich hoher Stimme ahmte sie Mathilde nach, sie ist doch ganz allein, außer Walter und uns hat sie niemanden mehr. Sogar ihre Kinder hat man ihr weggenommen." Sie trank einen Schluck Rum und fuhr mit ihrer normalen Stimme fort: „Dieses dürre Klappergestell. Ich verstehe nicht, was Vater an ihr gefunden hat."

„Sie war seine Muse", warf Grothe ein, um sie beruhigen.

Carmen Unger schnaubte. „Eine schöne Muse! Was hat sie denn Großartiges getan? Sie hat sich unter einem Vorwand bei Vater eingenistet und hat ihn langsam ausgesaugt. Zecke!" Sie leerte das Glas in einem Zug und knallte es auf den Tisch. „Noch einen Doppelten, Barkeeper!"

Grothe schenkte nach, diesmal weniger üppig als zuvor. „Ohne ihre Lebensgeschichte gäbe es *Eine deutsche Familie* nicht", wagte er einen weiteren Einwand.

„Lebensgeschichte?" Sie hatte sich vorgebeugt und starrte ihn mit zusammengekniffenen Augen an. „Glaubst du jetzt auch an dieses Märchen? Das meiste ist doch frei erfunden. Sie hat eine blühende Fantasie und sie hat die Gabe, sich als Opfer zu inszenieren: Alle haben ihr Unrecht getan, man hat ihr alles weggenommen, sie hat so furchtbar gelitten. Dass ich nicht lache!"

„Und was glaubst du?"

„Ich?" Carmen Unger lehnte sich wieder zurück und starrte an die Decke, als könnte sie dort in eine längst vergangene Zeit blicken. „Sie wollte sich immer nur wichtigmachen, unentbehrlich. Sie braucht einen starken Mann an ihrer Seite, weil sie selbst ein Nichts ist. So war es mit ihrem Ehemann und so war es mit meinem Vater. Sie hat ihn mit ihren spärlichen Reizen verführt und ihm diese Aschenputtelgeschichte aufgetischt. Keine große Kunst bei einem alten Mann. Und Mathilde", ihr Blick ging wieder zur Küchentür, „hat sie auch eingewickelt." Sie seufzte. Ihr Zorn schien verraucht und Ratlosigkeit gewichen zu sein. „Du weißt gar nicht, wie oft wir darüber gesprochen haben, meine Mutter und ich, meistens am Telefon, aber jetzt bin ich hier. Und ich werde mir das nicht länger ansehen."

„Was willst du tun?" fragte Grothe besorgt.

Sie hob die Schultern. „Ich weiß es nicht." Sie hatte auch das zweite Glas geleert und stand auf. Sie schwankte nicht, schien aber

196

auf unsicheren Beinen zu stehen. „Dich warnen, vielleicht." Grothe sah sie fragend an. „Sie will Geld, das wollte sie schon immer. Und jetzt ist der Zeitpunkt gekommen abzukassieren. Du solltest dich vorsehen, Jo. Du und Mathilde. Am Ende nimmt sie uns noch alles weg." Dann ging sie.

Grothe schenkte sich ebenfalls nach. Carmen schien Susanne Berggrün regelrecht zu hassen. War es Eifersucht auf die enge Beziehung ihres Vaters zu der vermeintlichen Muse? Und sie schien fest davon überzeugt zu sein, dass ihr Vater ein Verhältnis mit ihr gehabt hatte, was Grothe bezweifelte oder wofür ihm die Vorstellungskraft fehlte.

Kurz vor Silvester machten sich Grothe und Sandra ins kleine Örtchen Tignale zum Trüffelessen auf. Halbherzig hatten sie gefragt, ob sie jemand begleiten wolle, und halbherzige Antworten erhalten.

Tignale war kein einzelnes Dorf, sondern ein Zusammenschluss mehrerer Siedlungen auf einer Hochebene am Westufer des Gardasees, von denen Gardola die größte war. Auf der anderen Seite sah man den schneebedeckten Monte Baldo, der an diesem Abend im schwachen Licht des Mondes nur zu erahnen war. In Gardola fand im Herbst ein Trüffelfest statt, das Grothe vor Jahren besucht hatte. Seitdem zog es ihn immer wieder dorthin, und mit dem Wirt des kleinen Restaurants *Ristufo*, der auch Trüffelsucher war und ihn einmal auf eine Tour mitgenommen hatte, war eine lose Freundschaft entstanden.

Das Essen war einfach. Es gab hausgemachte Tagliatelle mit einheimischem Käse, dann Rührei auf gerösteten Polentaschnitten. Alles über und über mit Trüffel bedeckt, der tiefschwarz und leicht marmoriert war und so intensiv roch, dass er ihnen schon draußen auf dem kleinen Parkplatz in die Nase stieg. So soll es sein, sagte Grothe zufrieden zu Sandra, als sie vor dem alten Steinhaus parkten.

Marco, der Wirt, ließ es sich nicht nehmen, sie persönlich zu bedienen und eigenhändig den Trüffel über ihre Teller zu hobeln, reichlich und nicht ohne auf die Vorzüge der verschiedenen Sorten einzugehen, die man rund um Tignale fand. Er hatte einen weißen Hund namens Roky, den er in sechster Generation für die

Trüffelsuche gezüchtet und abgerichtet hatte, ein Mischling, der zu ihren Füßen lag, weil es bei ihnen am Tisch am stärksten nach Trüffel roch.

„Weißt du, Marco ist schon als Fünfjähriger mit seinem Großvater frühmorgens losgezogen", Grothe hatte sich weit über seinen Nudelteller gebeugt und sog den Trüffelgeruch ein. „Und wenn sie mittags nach Hause kamen, war der Rucksack voll. Wenn sie Glück hatten, war auch ein weißer dabei. Es waren so viele, dass man sie wie Kartoffeln gegessen hat."

Sandra lachte auf. „Ja, früher…"

„Vielleicht hast du recht", Grothe seufzte und wickelte seine Tagliatelle mit der Gabel auf. „Trüffelsucherlatein."

„Kiloschwer waren sie damals", Sandra umschloss mit beiden Händen eine imaginäre Kugel.

Ja, das hatte Marco auch erzählt. Sein größter Fund… Auf ihrer gemeinsamen Tour hatten sie dagegen nur einige wenige walnussgroße Pilze ausgegraben. Sie waren steinhart gewesen, alt, und Marco hatte sie gleich wieder eingesteckt. Grothe vermutete damals, dass er sie bei nächster Gelegenheit wieder vergraben würde, um sie der nächsten Gruppe triumphierend präsentieren zu können.

Heute kämen die Trüffel ohnehin aus China, hatte Sandra ergänzt, was auch der Wirt mitbekommen hatte, der ein passables Deutsch sprach und sich sogleich ereiferte.

„Macché Cina!" rief er und begann gestikulierend einen kleinen Vortrag. Dann unterbrach er sich, lief in die Küche und kam mit einem feuchten Tuch zurück. Daraus wickelte er vorsichtig einen faustgroßen schwarzen Trüffel und hielt ihn ihnen entgegen. Sofort breitete sich ein betörender Duft aus. Den habe er heute früh bei Montecastello aus dem Boden geholt. Keine zwölf Stunden sei das her. Der Pilz schimmerte feucht und glänzend im Licht der Hängelampe. Es gehe nichts über Frische beim Trüffel, und deshalb schmeckte er hier und jetzt am besten. Basta. Dann verbeugte er sich, wickelte den Pilz wieder ein und ging zurück in seine Küche.

„Ich bin kein großer Trüffelfan", meinte Sandra, „aber dieser hier schmeckt wenigstens nach etwas."

„Marco hat recht. Trüffel verlieren sehr schnell ihren Geschmack. Man kann sie nicht konservieren."

„Und die ganzen Gläser und Pasten?"

Grothe zuckte mit den Schultern „Chemie?"

Sie aßen ihre Tagliatelle, die dunkelgelb waren und in Butter schwammen. Sie waren dicker als die aus der Fabrik, und ihre elastische Konsistenz erinnerte daran, dass Marco sie selbst herstellte. Roky saß auf dem Boden und beobachtete sie. Er bettelte nicht, schien aber durchaus interessiert, an ihrer Mahlzeit teilzuhaben.

Grothe zeigte auf den Hund. „Ein Russe hat Marco zehntausend Euro für Roky geboten. Marco hat abgelehnt."

„Was macht die Menschen so verrückt? Der Geschmack allein kann es doch nicht sein."

Grothe wog den Kopf. „Schwer zu sagen." Er wischte sich den Mund mit seiner blütenweißen Stoffserviette ab. „Es ist ein bisschen wie beim Goldrausch. Trüffel sind selten. Es gibt viel Mittelmaß, aber wenn man viel Glück hat, findet man *den* Trüffel, jenen, von dem man noch jahrzehntelang spricht."

„Der riesige Trüffel mit dem göttlichen Geschmack." Sandra lachte.

„Ja, so in etwa." Der Wirt kam zurück in die Stube, und Grothe winkte ihn heran. „Marco, was war der größte Trüffel, den du je gefunden hast?"

Marcos Augen begannen zu leuchten. „Den größten schwarzen habe ich vor zwei Jahren gefunden. Roky hat ihn gefunden." Der Hund sprang auf, als er seinen Namen hörte. „Neunhundertdreißig Gramm. So groß wie ein Kürbis." Der Wirt bückte sich und tätschelte den Kopf des Hundes. „Und weißen?" Er überlegte. „Das ist lange her. Da war ich noch mit Großvater unterwegs." Er sagte *nonno*. „Späte Achtziger oder frühe Neunziger." Er war ernst geworden. „Es gibt immer weniger weiße Trüffel, und dieses Jahr ist es besonders schlimm." Er legte Grothe eine Hand auf die Schulter. „Wir haben ihn *Parigi* genannt. Knapp zwölfhundert Gramm."

„Warum Paris?" wollte Sandra wissen.

„Das ist eine lange Geschichte. Eine Legende." Marco sah zur Decke. „Parigi war der Hund von Arturo Gallerini, genannt Bego, der beste Trüffelsucher aller Zeiten." Ob Hund oder Mensch, ließ er offen. „Es war im Oktober 1954, am 26., wenn ich nicht irre, im

Morgengrauen in der Gegend von San Miniato, den genauen Ort hat man nie erfahren. Das ist bei Pisa in der Toskana. Zweitausendfünfhundertzwanzig Gramm." Er sprach die Zahl wie eine Beschwörungsformel. „Der größte Trüffel, der je gefunden wurde. In Italien und auf der ganzen Welt."

Grothe, der die Geschichte kannte, nickte bedächtig, und Sandra fragte: „Hat man ihn gegessen?"

Marco schüttelte den Kopf. „Ein Trüffelhändler hat ihn gekauft und dem damaligen amerikanischen Präsidenten Eisenhower geschenkt. Er muss wochenlang unterwegs gewesen sein und ist schließlich in einem Museum gelandet." Er seufzte. „So ist das Leben."

Zum Hauptgang tranken sie Amarone, den schweren Rotwein der Gegend, was Grothe an Berlin erinnerte, an ihr erstes Date, wenn man so wollte, an jenen Abend im Cavallino Rampante, der so lange her schien und doch erst wenige Wochen zurücklag. Damals hatte er Sandra alles gestanden, Ungers hoffnungslosen Zustand, seinen Plan, Nico als Ghostwriter für *Eine deutsche Familie* zu gewinnen, hatte sie um Hilfe gebeten, ihren Bruder zu überzeugen. Und sie hatte zugestimmt. Zu seinem Erstaunen. Eine Verwunderung, die tief und ehrlich war. Grothe nahm ihre Hand, wie er sie damals hatte nehmen wollen. Doch jetzt tat er es wirklich. Sie erwiderte seinen Druck. Was hatte sie gesagt? *Wir sind Geschäftspartner, mehr nicht.* Wann hatte sie ihre Meinung geändert?

Grothe wusste, dass er ihre Zuneigung nicht verdiente. Nicht nur seines Alters wegen. Sie war so anders als er, begeisterungsfähig, fröhlich und schön, auf eine unangestrengte Art und Weise schön. Er spürte, dass er sie als Frau noch mehr brauchte denn als Schwester eines genialischen Bruders. Selbst, wenn alles scheitern sollte, selbst wenn Nico *Eine deutsche Familie* nie zu Ende schriebe, diese Tage und Stunden mit ihr würden bleiben.

„Ein sehr schöner Abend", sagte er vorsichtig.

„Das finde ich auch," dann kniff sie die Augen ein wenig zusammen. „Was wird das jetzt?"

Er schüttelte bedächtig den Kopf: „Ich weiß nicht..."

„Psssst", sagte sie leise. „Lass gut sein, Jo." Sie berührte kurz seine Hand. „Keine Grundsatzdiskussionen, ja?" Sie zog ihre Hand zurück. „Ich fand dich vom ersten Tag an sympathisch, weißt du? Aber ich fand dich auch so…", sie suchte nach Worten, „berechnend." Sie lachte. „Ich studiere Mathe und sehe den Leuten an, wie es in ihrem Kopf arbeitet. Du schaust wie jemand, der mehrere komplizierte nichtlineare Gleichungen gleichzeitig zu lösen versucht. Immer wachsam, immer angestrengt, als könntest du etwas übersehen oder vergessen."

Das Ei war noch flüssig und lag großzügig auf den gerösteten Polenta-Scheiben verteilt. Sie schmeckten nach dem Holzofen, in dem sie gelegen hatten. Der Trüffel türmte sich in schwarzen Flocken darüber.

„Und wann hast du deine Meinung geändert?" fragte Grothe.

Erstaunt sah sie auf. „Ich habe meine Meinung nicht geändert." Sie nahm ihr Weinglas und trank einen kleinen Schluck. Der Inhalt des Glases war tiefrot, fast violett und kräuselte sich an der Oberfläche, als ob ihre Hand unmerklich zitterte. „Aber ich wusste von Anfang an, dass du eine andere Seite hast. Du versuchst sie so gut wie möglich zu verbergen oder du verlierst sie aus den Augen." Jetzt sah sie ihn an. „Ich dringe nicht bis dahin vor oder nur fast, aber ich weiß, dass sie da ist."

„Ich bin also kein hoffnungsloser Fall?"

Sandra blinzelte. „Ich wünschte mir…" Sie brach ab.

„Was wünschst du dir?"

„Ach, nichts, vergiss es." Dann richtete sie sich auf und versuchte zu lächeln. „Vielleicht sind es die Ferien, die Weihnachtsfeiertage, der Gardasee, die Punta San Vigilio. Von allem etwas oder alles zusammen…" Unmerklich hob sie die Schultern: „Auf jeden Fall bin ich froh, dass du mich mitgenommen hast."

„Und ich bin froh, dass du mitgekommen bist."

„Darauf können wir uns einigen." Leise stießen sie an.

Beim Nachtisch kamen sie auf die Arbeit zu sprechen. Es gab Trüffeleis, das nicht nur so hieß, sondern auch große Trüffelstücke enthielt. Das war selbst für Grothe etwas Neues.

Mit dem Manuskript ging es gut voran. Nico war fleißig, und Sandra und Grothe lasen die Produktion jedes Tages abends oder am nächsten Morgen durch. Valery verzichtete auf die Arbeit am Text,

da sie nach eigenen Angaben zu wenig Deutsch verstand, um hilf-
reich zu sein.

Was von Nico und was von der KI war, blieb weiter im Dunkeln. Vielleicht war es gar nicht zu trennen. Er machte die Vorgaben,
die Promts, der Chatbot spuckte den Text aus und Nico redigierte
ihn. Vielleicht änderte er viel, vielleicht wenig. So genau wollte
Grothe das gar nicht wissen. Auf jeden Fall entstand mehr Text als
ein einzelner Mensch allein je hätte schreiben können. Wäre es anders gewesen, hätten sie ihr Ziel nie erreicht.

Am späten Vormittag fand dann das statt, was sie *Redaktionssitzung* getauft hatten. Nico las laut vor. Grothe hatte sich mit
seiner Ansicht durchgesetzt, man könne einen Text erst richtig würdigen, wenn man ihn *hörte*. Oft waren es einzelne Worte, die jemanden aufstießen, doch ebenso oft konnte Nico sie davon überzeugen,
dass Unger selbst genau dieses oder zumindest ein ganz ähnliches
Wort gewählt hätte. Er schien so tief in die Gedankenwelt des großen Schriftstellers eingedrungen zu sein, dass er mühelos und überzeugend argumentieren konnte. Zudem hatte er unzählige Beispiele
parat, die er seiner Datenbank entnahm, in der er Ungers sämtliche
Texte digitalisiert hatte. Daraus fischte Nico wie aus einem übervol-
len Teich.

Valery, die es sich nicht nehmen ließ, bei diesen Sitzungen
zugegen zu sein, hatte das große Ganze im Blick und interessierte
sich vor allem für die Charaktere.

Dann merkte sie an, ein bestimmtes Verhalten, eine Reaktion, ein Satz in einem Dialog passe nicht zur Figur, widerspreche ihrer Beschreibung, läge sie auch viele Seiten zurück. Sie hatte ein gutes Gespür für die Psychologie der fiktiven Gestalten und konnte
lange über deren Motive, Ängste und Gedanken sprechen. Es wäre
ihr ein Leichtes gewesen, ganze Fallstudien zu jeder einzelnen Figur
zu verfassen. Es war dieses Einfühlungsvermögen, das sie wie selbstverständlich aufbrachte, das Grothe am wertvollsten fand.

Nico dagegen schien bei aller sprachlicher Brillanz hier De-
fizite zu haben. Er neigte zur Verspieltheit und ergänzte großzügig
den Text der KI, der ihm zu nüchtern erschien. Er schmückte Beschreibungen so stark aus, bis sie überladen wirkten, fügte Wörter
und Wiederholungen hinzu, um seinen Vorstellungen von Metrik

und Rhythmus gerecht zu werden, und änderte gelegentlich Adjektive aufgrund ihres Klangs, ohne Rücksicht darauf zu nehmen, ob sie perfekt zur Person passten, die sie charakterisierten.

Er müsse den Text *trockenlegen*, pflegte Valery dann zu sagen, und Grothe wunderte sich, woher sie diesen Begriff hatte. Doch er passte, und vieles, was Nico und die KI schrieb, wurde besser, nachdem sie es gemeinsam trockengelegt hatten.

Im Grunde war es eine klassische Lektoratsarbeit, die sie gemeinsam durchführten. Grothe hoffte, dass Ingrid Lortzing nicht misstrauisch werden würde, wenn sie einen fix und fertig lektorierten Text erhielt. Aber Unger war seit jeher ein Pedant gewesen und hatte an seinen Manuskripten so lange gefeilt, bis es nichts mehr zu korrigieren gab. Im Gegenteil, jede Änderung, die sein Lektor vorschlug, bekämpfte er so hartnäckig, als wäre sie ein gegen ihn gerichteter persönlicher Angriff. Um einzelne Wörter hätten sie stundenlang gerungen, hatte Unger Grothe einmal stolz berichtet.

„Apropos, Lortzing", sagte Grothe, „sie wird nervös. Ich weiß nicht, wie lange ich sie noch hinhalten kann."

„Wie gut kennst du sie?" fragte Sandra.

„Gut … genug."

„Okay." Sie schob ihren Dessertteller zurück. Lange hatte sie darauf herumgekratzt, bis sie auch die letzten Reste Trüffeleis ausgelöffelt hatte. „Hast du…" Sie hielt inne. „Hast du darüber nachgedacht, was ich neulich gesagt habe?"

Grothe überlegte. Ging es um Unger, darum, dass man ihn sterben lassen sollte? „Ich weiß nicht, was du meinst."

Sandra sah ihn lange an. „Manchmal denke ich, du bist wirklich so."

„Wie?"

„Du hast wirklich nur das eine im Kopf."

„Das Manuskript?"

Sie nickte flüchtig und blickte zu den Nachbartischen. Das Restaurant hatte sich geleert. Eine Familie mit zwei kleinen Kindern war als letzte gegangen. „Manchmal denke ich…" Sie biss sich auf die Lippen. „Wir sind alle nur Mittel zum Zweck für dich. Nico, Valery, Mathilde, selbst Susanne Berggrün. Und ich…" Er wollte protestieren, doch sie hob die Hände. „Ich weiß, du hast mir alles schon x-mal erklärt." Sie nahm die Serviette und tupfte sich den Mund ab. „Ich will den Abend nicht verderben." Ihre Hand ging zu ihrem Rotweinglas, auf halber Strecke zog sie sie wieder zurück. „Aber eines möchte ich doch wissen. Hast du nur mit mir geschlafen…"

„Es war deine Idee, schon vergessen?" unterbrach Grothe sie.

„Du bist nur das Opfer?" Ihre Miene wurde weicher. Sie versuchte ein Grinsen zu unterdrücken.

„Das willige Opfer", ergänzte Grothe. „Ich hätte es nie gewagt…"

„Dann bist du auch noch feige?"

Grothe, der für einen Moment befürchtet hatte, der Abend könne im Streit enden, nickte heftig. Jetzt hätte er alles zugegeben. „Ich bin deiner nicht würdig."

Sie schien besänftigt: „Da hast du ausnahmsweise Recht." Sie nahm seine Hand. Eine Weile blickte sie darauf, als könne sie aus der Zeichnung der Adern und Venen auf dem Handrücken etwas Entscheidendes ablesen. „Wie soll es weitergehen?"

„Mit uns?" Hatte sie nicht Grundsatzdiskussionen vermeiden wollen?

Sie schüttelte den Kopf. „Das hat Zeit. Ich finde es schön, und ich möchte nicht darüber nachdenken." Sie zog ihre Hand zurück. „Ich meine das Manuskript."

„Hm", Grothe überlegte. Unger hatte *Eine deutsche Familie* in allen Details vorgezeichnet. Das Buch war auf drei Teile zu je zehn Kapiteln angelegt. Nico arbeitete am achten oder neunten Kapitel. „Es wäre gut, wenn der erste Teil hier am Gardasee fertig würde. Dann hätte Ingrid etwas halbwegs Abgeschlossenes in der Hand." Das wären dann ungefähr achtzig Druckseiten, dachte Grothe. Erschreckend wenig angesichts des Gesamtumfangs. Es war ein Anfang, mehr nicht.

„Ja", sie kaute auf ihrer Unterlippe und schien zu überlegen, „hier am Gardasee oder notfalls in Berlin…"

„Er kommt gut voran", wandte Grothe ein und wunderte sich über ihre Zweifel. „Das sollte zu schaffen sein!"

Marco kam an den Tisch, und sie bestellten einen Espresso.

Wenn der erste Teil nicht bald fertig wurde, stand das Projekt auf der Kippe. Wie mochte es in Berlin weitergehen, in der Hektik des Alltags? Würde Nico das Tempo durchhalten? Die Zeit drängte. Bald musste das *ganze* Buch fertig sein. Der erste Teil war nur ein Etappenziel.

Marco kam zurück und stellte eine Flasche Grappa zum Kaffee auf den Tisch. „Das ist dein Lieblingsgrappa, Jo. Diese Flasche ist nur für dich da. Ich habe sie unter dem Tresen versteckt, wo sie niemand sucht."

„Und der Grappa wird ja nicht schlecht, egal wie lange ich brauche, um ihn auszutrinken, stimmt's?"

„Nein, er wird nicht schlecht, aber der Alkohol verfliegt. Es ist wie beim Trüffel, es wird jeden Tag ein bisschen weniger."

Grothe goss selbst die beiden Kristallgläschen voll, die Marco auf den Tisch gestellt hatte. Es war ein Grappa von Nicolini, gebrannt aus einer Dolcetto-Traube. Er schmeckte ein wenig nach Anis und Minze, zusammen mit dem Weinbrand ein verführerischer Geschmack. An der Flasche trank er seit einigen Jahren, und seiner Meinung nach wurde er von Jahr zu Jahr besser. In dieser Hinsicht irrte der Wirt.

Sie blieben noch sitzen, und Grothe schenkte mehrmals nach. Sie waren drauf und dran, die Flasche doch zu leeren, als sie endlich aufbrachen. Fahren wollte er nicht mehr. Die Straße hinunter zum See war schmal und kurvig. In engen Kehren hangelte sie sich am Berg entlang.

Frühzeitig hatte er nach einem Zimmer im einzigen Hotel gefragt, das noch offen war, und Marco hatte dort für ihn angerufen. So mussten sie nur wenige Meter gehen.

Sie kämpften sich durch den böigen Wind und hielten sich aneinander fest. Unter ihnen glitzerte der See. Die Lichter der Dörfer rahmten ihn ein wie einen goldgefassten schwarzen Diamanten.

Kapitel vierundzwanzig

Am nächsten Morgen frühstückten sie zeitig. Sie wollten die Redaktionssitzung in Torri nicht verpassen. Sie fände zwar ohne sie vermutlich ohnehin nicht statt, aber ausfallen sollte sie auch nicht. Üblicherweise stand Nico spät auf, bestimmt hatte er auch am Vorabend noch lange gearbeitet.

Sie hatten gut geschlafen. Dazu beigetragen hatten die absolute Stille und die eiskalte Luft, die durch das halboffene Fenster hereinströmte. Grothe hatte sich eng an Sandra geschmiegt und ihre Wärme genossen. Er hatte eine Hand unter ihren Slip geschoben und sie am Ansatz ihrer spärlichen Behaarung ruhen lassen. Eine intime Geste, die Grothe sehr genoss.

Als sie dann aufwachten, war es zu kalt, um an Sex zu denken. Sie sprangen aus dem Bett, machten sich flüchtig frisch und gingen nach unten. Sie waren die einzigen Gäste am Frühstückstisch und aßen vom dunklen Brot, dem Käse und der hausgemachten Salami, die mit Salbei, Rosmarin und Zitronenschale gewürzt war. Mit der Wirtin sprachen sie vor allem über das Trüffelfest, das jedes Jahr Ende September stattfand.

Der Rückweg war nicht weit, aber sie mussten rechtzeitig an der Fähre in Toscolano Maderno sein. In dieser Jahreszeit verkehrte die Fähre seltener als im Sommer, und die Straße um den See herum hätte einen Umweg von mindestens einer Stunde bedeutet.

Die Fähre war spärlich besetzt, nur ein paar Lieferwagen wollten nach Torri. Sie waren die einzigen Touristen an Bord. Den Volvo von Unger, den sie sich für diesen Ausflug ausgeliehen hatten, ließen sie am Ende der Ladefläche stehen und stiegen die eisernen Stufen hinauf.

Die Fähre war klein und offen. Man fuhr über eine Rampe hinein und, wenn sich die Ladeklappe auf der anderen Seite senkte, wieder heraus.

Über dem Fahrdeck befand sich ein ungemütlicher Aufenthaltsraum, und so standen sie auf der offenen Galerie. Obwohl sie mit Bedacht die Leeseite gewählt hatten, pfiff ihnen der Wind um die Ohren. Doch die Sonne schien. Dunkelgrün schimmerten die Wellenkämme im morgendlichen Licht. An der Reling baumelte ein riesiger roter Rettungsring. Grothe und Sandra standen dicht beieinander und suchten in den Resten des Frühnebels die Türme der alten Burg von Torri. Schwungvoll teilte das Schiff das Wasser und wirbelte Gischt auf.

„Ich fahre morgen nach Berlin zurück", beendete Sandra das Schweigen. Sie hatte den Kopf ein wenig zu ihm gedreht, ohne ihm in die Augen zu sehen.

Grothe blickte auf. Sie hatten noch nicht darüber gesprochen, wie lange die Gruppe in Torri zusammenbliebe, doch Grothe war davon ausgegangen, dass es mindestens bis Silvester sei, Neujahr, denn man würde den Jahreswechsel gewiss zusammen feiern. Er war überrascht – und enttäuscht. Und er ärgerte sich über sich selbst, dass ihn Sandras Eröffnung so unvorbereitet traf. Er hatte es versäumt, sich rechtzeitig zu erkundigen. Deshalb also ihre Bemerkung am letzten Abend, als er ausgerechnet hatte, wann Nico mit dem ersten Teil fertig wäre. Der Bruder würde in Torri fertig – *oder in Berlin*, hatte sie gesagt. Warum erst jetzt dieses Eingeständnis, warum nicht schon gestern? Das wäre der richtige Zeitpunkt gewesen.

Er brauchte einige Augenblicke, um sich zu fassen. „Nico fährt sicher mit. Und Valery…"

Sandra nickte. „Ja", sie lachte etwas verkrampft. „Ich lasse dich mit den alten Damen allein." Und nach einer kleinen Pause. „Komm doch mit…"

Grothe trat einen halben Schritt zurück. Er hätte nichts lieber getan, aber das ging nicht. Nicht, solange die Situation um den im Koma liegenden Unger nicht vollständig unter Kontrolle war. Er drehte sich zur Reling und stützte sich mit den Armen ab. Er schüttelte den Kopf. „Seit wann…"

Sandra drehte sich zu ihm um. Mit einer Hand berührte sie seine Schulter. Eine halbe Umarmung. „Wir haben es gestern Mittag beschlossen." Sie seufzte. „Ich weiß, ich hätte es dir früher sagen sollen. Aber…" Sie brach ab.

„Es ist in Ordnung. Mach dir keine Gedanken."

Das Schiff kämpfte gegen die kleinen Wellen an. Ein Motorboot überholte es und hinterließ eine lange weiße Spur, eine Wunde, die sich nur langsam schloss.

„Hör zu, Jo, es war nicht meine Idee, aber Valery fällt die Decke auf den Kopf. Man hat sie an Silvester in Berlin eingeladen, und sie will unbedingt hin. Und wenn Valery geht, geht Nico mit…“

„Und wenn Nico geht, gehst du mit.“

„Er ist mein Bruder. Und er braucht mich jetzt.“

„Auf die zwei oder drei Tage kommt es nicht an. Über Silvester wird er sowieso nicht allzu viel schreiben.“ Er sprach langsam und ohne Nachdruck. „Du könntest bleiben.“

Sie schwieg lange und betrachtete die Möwen, die hinter dem Schiff kreisten. Schließlich sagte sie: „Ich brauche Abstand, Jo. Verstehst du das? Es ging alles so schnell…“

„Es ist … schade.“ Was sie gesagt hatte, klang wie ein Abschied, der ohnehin gekommen wäre, und doch hatte Grothe nicht damit gerechnet.

„Ja, ich finde es auch schade“, antwortete sie leise und drückte sich an ihn.

Als sie gleich darauf in den kleinen Hafen von Torri einliefen, ließ das Schiffshorn sein langes durchdringendes Signal ertönen.

Am nächsten Morgen brachen die Neumanns und ihre Begleitung früh auf. Valery schien erleichtert, wieder in die Zivilisation zurückzukehren. Ein wenig graute ihr vor der langen Fahrt, ließ sie verlauten, zumal in den Alpen Schnee angesagt war, aber Nico versicherte, dass der Brenner im Winter für den alten Volvo kein unüberwindbares Hindernis sei.

Grothe blieb mit Mathilde, Carmen und Susanne Berggrün zurück. Es kam ihm etwas seltsam vor, dass er Unger nicht mitzählte. Er war zwar nicht tot, gehörte aber auch nicht wirklich zu den Lebenden.

Die nächsten Tage verliefen ereignislos. Grothe ging den anderen aus dem Weg. Er wusste, dass noch ein wichtiges Gespräch mit Carmen Unger ausstand, aber das schob er vor sich her.

Es war wieder wärmer geworden, fast lau, und Grothe ging oft allein spazieren. Er lief über die Hügel, er lief am See entlang, und einmal war er sogar wieder auf der Punta San Vigilio.

Auch er brauchte Abstand, wurde ihm bewusst. Was empfand er für Sandra Neumann? Er hatte sich leichtfertig auf etwas eingelassen, von dem er nicht wusste, wohin es führte.

Vielleicht war es der Ausnahmezustand hier in Torri. Nico bei Laune halten, Susanne Berggrün und Carmen Unger besänftigen, Mathilde aufmuntern, während Ungers Tod in jeder einzelnen Sekunde wie ein Damoklesschwert über ihm schwebte.

Und Sandra war seine Verbündete gewesen, trotz ihrer Zweifel die Einzige, die auf seiner Seite stand. Hatte er sich in sie verliebt? Der Gedanke machte ihm Angst.

Eines Nachmittags klopfte es an seiner Zimmertür. Sein Herz machte einen Sprung, denn dieses zögerliche Geräusch erinnerte ihn an Sandras Klopfen.

Doch er war Susanne Berggrün, und er starrte sie verwundert an. So wie sie sich in den letzten Tagen zurückgezogen hatte, war sie mehr und mehr aus seinem Bewusstsein verschwunden. Jetzt wunderte er sich fast, dass sie noch da war.

Und noch etwas anderes erstaunte ihn. Sie wirkte verändert. Sie hatte die Arme vor der Brust verschränkt und die Lippen zusammengepresst. Aber es war keine Trauer, die sie ausstrahlte, auch keine Bitterkeit, es war eher Wut. Etwas, das nicht zu ihr passte.

Er fragte sie vorsichtig, was er für sie tun könne, und sie bat, hereinkommen zu dürfen. Unschlüssig gab Grothe den Weg frei. Sein Zimmer war nicht für Besucher eingerichtet, sah man von Hem ab, der überall ein Plätzchen fand. Und die wenigen Male mit Sandra, hatten sie das Bett geteilt. Er beschloss, stehen zu bleiben. Nicht anzunehmen, dass es ein langes Gespräch wurde.

Sie druckste eine Weile herum, gab sich dann einen Ruck, so als habe sie den Mut gefunden, das eigentliche Thema anzusprechen.

Sie wisse, was gespielt werde, begann sie. Man dürfe sie nicht für dumm verkaufen. Und wenn sie auch ein freundlicher und zurückhaltender Mensch sei, so solle doch niemand glauben, sie lasse sich alles gefallen. Das sagte sie mehrmals und mit unterschiedlichen Worten, während Grothe fieberhaft überlegte, was er erwidern, auf welche Verteidigungslinie er sich zurückziehen könnte. Alles abstreiten? Stur bleiben? Verhandeln?

Gab sich Grothe zunächst verwundert und ungläubig, zeigte sich bald, dass Susanne Berggrün über die Vorgänge im Haus gut informiert war. Sie wusste, was Nico den Tag über trieb und kannte den aktuellen Stand des Buchprojektes. Ob dies das Ergebnis eigener Recherche war oder ob ihr die Einzelheiten von Dritten zugetragen worden waren, ließ sie offen. Grothe hatte Mathilde in Verdacht, mehr noch Carmen. Oder Valery oder Sandra war etwas herausgerutscht.

Susanne Berggrün war aufgebracht. Sie warf ihm vor, seinen feierlichen Schwur, so drückte sie sich aus, gebrochen zu haben, ein hinterhältiges Spiel zu spielen, von dem alle profitierten, nur sie nicht. Im Gegenteil, sie war die Einzige, auf deren Kosten es ging.

Grothe hatte nicht geglaubt, die Vorgänge im Haus blieben von ihr unbemerkt. Sie war die Einzige, die nicht eingeweiht war, ein Zustand, der sich nicht lange aufrechterhalten ließ. Er hatte gehofft, sie hätte Nicos Arbeit an der Unger'schen und damit ihrer eigenen Story bemerkt und sich allmählich damit abgefunden, so dass ihm peinliche Aussprachen und Vorwürfe erspart blieben. Sie würde auch diesen Schlag klaglos einstecken, so wie alle anderen zuvor, das war seine feste Überzeugung gewesen.

Umso erstaunter war er über diese Wendung. Das war nicht die Susanne Berggrün, die er kannte, und er fragte sich, wie er sich in ihr hatte täuschen können.

Und noch etwas war ihm aufgefallen. Sie hatte mehrmals das Wort *Kosten* in den Mund genommen. Es dämmerte ihm, dass sie Geld wollte. Verhindern konnte sie das Projekt nicht, aber sie würde sich ihr Schweigen bezahlen lassen. Das beruhigte ihn. So wenig die Wut zu ihr passte, so billig ließe sie sich vielleicht abspeisen.

Er unterbrach sie: „Was willst du?"

Zum ersten Mal sah sie ihm in die Augen. „Meinen gerechten Anteil."

„Ich kann dir..." Er überlegte. Wenn er hart verhandelte, kam er vielleicht mit einem blauen Auge davon. „Sagen wir..."

„Ich will das Gleiche wie Herr Neumann. Fünfzigtausend. Schließlich ist es meine Geschichte. Und die Story ist genauso wichtig wie sein Geschreibsel. Eigentlich ist sie noch viel wichtiger." Sie presste den Mund so fest zusammen, dass ihre Lippen die Farbe verloren.

Als Grothe die Summe hörte, hatte er das Bedürfnis, sich irgendwo festzuhalten. Er trat einen Schritt zurück und lehnte sich an die Fensterbank. „Das ist völlig..." Er brachte nicht genug Empörung in seine Stimme und brach ab. „So viel Geld habe ich nicht", sagte er nur.

Das war nicht ganz falsch. Von dem Vorschuss auf den Vorschuss waren nur noch zwanzigtausend übrig, und die brauchte er dringend, um Unger bis zum Herbst am Leben zu erhalten. Ingrid Lortzing konnte er nicht behelligen, jedenfalls nicht so lange, bis das Manuskript fertig war. Aber wenn er auch Susanne Berggrün eine solche Summe gab, blieb am Ende nichts mehr für ihn übrig. Die Produktionskosten steigen, dachte er flüchtig und unpassenderweise. Gut, es war ja nur der Vorschuss. Wenn das Buch ein überwältigender Erfolg würde, gäbe es mehr. Er dachte an die Übersetzungsrechte, an Film und Fernsehen, aber das war zu diesem Zeitpunkt reine Spekulation. Das einzig Sichere war seine Provision, und die war im Begriff, sich in Luft aufzulösen.

Er verhandelte lange, argumentierte, auch Unger habe einen Beitrag zu seinem letzten Buch geleistet und so stehe ihm, also Mathilde, ebenfalls ein Teil zu. Ein Argument, das nicht falsch war, aber nicht berücksichtigte, dass Mathildes Anteil nichts mit seiner Provision zu tun hatte und ohnehin 85% betrug. Möglich, dass Susanne Berggrün auch Mathilde erpresste oder es bald täte. Schließlich einigten sie sich auf dreißigtausend, eine Summe, die sie so schnell wie möglich und in bar bekommen sollte. Das war ihre Abmachung. Ohne ein weiteres Wort ging sie hinaus.

Und noch etwas ereignete sich in diesen Tagen. Es war Carmen Unger, die eines Abends ins Wohnzimmer kam und sich zu Grothe auf die Couch setzte.

„Darf ich dir Gesellschaft leisten?" Ohne seine Antwort abzuwarten, bat sie ihn, ihr ein Gläschen Prosecco einzuschenken.

Seit der Abreise der Berliner war es im Haus ruhig geworden. Man traf sich zufällig in der Küche oder verabredete sich zu einer Mahlzeit. Meistens aber schien sich jeder in seinem eigenen Zimmer aufzuhalten. Grothe begann sich bald zu langweilen. Wenn er nicht spazieren ging, saß er allein im Wohnzimmer und sah fern, manchmal bereits am frühen Nachmittag, meist deutsches Fernsehen, das er zufällig auf der Fernbedienung gefunden hatte. Eine für ihn ungewohnte Freizeitbeschäftigung – in seiner Wohnung in Berlin gab es keinen Fernseher – der er allmählich aber einen gewissen Reiz abgewinnen konnte.

Doch mehr als das normale Fernsehprogramm interessierte ihn, was er in einer Schublade des Schränkchens entdeckte, auf dem der Fernseher stand: Videokassetten, DVDs und CDs, sogar altmodische Kompaktkassetten waren darunter. Die meisten waren beschriftet; Mathilde hatte ein Stichwort oder ein Datum draufgekritzelt. Neben Mitschnitten von Fernseh- und Radiosendungen, zumeist Interviews mit dem Großmeister selbst oder Sendungen und Reportagen über ihn, gab es auch VHS-Kassetten der beiden einzigen Unger-Verfilmungen: *Jenseits der Berge und der Wälder* und *Die dritte Versuchung des jungen Tolstoi*.

Zwei Filme waren nicht viel, dachte Grothe, zumal man seiner Meinung nach mehr aus den Filmrechten hätte machen können, aber Walter Unger hatte sich nach den Streitigkeiten um die Verfilmung von *Jenseits* kategorisch geweigert, erneut mit einem Filmstudio zusammenzuarbeiten, so sehr Grothe ihn auch gedrängt hatte.

Der *Waldmensch*, so hatte die Presse den Protagonisten getauft, war ein Flop geworden. Trotz der hochkarätigen Besetzung – Leonardo di Caprio hatte die Hauptrolle übernommen – spielte der Film weder in den USA noch in Europa nennenswerte Summen ein. Außer dem Vorschuss war für Unger und Grothe nichts übriggeblieben.

Vielleicht dachte Grothe deshalb nicht gern an das fünfzehn Jahre alte Machwerk zurück. An diesem Abend in der Unger'schen Villa sah er es erst zum zweiten Mal. Das erste Mal war bei seiner Deutschlandpremiere im Berliner Zoopalast gewesen.

Doch der Film war nicht schlecht, gestand sich Grothe an diesem Abend ein, und Carmen, die sich zunächst abfällig murmelnd zu ihm auf die Coach gesetzt hatte – sie mochte den Film ebenso wenig wie ihr Vater – entspannte sich zusehends, je tiefer

Wellensiek/di Caprio in den Wald vordrang und je schlechter das Wetter wurde. Ein regnerischer Herbst hatte begonnen, dem ein eisiger und schneereicher Winter folgen sollte. Etwas wie Spannung kam auf.

„Ich halte di Caprio für eine totale Fehlbesetzung", hatte Carmen bald gesagt, eine Einschätzung die Grothe nicht teilte, schließlich hatte Leonardo di Caprio für eine ähnliche Rolle in *The Revenant* unlängst einen Oscar bekommen. Aber das war fünfzehn Jahre später gewesen, und vielleicht passte es zu einem langhaarigen und bärtigen Eremiten besser, wenn auch sein Gesicht von den Mühen und dem Hunger zerfurcht war. Andererseits war Wellensiek genau in dessen Alter gewesen, als er beschloss, den Rest seiner Tage in den Bergen und Wäldern seiner Heimat zu verbringen. Darüber diskutierten sie noch eine Weile ohne rechte Überzeugung, denn das eigentliche Streitthema war der Schluss des Films.

An Tiefe gewinnt die Handlung, als der verwilderte Hund auftaucht, ein Schäferhund oder ein Wolf oder eine Mischung aus beiden. Und während Wellensiek und Lupo, so hat er das zottelige Tier getauft, sich näherkommen, schien auch Carmen die Entfernung zu Grothe zu verkürzen, rückte durch manch eine unbeabsichtigte Bewegung oder ein Hin-und-her-Rutschen auf dem speckigen Leder des Sofas näher, ein Vorgang, der Grothe erst bewusstwurde, als sie bereits Schulter an Schulter dasaßen und ihre Hand sein Knie streifte, als sie nach ihrem Sektglas griff.

Ein wenig amüsierte ihn das, ein wenig beunruhigte es ihn. Als der Jäger dann schließlich auf Lupo zu schießen beginnt, griff Carmen erschrocken in seinen Oberschenkel, drückte fest zu, um kurz darauf wieder loszulassen. Die Hand ließ sie liegen. Grothe, der an seinem Whisky nippte, schielte danach. Sie lag auf seinem Bein, als hätte sie schon immer dorthin gehört, und er betrachtete ihre langen schmalen Finger und den Ring, den sie trug, ein schlichtes Modell ohne Stein, einem Ehering nicht unähnlich.

Ihre Hand lag ruhig da. Er spürte die Wärme, die durch den Stoff seiner Hose drang. Doch als der Film sich seinem umstrittenen Höhepunkt näherte, kam Bewegung auf, die Finger erwachten aus ihrer Lähmung, drückten leicht in seine Haut und strichen kaum merklich auf und ab.

Lupo wird von den Kugeln des Jägers getroffen. Als di Caprio ihn findet, liegt er winselnd im Schnee. Er sinkt neben ihm nieder. Lange sitzt er bei dem sterbenden Hund. Er hat Jacke und Hemd ausgezogen, um das frierende Tier zu bedecken. Er selbst spürt die Kälte nicht. Als der Hund schließlich zum letzten Mal ausgeatmet hat, steht er auf. Er wuchtet sich den Kadaver auf die Schulter. Das noch warme Blut rinnt ihm über Bauch und Rücken. Er greift in die noch blutende Wunde und reibt seinen Oberkörper damit ein. Dann malt er sich Streifen ins Gesicht, zwei über die Wangen und zwei über die Augenbrauen. Er nimmt sein Gewehr und lädt es durch. Ruhig geht er ins Dorf, um ein Blutbad anzurichten. Wahllos erschießt er Männer, Frauen und Kinder, bis er den Jäger findet und auch an ihm Gerechtigkeit übt.

Das war der umstrittene Schluss, ein Schluss, der nicht der Romanvorlage entsprach und den Unger nie gebilligt hatte. Bei ihm stirbt der entkräftete Rohrdanz erst viel später einsam in seiner Höhle, an seiner Seite der treue Hund, der ihn bis zuletzt wärmt.

Doch Hollywood hatte sich durchgesetzt. Der Mann, der das Drehbuch adaptiert hatte, bestand auf einem spektakulären Ende, darauf, dass dem stets duldsamen Protagonisten angesichts der Ermordung seines Hundes der Geduldsfaden reißt und er sich endlich zur Wehr setzt. „In dem ganzen Scheißplot passiert ja sonst nichts", zu dieser Äußerung hatte er sich im Beisein von Walter Unger hinreißen lassen und sich dessen lebenslange Feindschaft eingehandelt. Eine Feindschaft, die nicht nur ihn, sondern die gesamte Filmbranche, ja ganz Amerika miteinschloss.

Schwer zu sagen, was besser war, dachte Grothe, als der Abspann lief. Er nahm Carmens Hand und schob sie zurück. Dann tätschelte er sie kurz. „Jetzt sind wir quitt. Ich werde dich auch nicht verpfeifen."

Sie lachte auf. „An wen auch? An meine Mutter? An meinen Vater? Ich bin erwachsen, weißt du."

„Das warst du damals auch schon", erwiderte er.

„Vielleicht hättest du nur ein bisschen hartnäckiger sein müssen. Wer weiß?" Sie rückte von ihm ab und trank ihren Prosecco aus. „Aber du warst schon damals ein Feigling und bist es offensichtlich immer noch."

„Sei mir nicht böse, Carmen."

Sie boxte ihm gegen die Schulter. „Ich bin dir nicht böse. Ich wollte nur, dass du es am eigenen Leib erfährst, wie es sich anfühlt, wenn dir ein Fremder das Knie tätschelt. Und du musst zugeben, die Hand ist nicht höher gerutscht. Nicht viel jedenfalls."

Er wandte sich ihr zu. „Dann danke ich dir für die Lehrstunde."

„Ich glaube, du denkst zu viel an dieses … Mädchen. An Sandra, meine ich." Sie schien belustigt und ein wenig beschwipst. „Sie ist in dem Alter, in dem ich damals war." Dann stand sie auf. „Aber längst nicht so hübsch." Sie spitzte die Lippen zu einem Küsschen und ging unsicheren Schritts zur Tür hinaus.

Grothe blieb sitzen. Er trank noch ein Glas mit Hem und musste sich dessen Vorwürfe anhören.

Kapitel fünfundzwanzig

Am Silvesterabend kamen alle wieder zusammen. Im Vergleich zum Weihnachtsfest war es eine kleine Gruppe, die sich um den großen Tisch einfand. Vier Personen waren übriggeblieben, wollte man Walter Unger und Hem nicht mitzählen, die nicht am Silvesteressen teilnehmen konnten. Grothe hatte es mit drei Frauen zu tun. Er hatte sich vorgenommen, sich von seiner besten Seite zu zeigen, und sie bestmöglich bei Laune zu halten. Er brauchte jede einzelne von ihnen, wenn auch aus unterschiedlichen Gründen.

Zu seinem Erstaunen waren alle drei sorgfältig zurechtgemacht und elegant gekleidet. Mathilde trug Schmuck, eine Kette aus dunkelblauen Steinen und eine auffällige goldene Brosche. Er selbst lief in seinen üblichen Hosen herum und kam sich etwas schäbig vor. Über das Hemd hatte er die Wollweste gezogen, die er im Schrank seines Zimmers gefunden hatte. Ein altmodisches Stück, das schon wer weiß wie lange dort hing. Vielleicht hatte sie Walter Unger gehört.

Mathilde hatte wie üblich auf typische italienische Gerichte bestanden und einen *zampone* mit Linsen und Polenta aufgefahren. Als dann der Schweinefuß auf den Tisch kam, ein langes Hinterbein, das so prall und rosa war, als hätte man es gerade einem lebenden Tier abgenommen – sogar die drei Zehen waren noch gut zu erkennen – hielt sich die Begeisterung in Grenzen.

Auch die Gastgeberin zögerte. Susanne Berggrün, die ihre vegetarischen Neigungen wiederentdeckt zu haben schien, weigerte sich kategorisch, davon auch nur zu probieren, sie würde von dieser fettigen Schwarte keinen Bissen nehmen. Zum Glück gab es noch einen traditionellen Fischsalat mit Matjes und Lachs, von dem sie sich nahm, wobei sie darauf bedacht schien, nicht auf das Schweinebein in seiner fast obszönen Pose zu schauen.

Carmen Unger ging mit gutem Beispiel voran und schnitt sich eine dicke Scheibe vom Schweinefuß ab. Dann sah sie Grothe an: „Auch ein Scheibchen?" Sie lächelte verschmitzt.

Grothe wollte ihr nicht nachstehen und nahm eine große Portion. Mathilde, die vorgab, keinen Hunger zu haben, begnügte sich mit einem symbolischen Stück, das sie erst sorgfältig von seiner ledrigen Haut befreite.

War Grothe zunächst skeptisch gewesen, fand er das Fleisch überraschend gut. Der Fuß war mit grob gehacktem Schweinefleisch gefüllt und stellte eine Art rustikale Wurst dar, die stark gewürzt war und nach Nelken und Zimt schmeckte, etwas, das er in dieser Kombination noch nie gegessen hatte. So nahm er sich eine weitere Scheibe und freute sich über die Blicke der Frauen, die ihn für mutig oder unempfindlich halten mochten. Nur Carmen schmunzelte in sich hinein.

Der Zitronenkuchen, den es zum Nachtisch gab, versöhnte und vereinte wieder alle. Man tunkte ihn in *vinsanto*, einen süßen Dessertwein, oder trank dazu ein Glas Prosecco, von dem man bereits eine zweite Flasche entkorkt hatte. Den *zampone* hatte Mathilde bald zurück in die Küche gebracht.

Bis Mitternacht war es eine Weile hin. Mathilde hatte das italienische Fernsehen eingeschaltet, ein buntes und schrilles Programm mit einer spärlich bekleideten Moderatorin, das niemand ernsthaft zu verfolgen schien. Gastgeberin und Tochter machten sich bald auf, um der Nachtschwester ein Stück Kuchen zu bringen und nach Walter Unger zu sehen. Kurz, wie es hieß, und ehe er es sich versah, saß Grothe mit Susanne Berggrün allein auf der abgewetzten Ledercouch. Während er es sich auf der einen Seite bequem gemacht und die Füße auf den gläsernen Couchtisch gelegt hatte, saß die Berggrün am äußersten Rand der anderen Seite und schien bestrebt, so wenig Platz wie möglich in Anspruch zu nehmen. Sie war dünn und schmal, hatte die Arme verschränkt und die Beine zusammengepresst, die Hände gefaltet und war so in sich selbst zusammengesunken, dass Grothe fürchtete, sie würde verschwinden – oder aufstehen und in ihr Zimmer gehen, was aufs Gleiche hinausliefe.

Ich sollte mit ihr sprechen, dachte Grothe, ohne zu wissen, worüber. Ihre letzte Begegnung war nicht erfreulich verlaufen. Jetzt schien sie besänftigt, zwar noch angespannt und ernst, aber nicht mehr so feindselig wie zuletzt. Sie trug ein grüngelbes, längsgestreiftes Kleid, das eher ein Sommerkleid war, sie aber nicht so hager erscheinen ließ. Es stand ihr.

„Susanne", das Du fiel Grothe schwer, es passte nicht zur Distanz, die zwischen ihnen lag, zur räumlichen Distanz und auch zu jener im übertragenen Sinne. Sie zuckte zusammen und starrte ihn an. Grothe beeilte sich freundlich fortzufahren. „Ich habe mich oft gefragt, wie lange ihr an deiner Geschichte gearbeitet habt, es müssen doch viele Jahre gewesen sein." Wenn der Fischer-Verlag das Buch im vergangenen Herbst zum dritten Mal angekündigt hatte, mussten Unger und die Berggrün noch viel länger daran gesessen haben.

„An *Eine deutsche Familie*?" fragte sie zögernd und Grothe nickte. Sie überlegte. „Ziemlich genau fünf Jahre, so lange kenne ich Walter ... zumindest näher."

Fünf Jahre, dachte Grothe. Soweit er wusste, arbeitete Unger schon viel länger an seinem großen deutschen Familienroman. Die ersten Ideen waren zwanzig Jahre alt. Zwischen dem einen oder anderen Werk nahm es sich immer wieder Zeit, am Plot zu feilen, ohne je zufrieden zu sein. Er hatte die Messlatte sehr hoch gelegt, und nichts schien seinen Ansprüchen zu genügen. Es sollte sein vielleicht letztes, auf jeden Fall aber bestes Buch werden.

„Es war nach einem Abendessen in größerer Runde, ich glaube nach einer Lesung, als ich mich zum ersten Mal länger mit Walter unterhalten habe." Ein kleines Lächeln stahl sich auf ihre Lippen. „Wir sprachen über Gott und die Welt. Ich habe ihm von meiner Mutter erzählt, von meinem Mann, meinem Ex-Mann, von meinen Kindern." Jetzt öffnete sie auch die Hände, als wolle sie das Gesagte mit einer Geste unterstreichen, besann sich aber anders. „Ich dachte, ich langweile ihn maßlos, aber nein, es hat ihn wirklich interessiert. Ich will alles wissen, alles, wiederholte er immer wieder, und als ich nach zwei Stunden gehen musste, lud er mich ein, ihn zu besuchen."

Unger war wie ein Vampir gewesen, dachte Grothe. Wenn er eine gute Geschichte witterte, Anekdoten, wie sie nur das Leben schrieb, war er nicht zu halten gewesen. Er bediente sich aus einem unerschöpflichen Reservoir altbekannter Geschichten und Metaphern und arrangierte sie neu. Das konnte er meisterhaft. Aber etwas völlig Neues zu schaffen, fiel ihm schwer.

„Gernot, mein Ex, hatte nie etwas für Literatur übrig. Er sammelte Kultur, kaufte Bilder und Skulpturen. Die hängte er sich auf, die stellte er sich hin. Je teurer, desto besser", fuhr Susanne fort, „und klassische Musik hörte er sich an, weil es dazu gehörte, glaube ich. Aber Bücher?" Sie zuckte mit den Schultern.

„Aber du hast gerne gelesen?" fragte Grothe, um etwas zum Gespräch beizutragen.

„Ich habe schon immer gelesen", ihre Augen leuchteten jetzt auf. Sie schien in eine ferne Vergangenheit zu blicken. Irgendwann habe ich Walter Unger entdeckt", sie stockte, „und habe mich in ihn verliebt … in seine Bücher, meine ich. Ich habe alles von ihm gelesen, unzählige Male. Seine Romane waren wie eine zweite Heimat für mich."

Grothe, der ebenfalls alles oder fast alles von Unger gelesen hatte, fragte sich, ob man sich in das Werk eines Schriftstellers verlieben konnte, in Ungers Werk, das manchmal düster und abgründig war. Oder war es der Autor, den man hinter seinen Büchern sah, die geheimnisvolle Gestalt, die unsichtbar hinter dem Protagonisten und dem Erzähler stand und von der man nichts wusste? Sie bildete eine ideale Projektionsfläche für Sehnsüchte und Schwärmereien. Aber vielleicht tat er der Berggrün Unrecht.

Der Leser mag ein Buch, wenn er auch den Autor mag. Das hatte Grothe irgendwo gelesen. Aber die meisten Leser verwechselten den Protagonisten mit dem Autor, die Klügeren unter ihnen verwechselten ihn mit dem Erzähler. Doch der Autor war der Gott, der über allem stand, unergründlich und unbegreiflich. Ging man deshalb zu Lesungen? überlegte Grothe. Dort konnte man diesem rätselhaften Wesen von Angesicht zu Angesicht gegenübertreten.

Inzwischen hatte Susanne Berggrün weitergeredet. Als wäre ein Damm gebrochen, sprudelte es aus ihr heraus. So hatte sie Grothe selten erlebt, gesprächig wurde sie sonst nur, wenn sie von den Heldentaten ihrer Kinder berichtete.

„Ihr habt also fünf Jahre gemeinsam an diesem Buch gearbeitet, an *Eine deutsche Familie*?" fragte Grothe, um zum Ausgangspunkt zurückzukehren.

Er solle nicht zu denken, sie hätten Tag für Tag daran gesessen, betonte sie. Sie hätten sich getroffen, für Tage, ein

Wochenende, für eine ganze Woche, in Heidelberg oder hier in Torri, aber dazwischen hätten sie sich oft monatelang nicht gesehen. „Aber er hat mir regelmäßig Briefe geschickt, lange, wunderbare Briefe." Darauf schien sie stolz zu sein.

Briefe, dachte Grothe, lange Briefe. Unwahrscheinlich, dass die Berggrün sie herausrückte. Aber darum sollten sich die Literaturwissenschaftler zu gegebener Zeit kümmern. „Und warum hat Unger dieses Buch nicht geschrieben, warum gibt es kein einziges Kapitel, keine Seite, nicht einmal eine einzelne Zeile?" Das war die Frage die Grothe am meisten interessierte, obwohl die Antwort keinen Unterschied machte. Wütend auf Unger war er deshalb nicht mehr.

Sie schwieg. Vielleicht war sie es selbst gewesen, die ihn davon abgehalten hatte, dachte Grothe. Als er schon glaubte, sie würde gar nicht antworten, sagte sie leise: „Er hat alles vernichtet."

Grothe setzte sich mit einem Ruck auf, fast hätte er das Whiskyglas umgestoßen, das er auf der Lehne der Couch balancierte.

„Nein, Jo, sieh mich nicht so an. Ich habe damit nichts zu tun." Sie hob die Hände, als wollte sie sich ergeben. „Wenn du willst," sie setzte sich etwas bequemer hin, „erzähle ich dir die ganze Geschichte. Sie ist kein Geheimnis. Mathilde kennt sie auch."

„Mathilde?"

„Ja, natürlich, was dachtest du denn?"

Grothe schenkte sich nach, sein Arm war eingeschlafen und seine Hand zitterte. „Möchtest du noch ein Glas Prosecco? fragte er die Berggrün. Sie schüttelte den Kopf. Nur eine unmerkliche Bewegung.

„Er hat daran geschrieben, er hat es versucht, doch das war am Anfang unserer ... Beziehung", begann sie. „Im ersten Jahr. Damals war er Feuer und Flamme. Er dachte, er könnte jetzt endlich seinen großen Familienroman schreiben. Mit meiner Hilfe, denn es war ja meine Lebensgeschichte, die er nur aufschreiben musste. Ein Kinderspiel. Aber..."

Grothe, der sich nach vorne gebeugt hatte und auf seine Hände starrte, sah auf: „Ja?"

„Ich weiß nicht, wie ich es dir sagen soll."

„Versuch es."

Sie atmete tief durch. „Er konnte nicht mehr schreiben. Anders kann ich es nicht ausdrücken."

„Ich dachte, er hat dir lange Briefe geschrieben."

„Ja, Briefe, aber das ist etwas anderes. Warte einen Moment." Sie stand auf und ging in die Küche, um sich ein Glas Wasser zu holen. Als sie wieder saß, fuhr sie fort. „Schau, Jo, wir sind beide keine Schriftsteller, weder du noch ich." Grothe ließ sie in dem Glauben. „Vielleicht verstehen wir es deshalb nicht. Er hat versucht, es mir zu erklären."

Wer wie Unger jahrzehntelang geschrieben hatte, besaß ein untrügliches Gespür für einen Text, wusste, ob ein Wort, ein Satz, eine Wendung passte oder nicht, konnte intuitiv beurteilen, ob etwas *gut* oder *schlecht* war. „Ich glaube, das Entscheidende ist diese Bewertung, das Gefühl, das man beim Lesen hat, so wie man jemanden mag oder nicht mag, etwas schön oder hässlich findet. Das geht spontan, man muss nicht darüber nachdenken und kann es auch nicht erklären."

„Und dieses … Gefühl war ihm von einem Tag auf den anderen abhandengekommen?" Grothe konnte es kaum glauben.

„Nein, nicht plötzlich", sie runzelte die Stirn, „solche Tage gab es schon lange, einzelne Tage, die aber häufiger wurden, bis es schließlich keine anderen mehr gab."

Dann sei er zu ihr oder zu Mathilde gekommen, habe ein Blatt auf den Tisch gelegt und gebeten, es zu lesen. Dann habe er sie mit Fragen bestürmt, wie es sei, ob es ihnen gefalle, was sie von diesem Satz, jenem Wort hielten. „Das kannte ich von ihm nicht. Er war sich immer sicher gewesen, absolut in seinem Urteil, selten ließ er sich umstimmen." Ja, so hatte auch Grothe ihn gekannt. „Du kannst dir vorstellen, wie verzweifelt Mathilde war, die ihn so viel länger kannte als ich." Ihre Augen füllten sich mit Tränen. „Ich dachte, ich könnte ihm helfen, ihm den Weg weisen, durch die Beliebigkeit seiner Worte. Wie naiv von mir, wie dumm!"

Die Erkenntnis, dass Unger in seinen letzten Jahren nicht mehr schreiben konnte, traf Grothe unvorbereitet und war wie ein Schock. Mathilde hatte schon vor Wochen Andeutungen gemacht, das fiel im jetzt wieder ein, er hatte sie aber nicht ernst genommen. Seine Hoffnung, Unger könne noch bis ins hohe Alter seine wunderbaren Bücher veröffentlichen, war eine Illusion gewesen. Seit Jahren war Unger nur noch ein Schatten seiner selbst, ein Sternekoch, der seinen Geschmackssinn verloren hatte und sich vom Lehrling sagen lassen musste, nach was sein Gericht schmeckte, welche Nuancen fehlten, welches Gewürz ihm den letzten Pfiff geben konnte. Unfassbar.

Hatte Unger am Anfang einer Demenz gestanden? Grothe wusste wenig über diese Krankheit, aber solche Symptome waren denkbar. Ein Schriftsteller, der nicht mehr schreiben kann. Gab es etwas Schlimmeres? Dagegen war selbst der Tod etwas Gnädiges. Oder das Koma.

„Wie hat es Unger aufgenommen?"

Susanne Berggrün schniefte noch ein wenig, hatte sich aber gefasst. „Ich glaube, am Anfang wollte er es nicht wahrhaben. Er schrieb, zerriss alles, schrieb erneut. So ging es Wochen und Monate. Es dauerte ein halbes Jahr, bis er begriff, dass seine Gabe nie wiederkäme." Sie blinzelte und sah Grothe an. „In seinem Schreibtisch in Heidelberg liegt eine alte Pistole. In diesen Tagen hat er oft von Selbstmord gesprochen. Er war verzweifelt. Mathilde hat die Patronen versteckt."

Grothe sah sich verstohlen um, Hem hätte diese letzten Sätze als Anspielung auf seinen eigenen Selbstmord aufgefasst. Aber es war keine Spur von ihm zu sehen. „Und Mathilde hat alles gewusst?"

„Ja, warum auch nicht. Sie war … sie ist seine Frau. Vielleicht hat sie mich deshalb geduldet. Und dafür bin ich ihr dankbar. Trotz allem."

Für Grothe setzte sich allmählich ein Bild zusammen: Unger, von seiner Gabe beraubt, tüftelt gemeinsam mit Susanne Berggrün an seinem letzten großen Roman. Sie malen die Geschichte in allen Details aus, bis sie fast real erscheint. Sie leben für diesen Roman und irgendwann leben sie darin, als wären sie selbst die Figuren. Wie hatte Susanne neulich gesagt: *Wir haben ganze Dialoge mit verteilten Rollen gespielt.* Vielleicht hatte Unger die Hoffnung noch nicht aufgegeben, den Roman doch noch zu schreiben, vielleicht hatten sie die Story so lebendig werden lassen, als hätte er ihn schon geschrieben.

Das hatte Unger aus seiner Depression geholfen. Und Mathilde hatte beide gewähren lassen, wohl wissend, dass es Ungers einzige Chance war. Grothe sah zu Susanne Berggrün hinüber, die in Erinnerungen versunken schien. Er fragte sich, ob sie ein regelrechtes Verhältnis mit Unger gehabt hatte. Er konnte es sich nicht vorstellen und letztlich spielte es auch keine Rolle.

Doch Unger hatte in seinem Leben immer wieder Frauen nachgestellt und unzählige Affären gehabt. Sehr zum Leidwesen seiner Frau, die es irgendwann aufgegeben hatte, ihm Vorhaltungen zu machen. Grothe versuchte sich vorzustellen, wie ein fünfundsiebzigjähriger Mann auf die dreißig Jahre jüngere Susanne Berggrün geschaut haben mochte. Sie strotzte nicht gerade vor Sinnlichkeit, war aber auf ihre eigene Weise hübsch. Eine erotische Anziehungskraft hatte in ihrer Beziehung sicher eine Rolle gespielt, davon war Grothe überzeugt. Wie weit es gegangen war, hatte vermutlich an Susanne Berggrün gelegen. Die klassische Muse wird als hemmungslos und sexuell unersättlich beschrieben, dachte Grothe. Das schiere Gegenteil der Berggrün. So traurig und verzweifelt, wie sie jetzt wirkte, lag die Vermutung nahe, dass Susanne Berggrün für den Künstler mehr als eine platonische Inspirationsquelle gewesen war.

„Jo", sie schien in die Gegenwart zurückgekehrt zu sein, „ich möchte nicht, dass du mir böse bist. Ich meine wegen des ... wegen des Geldes. Ich brauche es wirklich." Sie wirkte jetzt weicher, saß nicht mehr so verkrampft, und Grothe dachte zum ersten Mal, dass sie im Grunde eine attraktive Frau war. „Weißt du", fuhr sie fort, „ich habe den letzten Tagen viel nachgedacht. Ich glaube, es ist richtig, dass dieses Buch doch noch erscheint. Walter hätte das gewollt, er hätte gewollt, dass nicht alles umsonst war." Grothe, der bezweifelte, Unger hätte sich einen Ghostwriter gewünscht, nickte. „Aber versprich mir, dass alles so verfremdet wird, dass niemand erkennt, dass es um mich geht, um Susanne Berggrün, um ihren Mann, Ex-Mann, Gernot von Lauenstein und um meine Kinder."

Grothe versprach es ihr. Dieses Mal fiel es ihm leichter.

Das Gespräch hatte ihn ermüdet, und er sah auf den Bildschirm, auf dem ober rechts ein Countdown lief. Es blieben wenige Minuten bis Mitternacht. Er fragte sich, was Mutter und Tochter so lange bei Unger taten. Worüber sprachen sie? Er spürte, wie sich wieder Misstrauen in ihm regte.

Mathilde und Carmen kamen rechtzeitig, um auf das neue Jahr anzustoßen. Sie schienen guter Laune oder taten so. Die Moderatorin kreischte ins Mikrophon, das Publikum klatschte und die Uhr sprang auf Null. Sie stießen an. Grothe küsste alle Frauen. Das neue Jahr hatte begonnen. Er hoffte, es ginge in Erfüllung, was er sich am meisten wünschte. Mathilde stellte den Fernseher leiser.

Draußen blieb es ruhig. Nur unten am See knallten ein paar Böller. Dann kamen die ersten Textmitteilungen. Sandra schickte ihm Küsse und schrieb, dass sie ihn vermisse. Er schrieb ihr fast im selben Wortlaut zurück.

Grothe war hinausgegangen, um zu rauchen, und starrte auf den See. In der Gegend um Sirmione stiegen lautlos die Raketen in die Luft, um kurz darauf zu verglühen und zurück ins Wasser zu fallen.

Das entscheidende und immer wieder aufgeschobene Gespräch mit Carmen fand am nächsten Tag ausgerechnet in Walter Ungers Krankenzimmer statt.

Carmen hatte ihn abgepasst, denn er war erst wenige Minuten bei Unger, als sie hereinkam. Grothe hatte wie üblich die Krankenschwester hinausgeschickt, um mit dem Patienten allein zu sein. Auch Susanne Berggrün war an diesem Tag nicht da. Ihr Eifer, dem komatösen Schriftsteller vorzulesen, hatte nachgelassen.

Walter Ungers Zustand schien unverändert. Er atmete flach und langsam, aber regelmäßig. Der Herzmonitor zeigte wie immer 62 Schläge pro Minute an. Vielleicht war seine Haut etwas blasser geworden, aber das ließ sich bei der schwachen Beleuchtung nicht sagen. Es war früher Abend und die Sonne bereits untergegangen.

Grothe saß an dem kleinen Tisch, an dem bis vor kurzem die Krankenschwester gesessen hatte. Carmen kam leise herein, nickte ihm zu und setzte sich zu ihrem Vater aufs Bett. Eine Weile sagten sie nichts.

„Jo, wir müssen eine Entscheidung treffen", begann sie leise.

Grothe seufzte, dieses Gespräch hatte er mehr als alles andere gefürchtet. Wenigstens schien sie ihm die Abfuhr beim Filmabend nicht übel zu nehmen.

Carmen nahm Ungers Hand und streichelte sie. Es war eine kleine weiße Hand mit unzähligen Altersflecken, auf der sich violette Blutgefäße abzeichneten. „Sie ist warm, weißt du. Wenn ich die Augen schließe, ist es fast wie früher. Nur, dass er früher meine Hand hielt und ich nicht die seine."

„Er lebt…"

Sie schüttelte den Kopf. „Es sieht nur so aus, Jo." Carmen war Ärztin. Sie wusste, wie es um ihren Vater stand. Hoffnungen schien sie sich nicht zu machen. „Wie lange…" Sie brach ab.

„Sein Zustand ist", Grothe suchte nach Worten, „stabil."

Sie drehte sich um und sah ihn an. „Er wird nie wieder aufwachen. Das weißt du so gut wie ich."

„Niemand kann das wissen. Es sind schon…"

„Nein, Jo", schnitt sie ihm das Wort ab, „keine Spielchen mehr. Lass uns offen und ehrlich sein." Sie stand auf und ging auf und ab. „Ich verstehe nicht, warum es so wichtig ist, dass er am Leben bleibt. Sein Buch kann doch auch posthum erscheinen, oder etwa nicht?"

Grothe hatte nicht vor, sie in die Einzelheiten seines Planes einzuweihen. Es ging ihm nicht um die Veröffentlichung von *Eine deutsche Familie*. Ihm ging es um den Nobelpreis, und der wurde nur an lebende Autoren verliehen, nicht an Tote. Doch bis dahin waren es noch neun Monate. Er konnte Carmen unmöglich sagen, dass Walter Unger noch so lange in diesem Zustand überleben musste. Es galt Schritt für Schritt vorzugehen, sich von Woche zu Woche zu hangeln, von Monat zu Monat. Die Zeit war auf seiner Seite.

„Das Buch kann auch posthum erscheinen, keine Frage", sagte er stattdessen. „Nur darf der Abstand nicht zu groß sein. Der Erscheinungstermin ist Ende August, in einer halben Ewigkeit."

„Und wann wäre der geeignete Todeszeitpunkt?" gab sie spitz zurück.

„Mensch, Carmen, es tut mir doch genauso weh wie dir, ihn in diesem Zustand zu sehen! Aber wir können ihn doch nicht umbringen."

„In der Schweiz…“

„Das ist nicht legal“, unterbrach er sie schärfer als beabsichtigt, „nicht in Deutschland und auch nicht in Italien. Und bei Unger würde man ganz genau hinschauen. Abgesehen davon: Ist es wirklich würdevoller, wie ein Mörder mit der Giftspritze hingerichtet zu werden?“

Sie diskutierten noch eine Weile erbittert weiter. Die Krankenschwester schaute kurz herein und verschwand wieder. Nach und nach gab Carmen ihren Widerstand auf. So unwürdig sie die Situation ihres Vaters fand, eine aktive Sterbehilfe wollte sie auch nicht. Sie kamen überein, alles so zu lassen, wie es war. Zusätzliche lebenserhaltende Maßnahmen sollte es aber nicht geben. Sobald Unger mehr als künstliche Ernährung brauchte, würde er sterben.

„Ich dulde hier keine einzige Maschine. Ist das klar?“ Sie war schon in der Tür.

Grothe nickte. „Du hast mein Wort.“

Sie schloss die Tür hinter sich und ließ ihn allein mit ihrem Vater zurück. Grothe konnte mit dieser Vereinbarung leben. Unger hoffentlich auch. Er sah nicht gut aus.

Kapitel sechsundzwanzig

Anfang Januar reiste Grothe nach Berlin zurück. Auch Carmen war am Packen. Was sie vorhatte, wusste Grothe nicht. Er hoffte, ihre vielfältigen Aktivitäten führten sie möglichst weit und möglichst lange weg. Vorzugsweise ins Herz Afrikas, auf die Philippinen oder in ein mittelamerikanisches Land. Er wünschte ihr nichts Böses, doch hier würde sie nur Ärger machen.

Zurück blieben Mathilde und Susanne Berggrün. Aber auch Ungers einstige Muse war hier fehl am Platze. Sie und Mathilde würden sich als einzige Bewohner des Hauses ständig über den Weg laufen, und Grothe nahm ihr das Versprechen ab, in den nächsten Tagen ebenfalls nach Deutschland zurückzukehren. Sie sei jederzeit am Gardasee willkommen, betonte er, sie brauche sich nur bei ihm zu melden, und er werde alle Nötige veranlassen. Insgeheim hoffte Grothe, dass es nie so weit käme.

Auch Mathilde nahm er zur Seite. Er brauche einen täglichen Bericht über den Gesundheitszustand ihres Mannes, ein ärztliches Bulletin sozusagen. Wenn etwas Unvorhergesehenes passiere, könne er in wenigen Stunden da sein. Er tat so, als stünde am Berliner Flughafen jederzeit ein aufgetankter Privatjet für ihn bereit. Doch er rechnete sich gute Chancen aus, kurzfristig einen Linienflug nach Verona zu bekommen. Und kein Wort zu niemandem sonst, schärfte er ihr ein, in der Hoffnung sie verstünde, dass damit auch ihre Tochter gemeint war.

„Darf ich auch keinen Arzt rufen?" hatte sie verunsichert gefragt.

Einen Arzt dürfe sie am allerwenigsten rufen, betonte er. Selbst dann nicht, wenn Walter quietschfidel aus dem Bett hüpfte.

Beruhigt, in Torri alles bestmöglich geregelt zu haben, landete Grothe am BER. Mit dem Taxi fuhr er direkt zu Ingrid Lortzing. In der Tasche hatte er den ersten Teil von *Eine deutsche Familie*.

Das ungersche Konzept umfasste drei Teile. Hinzu kamen Prolog und Epilog. Der Prolog beinhaltete die Szene, in der Susanne Berggrün (die Protagonistin Martha) aus der Ferne ihre Mutter bei der Beerdigung beweint und auf die ganze Geschichte zurückblickt.

Der erste Teil spielt in den 50er und 60er Jahren. Elfriede und Gunter lernen sich kennen und lieben und hassen. Susanne wird geboren. Sie wächst in einer Familie auf, die keine ist, lebt mal bei der Mutter, mal beim Vater. Immer wieder springen die Großeltern ein oder Elfriedes Schwester Katharina, ihre Tante.

Das Mädchen kommt in die Pubertät. Zuerst wird sie magersüchtig, dann nimmt sie Drogen. Sie versucht sich selbst zu zerstören, verletzt sich absichtlich, schneidet sich, wird älter, nimmt Gras, Pot, dann LSD.

Sie ist sechzehn Jahre alt, als sie mit Drogen und Alkohol vollgepumpt ins Krankenhaus eingeliefert wird. Man schreibt die Mitte der 70er Jahre, für Susanne eine Zeit, in der sich ihr Schicksal entscheidet. Sie schrammt am Tod vorbei, das wird ihr bewusst, als sie auf der Intensivstation wieder zu sich kommt.

Ihre Tante Katharina kümmert sich um sie. Der Vater segelt irgendwo im Pazifik umher und lässt ihr telegrafisch die besten Genesungswünsche übermitteln. Die Mutter hält den Absturz ihrer Tochter für maßlos übertrieben, für inszeniert, wirft ihr vor, sie wolle ihr ein schlechtes Gewissen machen, ihr Schuldgefühle einreden.

Susanne begibt sich in eine Entzugsklinik, bleibt den Sommer über dort, und scheint nach ihrer Entlassung mit ihren Eltern abgeschlossen zu haben. Sie zieht zu den Großeltern mütterlicherseits.

So endet der erste Teil. Nico und sein Chatbot hatten fast hundert Seiten daraus gemacht. Und es war gut geworden. Grothe zweifelte nicht daran, dass Ingrid begeistert wäre.

Zwei Tage später rief sie an und schwärmte von dem Manuskript. Unger habe sich selbst übertroffen. Um ehrlich zu sein, war sie anfangs skeptisch. Alternde Schriftsteller neigten bekanntlich zur Geschwätzigkeit, zu einem Parlando, das zwar elegant, aber auch reichlich manieriert klang. Ganz anders Ungers letztes Werk. Es sprühe vor unverbrauchtem Sprachwitz, eine jugendliche Leichtigkeit, die mit der Reife des erfahrenen Schreibers eine wunderbare Liaison eingehe. So drückte sie sich aus, und Grothe gab ihr in allen Punkten recht. Er selbst hätte es nicht besser sagen können.

Als er Nico von diesem Telefonat in allen Einzelheiten berichtete, lachten sie beide laut und ausgiebig. Nico bot an, den Neumann-Unger'schen Erzählstil weiter zu perfektionieren, angesichts dieses ersten großen Erfolges noch ein wenig an der Schraube zu drehen, wie er selbstgefällig formulierte, und Grothe erschrak. Man dürfe den Bogen nicht überspannen. Lortzing sei Lortzing. Es gebe noch unzählige andere kritische Leser. Sie mochte zudem von der Tatsache geblendet sein, sie habe unbesehen eine Million Euro dafür bezahlt. Ein gutes Manuskript schmeichelte auch ihrem Urteilsvermögen. Nein, er solle so weitermachen wie bisher. Er dürfe Unger entstauben, er dürfe ihm eine jugendliche Frisur verpassen und eine coole Sonnenbrille, am Ende müsse er aber unverkennbar Unger bleiben.

So waren sie verblieben. Lortzing drängte, und Nico schrieb, programmierte, fütterte die KI oder was auch immer er tat. Alle paar Tage kam Grothe vorbei, um das nächste fertige Kapitel abzuholen, denn Nico hielt sich weiterhin streng an Ungers Plot, schrieb *sequentiell*, wie er angab, auch wenn man *parallel* hätte schreiben können, also an verschiedenen Teilen des Romans gleichzeitig. Solange Nico vorankam und er Ingrid mit neuen Kapiteln füttern konnte, war es Grothe herzlich egal.

Im Februar wurde es noch einmal richtig kalt. Wie so oft kehrte der Winter zu einem Zeitpunkt zurück, als man bereits auf den heraufziehenden Frühling schielte. Und er tat es mit aller Macht. Zuerst schneite es, dann kam der Frost. Von Tag zu Tag wurde es eisiger. Dazu kam ein bösartiger Wind, der auf der Haut und in den Augen brannte. In Berlin sank das Thermometer weit unter null Grad.

Grothe hastete die wenigen Meter von der U-Bahnhof Rosenthaler Platz zum Sankt Oberholz, wo er sich mit Nico verabredet hatte.

Als er eintrat, schlug ihm eine feuchte Wärme entgegen. Seine Brillengläser beschlugen und nahmen ihm die Sicht. Es war voll. Nicht nur an den Tischen drängten sich die Besucher, auch dazwischen standen überall Menschen in Mänteln und Schals. Sie traten von einem Fuß auf den anderen, sahen auf die Straße hinaus und schienen den Moment hinauszuzögern, in dem sie diesen schützenden Hort verlassen mussten.

In einer Ecke saß Nico. Vor ihm das schwarze namenlose Rechnerungetüm. Er hatte ihm einen Platz freigehalten, und Grothe schob sich durch die Menge, während er die Gläser seiner Brille putzte.

Nico war gut gelaunt, wie so oft in den letzten Tagen und Wochen. Die Gereiztheit und Unzufriedenheit, die ihn auszeichnete, als Grothe ihn kennengelernte, war einer Gelassenheit gewichen, die ihn zu einem fast heiteren Menschen machte.

Das Schreiben tat ihm gut. Auch mit dem Druck kam er zurecht. Solange Ungers Plot ihm Halt gab, produzierte er Seite um Seite. Aber natürlich half ihm auch die KI. Vielleicht war sie nur ein Krückstock, aber zweifellos war sie der Hauptgrund dafür, dass er so schnell vorankam. Trotzdem fürchtete Grothe, Nicos Elan könnte nachlassen und *Eine deutsche Familie* bliebe so unvollendet, wie es *Die Gegenwart* war. Der zweite Teil war fertig, immerhin. Zwei Drittel waren fertig, wie Grothe sich mehrmals am Tag ins Gedächtnis rief, wenn seine Nervosität überhandnahm.

Im zweiten Teil von *Eine deutsche Familie* beginnt Susanne zu studieren.

Auch dieses Buch hatte Unger in Heidelberg und Umgebung angesiedelt. Die echte Susanne Berggrün hatte die Universitäten in Mainz und Frankfurt besucht. Doch Unger bevorzugte die ihm vertrauten Orte und Zeiten. Hier zeigten sich Parallelen zum *Jungen Tolstoi*. Es waren die siebziger Jahre, das Psychologische Institut, die politischen Wirren jener Zeit, die in beiden Romanen eine Rolle spielten.

Nico hatte sich intensiv mit Ungers früherem Werk auseinandergesetzt und Susannes Studienzeit in ein völlig anderes gesellschaftliches Umfeld gebettet. War Johannes Hildebrandt, der *Junge Tolstoi*, ein Arbeiterkind mit intellektuellen Ambitionen, das sich bald radikalisierte, so stammte Susanne Berggrün – der Name musste beim abschließenden Lektorat unbedingt geändert werden, dachte Grothe zum wiederholten Mal – aus einer gutbürgerlichen Familie mit einem Hang zu Extravaganz und Dekadenz.

Sie verkehrt in einer musischen studentischen Vereinigung, die vielerlei kulturelle Aktivitäten wie Tanzabende, Konzerte und Theateraufführungen veranstaltet. Die Vereinigung ist keine reaktionäre Burschenschaft, residiert aber dennoch in einem herrschaftlichen Palais aus dem frühen 18. Jahrhundert im Herzen der Altstadt in der Unteren Straße.

So aufgeschlossen die hier wohnenden Studenten den Neuerungen der Zeit gegenüberstehen, so sehr trauern die Alten Herren der Verbindungsromantik früherer Tage nach. Nicht wenige von ihnen haben in den dreißiger und vierziger Jahren in Heidelberg studiert, als die Stadt einen strammen nationalsozialistischen Kurs fuhr.

Hier tritt Gernot von Lauenstein auf den Plan, ein schillernder Unternehmer, Spross einer schwerreichen österreichischen Industriellenfamilie und Besitzer eines der großen Pharmakonzerne der Region. Er vermittelt zwischen der Altherrenschaft und den gegenwärtigen Bewohnern des Hauses, versucht gegenseitiges Verständnis zu wecken und erinnert die Alten daran, dass auch sie in ihrer Jugend alles andere als angepasst waren.

Auf dem jährlichen Stiftungsfest lernt Susanne ihn kennen. Er hat Manieren, er hat Geld und er hat Stil. Gernot erinnert Susanne ein wenig an ihren Vater Gunter. War ihr Vater aber ein unzuverlässiger Herumtreiber, strahlt Gernot Beständigkeit und Sicherheit aus. Für Susanne ist er ein wenig zu spießig und etabliert, aber sein weltmännisches Auftreten und sein verschwenderischer Lebensstil machen das in ihren Augen wieder wett.

Lange macht er ihr den Hof, und sie lässt sich bitten. Teure Geschenke schickt sie wieder zurück. Dass auch ihre Mutter ihr gut zuredet, verstärkt ihren Widerstand. Doch Gunter von Lauenstein kann sehr charmant sein, sehr charmant und sehr hartnäckig. Schließlich gibt sie nach.

Es vergehen drei für sie wundervolle Monate, in denen sie reisen, seine Familie in Österreich besuchen, den Gardasee. Dort macht er ihr einen Heiratsantrag, den sie ohne zu überlegen annimmt. Er ist fünfzehn Jahre älter als sie, aber das sieht sie eher als Vorteil.

Er besteht darauf, dass sie ihr Studium aufgibt. Bald kommt das erste Kind, Stefan, ein Jahr später das zweite, Martina.

Ist es die Ehe, sind es die Kinder? Susanne gerät immer mehr unter den Einfluss der Dynastie, die in Gestalt von Gernots Mutter ihr Leben bestimmt. Familienfeste reihen sich aneinander, gesellschaftliche Anlässe, auf die sie keinen Einfluss hat. Die Kinder werden von Kindermädchen und Hauslehrern betreut. Ihren Mann sieht sie kaum. Er ist sehr beschäftigt und auch viel weniger charmant.

Susanne beginnt zu trinken. Dann entdeckt sie Kokain, das ihr das Leben einige Jahre erträglich macht. Doch wie damals auf der Intensivstation erkennt sie schließlich, dass sie eine Entscheidung treffen muss. Sie verlässt die Villa in Heilbronn nachts ohne ein Wort.

Soweit das zweite Buch der Unger'schen Familiensaga. Die achtziger Jahre gehen zu Ende, und mit ihnen ändert sich auch Susannes Leben von Grund auf.

Grothe hatte das letzte Kapitel überflogen. Er trank von dem Wein, den Nico zwischenzeitlich geholt hatte. Es war ein kräftiger roter Tempranillo, der angenehm wärmte.

„Das gefällt mir, Nico, das passt stilistisch zum ersten Teil. Wir sind auf dem richtigen Weg."

Nico zuckte mit den Schultern. „War gar nicht so schwer."

Grothe sah auf und kniff die Augen zusammen. „Unsinn, das ist ganz große Kunst. Du wirst sehen, es schlägt ein wie eine Bombe."

„Na klar, es ist schließlich ein Unger."

„Unger steht drauf, und das hilft uns. Aber es ist gut, glaub mir. Du könntest auch Hans Müller draufschreiben, und es hätte dennoch Erfolg."

„Oder Nico Neumann. Glaubst du das wirklich?"

Nein, das glaubte Grothe nicht wirklich. Der Werbeetat für *Eine deutsche Familie* lag im sechsstelligen Bereich. Schon war die suhrkampsche Marketingmaschine angelaufen. In den Feuilletons bereitete man den Boden für enthusiastische Besprechungen vor. Ausgewählte Kritiker nahm man vorsorglich in die Mangel. Nichts blieb dem Zufall überlassen. Schließlich ging es um sehr viel Geld.

Nico wirkte nachdenklich, und das gefiel Grothe gar nicht. Er musste jetzt liefern. So schnell wie möglich. Ingrid Lortzing rief ihn täglich an und machte ihm die Hölle heiß. Er seufzte. „Was ist los

Nico? Du weißt, du kannst mir alles sagen. Wir bringen diese Geschichte gemeinsam zu Ende."

„Ach, nichts." Er fuhr mit dem Zeigefinger über den Tisch und begann, Bögen und Linien zu malen. Nachdenklich beobachtete er seinen Finger, der einen unsichtbaren Text zu schreiben schien. „Es ist nur so. Manchmal..." Er hielt inne.

Grothe beugte sich vor. „Ja?" fragte er vorsichtig.

„Naja, darüber haben wir schon gesprochen."

Grothe ließ sich seine Ungeduld nicht anmerken. „Worüber denn genau?"

„Das Schreiben. Warum ich nicht selbst schreibe. Etwas Eigenes, meine ich."

Es hatte eine Zeit gegeben, in der Grothe sich ein solches Gespräch gewünscht hatte. Jetzt kam es zur Unzeit. Nur Ungers Roman zählte, alles andere musste warten.

Nach und nach rückte Nico mit der Sprache heraus. Er schrieb schon seit einiger Zeit an einem Manuskript, nicht jetzt, denn der Unger ließ ihm keine Zeit, aber er hatte bereits ein paar Seiten zu Papier gebracht, einen Anfang, mehr nicht, aber genug, um später weiterzumachen.

Um was es dabei ginge, fragte Grothe, der sich jetzt sicher war, dass Sandra dichtgehalten hatte. Nico ahnte nicht, dass Grothe seinen Text schon kannte.

Es ging um einen Killer, vielmehr einem Vollstrecker, aber in Wirklichkeit ginge es um die Zeit. Um das Vergehen der Zeit oder um ihr Nicht-Vergehen. Um Zeitschleifen, um Déjà-vu-Erlebnisse, um diesen Kram.

Grothe hielt sich zurück, fragte vorsichtig nach und hörte zu. Er wunderte sich über die Scheu, die der junge Mann an den Tag legte, eine Unsicherheit, die so gar nicht zu seinem oft überheblichen Auftreten passen wollte.

Doch zum Schreiben hatte Nico ein gespaltenes Verhältnis. Hatte er bis dahin die unglaubliche Leistung an Ungers Buch zu schreiben mit Bravour gemeistert, so bereitete ihm die Vorstellung, ein *richtiges* Buch zu schreiben, einen Plot zu entwickeln, eine Idee umzusetzen und zu Papier zu bringen, großes Unbehagen. Er zweifelte, ob er dem gewachsen sei. Erstaunlich, wie Grothe fand.

Ohne die KI, die für ihn vorformulierte, ohne Ungers Plot, der wie ein stabiles Gerüst alle Worte und Sätze in sich aufnahm und an der richtigen Stelle einrasten ließ, fühlte er sich hilflos, gestand er ein. Je mehr er sein generatives Sprachmodell einsetzte, desto mehr fragte er sich, wozu man noch einen Autor brauche. Um zu lektorieren? Um ein paar Schönheitskorrekturen vorzunehmen? Wie lange würde es dauern, bis der Mensch völlig überflüssig würde?

Überflüssige und schädliche Gedanken, wie Grothe fand. Ein Computerprogramm hätte den Text, den Grothe gerade gelesen hatte, niemals produzieren können, Das galt für die Gegenwart und auch für eine die Zukunft, da war sich Grothe sicher. Nico unterschätzte sich und sein Talent. Er war es, der dem Text seinen Stempel aufgedrückt, ihm den letzten wunderbaren Schliff gegeben hatte. Auch der schönste Diamant war nichts, wenn er nicht perfekt geschliffen war. Ein Vergleich, der hinkte und Nico nicht überzeugte.

Ob eine Maschine jemals einen ganzen Roman würde schreiben können, ob er nun gut, mittelmäßig oder schlecht sei, war eine rein philosophische Frage, das war die Marschroute, auf die Grothe den jungen Autor einschwören wollte. Mochten sich damit die Gelehrten befassen. Hier und heute half sie ihnen nicht weiter. Vorerst war die Maschine nur ein nützliches Werkzeug, das ihm die Arbeit erleichterte. Und – warum nicht – es stand ihm frei, sie für sein eigenes Werk zu nutzen. Beinahe wäre Grothe *die Gegenwart* herausgerutscht, was verheerende Folgen hätte haben können. Schnell wechselte er das Thema und kam auf den Ultrachronos zurück, der ihn wirklich interessierte, mehr interessierte als die alte Frage, ob und wo Maschinen den Menschen überflüssig machen würden oder nicht.

Nico schien sich wieder gefangen zu haben. „Bisher dachte man, dass der Ultrachronos ein mehr oder weniger getreues Abbild vergangener Erlebnisse ist. Wenn mein ganzes Leben in Sekundenbruchteilen vor meinem inneren Auge abläuft – und darum geht es ja – dann spiegelt dieser *Film* meine tatsächlichen Erfahrungen wider. Diese mögen durch meine persönliche Sichtweise verfälscht oder verzerrt sein, aber im Wesentlichen entsprechen sie dem, was ich erlebt habe."

Er kam langsam in Fahrt. Im Oberholz war es laut, und Grothe beugte sich vor, um ihn besser zu verstehen.

„Aber es gibt noch eine andere Theorie", fuhr Nico fort. „Danach ist der Ultrachronos nicht nur ein Zeitrafferfilm des Lebens. Er ist eher ein Traum. Ein Traum oder ein Alptraum. In dieser letzten Sekunde vor dem Tod schafft sich das Gehirn eine eigene Welt. Es erschafft ein neues Leben, eines das Ähnlichkeiten mit dem wirklichen, dem zu Ende gehenden Leben hat, aber ihm nicht in allen Einzelheiten gleicht. Dinge werden geschönt, andere weggelassen. Man mag sich sogar bestrafen und etwas Schreckliches erfinden. Wie in einem Traum versucht das Gehirn eine letzte, alles umfassende Verarbeitung."

„Welchen Nutzen hat eine solche Verarbeitung, wenn der Mensch Zehntelsekunden später sowieso tot ist?" wandte Grothe ein.

„Ich weiß es nicht", gab Nico zu. „Nicht jedem Ultrachronos folgt aber zwangsläufig der Tod. Manch einer wird zurückgeholt. Vielleicht ist das sogar die Regel. Dann kann diese Erfahrung im späteren Leben nützlich sein."

„Ich glaube eher, dass der Ultrachronos das Sterben erleichtern soll", sagte Grothe. „Schüttet das Gehirn nicht Endorphine aus? Dadurch dehnt sich die Zeit ins Unendliche und man erlebt einen schönen Traum, kann zufrieden auf sein Leben zurückblicken und friedlich sterben."

„Wenn die Zeit ins Unendliche gedehnt wird, stirbt man vielleicht gar nicht", sagte Nico nachdenklich. „Wenn ich in einer Sekunde tot bin, muss ich nur verhindern, dass diese eine Sekunde vergeht."

Grothe fiel Walter Unger dazu ein. Auch er schwebte zwischen Leben und Tod, seit Wochen, seit Monaten. Er hoffte, dass dieser Zustand auch bei ihm ewig anhielt oder zumindest bis zum Herbst.

„Nico", Grothe war nachdenklich geworden. „Ich frage mich manchmal, ob man es merken würde."

„Was?"

„Dass man in einem Ultrachronos lebt, dass man gerade im Begriff ist zu sterben und dass alles, was man erlebt, nur eine Fiktion ist, ein Traum. Manchmal weiß man, dass man träumt oder ahnt es zumindest. Aber wie ist es beim Ultrachronos?"

Nico schwieg lange. „Seltsamerweise habe ich darüber noch nie nachgedacht", gab er zu. Dann, nach einer weiteren langen Pause, fuhr er fort: „Wenn es ein Traum ist, dann stelle ich mir vor, dass diese Scheinwirklichkeit zerbrechlich ist, Risse hat, unerklärliche oder zumindest unwahrscheinliche Wendungen bereithält. Dass Dinge geschehen, die meinen größten Ängsten entsprechen oder meinen größten Wünschen. Oder beides."

„Du meinst, wenn in meinem Leben alles nach Plan läuft und die Dinge passieren, die ich mir am meisten wünsche, ist das ein Zeichen dafür, dass es nicht echt ist?"

Nico lachte: „Vielleicht."

„Ist das nicht eine sehr pessimistische Sicht auf die Welt?"

„Pessimistisch oder realistisch. Wo ist da der Unterschied?" Er schüttelte nachdenklich den Kopf. „Vielleicht solltest du mein Manuskript lesen. Es heißt *Die Gegenwart ist ein unmöglicher Ort*," sagte Nico.

Es war das erste Mal, dass Grothe den Titel aus Nicos eigenem Mund hörte, und er war erleichtert, dass das schwermütige Gespräch eine unerwartete Wendung genommen hatte. Er beeilte sich zu versichern, dass er das sehr gerne täte. Sein Text sei sicher hervorragend, daran hege er keinen Zweifel. Und wenn er in wenigen Wochen *Eine deutsche Familie* zu Ende geschrieben habe, könne er sich an sein erstes eigenes Werk machen.

Als Grothe wenig später das Oberholz verließ, atmete er auf. Offiziell hatte er von Nicos Manuskript nichts wissen dürfen. Und doch hatte es bei ihren Begegnungen und Gesprächen oft unausgesprochen im Raum gestanden. Es hatte zwischen ihnen gestanden, und Grothe war stets Gefahr gelaufen, sich zu verraten.

Jetzt hatte Nico ihm von sich aus davon erzählt. Er wolle ihm bald alles schicken, was er bisher geschrieben habe. Dann wäre dieses Problem aus der Welt, ohne sein Zutun, wie Grothe erstaunt feststellte.

Am nächsten Tag kam Nicos Mail mit dem Text. Grothe hatte nicht vor, den Anhang zu öffnen. Schließlich kannte er ihn, und ein sauberer Ausdruck lag in der obersten Schublade seines Schreibtisches.

Er wollte das Mail in einen Archivordner verschieben, als er innehielt. Nach kurzem Zögern klickte er auf den Anhang. Das Textverarbeitungsprogramm öffnete sich. Grothes erster Blick ging wie gewohnt zuerst zur linken unteren Ecke des Bildschirms. Dort stand in einem dunkelblauen Balken: Seite 1 von 74.

Wäre die zweite Zahl kleiner gewesen wäre, eine 40 zum Beispiel oder eine 35, hätte er das Dokument gleich wieder geschlossen. Auch eine 45 oder gar 50 hätte ihn nicht weiter beunruhigt. Aber die Zahl 74 erstaunte ihn. Und es war mehr als ein Staunen, sein Herz klopfte laut.

Er hatte die Seiten, die Sandra ihm zugesteckt hatte, nie gezählt, aber so viele waren es aber gewiss nicht gewesen. Er hatte ein gutes Gespür für die Länge eines Manuskripts. Der Text mochte anders formatiert sein, mit breiteren Rändern, größeren Zeilenabständen, doch danach sah es nicht aus. Nico hatte mehr geschrieben, viel mehr, als Grothe bisher gelesen hatte. Das stand fest.

Die Geschichte des Killers, der mit seinem imaginierten Sohn durch Europa reist und die Schuldigen des Bombenanschlags auf den Bahnhof von Bologna nacheinander auf eine fast menschliche Art und Weise eliminiert, war nur der Inhalt eines Manuskripts, das der Ich-Erzähler selbst erhalten hatte.

Es stellt sich heraus, dass das Manuskript von seinem eigenen Vater stammt. Dieser ist wenige Tage zuvor auf mysteriöse Art und Weise ums Leben gekommen, hat aber den Brief mit dem Text vorher zur Post gebracht. Das Manuskript ist ein Vermächtnis an den Sohn, ein Vermächtnis, in dem er – oft verklausuliert – seine Beziehung zu ihm aufarbeitet, sein Bedauern über die lange Trennung ausdrückt, andeutet, was stattdessen hätte sein können. Mehr als dreißig Jahre sind vergangen, seit sich Vater und Sohn das letzte Mal gesehen haben.

Nico hatte um die Vater-Sohn-Geschichte, die bereits in der Killer-Story eine wesentliche Rolle spielte, eine weitere Vater-Sohn-Geschichte gestrickt. Fertig geworden war er aber nicht. Manches fehlte oder war nur angedeutet, aber die Richtung war klar und die Sprache stimmig. Die Geschichte war für Grothes Geschmack etwas verworren und überfrachtet. Man musste den Text *trockenlegen*, um mit Valery zu sprechen. Aber das hatte Zeit.

Was Grothe am meisten bewegte, war die Art und Weise, wie der Vater und Autor der Killer-Story zu Tode kam. Nico ließ ihn erschießen, in der offenen Wohnungstür und von zahllosen Kugeln durchsiebt.

Als der Vater die Haustür öffnet und seinem Mörder von Angesicht zu Angesicht gegenübersteht, als er die Pistole in dessen Hand sieht, breitet sich maßloses Erstaunen auf seinem Gesicht aus. Und der Mörder wartet, lässt die Zehntelsekunden verstreichen, lässt sie zu einer ganzen Sekunde anwachsen, zu einer gnädigen Ewigkeit, so wie es jener andere Mörder in seinem Manuskript tut. Der Kreis schließt sich.

Am Ende stellt sich heraus, dass der Vater unheilbar an Krebs erkrankt ist und seinen besten Freund beauftragt hat, ihn zu töten, überraschend zu töten, denn auch ihm sollte diese kleine Sekunde Unsterblichkeit im Ultrachronos vergönnt sein.

Das war Nicos Geschichte, Nico Neumanns erster eigener Roman. Grothe schüttelte den Kopf. Schwere Kost. Er bezweifelte, dass das jemand läse, der unbestreitbaren sprachlichen Brillanz zum Trotz.

Je mehr Grothe von Nicos eigenem Werk las, desto mehr Zweifel beschlichen ihn. Die Sprache war gut, doch der Plot hatte Mängel, erhebliche Mängel. Am Anfang hatte er sie sich noch schöngeredet, aber je weiter die Geschichte voranschritt, desto offensichtlicher wurden sie. Die Story war zu kompliziert, einige Szenen waren gelungen, andere nur angedeutet oder nicht zu Ende gedacht. Fehlte es an Fantasie, wie Nico selbst von sich behauptete, oder waren es handwerkliche Mängel? Bedachte der junge Autor, berauscht von seiner vermeintlichen Genialität, dass jedes Manuskript auch harte Arbeit bedeutete?

Das war für Grothe schwer zu entscheiden. Dazu kannte er Nico zu wenig, er hätte mehr von ihm lesen müssen, viel mehr. Aber zum ersten Mal zweifelte er an seinem weißen Einhorn. Im morgendlichen Nebel jenes Tages hatte es wie ein Einhorn ausgesehen, doch vielleicht war es ein Pferd, das auf einer Lichtung im Wald graste, ein Reh, ein verstümmelter Hirsch, der einen Teil seines

Geweihs verloren hatte. Er hatte sich so sehr gewünscht, dieses weiße Einhorn zu finden.

Aber das sagte er dem stolzen Autor nicht ins Gesicht. Er lobte ihn, deutete die Notwendigkeit der einen oder anderen Überarbeitung an und zeigte sich gespannt auf das fertige Manuskript. Doch zunächst musste die Arbeit an *Eine deutsche Familie* beendet werden. Das, so schärfte er ihm ein, habe absoluten Vorrang.

Kapitel siebenundzwanzig

Es wurde März. Es taute. Doch vom Frühling war wenig zu sehen. Während am Gardasee die Kamelien, Mimosen und Magnolien blühten, wie ihm Mathilde Unger bei ihrem letzten Telefongespräch berichtete, brachen in Berlin nur vereinzelt Krokusse und Schneeglöckchen durch das gelbliche Wintergras.

Grothe hatte gelesen, die Frühlingsblüte komme mit 40 Kilometern pro Tag nach Norden voran, und er rechnete sich aus, dass es bis Ostern dauern würde, bis auch die Parks und Gärten der Hauptstadt in voller Blüte stünden. Ein wenig trauerte er Frankfurt nach. Dort war es stets wärmer gewesen.

Den März über machte Ingrid Lortzing weiter Druck. Sie verstand nicht, warum sie das Manuskript nur häppchenweise bekam. Was machte Grothe damit? War es nicht fertig gewesen, als sie ihm den Vorschuss überwiesen hatte? Vielleicht argwöhnte sie, Unger selbst bastele daran herum, er sei gar nicht todkrank oder läge im Koma, sondern sorge quicklebendig für den letzten Schliff.

Grothes vielfältigen Ausreden und Rechtfertigungen glaubte sie schon lange nicht mehr. Dass er ihr auswich und sich tagelang verleugnen ließ, machte die Sache nicht besser. Was aber sollte sie tun? Ihr blieb nichts anderes übrig, als das Spiel mitzuspielen und darauf zu hoffen, das restliche Manuskript läge Ostern vor, wie es ihr Grothe hoch und heilig versprochen hatte.

Ostern fiel in diesem Jahr auf Anfang April. Am Donnerstag, dem letzten Arbeitstag davor, hatten sie sich in Kreuzberg in eben jenem thailändischen Restaurant verabredet, in dem sie ein halbes Jahr zuvor ihren Pakt geschlossen hatten. Streng genommen war es zunächst nur ein Angebot gewesen, doch Grothe kam es im Nachhinein so vor, als hätte er damals sofort zugesagt. Sein Zögern, sein Zaudern und Abwägen, das kam ihm jetzt vorgeschoben vor. Er hatte vom ersten Augenblick an gewusst, dass er ihr Angebot annähme.

Auch an diesem Tag war es nicht besonders warm. Draußen auf der Straße standen keine Tische, und Grothe saß drinnen an der großen Fensterfront zur Bergmannstraße.

Wieder kam die Lortzing zu spät. Doch es waren die üblichen zehn Minuten, die Grothe kannte und die nichts bedeuteten.

Er nippte an seinem Weißwein und beobachtete die vorbeihastenden Menschen. Es nieselte, und niemand schien Lust zu haben, sich länger als unbedingt nötig auf der Straße aufzuhalten.

Grothe erkannte Ingrid Lortzing schon von weitem. Sie ging noch schneller als die anderen, hatte den Kopf gesenkt und hielt mit einer Hand den dünnen Übergangsmantel geschlossen, in dem sich der Wind verfing. Über der Schulter hing eine große Tasche, mehr Aktentasche als Handtasche.

Sie küsste ihn nicht, gab ihm nicht die Hand und setzte sich direkt an den kleinen Bistrotisch. Sie bestellte den üblichen Tee.

Vor Grothe lag ein gelber Umschlag, der offen und unbeschriftet war, ein dicker gelber Umschlag, den sie zunächst keines Blickes würdigte.

Sie hatten sich seit jenem Tag im Oktober nur einmal kurz gesehen, als er ihr den ersten Teil des Manuskripts nach Hause gebracht hatte. Aber sie hatten unzählige Male miteinander telefoniert.

Grothe sah sie prüfend an. Auf den ersten Blick schien sie unverändert. Doch als er sie genauer betrachtete, fielen ihm die tieferen Fältchen um ihre Augen auf. Ihr Gesicht wirkte ein wenig hagerer, angespannter. Hatte sie abgenommen? „Gut siehst du aus!“ begrüßte er sie.

Jetzt sah sie ihn auch an. „Ich weiß nicht welches Spiel du spielst, Jo, aber ich hoffe, es ist jetzt vorbei.“

Er hob fragend die Augenbrauen. „Ich war immer offen und ehrlich zu dir.“

Sie seufzte und schüttelte den Kopf. Dann deutete sie mit dem Kinn auf den Umschlag, der zwischen ihnen lag. „Das ist es also?“

Grothe setzte sein breitestes Lächeln auf. „Liebe Ingrid, darf ich vorstellen: *Eine deutsche Familie*, das dritte und letzte Buch.“

„Ist es fertig?“ fragte sie. Grothe nickte. „Fertigfertig?“

„Ja, es ist vollständig, komplett, abgeschlossen, beendet, so fertig wie ein Buch nur sein kann. Es fehlt nur noch dein Lektorat.“

„Es gibt nicht viel zu lektorieren, Jo, und das weißt du. Zum Glück, denn viel Zeit bleibt uns nicht mehr.“

„Unger war ein Meister des Wortes. Lektoren hat er verabscheut. Ich meine natürlich seine früheren", fügte er schnell hinzu.

„Wie geht es ihm?"

„Nun, den Umständen entsprechend."

„Und wie sind die Umstände?"

„Sie ändern sich. Es gibt Höhen und Tiefen, mal geht es besser, mal schlechter. Aber es geht aufwärts."

„Gut, Jo, lassen wir das. Sag mir lieber, wie das Manuskript geworden ist." Sie nahm den Umschlag in die Hand und warf einen Blick hinein. Es waren wieder gut 80 einseitig bedruckte Blätter.

„Es ist gut, Ingrid, es ist richtig gut." Diesmal meinte er es ernst.

„So gut wie die ersten beiden Teile?"

„Mindestens."

Sie seufzte tief auf. Erst jetzt wurde Grothe bewusst, wie sehr sie unter Druck gestanden hatte. Monatelang hatte sie auf etwas gewartet, von dem sie nicht wusste, wie es sein würde und ob es überhaupt käme, auf etwas, von dem für sie so viel abhing. Jetzt hielt sie den letzten Teil in Händen, und eine große Last schien von ihr abzufallen. Sie lächelte ein wenig. „Erzähle mir das Ende!"

Im dritten Buch von *Eine deutsche Familie* geht es um Susanne Berggrüns Kinder.

War Susanne Berggrün zunächst untergetaucht, um Abstand zu gewinnen, holt sie Martina und Stefan sechs Wochen nach ihrer Flucht zu sich. Von der Familie ihres Mannes schlägt ihr Unverständnis, ja Hass entgegen. Auch die Kinder verstehen nicht, warum sie die Großzügigkeit der Villa mit der Enge der Zwei-Zimmer-Wohnung in Mannheim tauschen müssen.

Es beginnt ein erbitterter Kampf um das Sorgerecht, um das Umgangsrecht. Gernots Anwälte ziehen alle Register, und bis der Rechtsstreit entschieden ist, bekommt sie keinen Pfennig Unterhalt.

Sie lässt sich zur Heilpraktikerin ausbilden, besucht Kurse in Homöopathie, Akupunktur und Traditioneller Chinesischer Medizin. Aber vor allem interessiert sie sich für Psychotherapie. Sie versucht es mit Mal-, mit Musik- und Kunsttherapie und findet in diesen alternativen Verfahren ihre Heimat. Sie kommt in einer Gemeinschaftspraxis unter und hat bald eigene Patienten.

Während der Rosenkrieg weiter tobt, geht es mit ihr bergauf. Sie verliebt sich in Robert, einen der anderen Heilpraktiker der Praxisgemeinschaft, der ihr die Kraft gibt durchzuhalten.

Robert ist es auch, der ihr rät, einen Kompromiss mit ihrem Ex-Mann zu suchen. Sie könne nicht gewinnen, und für die Kinder sei es besser, eine gemeinsame Lösung zu finden. So macht sie viele Zugeständnisse. Dann kommt Gernots angebliche Herzkrankheit, sein vorgetäuschtes bevorstehendes Ableben, und wieder ist es Robert, der sie drängt, die Kinder gehen zu lassen. Sie ziehen endgültig zum Vater.

Susanne leidet sehr darunter. Schlimmer wird es, als ihr Ex-Mann darauf besteht, dass sie auf alle Unterhaltsansprüche gegen ihn verzichtet. Ihre Weigerung wird ihr als Habgier ausgelegt, die Trennung als Berechnung. Es sei immer ihr Ziel gewesen, die von Lauensteins um einen Teil ihres Vermögens zu bringen. Die Kinder stellen ihr ein Ultimatum. Solange sie nicht auf alles verzichtet, wollen sie nichts mit ihr zu tun haben. Ihre eigenen Kinder.

Schließlich gibt sie nach. Um des Friedens mit den Kindern willen verzichtet sie auf alles. Um Geld ging es ihr ohnehin nie. Aber sie weiß auch, dass sie wieder zum Opfer geworden ist, dass sie das ewige Opfer ist, ein Muster, das sich seit ihrer Kindheit wiederholt.

Sie macht eine lange Psychoanalyse, besucht Selbsterfahrungsgruppen. Es ist ein steiniger Weg, den Walter Unger beziehungsweise Nico Neumann eindringlich beschreiben. Zahlreiche Rückblenden lassen die Vergangenheit in einem anderen Licht erscheinen. Nach und nach beginnt Susanne zu verstehen, was sie zu dem Menschen gemacht hat, der sie ist.

Wie *Jenseits* oder *Die dritte Versuchung* ist auch *Eine deutsche Familie* ein Entwicklungsroman und steht in bester ungerscher Tradition.

Der Schlusspunkt ist allerdings nicht die Beerdigung der Mutter, wie sie im Prolog beschrieben, sondern der spätere 75. Geburtstag ihres Ex-Mannes und Vaters ihrer Kinder.

In der Lauensteinschen Villa in Heilbronn findet ein großes Fest statt. Gott und die Welt sind eingeladen, neben der Sippe viel

Prominenz aus Kultur und Politik. Susanne nicht. Aber sie geht trotzdem hin.

Sie kommt nicht als verstoßene Ex-Ehefrau zurück oder als weinerliche Mutter, der man einst die Kinder weggenommen hat.

Kurz zuvor war Gunters älterer Bruder Paul gestorben. Er war das schwarze Schaf der Familie, einer, der sich stets geweigert hat, das Familienimperium weiterzuführen, exzentrisch und schwul obendrein. Verstoßen, lebte er seit vielen Jahren in Miami ein ausschweifendes Leben.

Er hatte keine finanziellen Sorgen und war auch nicht auf die Almosen seines Bruders und Firmenlenkers angewiesen, denn er besaß ein kleines Aktienpaket. Zwar nur wenige Prozent an der weit verzweigten Holding, deren Dividenden ihm aber sein glamouröses Leben in South Beach ermöglichten, sehr zum Leidwesen der übrigen Familie, die mit allen juristischen Mitteln vergeblich versucht hatte, ihm dieses Kapital zu entziehen. Der Kurswert der Aktien betrug mehrere hundert Millionen Euro.

Für Susanne überraschend, vermacht Paul ihr einen Großteil dieser Anteile. Den Rest überlässt er diversen AIDS-Stiftungen. Eines Tages steht ein amerikanischer Anwalt vor ihrer Tür und überbringt die Nachricht und einen Umschlag. Pauls Brief besteht aus einem einzigen Zeichen: Einem zwinkernden Smiley.

Susanne versteht nicht, was Paul bewogen hat, ihr ein Vermögen zu hinterlassen. Sie kennt ihn nur flüchtig und hat ihn seit Jahren nicht mehr gesehen. Vielleicht will er sich auf diese Weise an seinem Bruder, an seiner Familie rächen. Im ersten Impuls will Susanne dieses zweifelhafte Erbe ausschlagen.

Doch es kommt anders. Sie will nicht mehr das Opfer sein, will nicht wieder verzichten. Die Kinder sind längst erwachsen, niemand kann sie mehr unter Druck setzen. Selbst ihre Mutter liegt endlich unter der Erde.

So wird sie zur Anteilseignerin der Firma. In einem schwarzen Mercedes lässt sie sich zur Geburtstagsfeier ihres Mannes fahren. Während sie die Stufen zum Eingang hinaufschreitet, lächelt sie selbstbewusst in die Kameras der Paparazzi. Sie hat ihren großen Auftritt.

Mit diesem Epilog endete *Eine deutsche Familie*.

„Hm", sagte die Lortzing, die ihn kein einziges Mal unterbrochen hatte. „Ein … überraschendes Ende."

„Gefällt es dir nicht?" Etwas in Lortzings Stimme beunruhigte ihn.

Sie antwortete nicht sofort. „Ehrlich gesagt, nein, ganz und gar nicht. Es kommt zu unvorbereitet. Ein bisschen wie der Gott aus der Maschine." Sie tat, als schwinge sie einen Zauberstab. „Zack, arme Frau ist plötzlich reich, Gerechtigkeit ist getan und Rache, Happy End. Zuviel Hollywood, wenn du mich fragst oder Märchen, was im Grunde dasselbe ist."

„Ich finde das Ende", Grothe blieb vorsichtig, „nicht schlecht. Ich verstehe aber, was du meinst", fügte er schnell hinzu, „aber denk auch an die Leser. Ein bisschen Mainstream tut dem Ganzen gut. Wenn wir den Massengeschmack nicht treffen, wird es kein Bestseller."

Ingrid kaute auf ihren Lippen. Sie dachte nach. „Nein, Jo, das ist ganz großer Mist. Das macht alles kaputt. Ich verstehe nicht, wie Unger auf so einen Schluss gekommen ist."

Unger war nicht auf diesen Schluss gekommen. Nico höchstselbst hatte ihn sich ausgedacht. Ungers Plot fängt bei der Beerdigung von Susannes Mutter an und endet ebenda.

„Und wenn wir den Epilog weglassen?" fragte er deshalb zaghaft.

Sie sah auf. „Das wird Unger niemals zulassen. Außerdem können wir ihn ja schlecht fragen, nicht wahr?" Sie hatte recht, dachte Grothe. „Abgesehen davon läuft uns die Zeit davon. Aber so können wir ihn auch nicht stehenlassen."

„Was schlägst du vor?"

„Dieser Paul springt mir zu plötzlich aus der Kiste. Den Namen des großen Bruders hatte ich schon vergessen. Wird er im ersten oder zweiten Teil überhaupt erwähnt?" Auch Grothe konnte sich nicht erinnern. „Er muss vorher in Erscheinung treten, bei der Hochzeit zum Beispiel. Man muss sehen, dass er Sympathien für Susanne hegt. Vielleicht hält er sie auch für eine Außenseiterin? Etwas in der Art." Sie schob die Teetasse von sich. „Es braucht nicht viel, zwei, drei Erwähnungen, ein Absatz hier, ein Absatz dort. Wir wollen keinen weiteren Handlungsstrang aufbauen, aber am Ende muss diese plötzliche Erbschaft nachvollziehbar sein, ja geradezu zwingend."

„Ich übernehme das." Grothe dachte an Nico, der bald mit Valery in die Ukraine, ihre alte Heimat, fahren wollte.

Ingrid sah ihn zweifelnd an. „Aber verhunze mir das nicht, ja? Und es muss fix gehen. Ich nehme mir Teil 3 vor. In einer Woche lieferst du mir die Ergänzungen."

„Ganz wie du willst, Ingrid", antwortete Grothe.

Als er allein zur U-Bahn-Station zurückging, war er froh, glimpflich davongekommen zu sein. Ingrid hatte das Manuskript im Wesentlichen abgesegnet.

Doch auf Nicos Reaktion war Grothe nicht vorbereitet. Er hatte ihn in der *Coworking Aera* des Oberholz' abgeholt, um ein paar Schritte durch den nahegelegenen Volkspark zu gehen. Die Sonne schien, und Grothe hatte keine Lust, mit Nico in einem stickigen Besprechungsraum oder im Café zu sitzen.

Nico war aufgebracht, dass das Ende seines Romans – er betrachtete das Manuskript inzwischen als sein geistiges Eigentum – bei Ingrid Lortzing keine Gnade gefunden hatte. Es sei gut, wiederholte er verdrossen, es sei besser als Ungers halbherziges Ende, ein offener Schluss, der diesen Namen nicht verdiente und den Leser in der Luft baumeln ließ.

Außerdem war es sein einziger nennenswerter Beitrag zur Story, ansonsten hätte er wie ein braves Kind alle Vorgaben des Meisters befolgt. Und ausgerechnet das wollte man ihm wegnehmen? Habe ich nicht das Recht, auch etwas von mir in diesem dämlichen Plot unterzubringen? Zu dieser rhetorischen Frage verstieg er sich schließlich, und Grothe überlegte, wie er den jungen Autor beruhigen konnte.

Es könne keine Rede davon sein, dass ihm jemand etwas wegnehmen wolle. Er habe sich bei der Lektorin dafür eingesetzt, dass der Schluss so bleibe. Es handele sich um ein paar Kleinigkeiten, um mikrochirurgische Eingriffe in die Entwicklung der Story, man müsse hier und da einen Einschub machen, damit die Geschichte rund werde.

„Sie ist rund!" brüllte Nico, der sich nach diesem letzten Ausbruch beruhigte. Er verfiel in ein mürrisches Schweigen, wirkte jetzt eher enttäuscht als wütend. Vielleicht versuchte er das Ausmaß der notwendigen Änderungen abzuschätzen, vielleicht hatte er erkannt, dass sich der Aufwand in Grenzen hielt.

Sie saßen nebeneinander auf einer Bank und schwiegen. Grothe wusste, wie empfindlich Autoren auf Änderungswünsche an ihren Manuskripten reagierten. Die einen behaupteten, sie hätten noch nie etwas geändert, was nicht stimmte, die anderen gaben vor, sie hätten den Schluss 39 Mal umgeschrieben oder sieben Fassungen der ein und derselben Geschichte verfasst, was ebenfalls nicht stimmte. Wollten die einen die absolute Perfektion ihres Schreibens demonstrieren, so betonten die anderen die übermenschliche Anstrengung, mit der sie ein perfektes Werk abgeliefert hatten. Wehe, wenn man sie dann kritisierte.

Wenn ein bereits erschienenes Buch von einem Kritiker verrissen wurde, dann war der Autor enttäuscht, verletzt, fühlte sich missverstanden oder verfiel in tiefe Selbstzweifel. Ändern konnte er nichts mehr. Wenn der Lektor ihn kritisierte, dann war es schlimmer, denn dann *musste* er etwas ändern, und uneinsichtig, wie der Autor war, musste er es wider besseres Wissen ändern. Insofern hatten die Lektoren mehr Macht als die Agenten und mehr Macht als die Verleger. Man konnte sich notfalls einen anderen suchen, aber damit ging man ein unkalkulierbares Risiko ein.

Diesen Vorschlag hatte Grothe schon mehr als einmal ins Spiel gebracht, wenn ein Autor sich weigerte, den Änderungswünschen des Lektorats nachzukommen. Man könne sich ja einen neuen Verlag und damit einen neuen Lektor suchen, hatte er dann halbherzig angeboten, wohl wissend, dass der widerspenstige Autor dann bald einknickte. Genauso gut hätte er ihm eine entsicherte Pistole an den Kopf halten können.

Er habe Verständnis, wenn er die Anpassungen nicht selbst vornehmen wolle, sagte Grothe schließlich und spielte seinen letzten Trumpf aus. Er bot sich an, es selbst zu übernehmen, aber er wusste, dass Nico niemals darauf einginge.

Und so kam es auch. Noch bevor Nico mit Valery in die Ukraine aufbrach, hatte er die Ergänzungen abgeliefert. Insgesamt nicht mehr als eine Seite, aber sie fügten sich so ein, dass Pauls Handeln, sein seltsames Vermächtnis, zwar überraschend erschien, aber auch eine Art Aha-Effekt auslöste. Der Leser hatte den Eindruck, dass sich diese Wendung schon lange abgezeichnet hatte und vor allem für besonders scharfsinnige Zeitgenossen, mit anderen Worten für ihn selbst, erkennbar gewesen war. Nico hatte die kurzen Passagen und satzlangen Einschübe mit erstaunlichem Feingefühl eingebaut, wie Grothe anerkennend feststellte. Auch Ingrid schien zufrieden.

Mit der endgültigen Übergabe des Manuskripts fiel auch von Grothe eine schwere Last ab. Was er nie für möglich gehalten hatte, war Wirklichkeit geworden. Ungers letzter großer Roman war fertig und lag beim Lektorat. Und er war gut, nicht schlechter, als wenn Walter Unger ihn selbst geschrieben hätte.

Und Unger lebte, wenn auch nicht fröhlich, so doch mit stabilen Herz- und Kreislauffunktionen. Selbst wenn er jetzt sterben würde, war Grothe schlagartig bewusst geworden, sein letztes Werk erschiene dennoch. Der Nobelpreis wäre zwar verloren, aber auch ohne ihn war mit *Eine deutsche Familie* gutes Geld zu verdienen.

Was Sandra anging, hätte sich Grothe mehr gewünscht. Sie trafen sich ab und zu, hatten sogar einmal miteinander geschlafen, aber von einer Beziehung zu sprechen, wäre übertrieben gewesen. Und das Wort Freundschaft wollte Grothe nicht bemühen, denn jedes Treffen konnte das letzte sein. So verstand er Sandra, die beim Abschied verschiedentlich meinte, man werde sich wiedersehen oder vielleicht auch nicht.

Es war der sterbende Unger der zwischen ihnen stand, davon war Grothe überzeugt. Sandra drängte ihn, diesen, wie sie sagte, unwürdigen Zustand zu beenden. Mehrmals hatten sie sich deshalb gestritten. Sie schien nicht zu verstehen, warum Unger weiterleben musste, jetzt, wo das Buch fertig war und bald erschiene.

Walter Unger oder Sandra. Vor dieser Alternative meinte Grothe zu stehen. Wenn er den Schriftsteller am Leben hielt, verlöre er Nicos Schwester. Wenn er ihn sterben ließ, konnte etwas aus ihnen werden.

In diesem Frühsommer hatte Grothe sich oft gewünscht, Sandra und er wären ein richtiges Paar. Vielleicht hatte er sich in sie verliebt, jedenfalls hatte er sich eingestanden, dass er mehr wollte.

Er hatte sogar ernsthaft darüber nachgedacht, Unger sterben zu lassen, wirklich und endgültig. Damit hätte er Sandra besänftigt, auch Carmen Unger wäre zufrieden gewesen, und Mathilde hätte mit ihrem Mann ebenfalls Frieden gefunden. Doch das war unmöglich. Der Nobelpreis war seine Absicherung. Wenn *Eine Familie in Deutschland* floppte – sehr unwahrscheinlich, aber dennoch möglich – dann konnte der Nobelpreis zum Rettungsanker werden, zumindest zu einer zweiten Chance. Und da war noch etwas, das gestand er sich in diesen Tagen ein. Als Agent eines frisch gekürten Nobelpreisträgers würde auch sein Ansehen steigen. Dann wäre er endgültig rehabilitiert und Kolping, dieser Zwerg, würde in Zukunft die Anführungszeigen um das Wort „Staragent" weglassen müssen. Das war, was er sich am meisten wünschte. Alles andere musste zurückzustehen.

Kapitel achtundzwanzig

Der Juni verstrich ereignislos, der Juli ebenfalls. Grothe blieb in Berlin, betreute halbherzig zwei weitere Klienten, deren Bücher im Herbst erscheinen sollten, traf sich gelegentlich mit Nico Neumann, um mit ihm den Fortschritt seines eigenen Manuskripts zu besprechen.

Die Arbeit an der *Gegenwart* kam nur langsam voran. Nico tat sich damit sichtlich schwer. Andererseits hatte er sich eine Pause verdient, und es war ohnehin klar, dass es frühestens im nächsten Jahr erschiene. Selbst daran zweifelte Grothe insgeheim.

Literarisch war das Jahr ohnehin gelaufen. Die Herbstprogramme standen fest, die Frist für den diesjährigen Deutschen Buchpreis war vor Monaten verstrichen. Dass Ungers neues Buch nicht für diesen wichtigsten deutschen Literaturpreis eingereicht worden war, überraschte niemanden. Die etablierten Autoren scheuten die Konkurrenz. Vielen wäre es peinlich gewesen, von einem Nobody ausgestochen zu werden, und so blieben die Newcomer unter sich.

Mit Spannung wartete man auf die Erscheinungstermine, die sich um die zweite August- und die erste Septemberhälfte herum ballten.

Grothe telefonierte jeden Tag mit Mathilde. Im Laufe des Sommers wurden diese Anrufe seltener. Walter Ungers Zustand blieb unverändert. Unverändert gut oder unverändert schlecht, je nachdem wie man es sah. Auf jeden Fall aber unverändert.

Für Grothe hätte es so weitergehen können. Dennoch hatte er stets ein flexibles Ticket für einen Flug nach Verona in der Tasche. Für den Fall der Fälle wollte er innerhalb weniger Stunden vor Ort sein. Von Zeit zu Zeit buchte er es um, ohne es aber je in Anspruch zu nehmen.

Anfang August, in Berlin war es heiß und stickig, rief Mathilde dann doch an. In Grothes Wohnung stand noch die Luft vom Vortag, und auch das sperrangelweit geöffnete Fenster brachte keine nennenswerte Abkühlung. Wie immer suchte er nach dem Telefon, das irgendwo unter Kissen und Decken verborgen war oder in die Ritzen des Sofas gerutscht sein mochte. Es klingelte gedämpft, und er konnte zunächst nicht ausmachen, woher das Geräusch kam.

Als er endlich dranging, befürchtete er, der andere habe die Verbindung unterbrochen. Aber es schien dringend zu sein, und Mathilde hätte den Apparat so lange klingeln lassen, bis die Telefongesellschaft ihrerseits den Vorgang beendet hätte.

Sie wirkte weniger besorgt als ratlos, so als könne sie nicht einschätzen, was der Zustand ihres Mannes bedeute und ob und was zu tun sei. Im ersten Moment dachte Grothe, sie suche nur seelischen Beistand und er könne es bei einem freundlichen Telefonat belassen.

Aber nach und nach erkannte er, dass Ungers Zustand sich verändert, verschlechtert hatte, deutlich verschlechtert. Und dann war er es, der besorgt war.

Walter Unger litt zunehmend unter Atemnot. Mathilde konnte es nicht genau erklären, aber als sie *Apnoe* sagte, ein Wort, das sie von der diensthabenden Schwester aufgeschnappt hatte, schrillten bei Grothe die Alarmglocken. Ungers Atem setzte aus, für lange Sekunden, ging unregelmäßig und war nicht mehr so tief. Die Sauerstoffsättigung im Blut hatte einen bedenklichen Wert erreicht. Mit anderen Worten: Unger drohte langsam zu ersticken.

Grothe überschlug in Gedanken die Zeit bis zur Buchmesse, bis zur Bekanntgabe des diesjährigen Nobelpreisträgers. Es waren noch über als zwei Monate. Ich komme so bald wie möglich, sagte er, und Mathilde schien beruhigt.

Er konnte erst am nächsten Tag fliegen und hoffte, er träfe Unger noch lebend an. Doch seine Angst schien ihm übertrieben. Der Patient konnte noch Tage in diesem Zustand überleben, Tage oder Wochen. Aber zwei Monate?

Mathilde war allein zu Hause, wenn man von den Betreuungskräften absah, Carmen Unger war wieder in Richtung Afrika entschwunden, und auch Susanne Berggrün fehlte.

Das Haus in Torri erschien ihm wie ein verwunschenes Schloss. Es lag außerhalb der Zeit. Alles war unverändert, selbst der bewusstlose Schriftsteller hätte seit Jahren oder Jahrhunderten in seinem Bett liegen können und täte es für weitere Monate und Jahre oder für alle Zeiten. Doch das täuschte.

Grothe wusste, dass er etwas unternehmen musste. Er zog den Arzt hinzu, den er zum Schweigen verpflichtet hatte, und dieser bestätigte, dass Unger in diesem Zustand nicht lange überlebte. Er musste künstlich beatmet werden, dass war die Quintessenz ihrer Unterredung.

Maschinen, dachte Grothe, genau das, was er im Gespräch mit Tochter und Mutter ausgeschlossen hatte. Ein Versprechen, das er nicht mehr halten konnte. Zwei Monate waren nichts im Vergleich zu dem, was hinter ihm lag. Wenn er jetzt aufgab, war alles umsonst gewesen.

Er ließ sich das Gerät zeigen. APAP stand für Adaptive Positive Airway Pressure. Der Patient bekommt eine Atemmaske aufgesetzt, und ein kleiner Kompressor drückt ihm gerade so viel Luft durch Mund und Nase, dass die Atemwege offenbleiben und es nicht zu einem Atemstillstand kommt, erklärte der Arzt. Außerdem sei das Gerät preisgünstig. Es könne aber nur eine Übergangslösung sein, denn irgendwann käme man um Sauerstoff nicht mehr herum.

„Kein Sauerstoff, keine Flaschen?"

„Korrekt, es benötigt keinen Sauerstoff," bestätigte der Arzt.

Es handele sich also nicht um eine Form der künstlichen Beatmung, wollte sich Grothe zusammenfassend vergewissern. Nein, es sei eine Atemhilfe, bestätigte der Arzt. Wie groß dieses APAP-Gerät denn sei, fragte Grothe. Es passe auf den Nachttisch, aber es mache auch Lärm, gab der Arzt zu bedenken, es brumme Tag und Nacht vor sich hin.

Hm, eine Maschine, die Lärm macht, dachte Grothe. Das kam bedenklich nahe an das heran, was Carmen Unger sich ausdrücklich verbeten hatte. ‚Und welche wäre die konservativste Möglichkeit?' fragte er deshalb den Arzt.

Dieser überlegte einen Moment. ‚Ein Kompressor."

Der Kompressor reicherte den Sauerstoff der Umgebungsluft an. Auch dieses Gerät wurde mit Strom betrieben und war nicht geräuschlos, konnte jedoch notfalls in einem anderen Zimmer aufgestellt werden. Die Zuleitung war lang und unauffällig. Sie mündete in eine sogenannte Nasenbrille – einem kleinen, durchsichtigen Schlauch, der an der Nase des Patienten endete.

„Sie kennen das sicher aus vielen Filmen", schloss der Arzt. „Seit Corona gibt es kaum noch Verletzte oder Kranke in Film und

Fernsehen, die keine solche Nasenbrille tragen. Sie ist geradezu zum Symbol für das Kranksein geworden."

„Perfekt, das nehme ich", Grothe war erleichtert. Bei einem solchen Gerät von einer ‚Maschine' zu sprechen, erschien ihm übertrieben. Es war lediglich ein winziger Schlauch, der Unger ein wenig frische Luft zufächelte. Wer konnte etwas dagegen haben? Er half Unger, freier zu atmen – doch das Atmen übernahm Unger selbst. Er wurde *nicht* künstlich beatmet.

Grothe beauftragte den Arzt, das Ding, wie er sich ausdrückte, so schnell wie möglich aufzustellen. Blieb noch Mathilde. Wie würde sie reagieren? Erstaunlich gelassen, fand er und wunderte sich. Seit Unger im Koma lag, hatte sie sich verändert. Sie trauerte, sie schloss nach und nach mit ihm ab, ein Prozess, der durch dieses langsame Sterben begünstigt wurde, hatte sie doch viel Zeit, sich darauf einzustellen. Ganz anders, als wenn er von einem Moment auf den anderen tot umgefallen wäre.

In den letzten Monaten hatte sie wieder gelernt, an sich selbst zu denken. Hatte sie sich früher Walter Unger untergeordnet, seine Ideen und Pläne immer zu den ihren gemacht und nicht mehr unterscheiden können, wo er aufhörte und sie anfing, so stand sie jetzt allein da. Er hatte eine Lücke in ihr Leben gerissen, ein riesiges Loch, das sie mühsam, zuerst widerwillig, dann immer befreiter, füllte.

Grothe vermutete, dass es dieses neue Selbstbewusstsein war, das sie zur Komplizin machte. Sie bedauerte den Zustand ihres Mannes, hätte ihn gerne beendet, doch nun stellte sie ihre eigenen Bedürfnisse über die seinen. Zum ersten Mal in ihrem Leben. Sie brauchte das Geld fast so sehr wie Grothe selbst. Ihr Mann musste dahinter zurückstehen. Und es ging nur um seine vermeintliche Würde, weh tat sie ihm nicht.

Aber es fiel ihr schwer. Das merkte Grothe, wenn sie sich zurückzog und am liebsten nichts von seinem Tun sehen und hören wollte. Aber das war eine Arbeitsteilung, mit der er umgehen konnte. Es machte ihm nichts aus, die Drecksarbeit zu übernehmen. Er blieb noch eine Nacht, dann flog er zurück.

Als Ungers Buch im August erschien, flammte das Interesse an seiner Person wieder auf. Hatten sich die Medien bis dahin mit der stereotypen Auskunft abspeisen lassen, dem Schriftsteller gehe es den Umständen entsprechend gut und er sei auf dem Weg der Besserung, wurden die Fragen nun drängender.

Man wollte das Gesicht zum Buch, wollte Bilder, Filme, Interviews. Auch Anfragen für Lesungen lagen vor, und der Verlag hatte sich nichtsahnend angeboten, eine längere Lesereise zu organisieren, etwas, wozu sich Unger, wie Grothe erschrocken feststellte, vertraglich verpflichtet hatte. Dieser Passus war ihm in der Hektik der Vertragsverhandlungen entgangen.

Ungers Werk hieß jetzt vereinbarungsgemäß *Eine Familie in Deutschland*. Mit der Titeländerung hoffte man bei Suhrkamp, einen Rechtsstreit mit dem Fischer-Verlag zu vermeiden. Es sei ein völlig neuer Roman, der mit dem lange angekündigten Titel *Eine deutsche Familie* nichts zu tun habe. Das war die Marschroute.

Als Grothe das Buch zum ersten Mal in den Händen hielt und den glänzenden Schutzumschlag betrachtete, sah er seine Vorbehalte bestätigt. Er kannte die Bilddateien, die ihm Ingrid Lortzing zuvor geschickt hatte. Das Motiv hatte ihm damals nicht gefallen, und es gefiel ihm auch an diesem Tag nicht.

Am Ende hatte er sich überstimmen lassen. Wenn Lektorat, Verlag und Vertrieb etwas gut fanden, dann konnte es nicht schlecht sein. Das Marketing hatte entschieden, und es wäre schwierig gewesen, ein anderes Cover durchzusetzen, zumal Grothe keinen Ersatz zur Hand hatte.

Der Umschlag war dreifarbig. Breite waagrechte Streifen erinnerten an die deutsche Flagge: Schwarz, Rot, Gold. Die Assoziation drängte sich nicht auf, sondern wirkte unterschwellig, weil die Farben pastellartig waren und ineinander übergingen. Unter dem Titel war ein tanzendes Paar zu sehen. Eine Zeichnung im Stil der fünfziger Jahre. Sie in einem blauen Kleid mit großen weißen Punkten, er in einem karierten Anzug mit Fliege. Sie halten sich an den Händen und schwingen Arme und Beine, tanzen Rock'n'Roll oder Charleston. Im Hintergrund zeichnet sich die Silhouette eines amerikanischen Straßenkreuzers ab.

Es war ein dicker Wälzer geworden. Fast fünfhundert Seiten. Man hätte auch mit der Hälfte auskommen können, aber dann hätte man keine 25 Euro dafür verlangen können. Außerdem mochte der Leser keinen allzu kompakten Satzspiegel. Die Zeilen mussten genügend Abstand haben, die Absätze durften nicht zu lang sein. Und die Schrift musste groß sein, so groß, dass sie auch von den älteren Herrschaften, die sich ein solches Hardcover leisten konnten, gut entziffert werden konnte.

Grothe, der gerne am fertigen Produkt herummäkelte, war im Großen und Ganzen zufrieden. Das Buch sah seriös aus, es wirkte hochwertig, es vermittelte den Eindruck, es sei Literatur. Und darauf kam es seiner Meinung nach an, denn Unger durfte man nicht mit anderen Genreautoren und ihren Krimis, Thrillern, Fantasy- und Science-Fiction-Romanen verwechseln. Ganz zu schweigen von der Frauenliteratur in Rosa und Pink. Auch Nico war angetan. Er hatte das Buch in die Hand genommen und gestreichelt, als wäre es ein lebendiges Wesen.

Dank der perfekten Choreografie des Verlages waren die Rezensionen in abgestimmter Folge erschienen. Zum Auftakt die lauten Böller der Wochenzeitschriften und Magazine, dann das konzentrische Trommelfeuer der überregionalen Tageszeitungen. Während dieses noch nachhallte, stürzten sich die regionalen Medien vielstimmig ins Gefecht, um zum Höhepunkt hinzuleiten, dann wenn die Besprechungen im Fernsehen die Kulturbeflissenen endlich sturmreif geschossen hätten. Ein sechswöchiger Angriff, der zur Buchmesse seinen vorläufigen Höhepunkt erreichen sollte.

Erstaunlicherweise waren alle Besprechungen positiv, überschwänglich, euphorisch. Vom Höhepunkt des Unger'schen Schaffens war die Rede, vom Denkmal, das er sich gesetzt, vom Olymp, den er erklommen habe. Niemand, der sich traute, eine kritische Stimme zu erheben, der es wagte, gegen die anderen Wölfe anzuheulen.

Fast niemand. Denn einen Verriss gab es doch. Ausgerechnet die FAZ hatte einen vernichtenden Beitrag veröffentlicht.

Die Rezension war fünfspaltig, in der Mitte der Seite prangte ein Foto Ungers aus glücklicheren Tagen, und Kolping – ja, kein anderer als Kolping hatte sie verfasst – schwadronierte durch

Ungers gesammelte Werke, zog Parallelen, Vergleiche, belegte haarklein, warum *Eine Familie in Deutschland* weit hinter Ungers großen Erfolgen zurückblieb. Die Sprache sei geschraubt, die Dialoge vordergründig, die Figuren hölzern und der Schluss – tatsächlich der Schluss! – in seiner Trivialität eines Unger nicht würdig, ein billiges Zugeständnis an den Zeitgeist.

Es blieb offen, wen oder was Kolping für diesen Niedergang verantwortlich machte, Ungers Alter, die Gier des Verlags oder die Unfähigkeit des Lektorats. Ein Hinweis auf Grothe fehlte zwar, doch aus dem Satz, man hätte Unger beizeiten davon abhalten oder den rechten Weg weisen müssen, ließ sich Kritik an seiner Betreuung herauslesen.

Kolping hatte es nicht versäumt, Ungers skandalösen Verlagswechsel anzuprangern, darauf hinzuweisen, dass mit Hilfe von sehr viel Geld, ein Vertragsbruch begangen worden war, und an dieser Stelle wurde Grothes Agentur dann doch genannt.

Im Gegenzug wurde schnell das Gerücht gestreut, der Fischer-Verlag stecke hinter den Anfeindungen – der Name Peter Leonhard machte die Runde – und diese einzelne kritische Stimme machte den Chor der Begeisterten nur noch glaubwürdiger. So jedenfalls Grothes Eindruck.

Er hatte sich trotzdem geärgert. Zum zweiten Mal pinkelte ihm dieser Giftzwerg ans Bein. Grothes Forderung, in der FAZ keine Werbung für den neuen Unger zu schalten, verhallte bei Suhrkamp ungehört. Als Grothe merkte, dass Kolping mit seinem Störfeuer allein dastand, beruhigte er sich wieder. Auch Nico, den die Kritik am ehesten hätte treffen können, wischte sie beiseite. Eine *altersbedingte Geschwätzigkeit*, wie Kolping behauptete, konnte er beim besten Willen nicht erkennen. Und so lachten beide immer wieder, als sie sich im *Oberholz* gegenseitig die Passagen aus der FAZ vorlasen.

Eine Sache war allerdings gründlich schief gegangen. Die Protagonistin von *Eine Familie in Deutschland*, Martha, hieß noch immer Susanne Berggrün. Was zuerst von Unger und dann von Nico als Platzhalter gedacht war, ging unverändert in Druck.

Als Grothe das Buch zum ersten Mal aufschlug, wich die Freude, endlich das fertige Produkt in Händen zu halten, einer jähen

Ernüchterung. Er spürte einen Stich, der vom Magen in die Herzgegend ausstrahlte, und das Blut schoss ihm in den Kopf. *Das hätte niemals passieren dürfen!* durchfuhr es ihn. Hatte er Ingrid nicht mehrfach eingeschärft, den Namen zu ändern? Irgendein Name hätte es getan. Seinetwegen hätte Susanne gerne Müller heißen können. Wenn man nicht alles selbst in die Hand nahm…

Aber es war zu spät. Es war undenkbar, den Namen noch zu ändern, auch nicht in einer Neuauflage oder Neuausgabe. Dies hätte die Aufmerksamkeit der Öffentlichkeit erst recht auf dieses Detail gelenkt.

Und es wurden Parallelen zur Frau des bekannten Industriellen gezogen. Dagegen schien zu sprechen, dass der Name im Roman offen genannt wurde. Eine öffentliche Denunziation hätte man sich erspart, schrieb etwa *Die Presse*, die als österreichische Tageszeitung ein besonderes Interesse an der Aufklärung der Hintergründe hatte. Die Wurzeln der Industriellenfamilie lagen eben dort.

Mit dem Verstreichen der Tage hatte sich Grothe wieder beruhigt. Ein mulmiges Gefühl blieb. Jeden Moment erwartete er einen Anruf von Susanne Berggrün, einen wütenden oder verzweifelten.

Dann geschah das Undenkbare, das, mit dem niemand gerechnet hatte.

Kapitel neunundzwanzig

Das Buch verkaufte sich nicht. *Eine Familie in Deutschland* schaffte es nicht auf die ersten zwanzig Plätze der Spiegel-Bestsellerliste. Und das waren die einzigen, die im Heft abgedruckt, die einzigen, die von der Öffentlichkeit wahrgenommen wurden.

Vielleicht waren es die harten Bedingungen gewesen, die der Verlag den Buchhandlungen diktiert hatte. So mussten sie nicht nur besondere Marketingmaßnahmen umzusetzen und Sonderverkaufsflächen einzurichten, auch ihr Anteil am Erlös war empfindlich gekürzt worden. Das war der Preis für den horrenden Vorschuss gewesen. Vielleicht war Unger nicht mehr zeitgemäß. Er bewegte niemanden mehr, argwöhnte Grothe, die Alten nicht und die Jungen sowieso nicht.

Aber Grothe hoffte. Täglich kontrollierte er die Verkaufszahlen, verglich Lieferungen und Rücksendungen, denn der Buchhandel hatte in Erwartung des vermeintlichen Verkaufserfolges großzügig geordert. Grothe redete sich ein, man brauche einen Anlauf, spekulierte auf die nächste große Rezension, die bald erschiene, machte den Trägheitsmoment verantwortlich. Wie lange war Unger für das breite Publikum praktisch unsichtbar gewesen?

Doch mit jeder Woche, die verstrich, in der die Wende ausblieb, wuchs seine Verzweiflung. Niemand wusste besser als er, dass ein neues Buch wenig Zeit hatte, um sich durchzusetzen. Mehr als drei Monate waren es nicht. Nach der Buchmesse wäre alles entschieden.

Seinen Vorschuss hatte er schon fast aufgebraucht. Ein Vorschuss, dem, so wie es im Moment aussah, nichts mehr folgen würde. Das meiste hatte Nico bekommen, dann die Summe, mit der er Susanne Berggrün besänftigt hatte. Das Wort *bestochen* vermied er, wenn er daran zurückdachte. Dann das Geld, das er Mathilde für Walter Ungers Betreuung überlassen hatte. Es war der kleinste Betrag, und er konnte sie um eine Erstattung bitten. Seine Lage wurde von Tag zu Tag aussichtsloser.

Also stürzte er sich in die Arbeit. Nun war es die Buchmesse, die er als letzte große Chance sah. Verhandlungen mit den ausländischen Verlagen standen im Vordergrund. Doch keiner wollte den neuen Unger kaufen. Jedenfalls nicht schnell oder schon gar nicht sofort. Man bekundete zwar Interesse, vertröstete ihn aber mit unverbindlichen Floskeln, wohl wissend, dass der Preis für die Sprachversionen selbst der wichtigsten Verbreitungsgebiete von Tag zu Tag sank, ins Bodenlose zu fallen drohte.

Am schlechtesten sah es für den amerikanischen Markt aus. Deutsche Autoren wurden in den USA kaum gelesen, und selbst ein Unger war dort weitgehend unbekannt.

Nur ein Wunder konnte noch helfen, ein Wunder oder der Nobelpreis. Hatte er den Preis bisher als eine Art Krone betrachtet, die er einem bereits erfolgreichen Autor und einem sich blendend verkaufenden Buch aufsetzen konnte, das Sahnehäubchen – ein Bild, das er gern zitierte – so war er nun zum alles entscheidenden Faktor geworden. Ohne den Preis bliebe das Buch ein Flop, wurde zu einem Debakel, an das man sich in der Branche noch jahrzehntelang erinnern würde. Noch nie war ein *totsicherer Bestseller* so eindrucksvoll gescheitert, abgesoffen mit Mann und Maus. Unnötig zu erwähnen, dass nicht nur Ingrid Lortzings Name, sondern auch der seine damit für immer verbunden bliebe. Es war nicht nur das Geld, dass ihm dann fehlte, er brauchte diesen Erfolg, er brauchte ihn so sehr, wie die Lortzing ihn brauchte.

Hatte Grothe Sandra, Carmen und Mathilde noch versprochen, Walter Unger so bald wie möglich nach Erscheinen des Buches sterben zu lassen – und sein Tod hätte, wenn man ihn richtig timte, die Initialzündung für emporschnellende Verkaufszahlen sein können – so musste Unger nun bis Mitte Oktober durchhalten. Der Nobelpreis war zu seiner letzten Hoffnung geworden, eine kleine Hoffnung zwar, aber mehr hatte er nicht. Wenn Walter Unger den Nobelpreis bekam, dann konnte *Eine Familie in Deutschland* doch noch ein Erfolg werden.

Als Grothe Sandra so schonend wie möglich auf die erneute Verlängerung hatte einstimmen wollen, war sie aus der Haut gefahren. So wütend hatte sie Grothe noch nie erlebt. Er mache ihr etwas vor, die ganze Zeit schon, er habe nie die Absicht gehabt, den armen, alten Mann endlich sterben zu lassen. Er denke nur an sich, andere Menschen seien ihm scheißegal. Und da schließe sie sich selbst mit ein. Er sei ein egoistisches Arschloch. Ihm fehle jegliches Verständnis und Einfühlungsvermögen. Sie habe sich in ihm gründlich getäuscht. Dann war sie gegangen.

Seitdem hatte Grothe nichts mehr von ihr gehört. Es hatte wie ein Ende geklungen, doch Grothe hoffte, dass sie zur Vernunft käme. In wenigen Wochen wäre alles vorbei, so oder so. Dann stünde der alte Mann nicht mehr zwischen ihnen, dann konnten sie ihn und ihren Streit endlich begraben.

Nur wenige Tage später, an einem Tag Ende September, erreichte ihn ein weiterer Anruf von Mathilde. Er müsse kommen. Sofort. Mehr sagte sie nicht und legte auf.

Das war also der Tag X, dachte Grothe, der Tag, auf den er seit Monaten wartete und von dem er gehofft hatte, er bliebe ihm erspart.

Die Abflugzeiten der Lufthansa hatte er im Kopf. Verona war keine bedeutende Destination und die Zahl der täglichen Verbindungen hielt sich in Grenzen. Vom BER konnte er abends über München fliegen. Er käme spät an. Kurz spielte er mit dem Gedanken, eine Maschine nach Mailand zu nehmen. Treviso kam noch in Frage, Venedig, Triest, aber dann hätte er zwei Stunden länger im Taxi sitzen müssen. Nein, Verona war die beste Alternative.

Er zögerte einen Moment, dann bat er Evelyn, seinen Flug auf den Abend umzubuchen. Hoffentlich gab es noch einen freien Platz. Da er aber über eine hohe Wartelistenpriorität verfügte, war er zuversichtlich.

Seine ehemalige Praktikantin kam herein und sah ihn fragend an. Er nickte düster, und sie hob ergeben die Schultern. Wortlos ging sie wieder hinaus.

Evelyn war jetzt fast ein Jahr bei ihm. Wider Erwarten hatte sie sich gut entwickelt. Nach Ablauf ihres Praktikums hatte er ihr eine Festanstellung angeboten, und sie hatte angenommen. Sie war seine persönliche Assistentin geworden, eine bessere Sekretärin, wenn auch nicht besser bezahlt. Dennoch war der Sprung von der kostenlosen Praktikantin zur Angestellten mit Anspruch auf Jahresurlaub und bezahlte Krankheitstage für ihn ein Kraftakt gewesen. Nur in Erwartung des erhofften Erfolgs hatte er damals diesen Schritt gewagt.

Aber es war von Vorteil, jemanden zu haben, den man nicht mehr einarbeiten musste, der wusste, was man von ihm erwartete, der seine Rolle lautlos und effektiv ausfüllte.

Er schätzte besonders ihre Loyalität, und sie stellte seine Entscheidungen nicht in Frage. Im Gegenteil, sie schien sich voll und ganz mit ihm und seinen Plänen zu identifizieren. Sie hatte Nico damals entdeckt, hatte als erste den Wert seines Manuskripts erkannt. Und sie war begierig, von Grothe zu lernen, sie bewunderte ihn auch ein wenig, da war er sich sicher. So stellte sie sich die Arbeit eines Literaturagenten vor. Vergleichsmöglichkeiten hatte sie nicht.

Sein Flug ging um 19 Uhr. In München hatte er eineinhalb Stunden Aufenthalt. Ankunft in Verona nicht vor 22.30 Uhr. Er schickte Mathilde eine Nachricht, dass er gegen Mitternacht einträfe. Das war optimistisch und nur mit einem Taxi machbar.

Den Rest des Nachmittags verbrachte er im Büro. Eine kleine Tasche mit dem Nötigsten stand seit Monaten bereit. Sein Fluchtgepäck, wie er es im Stillen nannte. Meistens flog er ohnehin nur mit dem kleinen Trolley.

Ungers Zustand hatte sich dramatisch verschlechtert. Einen anderen Grund für Mathildes Anruf konnte es nicht geben. Oder er war tot, dachte er zum ersten Mal. Und erschrak. Der Gedanke lag nahe, aber es dauerte fast zwei Stunden, bis er das Wort zum ersten Mal zuließ.

Tot, dachte er. Tot, tot, tot. Ein seltsames Wort. Es war kurz und klang doch nach, ein ‚o‘, das nicht enden wollte und das man zwischen zwei Kreuze festgenagelt hatte, ein Palindrom noch dazu, das von vorne und von hinten gelesen dasselbe blieb.

Je häufiger er dieses Wort dachte, es leise vor sich hin sprach, desto schwerer fiel es ihm, seinen Sinn zu verstehen. Was bedeutete schon, dass Unger tot war? War er es nicht längst gewesen? Was hatte sich verändert, seitdem er ins Koma gefallen war?

Grothe spürte Ärger in sich aufsteigen. Dieser Übergang zwischen dem, was man Leben und was man Tod nannte, erschien ihm wie eine medizinische oder juristische Spitzfindigkeit, eine willkürliche Grenze, die die Bürokratie brauchte, die aber an den Tatsachen nichts änderte.

Und warum musste das ausgerechnet jetzt passieren, wenige Wochen vor dem entscheidenden Tag? Eine schreiende Ungerechtigkeit, so schien es ihm. Hätte der alte Narr nicht noch einen Monat durchhalten können? Und Grothe war der Leidtragende. Statt hier in Berlin sein Bestes zu geben, um Ungers Buch zu verkaufen, eine Arbeit, die auch dem Autor zugute kam, hatte er dessen Leiche am Hals. Dass Unger tot war, tot in dem Sinne, dass er nicht mehr atmete, dass sich auch die letzten Neuronen in seinem Gehirn verabschiedet hatten, davon war er inzwischen überzeugt.

Aufgewühlt fuhr Grothe mit dem Zug zum Flughafen. Das übliche abendliche Chaos im Terminal wirkte auf ihn seltsam beruhigend. Er atmete durch, holte sich am Lufthansaschalter seine Bordkarte und reihte sich in die kurze Schlange der Fastlane ein.

Alles war wie immer, Ungers Tod hatte offenbar keinen Einfluss auf die Abläufe am Flughafen. Warum also sollte er Auswirkungen auf ihn selbst haben?

In München ging er in die Lounge und aß eine Kleinigkeit. Wie üblich gab es Leberkäse und Brezeln. Dazu trank er ein Weizenbier. Dann ein Glas Whisky mit etwas Eis.

Den Anflug auf Verona konnte er dann fast genießen. Auch der kurze Flug war schön gewesen, so wie es für ihn immer etwas Besonderes war, über die Alpen zu fliegen. Aus der niedrigen Höhe schienen die Berge zum Greifen nah, glitzerten unmittelbar unter ihm die schneebedeckten Gipfel der höchsten Erhebungen im Licht des Mondes.

Hinunter ging es dann am Westufer des Gardasees entlang. Grothe, der einen Platz auf der linken Seite des Gangs gewählt hatte, suchte Torri, die im Halbkreis angeordneten Lichter von Garda, die Spitze von Sirmione. Doch es war diesig, einzelne Wolken schwammen auf dem See, Lichter und Land verschmolzen zu einem konturlosen Ganzen. Nur das Wasser selbst glänzte wie polierter schwarzer Granit.

In einer weiten Linkskurve ging es hinunter nach Verona. Erst als die Maschine sanft aufsetzte, wurde sich Grothe bewusst, dass er angekommen war, dass es kein Zurück mehr gab, dass er in einer Stunde Mathilde gegenüberstünde. Mathilde und dem, weshalb sie ihn gerufen hatte.

Er nahm ein Taxi, bat den Fahrer die Klimaanlage auszuschalten und fragte ihn, ob er sich eine Zigarette anzünden dürfe. Der Fahrer war selbst Raucher, und so rauchten sie gemeinsam. Während dieser unter Missachtung aller Verkehrsregeln Richtung Autobahn raste, fragte er Grothe, woher er komme, was ihn an den Gardasee verschlagen habe und tausend andere Dinge, die in Deutschland niemanden interessierten. Grothe kam die Ablenkung gelegen. Er antwortete in seinem holprigen Italienisch und war überrascht, als sie schon nach einer knappen Stunde in den steilen Weg zur Unger'schen Villa einbogen. Er gab dem Fahrer ein großzügiges Trinkgeld und vergaß sogar, sich eine Quittung geben zu lassen.

Mathilde war noch wach. Sie umarmten sich kurz, und sie führte ihn hinauf ins Krankenzimmer. Hier war es dunkel. Alle Geräte waren ausgeschaltet. Die Krankenschwester hatte sie am Morgen nach Hause geschickt.

Sie knipste die kleine Leuchte an, die sonst dem Pflegepersonal die Orientierung erleichterte, Ungers Bett aber aussparte. Eine Weile standen sie regungslos da, dann drückte Mathilde Grothes Hand. Ohne ein weiteres Wort, ging sie hinaus.

Grothe setzte sich auf den Stuhl, auf dem sonst die Krankenschwester saß. Er hätte gern geraucht, tat es aber nicht. Er blickte zu dem Bett, in dem Unger lag und hielt den Atem an. Im Zimmer herrschte absolute Stille. Nichts rührte sich. Unger rührte sich nicht. Er atmete nicht. Die Schläuche der Atemhilfe waren abgezogen worden. Unger war tot. Daran gab es keinen Zweifel.

Lange saß Grothe auf seinem Stuhl und starrte auf den toten Unger. Mit der Zeit gewöhnten sich seine Augen an das Dämmerlicht.

Unger schien im Sterben den Kopf nach hinten in den Nacken gelegt zu haben, als wollten seine Augen auf einen Punkt hoch hinter ihm sehen wollen. Ein hohlwangiges, schmales Gesicht mit einer spitzen Nase.

Was Grothe am meisten beeindruckte, waren seine Lippen. Oder besser gesagt, dass er keine Lippen mehr hatte. Der Mund war geschlossen. Ein schmaler Strich in einem gelblichen Gesicht. Das Blut, das sonst die Lippen füllte war versiegt oder hatte die Farbe der Haut angenommen.

Grothe gelang es nicht, den Unger, den er kannte, diesen vor Kraft strotzenden Mann, mit diesem Etwas in Einklang zu bringen. Es war nur eine Hülle geblieben.

Zum ersten Mal verstand er den Sinn, von einem Toten Abschied zu nehmen, den Leichnam ein letztes Mal zu sehen. Viele Angehörige oder Freunde eines Verstorbenen vermieden dies. Sie wollten ihn so in Erinnerung behalten, wie er gewesen sei. Eine Begründung, die er selbst mehr als einmal gebraucht hatte. Und doch, nur so, von Angesicht zu Angesicht, wusste man mit Sicherheit, dass jemand tot war, nur so konnte man mit dem Tod abschließen.

Später trug er den Kompressor in den Keller. In einer Ecke des weit verzweigten Gewölbes stellte er ihn ab und deckte ihn mit einem alten Teppich zu. Das Gerät musste verschwinden – doch dafür war noch Zeit.

Bereits im Frühjahr hatte er eine große Tiefkühltruhe gekauft und in die Villa liefern lassen. Er öffnete sie. Sie war genauso leer, wie er sie zurückgelassen hatte. Er klappte den Deckel zu und überprüfte die Schlösser. Grothe hatte ein abschließbares Modell gewählt. Dann schaltete er sie ein. Der alte Mann ließ sich leicht hinuntertragen.

Am nächsten Morgen setzte er Mathilde in ein Taxi. Sie nahm die erste Maschine nach Frankfurt. Er versprach ihr, sich um alles zu kümmern. Als sie ihn beim Abschied fragend ansah, sagte er, sie solle ihm noch Zeit geben. „Lass es mich zu Ende bringen. Ich brauche nur noch ein paar Tage, dann ist alles vorbei."

Aber es waren nicht nur ein paar Tage. Er musste bis zum 5. Oktober durchhalten. Im genau zu sein: bis zum 5. Oktober um 13 Uhr.

Kapitel dreißig

Als Joachim Grothe am Morgen des 5. Oktober im Hotel Frankfurter Hof die Augen aufschlug, brauchte er einen Moment, um sich zu vergegenwärtigen, dass dies der große Tag war. Er hatte gut geschlafen, durchgehend, aber nicht lange, denn am Abend zuvor hatte es die üblichen Partys gegeben, die er zwar hasste, bei denen er aber nicht fehlen durfte.

War er schon immer ein Einzelgänger gewesen, einer, der dem Literaturbetrieb mit einer an Überdruss grenzenden Gleichgültigkeit gegenüberstand, so hatte ihn der Kontakt zur Berliner Szene und zu den Geschwistern Neumann, seinen Agentenkollegen, den Verlegern, Lektoren und Kritikern noch weiter entfremdet. Wäre da nicht der brandneue Unger gewesen, dieser vermeintliche Bestseller, er hätte es mit Sandra und Nico gehalten und wäre der Veranstaltung ferngeblieben und gar nicht erst nach Frankfurt gefahren. Möglich, dass er das im nächsten Jahr so handhabte.

Er traf sich mit Vertretern ausländischer Verlage, handelte Verträge aus, doch niemand wollte unterschreiben, und Grothe, der inzwischen fest an Ungers Sieg glaubte, hätte ebenfalls nichts unterschrieben. Nach seinem Sieg, am Freitag, am Wochenende, blieb noch genug Zeit. Dann konnte er fast jeden Betrag für die Rechte in das Honorarfeld eintragen.

Die letzten zwei Wochen waren einfacher gewesen als erwartet. Niemand stellte unangenehme Fragen, und Mathilde blieb ruhig. Nur Carmen Unger hatte ihn eines Abends angerufen. Sie hatte offenbar von Mathilde vom Tod ihres Vaters erfahren und hatte Grothe Vorwürfe gemacht, ihn beschimpft und ihm schließlich sogar gedroht, alles auffliegen zu lassen. Grothe war ruhig geblieben. Was sie sagte, prallte an ihm ab, was ihn selbst am meisten überraschte. Jetzt kurz vor der Ziellinie gab es nichts mehr, was ihn von seinem Weg abbringen, niemand, der ihm noch einen Strich durch die Rechnung machen konnte. Er hatte sein Ziel fast erreicht, es fehlten nur noch wenige Tage, eine lächerlich kurze Zeit im Vergleich zu den Anstrengungen der endlosen Monate zuvor. Fast ein Jahr war seit Ungers Schlaganfall vergangen. Und Grothe wusste genau, dass es leere Drohungen waren, die Carmen Unger ausstieß.

Alles auffliegen zu lassen, hätte ihr und ihrer Familie mehr geschadet als ihm.

Nach wie vor gab es ein öffentliches Interesse an der Person des Autors. Doch mit dem ausbleibenden Erfolg des Buches, war dieses Interesse geschwunden. Die Anfragen nach Lesungen, Interviews, Fernseh- und Rundfunkberichten waren weniger geworden. Grothe hatte alle auf die Buchmesse vertröstet. Unger sei so weit genesen, dass er dort wieder öffentlich in Erscheinung träte. Sein großes Comeback sozusagen, und die Medien hatten es geschluckt.

Auch Sandra hatte sich nicht gerührt, was ihn einerseits beruhigte, weil er sich nicht zutraute, ihr Rede und Antwort zu stehen, ihn andererseits aber immer trauriger machte.

Grothe duschte ausgiebig, ging in den Frühstücksraum und setzte sich zu einigen Kollegen, die er flüchtig kannte. Das Frühstück war ausgezeichnet, der Raum voll, es herrschte ein reges Kommen und Gehen, was auch seine eigene innere Anspannung ansteigen ließ. Heute war der Tag, auf den er ein ganzes Jahr hingearbeitet hatte. In wenigen Stunden entschied sich, ob das Unternehmen, das ihn so viel Kraft gekostet hatte, doch noch zu einem Erfolg wurde oder aber sang- und klanglos unterging. Mit ihm unterging.

Er ging zu Fuß zum Messegelände. Im morgendlichen Berufsverkehr hätte die Taxifahrt genauso lange gedauert, und er wollte sich noch einmal sammeln, die nächsten Schritte ein letztes Mal durchgehen. Es gab nur zwei Alternativen, und das machte die Sache einfacher.

Den Vormittag verbrachte er an seinem Schreibtisch in der Halle LitAg. Hier konnte er rauchen, die Füße auf den Tisch legen und alles an sich abprallen lassen. Zwischendurch absolvierte er routiniert seine Termine. Evelyn übernahm das eine oder andere Gespräch, und er ließ sie gewähren. Je weiter die Zeit fortschritt, desto nervöser wurde er. Seinen letzten Termin um 12 Uhr sagte er kurzerhand ab.

Als es dann Zeit wurde, war er der Erste, der sich in der gewohnten Ecke der Halle einfand. Der Champagner stand bereit, zwei Dutzend Gläser daneben. Eine sehr junge, blonde Hostess lächelte ihn an.

Grothe ging auf und ab. Trinken mochte er jetzt nicht. An der Fensterfront blieb er stehen und blickte auf den riesigen Platz zwischen den Hallen. Überall liefen Menschen herum. Es gab Stände mit Essen und Getränken, und man hatte Tische und Stühle aufgestellt. Hier in der Halle LitAg konnte man leicht vergessen, wie viele Besucher sich auf dem Gelände tummelten. Und heute waren es nur die Fachbesucher. Der richtige Ansturm begänne erst am Wochenende.

Nach und nach kamen die üblichen Gesichter, ein paar Agentenkollegen, der eine oder andere Programmverantwortliche, ein Lektor, den er nicht leiden konnte, mit zwei Amerikanern im Schlepptau, die nicht wussten, worum es ging. Auch Kolping erschien und begrüßte ihn kurz. Seit der Reizdarmgeschichte gingen sie sich aus dem Weg.

Es blieben noch zehn oder fünfzehn Minuten, Zeit genug für die üblichen Spekulationen. Die erste Flasche war gerade geleert, als sein Freund Pit auftauchte. Peter Leonhard, der Chef der Taschenbuchreihe bei Fischer, ging direkt auf ihn zu und streckte ihm demonstrativ die Hand entgegen, eine Geste, die auch den Umstehenden nicht entging. Sie schüttelten sich lange die Hände, fassten sich gegenseitig am Arm, an der Schulter, und Leonhard sagte etwas wie, man müsse die Streitaxt begraben und nach vorne schauen. „Heute ist der große Tag", schloss er schließlich überflüssigerweise.

Grothe und Leonhard schienen die Einzigen zu sein, die angespannt waren. Sie hatten am meisten zu gewinnen. Und sie hatten am meisten zu verlieren. Grothe als Ungers Agent, Leonhard als Verleger seiner früheren Werke. Es fehlte ein Vertreter des Suhrkamp Verlags, jenes Verlags, bei dem gerade *Eine Familie in Deutschland* erschienen war. Ingrid Lortzing hatte schon früh durchblicken lassen, dass man einer direkten Konfrontation mit Fischer aus dem Weg gehen und dem traditionellen Läster- und Saufgelage fernbleiben wolle.

Es war wie immer. Namen machten die Runde, wurden kommentiert und wieder fallen gelassen. Es war ein Wettstreit der Andeutungen. Gerüchte wurden kolportiert, Insidertipps weitergegeben. Jeder schien jemanden aus dem inneren Kreis der

Schwedischen Akademie zu kennen oder schien jemanden zu kennen, der jemanden kannte.

Bald hatte sich ein Favorit herausgeschält: Haruki Murakami war dran, da waren sich viele einig. Fast 30 Jahre waren seit dem letzten Japaner vergangen – wenn man Ishiguro ausließ, der in Großbritannien lebte – und die Qualität seines Werks war über jeden Zweifel erhaben. Doch Murakami war schon so lange ein Kandidat, dass er den Zusatz ‚ewig‘ führte, fast so lange wie seinerzeit Grass, der ihn aber schließlich doch bekam. Warum also nicht? So argumentierten die Befürworter.

Der Name Unger fiel nicht. Niemand brachte ihn ins Spiel, auch Grothe nicht, und so schien die Diskussion um ein schwarzes Loch zu kreisen, um ein Zentrum besonderer Schwere, das niemand sehen, geschweige denn benennen wollte.

Kurz vor 13 Uhr verstummten die letzten Gespräche. Es kam Spannung auf, oder man war müde geworden, die immer gleichen Argumente zu wiederholen.

Das Radio wurde lauter gestellt. Vor den Nachrichten kam eine höchst unpassende Werbung mit einem nervtötenden Jingle, was gleichmütig hingenommen wurde. Dann die Zeitansage und schließlich die Stimme der Sprecherin: „Wie die Schwedische Akademie der Wissenschaften soeben mitteilt, geht der diesjährige Nobelpreis für Literatur…“ – an dieser Stelle machte sie eine Pause, denn die Bekanntgabe erfolgte zeitgleich, in eben diesem Moment, in Stockholm, bevor sie ohne besondere Regung oder gar Begeisterung hinzufügte – „an den deutschen Schriftsteller Walter Unger.“ Was sie dann sagte, ging im allgemeinen Tumult unter.

Grothe wurde umringt, ihm wurde auf die Schulter geklopft, seine Hände wurden geschüttelt. Er stand in der Mitte dieser Meute und horchte ich sich hinein, keine Freude, kein Stolz, keine Erleichterung, nichts als die aufdringlichen Berührungen und Stöße der Kollegen.

Er wusste, dass die Begeisterung der Anwesenden nicht ihm galt. Ein Deutscher hatte es wieder einmal geschafft, das war die Botschaft dieses Tages, eine Botschaft, von der jeder der Männer, die ihn umringten, – Frauen waren nicht anwesend – auf die eine oder andere Weise profitierte.

Und Grothe hatte aufs richtige Pferd gesetzt. Es war ein langer, ein sehr langer Anlauf gewesen, der ihn schließlich ins Ziel getragen hatte. Doch er fühlte nichts, und so wurde ihm bewusst, wie wenig er mit diesem Erfolg gerechnet hatte, seiner ständigen Beteuerungen zum Trotz. Er stand unter Schock und brauchte Zeit, um zu begreifen, was geschehen war.

Doch diese Zeit hatte er nicht. Schon bald verschafften sich die ersten Journalisten mit Gewalt Zutritt zur abgesicherten Halle und umringten ihn. Er wurde mit Fragen bombardiert, die er mechanisch beantwortete. Nichtssagende Floskeln, die an einem solchen Tag von ihm erwartet wurden. Doch dann mischten sich Fragen nach Ungers Aufenthaltsort darunter, wo er sei, wann er, wie versprochen, in die Öffentlichkeit zurückkehrte, wann man ihn von Angesicht zu Angesicht sprechen, ja interviewen könne.

„Die Menschen gieren nach ihm", darin verstieg sich eine Vertreterin der Süddeutschen Zeitung, und Grothe ergriff die Flucht.

Jetzt musste es schnell gehen. Es ging um Stunden. Aber darauf war er vorbereitet.

Er fuhr mit dem Taxi zum Flughafen und nahm die nächstbeste Maschine nach Mailand. Es war eine Ita-Maschine, die nach Linate flog, einem Flughafen, den er dem neueren Malpensa vorzog, weil er kleiner war und zentraler lag. Es war kurz vor 16 Uhr, als er an der Hertz-Station in seinen Mietwagen stieg. Der Nachteil von Mailand war, dass er nun eine längere Autofahrt vor sich hatte.

Auf der Mailänder Ringautobahn herrschte Chaos. Der Verkehr stockte, und Grothe trommelte ungeduldig auf das Lenkrad seines kleinen Lancias. Er rauchte eine Zigarette nach der anderen. Er fragte sich, was ihn in Torri erwartete. Das war die größte Unbekannte.

Erst hinter Brescia ließ der Verkehr nach. Die Autobahn war dreispurig, und unter anderen Umständen hätte Grothe den Blick auf die Alpen genossen.

Dann öffneten sich die Berge zur Linken und gaben den Blick auf den See frei, der an dieser Stelle einem Meer glich, einer endlosen Wasserwüste, die sich in der Ferne verlor. Dahinter, unsichtbar, lag sein Ziel.

Statt auf die Uferstraße abzubiegen, fuhr er weiter bis Cavalcaselle und nahm die Schnellstraße nach Affi. Er wollte so schnell wie möglich dort sein.

Gegen achtzehn Uhr war in Garda, von dort blieben wenige Kilometer am See entlang. Er passierte die Punta San Vigilio, hatte aber keinen Blick für ihre Schönheit und auch keine Muße, in Erinnerungen zu schwelgen. Im Zentrum von Torri bog er wie üblich ab und fuhr ein Stück den Hügel hinauf. Hier parkte er. Zur Unger'schen Villa wollte er zu Fuß gehen.

Dort, wo der steile Fußweg begann, bemerkte er einen Wagen der italienischen RAI, daneben stand ein weiteres verdächtiges Fahrzeug, Presse oder Radio, wenn er die Aufschriften richtig deutete. Oder es war ein Klempner oder Heizungsmonteur. Sein Italienisch war schlecht.

Jetzt bereute er seine Aufmachung. Der Krawatte hatte er sich zwar schon ihm Flugzeug entledigt, aber in seinem grauen Anzug und den eleganten Schuhen ging er kaum als Dorfbewohner durch, geschweige denn als Wanderer.

Auf halbem Weg kam ihm ein Paar entgegen, das sich lautstark unterhielt. Als er an ihnen vorbeiging, machte der Mann die typisch italienische Verneinungsgeste mit dem Zeigefinger, die man in Deutschland vielleicht als Zurechtweisung missverstanden hätte. Die Frau schüttelte den Kopf und fügte hinzu: „Non c'é". Was so viel hieß, wie *Er ist nicht da*. Grothe antwortete mit einem freundlichen *Buonasera* und ging weiter.

Oben bei der Villa war niemand, und Grothe atmete auf. Er ging am Gartentor vorbei, den Weg entlang und dann weiter bis zur Weggabelung, wo die Bank mit der kleinen Madonna stand. Auch hier keine Menschenseele. Erst dann ging er unauffällig zurück, öffnete leise das Gartentor und verschwand im Haus.

Nun kam das, wovor er sich am meisten fürchtete. Zuerst schloss er die schwere Haustür sorgfältig von innen ab. Fensterläden und Fenster öffnete er nicht. Das Haus sollte so unbewohnt aussehen, wie es angeblich schon seit Wochen war.

Als dann getan war, was hatte getan werden müssen, ging er in sein Zimmer und schenkte sich ein großes Glas Bourbon ein.

Jetzt hatte er Zeit, viel Zeit. Die Anspannung fiel von ihm ab. Den Arzt, den er vor Monaten vorsorglich bestochen hatte, konnte er frühestens am nächsten Morgen rufen. Wie lange brauchte ein Körper, um aufzutauen? Gut und gerne zwölf Stunden, dachte er, obwohl sich seine diesbezüglichen Erfahrungen auf das Auftauen von Grillsteaks oder einem Pfund Hackfleisch beschränkten. Er hatte den elektrischen Heizlüfter, den er zusammen mit der Kühltruhe gekauft hatte, auf die höchste Stufe gestellt, bevor er Ungers Krankenzimmer verlassen hatte.

Es lag an dem langen Abend, der ihm bevorstand, an der noch längeren Nacht, daran, dass er Hem seit Wochen nicht gesehen hatte, dass er fragte: „Hem, willst du auch ein Glas?"

„Es ist ja schon dunkel", antwortete dieser ironisch. Er saß auf dem Stuhl neben ihm und verzog spöttisch den Mund.

Eine Weile tranken sie schweigend. Grothe, dem nichts einfiel, was er hätte sagen können, bereute schon, ihn gerufen zu haben, als Hem sein Glas hob: „Auf dich. Du hast es geschafft!"

„Ja, wer hätte das gedacht…"

„Du hast diesen Käse fertig geschrieben, oder besser gesagt, schreiben lassen, und jetzt hat der alte Knabe", er zwinkerte, „den Nobelpreis gewonnen." Er gönnte sich einen großen Schluck. „Da siehst du mal, wie wenig dieser Preis wert ist. Wenn Hinz und Kunz ihn bekommen, Fälscher, Ghostwriter, Nacherzähler…"

„Es ist ein gutes Buch, Hem."

„Zu meiner Zeit war das anders", fuhr der Freund unverdrossen fort. „Da hätte dieser deutsche Familienscheiß keinen Hund hinter dem Ofen hervorgelockt."

Grothe antwortete nicht. Es war sinnlos, mit Hem zu streiten.

„Aber sonst, Joe, alle Achtung, das hätte ich dir nicht zugetraut." Er prostete ihm ein zweites Mal zu. „Wie du den steifgefrorenen Unger die Treppe hochgetragen hast", er pfiff leise durch die Zähne, „das war große Klasse."

„Hör auf, Hem! Das ist nichts, worauf ich stolz bin."

„Solltest du aber! Das kann nicht jeder, glaub mir. Leonhard, diese Niete, oder Nico…"

„Hem…"

„In Afrika habe ich mal eine Leiche weggetragen. Einen Kadaver vielmehr. Es war eine halb verweste Antilope, die hinter unserem Zelt lag. Du kannst dir nicht vorstellen, wie sie gestunken hat! Ich bin mitten in der Nacht aufgestanden, habe sie auf ein Tuch gerollt und einen halben Kilometer weit in die Savanne geschleift." Er tippte sich an die Nase. „Den Geruch habe ich heute noch hier drin. Aasgeruch vergisst man nie." Er schüttelte den Kopf. „Aber eine tiefgefrorene Leiche stinkt nicht, stimmt's Joe?"

„Nein, sie stinkt nicht."

„Das ist gut, das ist großartig." Er sagte *great*. Hem trank weiter, biss sich nach jedem Schluck auf die Oberlippe, sagte aber nichts. Grothe dachte, er würde so verschwinden, wie er gekommen war, als er dann doch fragte: „Und morgen, was hast du mit ihm vor?"

Grothe seufzte. „Ich lasse den Arzt kommen. Der stellt mir einen hübschen Totenschein aus. Herzinfarkt vorzugsweise..."

„Ja, die Aufregung. So ein Nobelpreis nimmt einen ganz schön mit. Das weiß ich aus eigener Erfahrung..."

„...dann rufe ich die Medien an. Eine kleine Pressekonferenz im Garten. Das war's."

„Das ist ein schöner Plan, Joe. Bist du ganz allein darauf gekommen?"

Grothe stand auf. „Hem, du gehst jetzt besser, ich bin müde. Ich muss ins Bett". Er hatte die nötige Schwere.

Hem verschwand, und Grothe ging ins Bad, um sich die Zähne zu putzen. Lange betrachtete er sein Spiegelbild.

Am nächsten Morgen stand Grothe früh auf. Draußen dämmerte es, und die Vögel machten einen Riesenlärm. Er rauchte seine erste Zigarette am offenen Fenster. Dann ging er zu Ungers Totenbett.

Dort erwartete ihn eine Überraschung. Es war nicht die Hitze, die ihm entgegenschlug, als er die Tür öffnete, damit hatte er gerechnet, aber nicht damit, dass beim Auftauen so viel Wasser kondensieren würde, und so lag Ungers Leichnam auf durchnässten Laken. Auch sein Pyjama war klatschnass. Sein graues Haar klebte ihm am Kopf.

Grothe fluchte. Er würde das Bett frisch beziehen und den Toten neu einkleiden müssen.

Als erstes schaltete er den Heizlüfter aus und riss die Fenster auf. Dieser Geruch nach nassem Papier musste raus. Dann legte er den Toten auf den Boden und machte das Bett. Schließlich zog er ihm ein langes Nachthemd an. Die Leiche war steif. Bei all dem versuchte er, Unger nicht ins Gesicht zu sehen.

Das tat er erst, als sein Werk vollendet war. Friedlich lag der Dichter in seinem Bett, die Nase zur Decke gestreckt, die nicht vorhandenen Lippen geschlossen. Es war, als wäre er gerade entschlafen.

Walter Unger wurde auf dem Heidelberger Bergfriedhof beigesetzt. Im Gegensatz zu den anderen dort ruhenden Autoren hatte er sich keine ruhige Ecke gewünscht. Sein Grab lag unweit des alten Krematoriums in zentraler Lage. Eine glänzende schwarze Marmorfläche, aus der sich ein ebenso schwarzes Marmorkreuz erhob. Darauf die griechischen Buchstaben Omega und Alpha („Denke an das Ende, bevor du beginnst"). Darunter in Großbuchstaben: SEHNSUCHT NACH VOLLKOMMENHEIT. Sonst nichts. Kein Name, keine Jahreszahl. So hatte er es sich gewünscht.

Was dann folgte, verstärkte den Hype um den Nobelpreis noch. Was konnte tragischer sein, als am Tag nach der Bekanntgabe von der Aufregung dahingerafft zu werden? Verständlich bei einem über Achtzigjährigen, aber nicht weniger ergreifend, hatte er doch so wenig Zeit gehabt, sich an den großartigen Früchten seines langen künstlerischen Schaffens zu erfreuen. Und doch er war zufrieden gestorben, glücklich, denn, ja, man konnte auch an einer Überdosis Glück sterben, darin waren sie sich alle einig.

So wurde *Eine Familie in Deutschland* doch noch ein Bestseller, war es schon immer gewesen – so die weit verbreitete Meinung – denn alles brauchte seine Zeit, und gerade ein Unger, ein so gewaltiges Werk, bedurfte eines Anlaufs, um durchzustarten. An den Kassen der Buchhandlungen türmten sich die Bücherstapel. Als wäre der Band eine kostenlose Dreingabe oder ein unschlagbares

Sonderangebot, nahm jeder Kunde mindestens ein Exemplar mit nach Hause.

Aus dem Stand erklomm *Eine Familie in Deutschland* den ersten Platz der Spiegel-Bestsellerliste. Es kam zu einer regelrechten Unger-Renaissance. Nicht nur Ungers letztes Werk, alle seine Bücher, auch die frühen, verkauften sich blendend. Ein Trost für den Fischer-Verlag und seinen Freund Pit, dachte Grothe, denn so profitierten sie am Ende beide davon.

Zwei Monate später klingelte es an Joachim Grothes Wohnungstür im Prenzlauer Berg. Er bekam nicht oft Besuch, schon gar nicht unangemeldet, und so stutzte er, dachte an den einen oder anderen, der ihn am späten Abend hätte aufsuchen können, ohne es recht zu glauben. Einen Moment lang wunderte er sich, dass alle Personen, die er im Geiste durchging, eher unangenehme Erwartungen in ihm weckten. Aber vielleicht war es ja Sandra.

Es war kurz vor Weihnachten, und derjenige, der im trüben Licht der Treppenhausbeleuchtung vor ihm stand, schien verkleidet zu sein. Er trug eine merkwürdige rote Kopfbedeckung, einen Hut oder eine Mütze, etwas, das nach Nikolaus oder Weihnachtsmann aussah. Zuerst schöpfte er keinen Verdacht.

Ein Nachbar, jemand, der für eine wohltätige Organisation sammelte oder ein Spaßvogel, der ihn überraschen wollte. Er konnte niemanden erkennen. Er hätte nicht einmal sagen können, ob es eine Frau oder ein Mann war.

Sein Gegenüber war weder groß noch klein, weder dick noch dünn, nichts kam ihm bekannt vor, nichts löste etwas in ihm aus.

Nein, jetzt erkannte er, dass der andere keine Weihnachtsmütze trug. Es war ein Fez, eine ungewöhnliche Kopfbedeckung, die ihm jetzt doch bekannt vorkam, etwas Arabisches, Orientalisches. Und auch die unförmige Brille mit dem schwarzen Plastikgestell, erinnerte ihn an etwas, passte zum fettigen braunblonden Haar, das in Strähnen darüber fiel. Eine Perücke?

„Ja?" fragte er unsicher.

Sein Besucher antwortete nicht, sondern zog er einen schwarzen Gegenstand aus der Manteltasche, eine Pistole, wie

Grothe verblüfft erkannte, ohne dass es ihm gelang, die Dinge, die er sah, in einen schlüssigen Zusammenhang zu bringen.

Der andere hob den Arm, krümmte den Zeigefinger, schoss aber nicht, sondern wartete, zögerte. Grothe, der immer noch nicht verstand, rührte sich nicht. Nur seine Augen weiteten sich. So weit, dass die Iris zwischen dem Weiß und den zu schwarzen Löchern gewordenen Pupillen zu verschwinden drohte.

Noch immer schoss sein Mörder nicht. Die Zeit dehnte sich zu einer Sekunde. Weitere Zehntel kamen hinzu, dann noch ein paar Hundertstel.

Der erste Schuss traf ihn mitten ins Herz. Den zweiten und dritten spürte er nicht mehr. Sie trafen ihn in der Schulter, in den Hals. Dann schoss ihm der Fremde in den Kopf. Drei Mal. Es dauerte eine Ewigkeit, bis Joachim Grothe in sich zusammensank.

Epilog

Das mediale Echo auf Grothes Tod blieb verhalten. Lange Nachrufe, die seine Arbeit gewürdigt hätten, blieben aus. Seine Bedeutung für den Feuilleton wurde durch die Umstände seines Todes überlagert. Seine *Hinrichtung* – denn, dass es eine war, darüber waren sich alle einig – beförderte ihn auf andere Seiten: *Zeitgeschehen*, *Vermischtes* oder auch *Aus aller Welt*. Dort fand man die wildesten Spekulationen.

Mal war es ein eifersüchtiger Ehemann oder ein Geisteskranker, mal ein übervorteilter Autor oder ein neidischer Konkurrent. Verleger, Kritiker, Lektoren, der Kreis der Verdächtigen wurde von Tag zu Tag größer, bis Verschwörungstheorien die Runde machten, die Geheimdienste, Freimaurerlogen oder Sekten ins Spiel brachten. Es hätte sich auch um einen terroristischen Anschlag handeln können, wobei unklar blieb, wer ein politisches Interesse an Grothes Tod gehabt haben könnte. Eine Verwechslung lag im Bereich des Möglichen.

Doch auch dieses Strohfeuer erlosch bald wieder. Da die Arbeit der Kriminalpolizei keine sichtbaren Fortschritte brachte, wurden die Meldungen kürzer, wanderten nach hinten, um schließlich ganz zu verschwinden.

Die Ermittlungen dauerten jedoch an. Die Gruppe der damit betrauten Beamten wurde aufgestockt, Spezialisten von LKA und BKA hinzugezogen. Denn die Liste derer, die einen guten Grund hatten, den Literaturagenten zu töten, wurde mit jedem Tag länger.

Hatte man den Täter zunächst im privaten Umfeld gesucht – Eifersucht war ein naheliegendes und beliebtes Motiv – so zeigte sich bald, dass der Literaturbetrieb keineswegs so harmlos war, wie es zunächst den Anschein hatte. Schließlich ging es auch hier um Geld, um viel Geld, und es ging um Geringschätzung, um Zurücksetzung, um Verrat, um Menschen, deren Ego groß genug war, um sich mit einem Mord zu rächen.

An erster Stelle war Nico Neumann zu nennen, ein mittelloser Jungunternehmer mit abstrusen Geschäftsideen, den das Opfer offenbar über den Tisch gezogen hatte. Möglicherweise war er sein Geliebter. Gerüchte, Grothe sei homosexuell gewesen, hielten sich hartnäckig. Also doch ein Schwulendrama, eine Beziehung zwischen einem älteren, wohlhabenden Mann und einem jungen, vermeintlich talentierten Taugenichts?

Aber auch Nicos Schwester, Sandra, war verdächtig. Möglich, dass sie den Bruder gerächt, möglich, dass sie selbst ein intimes Verhältnis zu Grothe unterhalten hatte.

Selbst im Kreis der Exilliteraten russischer, ukrainischer und georgischer Provenienz suchte man, wenn auch vergebens. Hier schien sich eine gut organisierte Mafia breitgemacht zu haben, die bei jeder Gelegenheit die Hand aufhielt, eine Art Schutzgeld erpresste und große Summen am etablierten Literaturzirkus vorbeischleuste.

Und dann gab es dieses Buch, *Eine Familie in Deutschland*, das immer noch auf Platz Eins der Bestsellerlisten stand und sich in den Buchhandlungen bis unter die Decke stapelte. Ein unglaublicher Erfolg, den viele für sich beanspruchten, in dessen Mittelpunkt aber Grothe selbst gestanden hatte.

In der ganzen Geschichte spielte Ingrid Lortzing eine zwielichtige Rolle. Sie hatte Unger zum Suhrkamp-Verlag gelotst und hatte Grothe mit einer Fantasiesumme bestochen. Hatte sie Grothe beseitigt, weil er zu viel wusste? Selbst für die wildesten Fabulierer eine mehr als gewagte These.

Peter Leonhard, Grothes Freund und ehemaliger Chef der Taschenbuchreihe des Fischer Verlags, war am übelsten mitgespielt worden. Er hatte nicht nur seinen Job verloren, Grothe hatte auch die langjährige Freundschaft bedenkenlos seinen egoistischen Zielen geopfert. Hier vermischten sich private und berufliche Enttäuschungen zu einem brisanten Motiv. Doch Leonhard hatte ein hieb- und stichfestes Alibi, und einen Auftragsmord traute man ihm nicht zu.

Selbst im Umfeld des großen Dichters war man fündig geworden. Susanne Berggrün hatte in Interviews bekannt, von Grothe so tief enttäuscht zu sein, dass sie ihm Pest und Cholera an den Hals wünsche. Unbedachte, nicht ernst gemeinte Äußerungen, die durch die Umstände eine andere Bedeutung gewannen und als Morddrohung aufgefasst werden konnten, zumindest aber als Wunsch nach seinem Tod verstanden werden konnten. Eine eingehende

Vernehmung hatte erhebliche Zweifel an ihrer Urheberschaft ergeben. Frau Berggrün schien jede Form von Aggression fremd.

Dann schon eher Carmen Unger. Die Tochter war zumindest psychologisch zu allem fähig. Sie war extrovertiert und impulsiv und gleichzeitig leicht verletzbar. Wenn Grothe ihr selbst oder ihrem Vater etwas angetan hatte, dann hätte er dafür gebüßt. Kaltblütiger Mord gehörte nicht zu ihrem *Modus Operandi*, eher Totschlag im Affekt. Das waren die Worte eines Zielfahnders gewesen.

Mathilde Unger hingegen schien unverdächtig. Sie hatte finanziell profitiert, aber möglicherweise hatte Grothe auch sie übervorteilt. Sie selbst hätte nichts unternommen, aber vielleicht ihre Tochter dazu angestiftet.

Sven Svenson, ein bei Grothe unter Vertrag stehender Autor, war unauffindbar geblieben. Obwohl unbekannt und ohne jedes Talent, war er unter mysteriösen Umständen bei Suhrkamp untergekommen, auf Lebenszeit und blanko, ein Zugeständnis, das wie eine Gegenleistung aussah, wobei unklar blieb, was Sven Svenson dafür getan hatte, um in diesen Genuss zu kommen. Als Täter kam er vielleicht nicht in Frage, aber über die Hintergründe hätte er sicher einiges zu berichten gewusst.

Auch ein gewisser *Hem*, auf den sich Grothe in einigen handschriftlichen Notizen bezog, konnte nicht identifiziert werden. Zweifellos handelte es sich um einen Decknamen oder ein Pseudonym. Ein Autor vermutlich, da Grothe mit ihm literarische Fragen erörterte. Ein unbekannter Nachwuchsautor, wie man aufgrund seiner abfälligen Bemerkungen vermutete.

Je mehr man ermittelte und den Kreis der Verdächtigen erweiterte, desto mehr enttäuschte Autoren, aktuelle und ehemalige Klienten Grothes, kamen zum Vorschein. Kaum jemand war mit seiner Arbeit zufrieden. Immer wieder wurde er für ausbleibende Erfolge verantwortlich gemacht. Und die Misserfolge übertrafen die Erfolge um ein Vielfaches.

Es war ein Heer von Gescheiterten, von Autoren, deren Bücher eingestampft, deren Verträge gekündigt worden waren und deren Aussichten auf Ruhm und Wohlstand sich in Luft aufgelöst hatten. Unglaublich viele Menschen, die ein Motiv hatten, Grothe zu töten.

Ein Eindruck, der sich verfestigte, als man Grothes Korrespondenz durchsah. In großer Zahl fanden sich Briefe und Mails, die Beschimpfungen und Drohungen aller Art enthielten. Man wisse, wo er wohne. Es gebe keinen Ort mehr, an dem er sich sicher wähnen könne. Ein Analphabet wie er habe kein Recht, über das Schicksal eines literarischen Genies zu urteilen. Er werde es bitter bereuen, dem bahnbrechenden Erstlingswerk keine Chance gegeben zu haben. Und so weiter. Ausbrüche wütender Autoren, die keinen Literaturschaffenden aus der Ruhe brachten, unter denen sich vielleicht doch einer fand, der zur Tat schritt. Unter Tausenden mochte es einen Hund geben, der nicht nur bellte.

Was man sich nicht machte, war die Mühe, die Stapel der eingereichten Manuskripte zu lesen. Hätte man das getan, wäre man vielleicht auf *Die Gegenwart ist ein unmöglicher Ort* gestoßen. Wäre man darauf gestoßen, hätte vielleicht jemand eine Verbindung zur Tat hergestellt. Keine offensichtliche Verbindung, eine Verbindung, die niemand ernst genommen hätte. In vielen Büchern gab es Mörder, und oft wurden die Opfer aus nächster Nähe erschossen.

Hätte jemand eine Verbindung zwischen diesem Manuskript und Grothes Tod herstellen wollen, wäre sie höchst fragwürdig und beliebig gewesen. Wenn man nahe genug heranging, sah man Dinge, die nicht da waren, Ähnlichkeiten, die zufällig waren, Muster, die nichts bedeuteten.

***

Nachwort

Natürlich weiß ich, dass die Buchmesse schon seit vielen Jahren nicht mehr zeitgleich mit der Verleihung des Nobelpreises für Literatur stattfindet. Man wollte die Termine ,entzerren' – vermutlich, um den Verlagen Zeit zu geben, auf den neuen Namen angemessen zu reagieren. Eine weitere Stufe der Kommerzialisierung also. Damit ist jedoch ein magischer Moment verloren gegangen: diese Sekunden des Innehaltens, der Überraschung – denn natürlich weiß niemand, wen es trifft – des spontanen Reagierens, des gemeinsamen Freuens oder Ärgerns. Ich bedauere es sehr, dass man das der ,großen Kommerzmaschine' – um mit Carmen Unger zu sprechen – geopfert hat. In diesem Buch versuche ich, diese Tradition ein Stück weit lebendig zu halten und breche dafür bewusst mit der Realität. Dichterische Freiheit – man möge sie mir verzeihen.

Abgesehen davon habe ich versucht, diesen Roman so realistisch wie möglich zu gestalten. Zwar habe ich manches überzeichnet und anderes bewusst auf die Spitze getrieben (wie etwa die Kühltruhe, die es – hoffentlich – niemals gegeben hat), doch der deutsche Literaturbetrieb ist tatsächlich genau so, wie ich ihn hier darstelle. Ich kenne ihn sehr gut, kenne viele Autoren, Agenten und Verleger. Insofern ist dieses Buch tatsächlich ein Schlüsselroman. Bitte suchen Sie jedoch nicht nach konkreten Namen, die hinter den einzelnen Figuren stehen könnten – diese Suche wäre vergeblich.

Agenten und Verleger haben auf dieses Manuskript verhalten reagiert. Ihrer Meinung nach interessieren sich Leser nicht für solche Interna. Sie möchten lesen, ohne sich den Kopf darüber zu zerbrechen, wie ein Buch entsteht – das würde sie angeblich langweilen. Ich glaube das nicht. Ich bin überzeugt, dass die geschilderten Vorgänge weitgehend unbekannt und zugleich höchst spannend sind. Die mir entgegengebrachte Ablehnung hat meiner Ansicht nach etwas damit zu tun, dass man den Literaturbetrieb ungern öffentlich hinterfragen möchte. Nicht zuletzt deshalb ist es mir nicht gelungen, einen der großen Verlage für meinen Roman zu gewinnen. Nach langer Suche habe ich mich entschieden, ihn in einem mir nahestehenden Kleinverlag zu veröffentlichen. Ich wünsche dem Buch dennoch eine breite Leserschaft!

Zum Autor

Marco Lalli, Jahrgang 1959, ist ein deutsch-italienischer Schriftsteller und Publizist. Seine Familie emigrierte in den 60er Jahren in die Bundesrepublik. Hier besuchte er die deutschen Schulen und studierte Umwelt- und Sozialpsychologie. Er promovierte im Bereich der psychologischen Entscheidungsforschung und Informationsverarbeitung. Seit zwanzig Jahren führt er ein sozialwissenschaftliches Forschungsinstitut. Er lebt als freier Publizist in Heidelberg und schreibt auf Deutsch.

Von Marco Lalli sind bisher erschienen

Die Himmelsleiter
(Klöpfer & Meier / Scherz Verlag, Hardcover 1996,
Taschenbuch 2000, eBook 2010)

Die Nacht wird deinen Namen tragen
(Scherz Verlag / S. Fischer, Hardcover 2003,
Taschenbuch 2005/2022, eBook 2010)

Der Simulator. Thriller
(eBook 2012, Taschenbuch 2017)

Autonomes Fahren und die Zukunft der Mobilität
(Springer Verlag, Softcover und eBook 2020-2023)

Als wäre immer Sonntag. Die Corona-Tagebücher
(Springer Verlag, Softcover und eBook 2021)

Venedig privat: Mein ganz persönlicher Reiseführer
(Taschenbuch und eBook 2021-2024)

Venezia privata: La mia guida molto personale
(Italienische Ausgabe; Taschenbuch und eBook 2023)

private Venice: My very personal guide
(Englische Ausgabe; Taschenbuch und eBook 2024)

Mein Alphabet der Frauen. Zwanzig Bekenntnisse
(Taschenbuch und eBook, Neuauflage 2024)

Im Tal des Ziegenbocks. Ein La Gomera-Krimi
(Taschenbuch und eBook 2024)

Der Herr der Bücher. Roman
(Taschenbuch und eBook 2024)

Hat Ihnen dieses Buch gefallen? Dann bewerten Sie es auf Amazon und den Online-Plattformen! Lesen Sie auch die anderen Romane des Autors. Kürzlich erschienen:

Im Tal des Ziegenbocks
Ein La Gomera-Krimi

Walter Nitsch, ein den Grünen nahestehender Rechtsanwalt, entdeckt während seines Urlaubs in einem abgelegenen Öko-Hotel auf La Gomera eine Welt voller Geheimnisse. Die Anlage, eine ehemalige Plantage, birgt die dunkle Vergangenheit der AAO-Kommune. Als ein grausiger Fund die Idylle stört, beginnt Nitsch zu ermitteln, nur um sich in einem Netz aus Macht, Missbrauch und Mord zu verstricken. Ein packender Thriller, der die Abgründe einer utopischen Gemeinschaft entblößt.

In Marco Lallis spannendem Kriminalroman tauchen wir in die Schattenseiten der 68er-Bewegung ein, wo die Grenzen zwischen sexueller "Befreiung" und dem Missbrauch von Minderjährigen verschwimmen. Ein vermeintlicher Traum verwandelte sich für viele in einen Alptraum. Das abgeschiedene Tal auf La Gomera, einst Sinnbild für utopische Ideale und das Versprechen einer besseren Welt, steht am Scheideweg. Jahrzehnte nach dem Zerfall der Kommune wird dieses scheinbar zeitlose Paradies von der Vergangenheit eingeholt. Die einstige Utopie wirft lange, dunkle Schatten in die Gegenwart.

sociotrend Pocket 2024, 295 Seiten, 12,50 Euro

ISBN: 978-3-942574-25-9

www.ingramcontent.com/pod-product-compliance
Lightning Source LLC
LaVergne TN
LVHW091446170726
843492LV00001B/58